I0825405

La chica de nieve

Javier Castillo creció en Málaga. Estudió empresariales y un máster en Management en ESCP Europe. *El día que se perdió la cordura* (Suma), su primera novela, se ha convertido en un fenómeno editorial, traducida a quince idiomas y publicada en más de sesenta países. Asimismo, los derechos audiovisuales han sido adquiridos para la producción de la serie de televisión. Su segunda novela, *El día que se perdió el amor*, obtuvo el reconocimiento del público y la crítica, así como *Todo lo que sucedió con Miranda Huff*. *La chica de nieve* fue la novela más leída del confinamiento en 2020 en España y en 2023 se ha estrenado como miniserie en Netflix con gran éxito. *El juego del alma* supuso su consolidación global como uno de los maestros del suspense, así como su sexta novela, *El cuco de cristal*, que se traducirá al inglés y se publicará en Estados Unidos e Inglaterra. Con ellas ha alcanzado más de 2.500.000 de ejemplares vendidos. *La grieta del silencio* es su séptima novela.

Puedes seguir al autor en X e Instagram:
@JavierCordura
JavierCordura

JAVIER CASTILLO

La chica de nieve

DEBOLS!LLO

Papel certificado por el Forest Stewardship Council®

Noviembre de 2025

Travessera de Gràcia, 47-49. 08021 Barcelona
Diseño de la cubierta: Penguin Random House Grupo Editorial / Yolanda Artola
Imagen de la cubierta: © Brooke Shaden

Printed in Spain – Impreso en España

ISBN: 978-84-663-8816-0
Depósito legal: B-14.408-2025

Compuesto en Punktokomo, S. L.
Impreso en Liberdúplex
Sant Llorenç d'Hortons (Barcelona)

P 3 8 8 1 6 0

A ti, abuela;
aunque nunca leas esto,
pero seguro que lo puedes sentir.

Y a ti, mamá;
por ser ejemplo
de todo cuanto soy.

Quizá aún haya alguien ahí fuera que no
quiera saber que hasta en la más bella de
las rosas crecen las espinas sin temer.

Capítulo 1
Nueva York
26 de noviembre de 1998

Lo peor siempre se fragua
sin que lo puedas intuir.

Grace levantó la vista e ignoró durante algunos momentos la majestuosidad de la cabalgata de Acción de Gracias para observar a su hija, subida a hombros de su padre, radiante de felicidad. Se fijó en que sus piernas colgaban juguetonas y en cómo las manos de su marido sujetaban los muslos de la pequeña con una firmeza que más tarde recordaría como insuficiente. El Santa de Macy's se acercaba sonriente en su gigantesco trono y, de vez en cuando, Kiera señalaba y chillaba de felicidad a la comitiva de duendes, elfos, galletas de jengibre gigantes y peluches que desfilaban delante de la carroza. Llovía. Una suave y fina cortina de agua empapaba chubasqueros y paraguas, y aquellas gotas, quizá, siempre tuvieron aspecto de lágrimas.

—¡Allí! —gritó la niña—. ¡Allí!

Aaron y Grace siguieron el dedo de Kiera, que señalaba un globo blanco de helio alejándose hacia las nubes, haciéndose diminuto mientras volaba entre los rascacielos de Nueva York. Luego bajó la vista hacia su madre con ilusión y Grace supo al instante que no podía decirle que no.

Grace observó una de las esquinas de la calle, en la que había una mujer vestida de Mary Poppins, con el paraguas en alto bajo un montón de globos blancos, que regalaba a todo aquel que se acercaba.

—¿Quieres un globo? —preguntó su madre, sabedora de la respuesta.

Kiera no contestó de la emoción. Tan solo abrió la boca con una mueca de felicidad y asintió, mostrando sus hoyuelos marcados.

—¡Pero ya está ahí Santa Claus! ¡Nos lo vamos a perder! —protestó Aaron.

Kiera perforó de nuevo sus hoyuelos, dejando ver entre sus paletas un pequeño hueco en el que a veces se le quedaba la comida. En casa les esperaba una tarta de zanahoria para celebrar el cumpleaños de la niña al día siguiente. Aaron pensó en ella y quizá por ese motivo aceptó.

—Está bien —continuó su padre—. ¿Dónde se consiguen esos globos?

—En la esquina los está repartiendo Mary Poppins —respondió Grace, nerviosa. La gente había comenzado a agolparse donde ellos se encontraban y la tranquilidad de los minutos previos empezaba a diluirse como la mantequilla del relleno del pavo que esperaban cenar esa noche.

—Kiera, quédate con mamá y guardad juntas el sitio.

—¡No! Yo quiero Mary Poppins.

Aaron suspiró y Grace sonrió, consciente de que iba a ceder una vez más.

—Espero que el pequeño Michael sea menos cabezón —añadió Aaron, al tiempo que acariciaba la incipiente barriga de su mujer. Grace estaba embarazada de cinco meses, algo que en un principio consideró una temeridad, especialmente con Kiera tan pequeña, pero que ahora veía con ilusión.

—Kiera ha salido a su padre —rio Grace—. No me lo puedes negar.

—Está bien, pequeñaja. ¡Vamos a por ese globo!

Aaron se recolocó a Kiera sobre los hombros y luchó por abrirse camino hacia la esquina, entre una muchedumbre cada vez más numerosa. Cuando se encontraba a unos pasos y antes de alejarse más se volvió hacia Grace y gritó:

—¿Estarás bien?

—¡Sí! ¡No tardéis! ¡Ya viene!

Kiera le dedicó una amplia sonrisa a su madre de nuevo desde los hombros de Aaron, con esa cara que irradiaba alegría en todas direcciones. Ese fue el consuelo de Grace, años más tarde, cuando intentaba convencerse de que el vacío no era tan oscuro ni el dolor tan intenso ni la pena tan asfixiante: en la última imagen de Kiera que recordaba la pequeña sonreía.

Cuando llegaron hasta Mary Poppins, Aaron bajó a Kiera al suelo: una acción que nunca se perdonaría. Pensó que quizá así ella estaría más cerca de la señorita Poppins, o que tal vez, quién sabe, podría agacharse a su lado para animarla a que fuese ella misma la que pidiese el globo. Uno hace las cosas con ilusión, incluso cuando estas pueden tener las peores consecuencias. El sonido de la banda se entremezclaba con los gritos del público, cientos de brazos y piernas se movían con dificultad a un lado y a otro de ellos dos, y Kiera agarró con fuerza la mano de su padre con algo de miedo. Luego alargó la otra hacia la chica que estaba disfrazada de Mary Poppins, quien dijo aquellas palabras que se clavarían para siempre en la memoria de aquel padre a punto de perderlo todo:

—¿Esta niña tan preciosa quiere un poco de azúcar?

Kiera rio. También emitió un sonido que más tarde Aaron recordaría como un ligero bufido entre una risa y una carcajada a punto de estallar. Ese es el tipo de recuerdos que se te clavan en la mente y a los que uno intenta agarrarse como sea.

Fue la última vez que la oyó reír.

Justo en el instante en que Kiera agarró el cordel del globo que la señorita Poppins le extendió con unos frágiles dedos hubo otra explosión de confeti rojo, de nuevo el grito eufórico de todos los niños y, de pronto, padres y turistas se pusieron nerviosos por una serie de empujones que provenían de todas direcciones y de ninguna al mismo tiempo.

Y entonces pasó lo inevitable. Aunque Aaron más adelante pensase que podría haber cambiado tantas cosas en esos escasos dos minutos en los que sucedió todo. Aunque Aaron creyese que quizá podría haber cogido él el globo, o incluso haber insistido en que se quedase con Grace, o incluso se hubiese acercado a la mujer desde la derecha en lugar de desde la izquierda, como había hecho.

Alguien tropezó contra Aaron, quien dio un paso atrás y trastabilló con una barandilla de unos treinta centímetros de altura que rodeaba un árbol en la 36 con Broadway. Y ahí, en ese preciso instante, fue la última vez que sintió el tacto de los dedos de Kiera: su temperatura, su suavidad, cómo agarraba su manita los dedos índice, corazón y anular de su padre. Ambas manos se soltaron y Aaron no supo entonces que sería para siempre. Aquello podría haber quedado en un simple tropiezo si tras su caída no se hubiera producido la de varias personas en cadena, y lo que podría haber supuesto tan solo un segundo en reincorporarse desde el suelo se convirtió en un largo minuto recibiendo pisotones de gente que, al dar algún paso atrás para apartarse de la comitiva del desfile y montarse de nuevo en la acera, aplastaba sin querer una mano o una tibia. Desde el suelo, como pudo, Aaron gritó:

—¡Kiera! ¡Quédate donde estás!

También desde el suelo a Aaron le pareció escuchar:

—¡Papá!

Dolorido por los pisotones y tras forcejear y pelear para ponerse en pie, se dio cuenta de que Kiera ya no se hallaba junto a Mary Poppins. El resto de personas que habían caído consiguieron ponerse en pie y trataron de recuperar sus posiciones. De pronto, de entre todos ellos, Aaron, gritó de nuevo:

—¡Kiera! ¡Kiera!

Las personas alrededor lo miraban extrañadas, sin saber qué pasaba. Él se acercó corriendo a la mujer disfrazada:

—Mi hija, ¿la ha visto?

—¿La niña del chubasquero blanco?

—¡Sí! ¿Dónde está?

—Le he dado el globo y me he apartado en los empujones. La he perdido de vista con el alboroto. ¿No está con usted?

—¡Kiera! —gritó Aaron de nuevo, interrumpiendo a la mujer y volviéndose hacia su alrededor. La buscaba entre cientos de piernas—. ¡Kiera!

Y sucedió. Lo que sucede en los peores momentos y lo que alguien que mirase a vista de pájaro hubiera resuelto en un instante. Un globo de helio blanco se escapó de entre las manos de alguien y Aaron lo vio. Eso fue lo peor que pudo ocurrir.

Con dificultad, apartó como pudo a la muchedumbre que le bloqueaba el paso y corrió hacia el lugar desde el que había surgido el globo, alejándose de donde estaba, mientras vociferaba:

—¡Kiera! ¡Mi hija!

A su vez, la señorita Poppins también empezó a gritar:

—¡Se ha perdido una niña!

Cuando Aaron por fin consiguió llegar al lugar del que había partido el globo blanco, justo frente a la entrada de una oficina bancaria, un hombre y su hija con dos coletas rizadas se reían mientras se despedían del globo.

—¿Han visto a una niña con un chubasquero blanco? —irrumpió Aaron, con tono desesperado.

El hombre lo miró preocupado y negó con la cabeza.

Siguió buscando por todas partes. Corrió hacia la esquina y apartó a empujones a todo el que encontraba en su camino. Estaba desesperado. La gente se aglutinaba a miles a su alrededor, con piernas, brazos y cabezas que le impedían ver, y se sintió tan perdido y desamparado que el corazón hizo amagos de desaparecer también del interior de su pecho. La música de las trompetas de la comitiva de Santa Claus sonaba estridente en los oídos de Aaron, como un timbre agudo que hacía que sus gritos se diluyesen en el aire. La gente se agolpaba, Santa Claus reía sobre la carroza y todo el mundo quería estar cerca para verlo.

—¡Kiera!

Se acercó como pudo a su mujer, que miraba, ajena a todo, unas galletas de jengibre gigantes que bailaban con pasos muy exagerados.

—¡Grace! No encuentro a Kiera —exhaló.

—¡¿Qué?!

—¡No encuentro a Kiera! La he bajado al suelo y la he... la he perdido. —A Aaron le tembló la voz—. No la encuentro.

—¿Qué dices?

—No la encuentro.

La cara de Grace tardó un instante en viajar de la ilusión a la confusión y luego al pánico, para acabar gritando:

—¡Kiera!

Ambos la llamaron a voces por toda la zona, y la gente a su alrededor dejó lo que estaba haciendo para unirse a ellos en la búsqueda de Kiera. La cabalgata continuó ajena a todo, con Santa Claus sonriendo y saludando a los niños que seguían sobre los hombros de sus padres, hasta detenerse en Herald Square y anunciar, oficialmente, el inicio de las navidades.

En cambio para Aaron y Grace, que se habían dejado la voz y el alma buscando a su hija, no sería hasta una hora más tarde cuando todo cambiaría para siempre.

Capítulo 2
Miren Triggs
1998

La desgracia siempre busca a quienes pueden asumirla. La venganza, en cambio, a quienes no.

La primera vez que supe sobre la desaparición de Kiera Templeton fue mientras estudiaba en la Universidad de Columbia. En la puerta de la Facultad de Periodismo recogí uno de los muchos ejemplares del *Manhattan Press* que nos regalaban a los alumnos con la intención de que soñásemos a lo grande y aprendiésemos de los mejores. Me había levantado temprano, tras una pesadilla recurrente en la que corría por una calle desierta de Nueva York, huyendo de una de mis propias sombras, y aproveché aquella imagen siniestra para ducharme y arreglarme antes del amanecer. Llegué temprano y los pasillos de la facultad estaban desiertos. Los prefería así. Odiaba caminar entre desconocidos, detestaba desfilar de camino a la clase sintiendo las miradas y susurros a mi paso. En ellos yo había pasado de ser Miren a ser «esa-a-la-que...» y, a veces, también era «shh-shh-calla-que-nos-oye».

A veces sentía que tenían razón y que yo había dejado de tener nombre, como si ya solo pudiese ser el fantasma de aquella noche. Cuando me miraba en el espejo y buscaba en la profundidad de mis ojos, siempre me preguntaba: ¿Sigues ahí, Miren?

Aquel día en particular fue extraño. Había pasado una semana desde Acción de Gracias cuando el rostro de una niña pequeña, Kiera Templeton, fue portada de uno de los diarios más leídos del planeta.

El titular de aquel *Manhattan Press* del 1 de diciembre de 1998 simplemente decía: ¿HA VISTO A KIERA TEMPLETON?, seguido de un pie de foto: «Más información en la página 12». El rostro de Kiera miraba al frente en una foto casi de sorpresa, con los ojos verdes perdidos en algún punto tras la cámara, y esa fue la imagen que se quedó grabada para siempre en la memoria de todo el país. Su rostro me recordó a mí de pequeña, su mirada… a la mía de adulta. Tan vulnerable, tan débil, tan… rota.

La 71ª cabalgata de Macy's, en 1998, pasó al recuerdo de América por dos motivos. El primero, por convertirse en la que ya es considerada la mejor cabalgata de la historia, con catorce bandas, la actuación de NSYNC, Backstreet Boys, Martina McBride, *flashmobs* realizados por cientos de *majorettes*, incluido el elenco completo de Barrio Sésamo o incluso una comitiva interminable de payasos bombero. El año anterior a ese hubo graves problemas con el viento. Algunos globos causaron heridos y desperfectos y hubo un incidente con el hinchable de Barney, ese dinosaurio rosa, que tuvo que ser apuñalado por varios espectadores para intentar controlarlo y hacer que aterrizase. El despropósito había sido tal que la organización centró todos sus esfuerzos en restaurar la desastrosa reputación que había adquirido el evento. Ningún padre llevaría a sus hijos a una cabalgata en la que su pequeño pudiese ser golpeado por Barney o por Babe, un cerdito de cinco pisos. Todas las cabezas pensantes de la organización se propusieron pulir cada potencial riesgo. En esa cabalgata de 1998 todo debía salir bien. Implementaron restricciones en altura y en dimensiones de los globos, haciendo desaparecer para siempre al majestuoso Woody, el «Pájaro Loco». Se dieron cursos intensivos de control de las figuras a los ayudantes encargados de remolcar el desfile flotante. El despliegue fue tan fascinante que aún hoy, casi veinte años después, todo el país tiene grabada en la retina la inmensa comitiva vestida de azul que seguía a Santa Claus hasta el final en Herald Square. Todo salió perfecto. El desfile resultó un verdadero éxito, si no llega a ser porque fue el día en que Kiera Templeton, una niña de apenas tres años, se desvaneció entre la multitud como si nunca hubiese existido.

Mi profesor de Periodismo de Investigación, Jim Schmoer, llegó tarde a la clase. Entonces era también redactor jefe del *Wall Street Daily*, un periódico económico con algún que otro tinte generalista, y por lo visto había estado en el archivo municipal recogiendo un expediente antiguo. Se puso en pie frente a toda la clase y, con gesto que reconocí como enfadado, alzó el ejemplar en alto y preguntó:

—¿Por qué creéis que hacen esto? ¿Por qué creéis que ponen la foto de Kiera Templeton en portada, con un titular tan escueto?

Sarah Marks, una aplicada compañera que se sentaba dos bancos delante de mí, respondió alzando la voz:

—Para que todos podamos identificarla si la vemos. Podría ayudar a encontrarla. Si alguien la ve y la reconoce, quizá podría dar señal de alarma.

El profesor Schmoer negó con la cabeza y me señaló con la mano:

—¿Qué piensa la señorita Triggs?

—Es triste, pero lo hacen para vender más periódicos —dije sin titubear.

—Continúa.

—Según he leído en la noticia, desapareció hace una semana en la esquina de Herald Square. Se dio la voz de alarma al instante y poco después de terminar la cabalgata toda la ciudad la estaba buscando. En el artículo se dice que su foto ya había salido en las noticias de la noche de la cabalgata, y que incluso a la mañana siguiente habían abierto los informativos de la CBS con su imagen. Dos días después su cara empapelaba las farolas del centro de Manhattan. La han puesto ahora, ya una semana después, no por ayudar, sino por subirse al carro del morbo que parece que está generando.

El profesor Schmoer tardó un momento en hacer algún gesto.

—¿Pero habías visto antes a esta niña? ¿Habías visto las noticias de aquella noche o el informativo de la mañana siguiente?

—No, profesor. No tengo televisor en casa, y vivo al norte, en Harlem. Hasta allí no llegan los papeles en las farolas de los niños de ricos.

—¿Entonces? ¿No han cumplido su objetivo? ¿No te ha ayudado a identificarla? ¿No crees que lo han hecho para intentar aumentar aún más las probabilidades de encontrarla?

—No, profesor. A ver. En parte sí, pero no.

—Continúa —dijo, sabedor de que yo ya había llegado a la conclusión que él quería.

—Han mencionado que su cara ya ha salido en las noticias en la CBS porque no quieren que la gente los juzgue por ser los primeros en sacar beneficio de la búsqueda, aunque en realidad es así.

—Pero ahora ya conoces el rostro de Kiera Templeton, ahora ya puedes unirte a su búsqueda.

—Sí, pero esa no era la intención final. La intención era vender periódicos. Con las noticias durante las primeras horas de la CBS puede que sí pretendiesen ayudar. Ahora parece que solo quieren alargarlo, solo intentan sacar provecho de un asunto que parece que ha despertado el interés de muchos.

El profesor Schmoer desvió la mirada hacia el resto de la clase y, sin yo esperarlo, comenzó a aplaudir.

—Eso es exactamente lo que ha pasado, señorita Triggs —dijo, asintiendo con la cabeza—, y ese es el modo en que quiero que penséis. ¿Qué se esconde detrás de una historia que llega hasta la primera plana? ¿Por qué una desaparición es más importante que otra? ¿Por qué todo el país ahora mismo está buscando a Kiera Templeton? —Hizo una pausa antes de sentenciar—: Todo el mundo se ha unido a la búsqueda de Kiera Templeton porque es rentable.

Era una visión simplista del asunto, no lo voy a negar, pero aquel punto triste de injusticia fue el que me unió al caso de la desaparición de Kiera.

—Lo triste de esto es que..., y lo descubriréis pronto, los medios se unen a las búsquedas por interés. Cuando penséis si una noticia debe ser contada porque es injusta o porque es triste, en realidad la única pregunta que hará el editor de vuestro periódico será: ¿venderemos más ejemplares? Este mundo funciona por interés.

Las familias piden ayuda a los medios por el mismo motivo. Al fin y al cabo, un caso público recibe más recursos policiales que uno anónimo. Es un hecho. El político de turno necesita ganarse a la opinión pública, es lo único que le importa, y es ahí cuando se cierra el círculo. Todos están interesados en mover el asunto; unos, para ganar dinero; otros, para recuperar la esperanza.

Me quedé en silencio, enfadada. Bueno, creo que toda la clase lo hizo. Era desolador. Era desesperante. Después, y como si la de Kiera fuese ya una noticia del pasado, comenzó a comentar un artículo que implicaba al alcalde de la ciudad en un posible desvío de fondos de un aparcamiento que se estaba construyendo a orillas del Hudson, para terminar la clase comentando los pormenores de una investigación en la que participaba sobre una nueva droga que se había extendido por los suburbios y que empezaba a causar estragos entre la población con menos recursos de la ciudad. La clase era un batiburrillo de golpes de realidad a la cara. Entrabas a primera hora esperanzada y salías un rato después derrotada y cuestionándote todo. Ahora que lo pienso, cumplía su objetivo.

Antes de terminar la lección y despedirnos hasta la semana siguiente, el profesor Schmoer tenía por costumbre asignarnos un tema en el que indagar durante una semana. La anterior había sido un abuso sexual de un político con su secretaria. Para esa semana, en cambio, se dio la vuelta y escribió en la pizarra: «Tema libre».

—¿Qué significa eso? —preguntó con un grito un alumno de las últimas filas.

—Que pueden investigar ustedes el tema que más les interese del periódico de hoy.

Aquel tipo de trabajos servía para darnos alas y descubrir qué clase de periodismo de investigación se nos daba mejor: política y corrupción, asuntos sociales, preocupaciones medioambientales o tejemanejes empresariales. Una de las noticias principales versaba sobre un posible vertido tóxico al río Hudson, al aparecer cientos de peces muertos en una zona particular. El asunto era un aprobado fácil y toda la clase, yo incluida, se dio cuenta al instante. Tan solo habría que coger una muestra de agua y analizarla en un laboratorio de la facultad, lo que serviría para determinar qué material químico había cubierto el agua con una manta de peces flotantes. Luego tan solo había que rastrear qué empresas químicas se situaban río arriba que produjesen residuos o productos en los que estuviese presente el mejunje y *voilà*. Era pan comido.

Al salir de clase Christine Marks, mi antigua compañera de mesa hasta el año anterior y centro de gravedad de los tíos de clase, se aproximó a mí con cara algo seria. Antes éramos buenas amigas, ahora me daba náuseas hablar con ella.

—Miren, ¿te vienes luego a coger una muestra de agua con todos? Está tirado. Los demás están hablando de acercarnos esta tarde al embarcadero doce, llenar unas probetas con el agua y tomarnos unas cervezas. Está hecho. Creo incluso que vienen algunos chicos monos.

—Creo que voy a pasar esta vez.

—¿Otra vez?

—Es que no me apetece. Punto.

Christine frunció el entrecejo, pero luego cambió a su omnipresente cara de pena.

—Miren..., por favor..., creo que ya hace tiempo de..., bueno, de aquello.

Sabía por dónde iría y también que no se atrevería a terminar la frase. Desde el año anterior nos habíamos distanciado mucho, bueno, quizá deba decir que puse distancia entre todo el mundo y yo, y desde entonces prefería estar sola y centrarme en los estudios.

—Esto no tiene nada que ver con lo que pasó. Y, por favor, no hables conmigo como si fuese alguien por quien sentir lástima. Estoy cansada de que todos me miren con esa cara. Estoy bien. Ya.

—Miren... —se lamentó como si yo fuese estúpida. Estoy segura de que también ponía esa voz cuando hablaba con niños—, yo no quería...

—Me da igual, ¿vale? Además, no voy a investigar sobre el vertido. No me interesa en absoluto. Para una de las pocas veces que podemos elegir, prefiero hacer otra cosa.

Christine pareció molestarse, pero no me lo dijo. También era una cobarde.

—¿Entonces?

—Voy a indagar sobre la desaparición de Kiera Templeton.

—¿La niña? ¿Estás segura? En estos casos es muy difícil encontrar nada. La semana que viene no vas a tener material ni nada que se le parezca que poder presentar al profesor Schmoer.

—¿Y qué más da? —respondí—. Así al menos habrá alguien investigando ese caso que no lo haga por dinero. Esa familia se merece que alguien se preocupe por su hija y no para salvar el trasero.

—A nadie le importa esa niña, Miren. Tú misma lo has dicho. Este trabajo es para subir nota, no para bajarla. No desaproveches la oportunidad de puntuar.

—Mejor para ti, ¿no?

—Miren, no seas estúpida.

—Quizá siempre lo he sido —afirmé, intentando zanjar la conversación.

Y ahí podría haber quedado todo. Podría haber sido una investigación fallida de una semana de duración de una estudiante de periodismo sin importancia. Un suspenso de un trabajo parcial sin relevancia en mi evaluación final de PI, como llamábamos a la asignatura, pero el destino quiso que descubriese algo trascendental que cambiaría para siempre el curso y la suerte de la búsqueda de la pequeña Kiera Templeton.

Capítulo 3
Nueva York
26 de noviembre de 1998

Hasta en lo más profundo de los pozos más oscuros se puede escarbar un poco más.

Unos minutos después de su desaparición, Grace llamó a emergencias desde el teléfono de Aaron y explicó, desencajada, que no encontraba a su hija. La policía no tardó en llegar justo después de que algunos testigos vieran a Grace y Aaron gritar, dejándose la voz a la desesperada.

—¿Son ustedes los padres? —dijo el primer agente, que se había abierto paso entre la muchedumbre hasta llegar a la esquina de Herald Square con Broadway.

Varias decenas de transeúntes formaron un corro alrededor de Aaron, Grace y la policía para observar cómo se derrumbaban dos personas que habían perdido lo más importante.

—Por favor, ayúdenme a encontrarla. Por favor —suplicó ella. Las lágrimas de Grace brotaban con fuerza—. Alguien se la ha tenido que llevar. Ella no se iría con nadie.

—Tranquilícese, señora. La encontraremos.

—Es muy pequeña. Y está sola. Tienen que ayudarnos, por favor. ¿Y si alguien…? Oh, Dios mío…, ¿y si alguien la ha cogido?

—Tranquilícese. Seguramente esté en algún rincón, asustada. Aquí hay mucha gente ahora mismo. Correremos la voz entre el resto de agentes y daremos la señal de alarma. La encontraremos, se lo prometo.

—¿Hace cuánto ha ocurrido? ¿Cuándo la ha visto por última vez?

Grace miró a su alrededor, observó las caras de preocupación de la gente y dejó de escuchar. Aaron intervino para no perder tiempo:

—Hace unos diez minutos como mucho. Aquí, justo aquí. Venía conmigo sobre los hombros a por un globo… La he bajado al suelo y… y la he perdido de vista.

—¿Cuántos años tiene su hija? ¿Alguna descripción que nos ayude? ¿Qué llevaba puesto?

—Tiene tres años. Bueno, los cumple mañana. Es... morena... Llevaba una coleta, bueno, dos, a los lados. Y un pantalón vaquero... y... una sudadera... blanca.

—Era rosa claro, Aaron. ¡Por el amor de Dios! —interrumpió Grace, como pudo.

—¿Está segura?

Grace suspiró con fuerza. Se encontraba a punto de desmayarse.

—Era una sudadera clara —incidió Aaron.

—Si ha sido hace diez minutos tiene que estar cerca. Es imposible moverse por aquí con tanta gente.

Uno de los policías agarró su radio y dio la voz de alarma:

—Atención a todos los agentes: 10-65. Repito, 10-65. Se ha perdido una niña de tres años, morena, con vaqueros y una sudadera de color claro. En las inmediaciones de Herald Square, en la 36 con Broadway. —Paró un instante y se dirigió a Grace, cuyas piernas comenzaron a fallar—. ¿Cómo se llama su hija, señora? La encontraremos, se lo aseguro.

—Kiera. Kiera Templeton —respondió Aaron por encima de Grace, quien parecía estar a punto de desfallecer. Aaron sentía cada vez más el peso de su mujer, como si las piernas le estuviesen fallando y cada segundo que pasaba tuviese que hacer un mayor esfuerzo por mantenerla en pie.

—Responde al nombre de Kiera Templeton —continuó hablando el agente por la radio—. Repito, 10-65. Niña de tres años, morena...

Grace no pudo oír de nuevo la descripción de su hija. El corazón se le aceleró hasta el borde del colapso y sus brazos y piernas no pudieron aguantar la tensión que circulaba por sus arterias. Grace cerró los ojos y se echó sobre los brazos de Aaron, y la gente alrededor soltó un chillido de impresión.

—No, Grace..., ahora no... —susurró—. Por favor, ahora no...

Aaron la sostuvo como pudo y la colocó, nervioso, en el suelo.

—No es nada..., cariño, relájate —susurró al oído de su mujer—. Pasará pronto...

Grace yacía en el suelo, con la mirada perdida, y los agentes se agacharon sorprendidos para intentar ayudar. Una señora se acercó y pronto Aaron se vio rodeado de gente con ganas de saber más.

—¡Solo es un ataque de ansiedad! Por favor..., aléjense. Espacio. Necesita espacio.

—¿Le ha ocurrido más veces? —inquirió uno de los agentes. El otro pidió por radio una ambulancia. La calle se encontraba atestada de gente que caminaba en todas direcciones. El tráfico estaba cortado; Santa Claus, en la lejanía, seguía sonriendo a los niños desde su carroza. En alguna parte entre la muchedumbre podría estar Kiera, acurrucada en un rincón, asustada, preguntándose por qué sus padres no estaban con ella.

—De vez en cuando, joder. Ya llevaba un mes sin que le diera uno. Pasará en unos minutos, pero, por favor, encuentren a Kiera. Ayúdennos a encontrar a nuestra hija.

El cuerpo de Grace, que parecía estar dormida en el suelo, comenzó a dar ligeros espasmos y los mirones gritaron de sorpresa.

—No es nada. No es nada. Ya pasa, cariño —susurró Aaron al oído de Grace—. Encontraremos a Kiera. Respira..., no sé si puedes oírme ahora mismo... Céntrate en respirar y pasará pronto.

La cara de Grace se fue transformando poco a poco de la calma a una expresión de terror, los ojos se pusieron en blanco y lo único que quería Aaron es que no se golpease con nada.

El corro formado alrededor de ellos era cada vez más cerrado y las voces de todos los que daban consejos se intercalaban con el sonido de la radio de los policías. De pronto, desde uno de los lados, la gente empezó a apartarse con rapidez y apareció un equipo de emergencias con una camilla y un botiquín de primeros auxilios. Dos policías se unieron al grupo y empujaron a la gente, que parecía acercarse más y más.

Aaron dio dos pasos atrás para dejarlos trabajar y se llevó las manos a la boca. Estaba sobrepasado. Su hija había desaparecido unos minutos antes y su mujer estaba sufriendo un ataque de ansiedad. Dejó escapar una lágrima. Le costó hacerlo. No solía dejarse llevar. No solía mostrar sus emociones en público y en ese momento se sentía tan observado que se contuvo todo lo que pudo, hasta que aquella fina gota encontró la punta de su lagrimal.

—¿Cómo se llama? —gritó una paramédica.

—Grace —gritó también Aaron.

—¿Es la primera vez?

—No..., le ocurre a veces. Está en tratamiento pero... —Un nudo en la garganta interrumpió la frase.

—Grace..., guapa. Escúchame —dijo la paramédica en un tono reconfortante—. Ya pasa..., ya está pasando. —Giró la cabeza hacia Aaron y preguntó—: ¿Es alérgica a algún medicamento?

—Nada —respondió, aturdido. Aaron no sabía adónde prestar su atención. Se sentía sobrepasado. Se movía de un lado a otro, mirando al suelo y a la lejanía, entre los pies de la gente, en un intento desesperado de ver a Kiera.

—¡Kiera! —chilló—. ¡Kiera!

Uno de los policías le pidió que se apartase a un lado con él.

—Necesitamos su ayuda para encontrar a su hija, señor. Su mujer está bien. Se encargan los servicios de emergencias. ¿A qué hospital quiere que lleven a su esposa? Necesitamos que esté usted aquí con nosotros.

—¿Hospital? No, no. Se le pasa en cinco minutos. No es nada.

Uno de los paramédicos se acercó a Aaron y el policía y le dijo:

—Será mejor que nos vayamos a un lugar más tranquilo. Tenemos la ambulancia en el siguiente cruce y es más conveniente que se recupere del ataque allí. ¿Qué le parece que le esperemos allí? No iremos al hospital salvo alguna complicación. No se preocupe, es solo un ataque de ansiedad. Pasará en unos minutos y cuando termine necesitará estar relajada.

De pronto uno de los policías que se acababan de acercar puso cara de sorpresa y se dirigió a la radio.

—Central, ¿puede repetir eso último?

La voz de la radio era ininteligible para Aaron, que estaba alejado algunos metros, pero se percató de la expresión del agente.

—¿Qué ocurre? —gritó—. ¿Qué pasa? ¿Es Kiera? ¿La han encontrado?

El agente escuchó atento la radio y vio a Aaron acercarse con rapidez.

—Señor Templeton, tranquilícese, ¿de acuerdo?

—¿Qué ocurre?

—Han encontrado algo.

Capítulo 4
27 de noviembre de 2003
Cinco años después de la desaparición de Kiera

Solo aquellos que nunca dejan de buscar
se encuentran a ellos mismos.

En el cruce de la calle 77 con Central Park West, en Nueva York, a las 9:00 de la mañana del 27 de noviembre, cientos de ayudantes y voluntarios se arremolinaban en torno a las grandes figuras hinchables que estaban a punto de elevarse del suelo. Todo el que participaba en el levantamiento de los grandes globos que recorrerían las calles de Nueva York hasta acabar frente a la tienda de Macy's en Herald Square se organizaba en grupos vestidos para la ocasión según el personaje que tuviesen que portar: los encargados de volar a Babe, el cerdito valiente, iban con sudaderas rosas, en un elegante traje negro los que portaban al carismático Sr. Monopoly, o en monos azules para los que acompañaban al mítico Soldado de Juguete. En Herald Square la mañana había comenzado con un majestuoso *flashmob* de America Sings, con sudaderas de colores, seguido de las actuaciones de algunos de los mejores artistas del país.

La ciudad se había convertido en una grandiosa fiesta, la gente sonreía por las calles y los niños caminaban ilusionados hacia alguno de los puntos por los que pasaba la cabalgata. Incluso desde el cielo, el magnate Donald Trump hacía un vuelo en su helicóptero para enseñar a la NBC una vista aérea del recorrido que dibujaría el desfile sobre las rectas líneas de Manhattan.

La desaparición de Kiera Templeton había caído ya en el olvido de la ciudad, pero no en su subconsciente. Los padres y las madres caminaban fuertemente agarrados de sus hijos, con precauciones que antes ni se tenían en cuenta. Se evitaban los puntos calientes del recorrido, aquellas zonas en las que se preveían mayores aglomeraciones. El cruce de Times Square, el destino final junto a la tienda de Macy's, o incluso las zonas más bajas de Broadway solo eran frecuentadas por turistas, adultos y gente de las ciudades colindantes. Las familias habían optado por disfrutar del evento con sus hijos cerca de donde se iniciaba la acción, en la paralela de

Central Park West, una zona con menor riesgo y con amplias aceras y grandes espacios para caminar sin embotellamientos ni potenciales estampidas.

Eran las 9:53 de la mañana y, justo en el instante en que el globo de la Gallina Caponata de Barrio Sésamo alzaba el vuelo ante la atenta mirada de cientos de niños y padres con sonrisa de ilusión, un borracho irrumpió en el centro de la calle, vociferando colérico entre lágrimas.

—¡Vigilen a sus hijos! ¡Vigilen a sus hijos o esta ciudad se los tragará! ¡Se los tragará como se traga todo lo bueno que pisa sus calles! ¡No amen nada en esta ciudad! Porque si ella lo descubre, se lo quitará, como te quita todo cuanto ve.

Algunos padres desviaron la mirada del gigantesco pájaro amarillo que se levantaba varios metros del suelo hacia el borracho, que vestía un traje sin corbata lleno de manchas. El hombre tenía una poblada y descuidada barba oscura; su pelo era una maraña despeinada. Presentaba una herida en el labio, cuya sangre había brotado hasta mancharle el cuello de la camisa, y sus ojos estaban cargados de dolor y desesperanza. Andaba con dificultad, puesto que llevaba un pie descalzo tan solo cubierto por un calcetín blanco con la parte inferior completamente negra.

Un par de voluntarios se acercaron al hombre con la intención de calmarlo.

—¡Eh, amigo! ¿No es un poco pronto para estar así? —le dijo uno de ellos, mientras intentaba guiarlo hasta uno de los lados.

—Es Acción de Gracias, ¿no le da vergüenza? —añadió el otro—. Salga de aquí antes de que le detengan. Hay niños viéndole. Compórtese.

—Vergüenza me daría participar... en esto. En alimentar esta... esta máquina de engullir niños —gritó.

—Un segundo... —dijo uno de ellos, tras reconocerlo—, usted es... el padre de esa niña que...

—Ni se te ocurra mencionar a mi hija, desgraciado.

—¡Sí! Es usted... Quizá no debería venir a... a esto —señaló intentando ser comprensivo.

Aaron agachó la cabeza. Había pasado toda la noche bebiendo de bar en bar hasta que no quedaba ninguno abierto. Luego fue a un *deli* y compró una botella de ginebra que el dependiente paquistaní aceptó venderle por lástima. Se bebió un tercio de la botella en el primer trago y vomitó justo después. Se sentó a llorar. Quedaban unas horas para que empezase la cabalgata de Macy's y se cumpliese el quinto aniversario de la desaparición de Kiera y el día anterior se había despertado llorando, tal y como le había ocurrido los años anteriores. Aaron nunca había bebido antes de perder a su hija. Era correcto, mantenía un modo de vida saludable y solo tenía la costumbre de beber una copa de vino blanco cuando tenían visita en su antigua casa de Dyker

Heights, un barrio de clase alta en Brooklyn. Desde que sucedió lo de Kiera, y la tragedia de después, no había día en que amaneciese sin tomarse una copa de whisky. Existía tal diferencia entre el Aaron Templeton de 1998 y el de 2003 que era innegable que la vida lo había golpeado con fuerza.

Un agente de policía vio la escena y se acercó corriendo.

—Señor, tiene que salir de aquí —dijo, al tiempo que agarraba a Aaron de un brazo y le indicaba la salida hacia el otro lado de las vallas—. Aquí solo pueden estar los miembros de la comitiva.

—¡No me toque! —gritó Aaron.

—Señor..., por favor..., no quisiera detenerlo. Hay muchos niños mirando.

Aaron desvió la mirada hacia los bordes de la calle y se dio cuenta de que todos los ojos estaban clavados en él. Poco importaba la gigantesca sombra que proyectaba el pájaro amarillo o la figura de Spiderman que se estaba hinchando en la lejanía a punto de alzar el vuelo. Agachó la cabeza. Otra vez. Estaba derrotado. Tocado y hundido. El golpe emocional del día de la cabalgata era insalvable, y quizá lo único que podía hacer era volver a su nuevo apartamento, en Nueva Jersey, para dormir y llorar en soledad. Pero el agente le pegó un tirón del brazo y eso fue lo peor que pudo pasar.

Aaron se revolvió y golpeó con un fuerte puñetazo la cara del policía y lo tiró al suelo, frente a la atónita mirada de cientos de niños y padres, que empezaron a abuchear con enfado.

—¡Qué vergüenza! —gritó uno de ellos—.

¡Váyase, payaso! —chilló otro.

Una botella de agua le golpeó en la cara y él miró en todas direcciones, aturdido, sin saber de dónde había venido el impacto.

No le dio tiempo a pensar el motivo del abucheo, por qué la gente consideraba mal que estuviese allí, cuando dos agentes más corrieron hacia él y, con un fuerte placaje, lo tiraron al suelo. La caída la frenó su cara contra el asfalto. En menos de cinco segundos tenía los brazos a la espalda y las esposas cortándole la circulación de las muñecas. Su cerebro no había procesado el dolor por el golpe, algo que sucedería dos minutos después, pero sí las manos de los agentes y de uno de los voluntarios que lo levantaron del suelo en volandas, entre los aplausos de todo el que miraba, que apenas dejaban oír los gritos y lamentos de un padre que se hundía en lo más profundo.

Una vez en el furgón policial, se quedó dormido.

Cuando se despertó, una hora más tarde, se encontraba sentado en la comisaría de la Sección Oeste de la Policía de Nueva York, con los grilletes a la espalda, junto a un hombre mayor de aspecto amigable y cara triste. A Aaron le dolía la cara e hizo una mueca para destensar la sangre seca de su rostro, pero fue mala idea. El dolor irradió en todas direcciones.

—¿Un mal día? —preguntó el hombre a su lado.

—Una mala... vida —respondió Aaron, que sentía ganas de vomitar.

—Bueno, la vida es mala si no haces nada por cambiarla.

Aaron desvió la mirada hacia él y, acto seguido, asintió. Por un momento pensó que aquel hombre no tenía ninguna pinta de delincuente si no hubiera sido por las manos también atadas a la espalda. Se imaginó que el hombre quizá estaba allí por multas de aparcamiento.

Una mujer de pelo castaño apareció de entre los escritorios de la comisaría y se dirigió al hombre mayor:

—Señor Rodríguez, ¿verdad? —dijo, al tiempo que levantaba un folio de su portafolios.

—Eso es —respondió.

—En unos minutos viene mi compañero de homicidios para hacerle unas preguntas. ¿Quiere que avisemos a su abogado?

Aaron miró al hombre con cara de sorpresa.

—No hará falta. Ya está todo dicho —respondió el señor Rodríguez, tranquilo.

—Bueno, como quiera. Quiero que sepa que puede tener acceso a uno de oficio que le acompañe en la declaración.

—Tengo la conciencia tranquila. Nada que ocultar. —Sonrió.

—Está bien —respondió la policía—. En unos minutos viene el agente a por usted. Y usted... es... Templeton, Aaron. ¿Me acompaña, por favor?

Aaron se levantó como pudo y se despidió del señor Rodríguez con un gesto con la cabeza. Comenzó a caminar detrás de la agente, que iba más rápido que él, hasta que llegó a una especie de sala de espera.

—Aquí están sus cosas. Llame a alguien para que venga a por usted.

—¿Ya está? —preguntó Aaron, confundido.

—Verá..., al policía al que le ha pegado le da pena. Le conoce, ¿sabe? Le vio en la tele cuando lo de su hija. Dice que bastante ha sufrido ya y que es Acción de Gracias. No ha presentado cargos y en el informe solo ha puesto que lo ha detenido porque estaba demasiado agitado. Únicamente tiene una falta leve.

—Entonces... ¿me puedo ir a casa?

—No tan rápido. Solo puede marcharse si viene alguien a por usted. No le podemos dejar irse solo estando aún..., bueno, borracho. Si quiere puede dormir la mona en la sala de espera, pero no se lo recomiendo, es Acción de Gracias. Vaya pronto a casa, duerma un rato y luego cene en familia. Seguro que le espera una buena comida.

Aaron suspiró y miró de nuevo hacia la zona en la que estaba sentado el señor Rodríguez.

—¿Le puedo preguntar qué ha hecho?

—¿Qué ha hecho quién?

Aaron señaló con la cabeza hacia el hombre.

—Parece un buen tipo.

—Oh, señor. Lo es. Anoche mató a tiros a cuatro hombres que habían violado en grupo a su hija.

Aaron tragó saliva y miró hacia el señor Rodríguez, con una especie de admiración recuperada.

—Seguramente pase lo que le queda de vida en prisión, pero no lo culpo. Yo en su lugar... no sé lo que haría.

—Pero usted es policía. Usted se encarga de meter a los malos en prisión.

—Pues por eso mismo lo digo. No confío mucho en este sistema. Esos mismos hombres a los que ha matado tenían ya varias denuncias por delitos sexuales, y... ¿sabe dónde estaban? En la calle. No sé. Yo cada vez confío menos en todo esto. Por eso estoy en la comisaría manejando expedientes y no jugándome el tipo por el sistema. Aquí se está mejor, amigo.

Aaron asintió. La agente sacó una caja de plástico que contenía una cartera de cuero, unas llaves con un llavero del perro Pluto y su teléfono Nokia 6600, y la apoyó sobre el mostrador. Aaron se guardó en los bolsillos la cartera y las llaves y buscó en la agenda del teléfono. Navegó entre doce llamadas perdidas de Grace y escribió un SMS que borró antes de enviar. Prefirió realizar una llamada para intentar salir de allí cuanto antes.

Se pegó el auricular a la oreja y, unos segundos después, escuchó una voz femenina al otro lado:

—¿Aaron?

—Miren, ¿puedes venir a por mí? Me he metido en un pequeño lío.

—¿Eh...?

—Por favor...

Miren suspiró.

—Estoy en la redacción. ¿Es urgente? ¿Dónde estás?

—En comisaría.

Capítulo 5
Miren Triggs
1998

Uno es aquello que ama,
pero también, lo que teme.

Esa misma tarde, tras las clases, decidí echar un ojo a todo lo que se había publicado de la desaparición de Kiera Templeton. Apenas había pasado una semana desde el suceso, pero los artículos, las noticias y los rumores crecían en torno a ella a un ritmo imparable. Pasé por el archivo de la biblioteca de la universidad y le pedí a la ayudante si podía realizar una búsqueda de las noticias publicadas desde el día de la desaparición que incluyesen las palabras «Kiera Templeton».

Recuerdo la cara de la chica y su fría respuesta:

—Aún no están procesados los periódicos de la última semana. Vamos aún por 1991.

—¿1991? Estamos en 1998 —respondí—. Estamos en plena era de la tecnología y ¿me estás diciendo que vamos con siete años de retraso?

—Eso es. Todo esto es muy nuevo, ¿sabes? Pero puedes consultarlos a mano. No hay tantos.

Suspiré. En parte tenía razón. ¿Cuánto tiempo tardaría en encontrar las noticias que mencionasen la desaparición?

—¿Puedo ver los periódicos de la última semana?

—¿Cuáles? *Manhattan Press, Washington Post*…

—Todos.

—¿Todos?

—Los nacionales y los del estado de Nueva York.

La mujer me devolvió una mirada confundida y, por primera vez, suspiró.

Me senté a esperar en las mesas de la biblioteca, mientras la becaria se perdía tras una puerta de un lateral. Se me hizo una eternidad y, sin darme cuenta, mi mente viajó a aquella noche. Me levanté para no pensar. Deambulé durante un rato por algunos pasillos y me perdí susurrando títulos en español de autores hispanohablantes.

Oí el sonido de unas ruedas tras de mí y, cuando me giré, me encontré el rostro de la chica, sonriente, con un carro cargado de más de cien diarios.

—¿Todo eso? —pregunté, sorprendida por el montón. Me lo había imaginado más pequeño.

—Es lo que me has pedido, ¿no? Los periódicos publicados en la última semana. Solo nacionales y los locales del estado de Nueva York. No sé qué trabajo tienes que hacer pero ¿seguro que no te vale con los nacionales?

—Está perfecto así.

La chica volvió tras el mostrador, después de dejarme el carrito cargado de diarios al lado de una de las mesas junto a la ventana. Agarré el primer periódico y empecé a pasar hojas con rapidez mientras leía los titulares y mis ojos volaban de uno a otro como dos aves rapaces que buscaban entre los matorrales.

Hay varias maneras de documentarte en una investigación y la que elijas depende mucho de tu instinto y del asunto que quieras investigar. Para algunos casos es mejor acudir a expedientes policiales; para otros, a archivos municipales o registros públicos. En ocasiones las pistas clave te las proporciona un testigo o un confidente, y en muchas otras se trata de puro instinto. Buscando, indagando, cotejando cada pequeño reducto de información que pueda ser relevante. Con el asunto de Kiera Templeton estaba a ciegas. Era aún pronto para intentar conseguir el expediente de su desaparición y, además, ningún agente del FBI se atrevería a compartir información con una estudiante de periodismo de último año de carrera. Si el FBI colaboraba era con los periodistas de los principales medios y siempre y cuando fuese necesario y se creyese que pudiese ayudar a avanzar el caso. Había ocurrido en otras ocasiones. La policía a veces necesitaba de los ojos de millones de personas, y para ello ofrecía a los medios información confidencial de la investigación para lograr identificar a algún asesino o encontrar a una víctima gracias a la ayuda ciudadana. Para los casos más llamativos, como era el de Kiera, publicar detalles de la ropa que llevaba puesta, dónde fue vista por última vez o incluso las cosas que le gustaba hacer podrían ayudar a incentivar la búsqueda y a estar en modo alerta por si se encontraba alguna pista clave.

Pasé los periódicos del día 26 de noviembre con rapidez, el día de Acción de Gracias de ese año, puesto que era el mismo día en que desapareció Kiera. La edición de esos rotativos fue cerrada la madrugada anterior y la información que mostraban eran noticias y sucesos acontecidos el 25 de noviembre, por lo que en ellos no podía aparecer ningún dato sobre Kiera.

En los del día siguiente, y tras pasar algunos cientos de páginas de distintos medios con fotografías sobre la cabalgata y titulares sobre el inicio oficial de las navidades, encontré la primera referencia a la desaparición de Kiera. En una esquina inferior de la página 16, del *New York Daily News*, en un recuadro contorneado por líneas negras, aparecía la primera fotografía de Kiera, la misma que había aparecido días después, en portada, en el *Manhattan Press*. En él se comentaba, en tono aséptico, que desde el día anterior se había iniciado la búsqueda de una niña de tres años que había desaparecido y respondía al nombre de Kiera. Según el artículo, llevaba puesto un pantalón vaquero, una sudadera blanca o rosa claro y un chubasquero de plumón blanco. No había nada más. Ni hora de la desaparición ni lugar en el que había sido vista por última vez.

En los diarios del día siguiente no me sorprendió encontrar un artículo con mayor presencia. Otro periódico, esta vez el *New York Post,* había dedicado media página a la desaparición de Kiera. El artículo, firmado por un tal Tom Walsh, relataba lo siguiente:

«Segundo día de búsqueda de Kiera Templeton, desaparecida durante la cabalgata de Acción de Gracias. La niña, de tres años de edad, desapareció entre la muchedumbre hace dos días. Sus padres, desesperados, piden ayuda de la ciudadanía para encontrarla». La imagen de Aaron y Grace Templeton sosteniendo una foto de su hija acompañaba la noticia. Tenían los ojos hundidos por el llanto. En aquella imagen fue donde los vi por primera vez a los dos.

Seguí leyendo periódicos y seleccionando las páginas en las que se mencionaba a Kiera o a la cabalgata, mientras avanzaba en el calendario hasta llegar a ese día y la portada del *Manhattan Press*.

Miré la hora y me asusté al comprobar que casi eran las nueve de la noche. No quedaba nadie en la biblioteca, que permanecía abierta hasta medianoche en esa época del año, con los parciales a la vuelta de la esquina, pero lo suficientemente lejanos como para que nadie tuviese la urgencia de estudiar.

No debí haberme quedado hasta tan tarde. Guardé las páginas rápido en la mochila y llevé el carrito hasta el mostrador. La becaria refunfuñó en cuanto vio la montaña de papeles desordenada.

Salí a la calle y comprobé la oscuridad de la noche de Nueva York. Miré a un lado y no había un alma por aquella parte de la ciudad. En el otro, un par de siluetas rodeadas de humo hablaban y fumaban en la puerta de un bar. Volví dentro y la chica del mostrador me dedicó una sonrisa falsa al verme de nuevo:

—¿Puedo usar el teléfono? —pregunté—. No he traído dinero para el taxi... No pensaba terminar tan tarde.

—Solo son las nueve. Aún hay gente por las calles.

—¿Puedo usar el teléfono o no?

—Cla... claro —respondió, alargándome el auricular.

Yo vivía de alquiler cerca de clase, en Harlem centro, en un edificio de ladrillo rojizo en la 115, a escasos diez minutos a pie de la facultad, situada al este del Morningside Park, mientras que mi casa estaba justo al oeste.

Tan solo debía cruzar un par de calles, atravesar el parque y estaría en casa. El problema era que durante aquellos años esa zona era conflictiva. Había muchos condominios y proyectos sociales que habían reunido en una única zona, por encima de Central Park, a bandas, grupos de delincuentes de poca monta, drogadictos y asaltantes ávidos de alguna víctima despistada. Por el día los atracos y asaltos eran inexistentes, pero por la noche la situación cambiaba por completo.

Marqué el único teléfono que respondería a esas horas.

—¿Sí? —dijo una voz masculina al otro lado.

—¿Te apetece que nos veamos? —pregunté—. Estoy en la biblioteca de la facultad.

—¿Miren?

—Se me ha complicado el día. ¿Te apetece o no?

—Está bien. Dame quince minutos y estoy allí.

—Te espero dentro.

Colgué y estuve haciendo tiempo mientras observaba cómo la becaria intentaba ordenar el desbarajuste de hojas sueltas que había montado con los periódicos. Un rato después apareció el profesor Schmoer bajo el umbral de la puerta, vestido con su chaqueta con coderas y sus gafas de pasta redondas, y me hizo señas para que saliese con él al exterior.

—¿Estás bien? —me dijo, a modo de saludo, una vez que pisamos la acera.

—Se me ha hecho tarde.

—Te acompaño a casa y me voy, ¿vale? No puedo quedarme. —Me dio la espalda y comenzó a caminar hacia el este—. Tengo lío en la redacción. El director quiere publicar algo sobre Kiera Templeton en portada, lo que sea, y yo tengo la sensación de que mañana todos los medios lo harán, después de la de hoy del *Manhattan Press*. Va a hacerse sangre con este tema de la cría y, sinceramente, me da asco formar parte de esto.

Aceleré el paso y me puse a su altura.

—¿Y qué vais a publicar? —inquirí por curiosidad.

—La llamada de la madre a emergencias. Hemos conseguido una copia de la grabación.

—Ufff. Mal asunto —exhalé levantando las cejas—. Buen viraje al sensacionalismo, para ser el *Daily*. ¿No se supone que sois un periódico económico?

—Lo sé. Por eso me da asco lo que piensan hacer.

Esperé un momento antes de continuar. Me fijé en el sonido de nuestros pasos en la acera; también en cómo nuestras sombras nos adelantaban tras pasar junto a una farola para luego desaparecer.

—¿Y no puedes decidir nada? ¿No puedes publicar otra cosa? Eres el editor jefe.

—Ventas, Miren. Las ventas lo son todo —respondió, molesto—. Tú misma lo has dicho hoy. Lo que quizá no comprendes aún es cuánto lo controlan todo. Es en realidad lo único que importa.

—¿Tanto?

—El *Manhattan Press* de hoy ha arrasado. Ha vendido diez veces más que la edición del día anterior, Miren. Los demás medios nos hemos quedado con las ediciones colgadas. Les ha salido bien la jugada.

—¿Diez veces?

—No sabemos con lo que saldrán mañana, pero esto funciona así. La búsqueda de esa cría se va a convertir, lo queramos o no, en el enigma de los próximos meses en todos los medios, si es que no aparece antes. Incluso habrá medios que prefieran que no aparezca nunca, para seguir estirando el chicle lo máximo posible. Cuando la gente se haya olvidado del asunto y los periódicos de ella, comenzarán los homenajes que todo el mundo ignorará, y solo llegado el caso de que apareciese la mismísima Kiera en pleno Times Square, o su cadáver, se volvería a sacar el tema.

Le vi derrotado. Parecía tan hundido que no me atreví a responder.

Llegamos a la estatua de Carl Schurz, junto al parque, y le pedí rodearlo en lugar de atravesarlo, a pesar de duplicar el tiempo de recorrido; él aceptó sin protestar.

A partir de ese momento me acompañó en silencio. Sin duda era la edad. Me sacaba unos quince años y sabía que yo no necesitaba hablar. Él aguardó a que me equivocase. Quizá esperaba que yo sacase el tema tras mi negativa a cruzar el parque, pero era algo de lo que no quería hablar. Al llegar a la puerta de casa, tras subir por Manhattan Avenue, le dije:

—Gracias, profesor.

—No hay de qué, Miren. Ya sabes que solo intento ayudar…

Me lancé y le di un abrazo de agradecimiento. Era reconfortante sentirse algo protegida.

De pronto me apartó de un empujón, algo preocupado, y yo me sentí como una mierda.

—Esto…, esto no está bien, Miren. No puedo. Tengo que volver a la redacción.

—Era solo un… un abrazo, Jim —le dije, seria y enfadada—. ¿Se te va la olla?

—Miren, ya sabes que no…, no puedo. Tengo que irme. Esto no debería suceder. Si nos ven…

—¿Tan urgente es? —dije, tratando de no darle importancia a su rechazo.

—No, es solo… —pareció titubear—. Bueno, sí. No puedo quedarme —sentenció.

—Perdón, yo… —me disculpé—, pensaba que éramos… amigos.

—No, Miren. No es eso… Es que tengo que volver a la redacción. De verdad.

Lo noté más nervioso de la cuenta y esperé a que continuase.

—Es la llamada de la madre de Kiera Templeton a emergencias —dijo finalmente—. No pinta bien. Y no creo que esto sea lo mejor.

—¿Me puedes contar algo más? He decidido investigar lo de Kiera Templeton para el trabajo de esta semana.

—¿No vas a investigar el vertido? —respondió con gesto de sorpresa—. Creía que querías aprobar.

Agradecí que no insistiese en el asunto del abrazo y disipase la tensión.

—Y quiero, pero no a costa de ser igual que los demás. Todos van a hacer eso. Es pan comido. Kiera se merece que se mire este caso con los ojos sin el símbolo del dólar.

El profesor Schmoer asintió, conforme.

—Está bien. Solo te contaré una cosa de la grabación.

—Dime.

—En la llamada a emergencias los padres…

—¿Qué pasa con ellos?

—Parecen esconder algo.

Capítulo 6

Llamada a emergencias de Grace Templeton
26 de noviembre de 1998. 11:53 a. m.

—Nueve uno uno, ¿cuál es su emergencia?

—No..., no encuentro a mi hija.

—Está bien... ¿Cuándo fue la última vez que la vio?

—Hace..., hace unos minutos... Estábamos aquí en..., en la cabalgata y... se fue con su padre.

—¿Está con su padre o se ha perdido?

—Estaba con él... y ahora no. Se ha perdido.

—¿Cuántos años tiene?

—Tiene dos años, casi tres. Su cumpleaños es mañana.

—De acuerdo... ¿En qué zona se encuentra?

—Eh...

—Señora, ¿en qué zona se encuentra?

—En..., en la 36 con Broadway. Hay mucha gente y se ha perdido. Es muy pequeña. ¡Dios mío!

—Y..., ¿y qué ropa llevaba puesta la última vez que la vio?

—Llevaba puesto un..., deme un segundo..., no lo recuerdo con exactitud. Un pantalón azul y... no sé.

—¿Un jersey o algo similar? ¿Recuerda el color?

—Eh..., sí. Una sudadera rosa.

—¿Me puede describir brevemente a su hija?

—Es... morena, con el pelo corto. Sonríe a todo el mundo. Mide 34 pulgadas. Es..., es bajita para su edad.

—¿Color de piel?

—Blanca.

—Está bien...

—Por favor, ayúdenos.

—¿Se ha movido del sitio? ¿Ha buscado por los alrededores?

—Esto está lleno de gente. Es imposible.

—¿Llevaba algún chaquetón o abrigo su hija?

—¿Cómo dice?

—Que si llevaba algo encima de la sudadera rosa que me ha comentado. Está lloviendo en Nueva York.

—Eh..., sí. Un chubasquero.

—¿Recuerda el color?

—Eh..., blanco, con capucha. Sí. Tenía una capucha.

—Ok... Quédese en la línea. Voy a pasarle ahora mismo con la policía. ¿De acuerdo?

—Vale.

Unos segundos después y, tras varios tonos de espera, otra mujer distinta respondió al otro lado.

—¿Señora?

—¿Sí?

—¿Ha visto en qué dirección se fue su hija?

—Eh..., no. Estaba con mi marido y no ha vuelto. Ya se..., ya se había perdido.

—¿Se encuentra usted con su marido?

—Sí. Está aquí.

—¿Podría ponerlo al teléfono?

—...

—¿Sí? —respondió Aaron, con voz rota.

—Señor, ¿ha visto en qué dirección se ha ido su hija?

—No. No lo he visto.

—Está bien... ¿Me confirma la hora a la que ha ocurrido?

—Hace cinco minutos como máximo. Aquí hay demasiada gente. Es imposible encontrarla.

—La vamos a encontrar.

—...

—Señor, ¿me escucha?

—Sí, sí.

—Una unidad a pie se dirige a la esquina de la 36 con Broadway. Esperen ahí.

—¿Creen que la encontrarán? —preguntó Aaron.

En la lejanía del teléfono, en un segundo plano, se escuchó la voz de Grace decirle algo a Aaron, pero resultó ininteligible.

—Grace, no es el momento —intentó zanjar él.

—No se preocupe, señor. Su hija aparecerá.

La voz de Grace se escuchó de nuevo a lo lejos:

—Aaron, límpiate la sangre.

—...

—¿Señor? —le llamó la operadora.

—Gracias a Dios —dijo él.

A lo lejos se escuchó la voz grave de quien luego se identificaría como un agente de policía:

—¿Son ustedes los padres?

Capítulo 7

27 de noviembre de 2003

Cinco años después de la desaparición de Kiera

La esperanza emite la única luz capaz
de iluminar las sombras más oscuras.

Miren apareció en la comisaría vestida con un traje negro de falda y chaqueta sobre una blusa blanca. Su melena castaña estaba recogida en una coleta alta bien hecha y Aaron la miró desde la sala de espera caminar con decisión hacia el mostrador y preguntar por él. La agente señaló hacia donde Aaron esperaba y ella, tras firmar un consentimiento, se volvió con el rostro serio y se acercó.

—¿Nos vamos? —dijo ella a modo de saludo.

Hacía un año que no se veían, pero encontrarlo en aquella situación le sorprendió más bien poco. Durante una época, los primeros años de la búsqueda de Kiera, se había encontrado en alguna que otra ocasión a Aaron, y lo había visto sumirse minuto a minuto en esa espiral de tristeza y desesperanza que consumía todo lo que tocaba. Con el tiempo, el día a día y el hecho de que Miren comenzase a trabajar como periodista para el *Manhattan Press* habían hecho que se distanciasen y que sus encuentros se convirtieran en esporádicos. La última vez que se habían visto fue el mismo día del año anterior, en el cumpleaños de Kiera, cuando Aaron se presentó en la redacción chillando y preguntando por ella y por sus promesas incumplidas.

—Gracias por venir, Miren... No tenía a nadie más a quien llamar.

—Ya. No es nada. Déjalo, Aaron. No hace falta.

Eran las cuatro de la tarde y el tráfico estaba empezando a recuperar la normalidad en la zona norte. La cabalgata había terminado, las risas de los niños se habían difuminado y todo el mundo había vuelto a sus casas con la intención de preparar la cena a tiempo. Miren indicó el camino hacia su coche, un Chevrolet Cavalier color champán que estaba aparcado en el parking entre dos vehículos de la policía. Miren se montó primero y esperó dentro a que Aaron hiciese lo mismo.

—Siento que me veas así —dijo él, apestando a alcohol y con un aspecto lamentable.

—Da igual, no importa. Casi me he acostumbrado —dijo ella, molesta.

—Hoy es el octavo cumpleaños de Kiera. Simplemente... no he podido aguantarlo.

—Lo sé, Aaron.

—No he podido soportar esto. La cabalgata, el cumpleaños, todo en un mismo día. Son tantos recuerdos. Tanta culpabilidad—. Se llevó las manos a la cara.

—No tienes que justificarte. Conmigo no, Aaron.

—No..., quiero que lo entiendas, Miren. La última vez que nos vimos me comporté como...

—Aaron, no hace falta. Puedes dejarlo. Sé que es difícil.

—¿Cómo se lo tomaron tus jefes?

—Bueno. No les gustó. Pero tampoco les dejaste alternativa. Supongo que a nadie le gustaría que el padre de la niña más buscada de Estados Unidos apareciese borracho en la recepción gritando que nos inventamos todo lo que publicamos, porque sabes muy bien que no es verdad —sentenció ella mientras él dejó su vista perdida en el limbo. Le temblaba el labio. También la mano derecha, como si la tristeza ganase el control esporádico de algunas partes de su cuerpo.

Miren arrancó el vehículo y comenzó a circular hacia el sur, en silencio.

—¿Tuviste algún problema por aquello? —continuó Aaron.

—Un ultimátum. Que me alejase de la historia de Kiera porque nunca me llevaría a ningún lado.

Aaron miró a Miren y, como si la hubiese masticado durante bastante tiempo y la tuviese preparada, soltó aquella frase:

—A ti te vino bien que Kiera desapareciese.

Miren pegó un frenazo. Estaba enfadada por haber tenido que ir a recogerlo, por tener que haberlo visto borracho una vez más, especialmente ese día, pero aquello le dolió en el alma.

—Ni se te ocurra decir algo así, Aaron. Sabes que hice todo lo que pude. Sabes que nadie ha hecho más que yo por encontrar a tu hija. ¿Cómo tienes la cara de…?

—Solo digo que te vino bien todo aquello. Mírate…, trabajando en el *Press*.

—Bájate del coche —dijo Miren, molesta.

—Vamos…

—¡Que te bajes del coche! —chilló.

—Miren…, por favor…

—Escúchame, Aaron. ¿Sabes la cantidad de veces que he leído el expediente policial de Kiera? ¿Sabes a cuántas personas he entrevistado en estos últimos cinco años? Nadie le ha dedicado tanto tiempo a encontrarla como yo. ¿Sabes a las cosas que he renunciado por intentar dar un paso más y saber qué sucedió con ella?

Aaron se dio cuenta de que había tocado hueso.

—Lo siento…, Miren. Es que no puedo más… —se derrumbó—. No puedo… Cada año, cuando se acerca este día me digo lo mismo. «Venga, Aaron, este año vas a sonreír una sola vez en Acción de Gracias. Este año vas a ir a ver a Grace y vais a recordar lo buena familia que formabais». Siempre me lo digo al espejo tras levantarme, pero es pensar en ella y en todo lo perdido, en todo lo que podría haber sido y nunca fue, en cada…, en cada sonrisa que perdimos, y no aguanto.

Miren lo observó llorar y chasqueó la lengua, pero, tras unos segundos viéndolo así, le costó mantener el tipo.

—Maldita sea —dijo, tras lo cual volvió a poner las manos al volante y pisó el acelerador.

—¿Me llevas a mi apartamento? Necesito dormir.

—He hablado con Grace.

Esa vez fue Aaron quien se lamentó.

—¿Para qué?

—Lleva todo el día llamándote y no se lo cogías. Luego me llamó a mí, para preguntarme si sabía dónde estabas. La noté mal, supongo que es este día, que toca demasiados sentimientos y abre todas las heridas.

Aaron observó a Miren y sintió en su tono de voz que estaba más seria de lo que recordaba. Su aspecto tan profesional y su mirada casi inexpresiva reforzaban aún más la sensación que siempre había tenido de ella: que Miren era demasiado fría.

—Cuando me has llamado he accedido por ella, sinceramente. La he vuelto a llamar para decirle dónde estabas y me ha pedido que te llevase a vuestra casa cuanto antes. Parecía urgente.

—No quiero ir —aseveró Aaron, casi al instante.

—No es negociable, Aaron. Se lo he prometido. Le he dicho que te llevaría en persona.

—Estás loca si piensas que voy a ir a ver a mi ex-mujer el día del cumpleaños de Kiera. Es el último momento en el que querría pasar tiempo con ella.

—Me da igual. Tengo que llevarte. Te vendrá bien. Los dos lo estáis pasando mal. Solo vosotros dos comprendéis por lo que está pasando el otro. Grace necesita que alguien se preocupe también por ella. Lo ha pasado tan mal o peor que tú, y no va por ahí emborrachándose y despotricando contra el mundo.

Aaron no respondió y Miren entendió su silencio como un «está bien». Condujo desde la comisaría de policía del distrito veinte, en la calle 82 oeste, y pronto llegó a la orilla con el río Hudson. Durante el camino hacia el sur Miren permaneció en silencio y Aaron miraba con asco por la ventanilla la ciudad que tanto amó. Atrás quedaron los años felices, de ascensos en el trabajo, de juegos en el jardín de casa, de acariciar con ilusión el vientre de Grace ante la previsible llegada de Michael. Pero todo se desvaneció con aquel globo blanco alejándose hacia las nubes.

Pronto atravesaron el túnel Hugh L. Carey que conectaba Manhattan con Brooklyn bajo el agua y, cuando salieron a la superficie, el tráfico se volvió más lento, parándose cada cierto tiempo en semáforos interminables. En un par de ocasiones Aaron sacó algún tema, pero ella los despachaba con monosílabos. Desde fuera podría parecer molesta por estar perdiendo el tiempo con él en Acción de Gracias, pero en realidad era la barrera que había querido levantar con el caso de Kiera, que se le había pegado en las entrañas y no conseguía alejarse de él.

Al llegar a Dyker Heights, un barrio de casas independientes con jardín propio, donde se encontraba la antigua vivienda de la familia Templeton, Miren se dio cuenta de que algunos vecinos ya estaban montando la decoración de Navidad. Poco después, y tras serpentear un poco por las calles, vislumbraron a lo lejos, esperando sobre la acera, a Grace, que miraba hacia ambos lados de la calle. Parecía inquieta.

—¿Qué le pasa? —preguntó Miren.

—No lo sé —respondió él, confuso. Nunca la había visto así.

Grace llevaba puesta la bata burdeos del pijama, las zapatillas y el pelo mal recogido.

Aaron se bajó del coche, algo aturdido, y se acercó a ella.

—¿Qué ocurre, Grace? —dijo, alzando la voz.

—Aaron..., es Kiera.

—¿Qué?

—¡Es Kiera! ¡Está viva!

—¿De qué hablas? —inquirió Aaron, mientras trataba de comprender a su mujer.

—Está viva, Aaron. ¡Kiera está viva!

—¿Qué dices? ¿De qué me hablas?

—¡De esto!

Grace extendió las manos y dejó ver una cinta VHS. Él no entendía nada pero, al fijarse en ella, observó la pegatina blanca reservada para el título. En ella tan solo había pintado con rotulador el número uno, bajo el que estaba, en letras mayúsculas, la palabra más dolorosa y esperanzadora que aquellos padres podían leer: *KIERA*.

Capítulo 8
Miren Triggs
1998

Ella bailaba sola cuando quería hacerlo,
y también brillaba en la noche sin pretenderlo.

No podía quedarme así. Aquella frase del profesor Schmoer me inquietó. ¿Qué escondería aquella llamada a emergencias? ¿Por qué los padres parecían esconder algo? Por momentos la búsqueda de Kiera Templeton empezaba a despertar mi curiosidad más de lo que en un principio imaginé.

—Tienes que dejarme oírla —pedí, como si se me fuese a conceder.

—No puedo, Miren. Es la exclusiva para mañana.

—¿Acaso crees que voy a transcribirla y a dársela a otro periódico? Soy una estudiante de periodismo, ni conozco a nadie del mundillo, salvo a ti, ni me harían caso.

Me respondió con una mirada. Luego dijo:

—Sé que no, pero…

Corté su frase con un beso. Esta vez me siguió el rollo.

Él sabía que lo usaba, pero no parecía poner ninguna pega al respecto. Desde lo que pasó, me había alejado de los hombres de manera tajante. No quería acercarme a nadie bajo ningún concepto. Había construido una barrera infranqueable hasta mi alma y pensaba que nadie sería capaz de hacerme sentir protegida, hasta que un día, en una tutoría, comenzamos a hablar sobre aquella horrible noche como si fuese algo ajeno a mí. Llegó incluso a incitarme a escribir sobre ello y, con el tiempo, sentí que había sido el único que me había tratado con la madurez que yo requería. Mis compañeros de clase eran los típicos machitos y veía en todos ellos al Robert que había decidido olvidar. Desde el principio me di cuenta de que en clase al profesor Schmoer se le escapaban los ojos hacia mí y el consenso para todas las aspirantes a periodista es que se trataba del profesor más atractivo de cuantos desfilaban por delante de la pizarra en Columbia. Debajo de los trajes que siempre llevaba se intuía su cuerpo delgado. Su cara de niño bueno era un reclamo para todas las que imaginábamos el fuego bajo aquella capa de inocencia que se escondía tras sus gafas. Pero lo que más atraía de él era su mente. Tenía un punto reivindicativo en sus artículos para el *Daily* con el que una siempre se sentía identificada. En todos sus escritos encontraba el enfoque crítico perfecto y escribía con una meticulosidad y con una cadencia en las frases que te abstraía y te atrapaba cada vez más con cada párrafo. Los poderosos temían ser objeto de su ojo certero, los políticos se ponían nerviosos en cuanto lo veían asistiendo a su rueda de prensa, algo que ocurría con escasa frecuencia. Sus artículos siempre orbitaban en torno a la política y las empresas, y él se limitaba a investigar desde la distancia los archivos, documentos, cuentas y facturas, indagando en los tejemanejes oscuros que tenían lugar en los dos únicos mundos que parecían acaparar la atención del país: el dinero y la política, aunque en realidad esos dos temas siempre caminaban de la mano. La desaparición de Kiera iba a cambiar su universo y, sin yo saberlo, a definir para siempre el mío.

—¿Por qué haces esto, Miren? No creo que..., que esto sea lo mejor...

—Lo que pasó no tiene nada que ver contigo, Jim. No seas tú también como todo el mundo. Eso no tiene nada que ver con nadie. Solo conmigo y yo decido cómo estoy, ¿está claro?

—Hace tiempo que no hablamos de lo que ocurrió y creo que pretender que no ha pasado no hará que desaparezca.

—¿Por qué todo el mundo está empeñado en que hable de aquello? ¿Por qué diablos no puedes dejarme a mí decidir cómo tomármelo?

Me di la vuelta y entré en el portal de casa.

—Gracias por acompañarme, Jim —ironicé, enfadada.

—Miren, no quería… —respondió, aturdido, tras chasquear la lengua en el paladar.

Subí los peldaños de la escalera de dos en dos, pegando saltos, y me perdí de su vista en cuanto pisé el rellano de la primera planta. Desde fuera oí a Jim gritar mi nombre, pero ya era demasiado tarde.

Entré en casa, lancé las Converse blancas que llevaba contra el zapatero y me perdí en la oscuridad de mi cuarto al tiempo que me desabrochaba el pantalón vaquero. Volví al salón con el pijama puesto. Era lo primero que siempre hacía nada más llegar a casa: un diminuto piso alquilado en un edificio problemático en la zona más conflictiva de la ciudad. Se trataba de un pequeño estudio sin ventanas, sin reformar, sin ascensor y sin cualquier cosa que pudiera aportarle valor. La cocina era una pequeña hornilla de dos fuegos sobre la que solo podía poner una sartén porque estaban demasiado cerca el uno del otro. Era casi lo peor que podías encontrar en la Gran Manzana y, sin embargo, el precio era un auténtico disparate. Según palabras de mis padres, tenía pinta de zulo y yo no pagaba un alquiler, sino un rescate. En realidad era lo único que me podía permitir para no consumir mi préstamo universitario y, además, estaba cerca de clase.

Lo segundo que hacía al llegar a casa era la llamada de control. Tras varios tonos, escuché a mi padre al otro lado.

—Al fin, hija. Estábamos a punto de llamarte. Has vuelto un poco tarde, ¿no?

—Perdón, perdón. Lo sé. Me he quedado en la biblioteca avanzando en un trabajo. ¿Mamá está bien?

—Aquí, como una loca. Tienes que llamarnos antes, ¿vale? Si te vas a retrasar, avísanos. A tu madre no le gusta que estés por ahí a estas horas.

—Solo son las nueve y media, papá.

—Sí, pero esa zona…

—Es la única que me puedo pagar, papá.

—Ya sabes que podemos ayudarte. Hemos ahorrado para esto y queremos hacerlo.

—Ya me habéis ayudado con el ordenador. No necesito más, de verdad. Para eso pedí el préstamo universitario.

Miré al escritorio y vi el iMac azul Bondi que me habían regalado mis padres. Había salido unas semanas antes y consistía en una pantalla con la carcasa translúcida en verde azulado, un teclado blanco y un ratón redondo que parecía que iba a echar a rodar. ¿Lo mejor? Que funcionaba más rápido de lo que podía imaginar.

Era muy ágil para navegar y el comercial que me lo vendió estaba realmente entusiasmado, porque había visto la presentación del mismísimo fundador de Apple, del que no paraba de hablar maravillas como si lo conociese en persona. Cuando lo saqué de la caja me costó poco ponerlo en marcha y tardé un buen rato en configurar mi cuenta de correo y trastearlo hasta hacerme con su funcionamiento.

—Pero solo fueron mil trescientos dólares.

—Y son mil trescientos dólares que no habéis disfrutado vosotros.

Esperó unos momentos y luego añadió:

—Tu madre quiere hablar contigo.

—Vale.

Se puso al auricular y la noté triste nada más abrir la boca. Una se da cuenta de cuándo sus padres lo están pasando mal con solo fijarse en el ritmo de las frases.

—Miren —dijo—, prométeme que vas a tener cuidado. No nos gusta que estés hasta tan tarde por ahí.

—Está bien, mamá —respondí. No quise contrariarla. Ella lo estaba pasando peor que yo. Nos encontrábamos a más de seiscientas millas: ellos en Charlotte, Carolina del Norte, y yo en Nueva York, y ya no podía controlar lo que hacía su hija ni con quién salía. Su niña se había escabullido de su sombra y ella pretendía extender los brazos para que el sol nunca me quemase.

—¿Por qué no te compras un móvil? Así puedes llamarnos si necesitas algo en cualquier momento.

Suspiré. Odiaba tener que tomar tantas precauciones por culpa de un puñado de idiotas incapaces de controlar su bragueta.

—Está bien, mamá —acepté de nuevo, sin protestar—. Mañana compraré uno.

En realidad los móviles no me acababan de gustar. Muchos de mis compañeros de clase ya se habían enganchado a un minijuego de una serpiente que perseguía comida por toda la pantalla y no hacían otra cosa durante los cambios de clase. También estaban los que no paraban de enviarse SMS durante toda la mañana, ignorando las lecciones. Era fácil ver las interacciones entre ellos, quién tonteaba con quién, o quién se enamoraba de una frase hecha enviada en ciento sesenta caracteres. Uno escribía y al poco otra reía. Luego el proceso se invertía y vuelta a empezar. Tampoco me gustaba sentirme localizable todo el tiempo. No veía necesario estar siempre alerta y dispuesta a llamar mientras hubiese cabinas de teléfono cerca. Tenía la sensación de que me las apañaría, pero tuve que ceder ante mi madre para evitar darle un disgusto.

—Mañana te llamo y te digo mi número de móvil.

—Yo también me voy a comprar uno y así puedes llamarme siempre que quieras, hija —dijo en un tono más feliz.

—Genial. Buenas noches, mamá.

—Buenas noches, hija —respondió.

Colgué el teléfono y me senté tras el escritorio. Saqué los recortes de periódico y vi el rostro de Kiera, mirándome, expectante. Parecía pedir ayuda con los ojos. Me sentí mal. Parecía que aquellos padres no volverían a ver a su hija y me sentí derrotada. Volví al teléfono, no había pasado ni un minuto desde que había colgado, y marqué de nuevo el número de mis padres. Mi madre respondió aturdida.

—¿Estás bien? ¿Ha pasado algo?

—No. Nada, mamá. Solo era para deciros que os quiero.

—Y nosotros a ti, hija. ¿De verdad estás bien? Si nos lo pides, vamos a verte ahora mismo.

—No, de verdad. Solo era eso. Quiero que lo sepáis. Estaré bien, ¿vale?

—Qué susto, hija. Lo que necesites, ¿vale?

—¿Qué os parece que nos veamos este fin de semana? Puedo coger un vuelo y veros en Charlotte.

—¿En serio?

—Sí. Me apetece mucho.

—¡Por supuesto! Mañana hablo con la agencia de Jeffrey para que reserve los vuelos.

—Gracias, mamá.

—A ti, hija. Hasta mañana, cielo.

—Hasta mañana, mamá.

Permanecí mirando el teléfono, pensando en lo que acababa de hacer, pero tenía mucho trabajo por delante. Me senté de nuevo en el escritorio y encendí el ordenador. Mientras arrancaba, comencé a revisar los recortes que había traído sobre la desaparición de Kiera. En el *Daily*, el periódico en el que trabajaba el profesor Schmoer, tan solo había una pequeña columna en la página doce que hablaba de ella y de los escasos avances que estaba dando la búsqueda. En ese artículo también mencionaba que, según fuentes internas de la investigación, el FBI estaba a punto de asumir la búsqueda de la niña, al barajar la posibilidad de un secuestro, pero no daba mucha más información de la que ya aportaban otros periódicos. Según leías el artículo, te dabas cuenta de que parecían saber mucho más de lo que contaban, pero también que no querían hacerlo por pudor o por no entrar en el morbo y la sangre que parecía que el caso iba a generar. Según lo que me había contado Jim, una de esas piezas de información adicional era la llamada al servicio de emergencias de Grace Templeton, la madre, pero lo que yo no sabía es que aquello era solo la punta del iceberg.

Cuando terminó de encenderse el ordenador conecté internet y esperé a que el módem de 56 kb, tras una eterna sucesión de ruidos y chillidos en todas las frecuencias posibles, terminase su sinfonía mientras yo ojeaba por encima los otros titulares. Cuando por fin lo hizo, abrí Netscape y tecleé el servidor webmail de mi universidad. Al entrar, vi que solo tenía un correo nuevo, una alerta sobre unas nuevas prácticas disponibles en una revista medioambiental. Lo marqué para responderlo más tarde y volví a los recortes.

Pasé dos o tres horas leyéndolo todo, subrayando lo importante y anotando en una Moleskine negra los puntos que me parecían significativos: «Herald Square», «familia acomodada», «padre directivo de una empresa de seguros», «católicos», «sucedió a las 11:45 a. m. aprox.» «26 de noviembre», «lluvia», «Mary Poppins».

Me resultó irónico encontrarme a la cuidadora de niños por excelencia de Disney presente en el momento de la desaparición de una niña de tres años. Subrayé su nombre para indagar sobre quién era la figurante y qué hacía allí. Fui a la nevera a por una Coca-Cola, lo único que cenaba desde hacía unos meses, y cuando volví me fijé que había recibido varios correos nuevos que destacaban en negrita. El primero de ellos tenía por asunto: «Lo siento», y los demás tan solo una numeración del dos al seis.

Todos eran del profesor Schmoer. Me los había enviado desde su correo privado, jschmoer@wallstreetdaily.com. Me extrañé, porque nunca antes me había escrito desde esa dirección. En él decía:

> Miren, te adjunto en varios emails todo lo que tenemos de Kiera en el *Daily* hasta el momento.

Prométeme que no saldrá de tu ordenador. Seguro que tus ojos ven más allá que los míos.

Jim.

Pd.: Siento haber sido un capullo.

El mensaje venía acompañado de un archivo adjunto llamado «Kiera1.rar». Los siguientes correos adjuntaban archivos comprimidos similares, sin texto, y continuaban la numeración. Abrí el primero con el programa Unrar, que aún podía usar porque estaba en periodo de prueba, y me quedé helada con lo que contenía: dos archivos de vídeo, fechados el 26 de noviembre, con las grabaciones de las cámaras de seguridad de la zona en la que desapareció Kiera Templeton.

Capítulo 9
26 de noviembre de 1998

Lo peor del miedo no es que te bloquee,
sino que cumpla lo que promete.

Aaron caminó siguiendo a un policía entre la multitud, que comenzaba a disiparse tras el fin de la cabalgata. Mientras lo hacía, oía por la radio algunas indicaciones y frases que él no llegaba a comprender por todo el ruido que había en la calle. De vez en cuando el agente se detenía y comprobaba que Aaron seguía detrás de él. Unos minutos después el policía giró hacia la 35 y se detuvo en un portal frente al que había un grupo de agentes uniformados con cara de preocupación.

—¿Qué ocurre? ¿La han encontrado? —preguntó Aaron, afectado.

—Tiene que calmarse, señor, ¿de acuerdo? —dijo el agente Mirton, un policía joven y rubio de metro ochenta de altura que había dado la voz de alarma con su hallazgo.

—¿Cómo quiere que me calme? Mi hija de tres años se ha perdido y mi mujer tiene un ataque de ansiedad. ¡No puedo calmarme!

Aaron reconoció aquella frase en su cabeza. La había oído tantas veces, pronunciada por gente al otro lado de su mesa, que se quedó extrañado al ser él quien la decía. Aaron trabajaba como director de una oficina de seguros en Brooklyn, en la que muchas veces a lo largo de su carrera había tenido que pedir calma a la persona que tenía delante, mientras él confirmaba que acababan de negar una póliza o que el seguro médico que habían contratado no cubría algún tratamiento necesario y cuyo coste era inasequible para cualquier vida. Los rostros, el miedo, la desesperación que veía en ojos de todos los colores y formas en su despacho fueron los mismos que Aaron sintió en cuanto se dio cuenta de que ahora alguien le pedía que mantuviese la compostura. Le resultó imposible.

—Verá. Es importante que se concentre bien y nos confirme unos datos —dijo el policía que lo había guiado hasta allí.

—¿Qué? —Apenas podía escuchar. Se sentía sobrepasado.

Los agentes se miraron entre ellos, como si estuviesen decidiendo quién daba el paso.

El edificio frente al que se encontraban era un bloque de viviendas situado en el 225 de la calle 35 oeste, en cuyo local inferior sobrevivía una tienda de vestidos de niña. El escaparate de la tienda estaba lleno de maniquís infantiles con vestidos de todos los colores imaginables, dibujando un arcoíris que contrastaba con cómo se sentía Aaron por dentro, quien se imaginó a su hija con uno de ellos puesto. Incluso sin querer pensó en que debería avisar a Grace de la existencia de aquella tienda, porque quizá a Kiera le haría ilusión vestirse así para la cena de Acción de Gracias que tenían prevista ese día en casa.

—Sígame —dijo el agente Mirton en tono serio mientras empujaba con cuidado la puerta de cristal del 225.

Aaron lo hizo y, una vez dentro, se percató de que en el interior había más policías esperándolo, agachados en torno a un rincón.

—¿Es el padre? —informó uno de ellos al tiempo que se levantaba y le alargaba la mano para saludarlo.

—Así es. ¿Qué pasa?

—Soy el agente Arthur Alistair. ¿Podría responder algunas preguntas?

—Ehh..., sí. Por supuesto. Lo que necesiten. Pero... ¿podemos volver a Herald Square? Temo que Kiera nos esté buscando por allí y ni Grace ni yo estemos.

Verá, mi mujer tiene un ataque de ansiedad y quiero estar cerca por si Kiera aparece.

—No se preocupe, señor... —Esperó a que Aaron completase su nombre.

—Templeton.

—Templeton —continuó—. Tenemos agentes peinando toda la zona en torno a Herald Square. Si aparece su hija, créame, estará a salvo. Nos avisarán por radio y todo habrá quedado en un susto. Ahora necesitamos que nos ayude con una cosa.

Aaron asintió.

—¿El qué?

—¿Podría describir de nuevo la ropa de su hija?

—Sí..., llevaba un chaquetón blanco de plumón y una sudadera rosa. También un pantalón vaquero azul y unas zapatillas..., no recuerdo el color.

—No se preocupe. Lo está haciendo bien.

El resto de policías que estaban agachados se levantaron y se hicieron a un lado. Uno de ellos se dirigió a la salida y, cuando pasaba junto a Aaron, le dio un par de palmadas en el hombro en silencio.

—Es morena —continuó Aaron, que ya no sabía si había dicho aquel dato con anterioridad—, con el pelo liso suelto, pero hoy llevaba dos coletas.

—Bien. Muy bien —respondió el agente Alistair.

—¿Para eso me hacen venir?

El agente esperó un momento antes de continuar.

—¿Podría decirme si esa ropa que hay ahí en ese rincón es la de su hija?

—¡¿Qué?! —gritó.

Aaron dio dos pasos hacia donde momentos antes estaban los policías agachados y vio un montoncito de ropa en el que reconoció, al instante, la sudadera rosa de Kiera. También el chubasquero blanco que tantas veces le había puesto en las últimas semanas, tras pelear entre juegos con ella por las mañanas porque no quería abrigarse antes de salir. Aaron sintió el suelo temblar y cómo el aire se le escapaba de los pulmones en el mismo momento en que vio, junto a la ropa, mechones de pelo cortos, del tamaño de los de Kiera, sobre el pantalón vaquero que él mismo había sentido sobre los hombros un rato antes, mientras veían juntos la cabalgata.

Chilló con fuerza. Gritó de nuevo, y luego otra vez, lo hizo tantas veces que pareció una sola, mientras el dolor más intenso que jamás había sentido lo catapultaba hasta las profundidades del nuevo lugar más oscuro de la faz de la tierra.

—¡No!

Capítulo 10

27 de noviembre de 2003

Cinco años después de la desaparición de Kiera

Una luz se enciende e ilumina
tu rostro, pero también crea
sombras en los rincones de tu alma.

Grace caminó con celeridad hacia el interior de la casa mientras decía:

—Tienes que verla, Aaron. Está bien. Nuestra niña. Kiera está bien.

Aaron y Miren la siguieron, realmente aturdidos. Se miraron, como si la pobre Grace hubiese cruzado el umbral de la locura.

—¿De qué hablas, Grace? ¿Qué es esa cinta?

—Nuestra niña. Es Kiera. Está bien. Está bien —repitió en un susurro que él no llegó a oír.

Aaron entró en la casa y buscó a su mujer, que parecía haber desaparecido. Grace habló de nuevo y él siguió la voz:

—Tienes que verla. Es ella, Aaron. ¡Es Kiera!

A Aaron se le formó un nudo en la garganta por segunda vez aquel día. Aquel asunto no le gustaba lo más mínimo. Su mujer se comportaba de manera muy extraña. Desde la puerta le hizo un gesto a Miren, que se había quedado junto al buzón de correos, para que entrase. Ella le hizo caso, pero no comprendía aún qué estaba pasando.

—Grace, cariño —dijo Aaron entrando en la cocina, en la que Grace había colocado un televisor en un mueblecito con ruedas que también llevaba un reproductor VHS—. ¿Qué hay grabado en esa cinta? ¿Nuestras vacaciones de Navidad? ¿Es eso?

Miren llegó a la cocina y se quedó apoyada sobre el marco de la puerta, expectante.

—Hoy he mirado en el buzón y estaba este sobre, Aaron. Alguien nos ha dejado esta cinta en la que sale Kiera.

Miren, confusa, intervino:

—¿Una pista de Kiera? ¿Eso es lo que dices que es, Grace? ¿Una nueva grabación de las cámaras de seguridad? Las he revisado todas, muchas veces, fotograma a fotograma, segundo a segundo. Las imágenes de aquel día ya están todas en el expediente policial, Grace.

Ya comprobé todas las calles y negocios de la zona. Todas las grabaciones de aquel día están revisadas. No hay..., no hay nada más, Grace... La investigación está en vía muerta.

—No —sentenció Grace, tajante—. Esto es otra cosa.

—¿Qué es? — inquirió Miren, una vez más.

—Es Kiera —susurró con los ojos abiertos de par en par, una expresión que Aaron recordaría toda la vida.

La cinta era una TDK de ciento veinte minutos, con una pegatina blanca perfectamente colocada en el centro, alineada y sin salirse de la hendidura dispuesta para tal efecto. En ella se leía en mayúsculas: KIERA, escrito a rotulador con buena letra.

Grace introdujo la cinta en el reproductor VHS y encendió la televisión. La nieve no tardó en invadir la pantalla, con motitas blancas y negras bailando en todas direcciones. El ruido blanco emanaba de los altavoces estéreo del televisor Sanyo gris y le recordó a una película de terror que no lograba quitarse de la cabeza. Grace subió el volumen y Aaron miró a su mujer sin saber qué esperar. A Miren no le gustaba nada aquel asunto y estuvo a punto de marcharse. Recordó las palabras de su jefe, el legendario Phil Marks, responsable de los artículos de investigación que cubrieron el atentado de 1993 con un camión bomba contra la Torre Norte del World Trade Center, en las que le alentaba a dejar de perseguir el caso de Kiera:

—Sé que el mejor atributo de un periodista de investigación es la tenacidad y la perseverancia, Miren, pero el caso de Kiera va a acabar contigo. No sigas con él. Si cometes un error, serás siempre la periodista que se equivocó en el caso de la niña más buscada de Estados Unidos. No seas esa periodista. Te necesito en la redacción, cazando a corruptos, escribiendo historias que cambien el mundo. Ya le has dedicado demasiado tiempo a esto.

La nieve seguía flotando en la pantalla, chisporroteando, llenando de puntos blancos donde instantes antes había negros y de negros donde antes había blancos. Una vez Miren había leído en una revista de curiosidades que aquella nieve blanca que aparecía en el televisor era, en parte, los restos del Big Bang y del origen del universo. Que la radiación de fondo de microondas que se generó entonces impactaba con el tubo de rayos catódicos que creaba la imagen en la pantalla, dejando ver esas chispas bailarinas que tanto gustaban a los fantasmas en las películas de los ochenta. Se quedó mirando la nieve en la pantalla y pensó en Kiera y en qué habría sido de ella. Aquella imagen inerte y al mismo tiempo con vida parecía alentar el pensamiento doloroso, como si intentase rescatar los recuerdos tristes de la mente, y comprendió por qué Grace se encontraba tan afectada. Miren estuvo a punto de hablar pero, de pronto, la imagen de la cinta sustituyó a la nieve en la pantalla.

—¿Kiera? —suspiró Aaron, sorprendido.

En la imagen, grabada en un plano desde una de las esquinas superiores, se observaba un dormitorio con las paredes empapeladas con un patrón de flores naranjas que se repetían una y otra vez sobre un fondo azul marino. A un lado había una cama hecha de noventa, con una colcha naranja a juego con las flores de las paredes. Las cortinas de gasa blanca de una ventana, en el centro de la imagen, inmóviles al no correr brisa, dejaban entrever un claro día al otro lado. Pero lo más trágico se escondía en la esquina inferior derecha, junto a una pequeña casa de muñecas, donde se encontraba lo que haría que a Aaron y a Grace se le escapasen las lágrimas de felicidad: una niña morena de unos siete u ocho años, agachada, jugando con una de las muñecas.

—No puede ser —susurró Miren, con el corazón lanzándole latidos al pecho con la misma intensidad que la noche en que ella cambió para siempre.

Capítulo 11

12 de octubre de 1997. Nueva York
Un año antes de la desaparición de Kiera

Después de un día brillante a
veces acecha la noche más oscura.

Al terminar la clase Christine se acercó dando saltos hasta Miren, que aún tomaba apuntes de la pizarra minutos después de que el profesor de Registros Públicos se marchase.

—Miren, dime que te apuntas. Hay fiesta en el apartamento de Tom y… tengo un notición.

—¿Fiesta? —preguntó, sin muchas ganas.

—Sí. ¿Sabes lo que es una fiesta?

—Ja. Ja.

—Esas cosas que hacen los universitarios de los que…, oh, sorpresa, tú también formas parte —dijo

Christine con tono jocoso, mientras le arrebataba a Miren el bolígrafo con el que escribía y se lo llevaba a la boca para morder su punta.

—Ya sabes que no me gustan demasiado.

—Déjame terminar —insistió—. Tom... ha preguntado si vienes. Le molas, tía. Le molas mucho.

Miren tiñó su cara de rosa y Christine vio su oportunidad.

—¡Te mola! ¡A ti también te mola! —chilló de pronto, y luego bajó la voz para que no la escuchasen los demás.

—Es... mono.

—¿Mono? ¿Me estás diciendo que ese tipo... —Christine se sentó en la mesa, sobre los apuntes de Miren, y señaló con la mirada hacia Tom Collins— ... es mono?

—Bueno, está bien.

—Dilo. Di alto y claro que te lo tirarías. Ya está bien de niñerías, Miren. Tú y yo somos iguales.

Miren le devolvió una sonrisa.

—Yo nunca admitiría esa ordinariez —dijo retractándose, para luego añadir—: Me lo tiraría y no te diría nada.

Christine estalló a carcajadas.

—¿Qué te piensas poner para la fiesta? Tenemos que quedar antes.

—¿Quedar?

—No pensarás ir así, en vaqueros y tenis, ¿verdad? Ya sabes. Lo que hacen las chicas normales, Miren. Eres un poco… rara.

—¿Rara?

—A ver. Voy luego a tu apartamento y llevo ropa. He comprado unos vestidos en Outfiters, una marca que más te vale ir apuntando y que me tiene loca, y seguro que te quedan bien. Tienes la S, ¿verdad?

—Eh…, no hace falta… A mí me gusta ir así, en vaqueros y jersey.

—A las cinco estoy en tu apartamento —añadió Christine sin prestarle atención, con una sonrisa—. Nos cambiamos y vamos juntas. ¿Hecho?

Miren sonrió y Christine interpretó aquello como un sí.

Las clases terminaron y Miren fue a casa a hacer algo de tiempo. Se duchó y estuvo un rato jugando con su pelo delante del espejo, sin saber cómo peinarse. Era morena, con el pelo liso largo a la altura del sujetador y su mirada desplegaba un abanico de inseguridades distintas fruto de años pasando desapercibida en el instituto, en Charlotte. Allí siempre había sido la empollona, la pelota, la correcta y la que nadie quería tener cerca. Cuando consiguió plaza en Columbia se había esforzado por adoptar una pose más abierta, intentando encajar en una ciudad con un ritmo muy distinto al suyo, pero le costaba salir de su cascarón. El año pasó rápido y las únicas personas con las que cogió confianza, al igual que en el instituto, fueron sus profesores. Christine, que estaba sentada a su lado desde el primer día, parecía ser el contrapunto perfecto. Ambas eran muy distintas y quizá por eso mismo habían conectado: Miren era la lista, la que siempre tenía la respuesta correcta a ojos de todos los demás alumnos. Christine nunca respondía, se tomaba los trabajos a broma, pero orbitaba en torno a Miren con el simple objetivo de saber en todo momento lo que tenía que hacer, aunque a la hora de la verdad siempre elegía el camino fácil. Si había que escribir un artículo Miren elegía una noticia particular o un lugar y sobre eso construía su argumentario con ejemplos y puntos de debate que despertaban, en quien los leía, la curiosidad por saber más. En cambio, Christine planeaba sobre los trabajos sin tocarlos ni mancharse, relatando lo sucedido de una manera superficial y sin entrar en detalle más allá de los hechos ocurridos. Eran dos enfoques muy distintos del periodismo, pero también sobre cualquier asunto vital. Si deseabas hacer algo en la vida, tenías dos opciones: sumergirte en ello hasta el cuello para salir del fango de manera triunfal o pasearte por los alrededores del charco para no tener que lavar luego la ropa.

El timbre sonó y Miren corrió a la puerta.

—¿Lista para ser una tía buena? —preguntó Christine a modo de saludo. Miren rio.

—Anda pasa —respondió ella con una sonrisa.

Christine venía con una maleta de mano que tiró sobre el sofá y que abrió en cuanto pudo, dejando ver un puñado de telas de lentejuelas, brillos, estampados y cuero.

—¿Tienes música? —preguntó Christine, mirando a su alrededor.

—Tengo un CD de Alanis Morissette que ya estaba en el apartamento cuando lo alquilé.

—¿Pero qué mierda escuchas? Bueno, da igual. Ponlo. Esta noche mi pava se tira a Tom.

Miren no sabía cómo interpretar que Christine ya diese aquello por hecho. A decir verdad, aquel asunto empezaba a ponerla nerviosa. Tanto que no le respondió y se limitó a seguirle el rollo.

Estuvieron una hora probándose vestidos, riendo a carcajadas mientras se pintaban los labios y cantaban *Walking on sunshine* a viva voz, sin música que acompañase sus alaridos desafinados, y cuando Miren quiso darse cuenta, Christine le sujetó la cintura por detrás mientras ella se miraba en el espejo, sorprendida por su cambio. Nunca se había maquillado tanto, no le gustaba hacerlo, pensaba que esconderse detrás de una pintura era un símbolo de debilidad, una táctica para ocultarse tras una capa artificial y con la que no rendir cuentas.

—Mírate, Miren. Eres guapísima —susurró Christine.

Miren se echó el pelo a un lado y dejó despejado su rostro, perpleja, sorprendida al verse así. Se había puesto un vestido palabra de honor naranja que terminaba en la mitad de sus muslos. Vio la sombra de ojos que Christine había aplicado en sus párpados con la maestría de quien llevaba años haciéndolo y se sorprendió del resultado. Se vio atractiva por primera vez. Luego, su lado tímido emergió en una frase:

—No me gusta llevar tanto maquillaje... No me siento... cómoda.

—Solo te he puesto colorete y sombra de ojos, Miren, por el amor de Dios. No necesitas nada más. Es solo... el toque de las divas.

—El toque de las divas... —repitió en voz baja, insegura.

—¡¡El toque de las putas divas!! —gritó Christine eufórica, con un aullido que parecía más bien un canto de guerra. Después pasó a canturrear una canción que Miren no había oído en toda su vida.

Salieron juntas, a eso de las siete de la tarde, y taconearon durante un rato hasta llegar a un edificio de apartamentos de estilo moderno con vistas al Hudson en la 139. En la puerta había compañeros de clase fumando y con copas llenas de algún licor. Un tipo se asomó desde una de las ventanas y gritó que alguien había aceptado algún desafío absurdo con un nombre que Miren no llegó a entender del todo. Subieron juntas y por la escalera un borracho, a quien ninguna de las dos conocía, le echó el aliento en la oreja a Miren mientras le decía unas palabras que ella prefirió ignorar.

—¿Es siempre así?

—¿El qué?

—Sentirse observada.

—¿No es genial? —respondió Christine.

Miren la miró extrañada.

Una vez en la fiesta, no pasó mucho tiempo hasta que Christine se marchó a saludar a gente que Miren no reconocía. En realidad, eso era fácil. Miren no conocía a nadie en aquel sitio. Miraba a todas partes y solo veía chicas de un curso por encima del suyo coqueteando con chicos de un curso por encima de los de ellas. Bufó. Tampoco veía a Tom, el anfitrión, aunque sí oyó su risa, enérgica y grave, que parecía invadir toda la casa, a pesar de que la música sonaba muy por encima de la tolerancia de cualquier vecino. Miren se sentó sola en una banqueta de la cocina, y simulaba estar ocupada con unos vasos cada vez que alguien se acercaba a servirse una copa o a echarse más hielos en las que llevaba.

Un chico moreno y afeitado se le acercó y le ofreció un vaso con una sonrisa que casi rozaba con las orejas.

—No me lo digas. Miren, ¿verdad?

—Eh..., sí —respondió. Le fue reconfortante tener una conversación con alguien. Así no se sentiría tan sola.

—Christine te ha mandado a hablar conmigo, ¿verdad?

—No tengo ni idea de quién es Christine —respondió, con una sonrisa.

—No me lo digas. Tú eres un amigo de Tom. Uno de su pandilla —dijo Miren.

—¡Vaya! Observadora. Aunque casi.

—Aquí todos son amigos de Tom. ¿Quién no es amigo de él? Es el popular y el que todas las tías quieren…, bueno, tú sabes.

—Bueno, yo lo conozco de rebote.

—Explica eso.

—Bueno. Yo iba conduciendo por la calle y lo atropellé. Desde entonces somos amigos…

—¿En serio? —preguntó Miren, abriendo los ojos con cara incrédula.

—En realidad no —respondió de golpe y sonriendo una vez más—. No tengo ni idea de quién es Tom. Yo he venido porque me han invitado.

Miren soltó una carcajada que no pudo controlar. Luego, sabiendo por dónde iba la cosa, buscó con la mirada y no vio a Tom ni a Christine a la vista.

—No es una mala fiesta —dijo Miren, intentando romper un silencio de tres segundos.

—No lo es, no. ¿Un brindis por las buenas fiestas?

Aquella frase hecha y vacía hizo clic en la cabeza de Miren, que estuvo a punto de despedirse.

—Pero creo que voy a durar poco. No soy yo muy de…

—¿De divertirte? —inquirió, confuso, arqueando las cejas y dejando ver unas líneas de expresión en la frente que solían funcionarle para resultar más atractivo.

—De beber —respondió Miren—. Me suele gustar más leer o estar en casa.

—Bueno, dímelo a mí. Estudio literatura comparada. Me paso el día leyendo una y otra vez a los grandes. Pero una cosa no quita la otra. Me gusta divertirme. Igual que le gustaba a Bukowski o…, bueno, a todos los escritores.

—¿Ni siquiera estudias periodismo? — Miren lo observó sorprendida, feliz de que mencionase el nombre de uno de sus autores favoritos, y añadió—: Encuentra lo que amas y deja que te mate.

—Bukowski también dijo: «Algunas personas nunca cometen una locura». ¿Qué clase de vida horrible deben de vivir? —dijo sonriendo—. Soy Robert —continuó, chocando su vaso con el de Miren, que él había colocado sobre la encimera de la cocina.

—Yo, Miren. Encantada —respondió sonriendo y agarrando el vaso.

Capítulo 12
Miren Triggs
1998

La creatividad se esconde en la rutina y solo cuando se harta se escapa de ella en forma de chispa que lo cambia todo.

Comencé a explorar los archivos que contenían los correos que me había enviado el profesor Schmoer. Descubrí que no solo había vídeos, sino también documentos, la denuncia firmada por Aaron Templeton, el padre, y la grabación de la llamada a emergencias. Parecía parte del expediente policial de la investigación, o al menos lo que quizá el *Daily* había conseguido por su cuenta.

Los archivos de vídeo estaban titulados con un código cuyo patrón no tardé en identificar, que hacía alusión a la calle, al número y a la hora a la que comenzaba. Por ejemplo, el primero de ellos era BRDWY_36_1139.avi. Sin duda se refería al cruce de Broadway con la 36, cerca de Herald Square y el final de la cabalgata de Acción de Gracias. Otro se llamaba 35W_100_1210.avi, en alusión a la calle 35 oeste y el número 100. Así hasta unos once vídeos distintos.

Abrí el primero de ellos sin saber muy bien qué me encontraría ni qué buscar. Según lo que había leído, la desaparición de Kiera se había producido alrededor de las 11:45, en las inmediaciones del cruce de Broadway con la 36, por lo que, si la numeración del archivo era correcta, lo que fuera que ocurriese estaba a punto de suceder varios minutos después.

Lo primero que vi fueron paraguas. Cientos de ellos, por todas partes. No recordaba que ese día hubiese llovido, pero aquello complicaba mucho lo que las cámaras de seguridad podían captar.

El vídeo estaba grabado desde un plano situado varios metros por encima de los paraguas que esperaban la cabalgata. La imagen era la de una manta compacta de ellos, como si fuese una alfombra de colores viva que temblaba y oscilaba fotograma a fotograma mientras, un poco más allá, se intuían los disfraces de galletas de jengibre desfilando por el centro de la calle. Al otro lado de la comitiva había gente a cubierto con chubasqueros y paraguas esperando tras una valla de metal gris. Por encima de ellos reconocí el Haier Building en la otra acera y no me costó ubicarme en la ciudad. La cámara había grabado la escena tomando una fotografía cada dos segundos, por lo que había grandes lagunas entre foto y foto.

Destacaba en el centro un paraguas claro, inmóvil, rodeado de otros tantos de color negro, en el entorno cercano a la cámara. Salté el vídeo hacia delante varias veces, ante la certeza de que toda la grabación sería así. Descubrí que lo único que cambiaba era la composición de colores de la alfombra de plástico y que las galletas de jengibre se convirtieron poco a poco en *majorettes*. Busqué a la Mary Poppins que repartía globos en la esquina con la 36, pero la cámara no enfocaba esa zona.

Me fijé en que una *majorette* se había acercado a la valla más cercana a la cámara y se entretuvo durante algunos fotogramas allí, como si saludara a la persona que llevaba el paraguas blanco. Vi unos seis minutos completos de la grabación, intentando atisbar más allá de lo que permitía la cámara: gestos, cambios de posición de los paraguas, velocidad con la que se movían, pero no sucedía nada destacable. Luego, de repente, un hombre corrió entre ellos hacia el lugar en el que unos minutos antes se había detenido la *majorette*. A continuación el paraguas desapareció, supongo que caería al suelo en los segundos que pasaron entre un fotograma y el siguiente, y encontré el rostro de Grace Templeton, la madre de Kiera.

La imagen no es que fuese muy nítida, pero en ella intuía una expresión de incredulidad. En el siguiente fotograma la expresión de Grace era de completo terror. A su lado apareció Aaron Templeton y me dio la impresión de que le contaba algo. Ambos aparecieron después unos metros más a la derecha, entre dos paraguas verdes, y acto seguido desaparecieron del encuadre de la cámara.

Se me encogió el estómago. No podía imaginar lo que pudieron sentir ambos en aquel momento. Luego revisé de nuevo esos instantes, por si había pasado algo por alto, pero no saqué ninguna conclusión adicional.

Abrí un documento con extensión .pdf y descubrí que se trataba de un parte de internamiento médico, del Centro Hospitalario Bellevue, con los datos de Grace Templeton. Al parecer había sufrido un grave ataque de ansiedad y la habían llevado en ambulancia allí. Tenía como hora de entrada las 12:50, por lo que no debía de haber pasado mucho tiempo desde que Kiera desapareció. En él se incluía su número de la seguridad social, su dirección en Dyker Heights, y el número de teléfono de la persona de contacto: Aaron Templeton.

Apunté en un papel el resto de nombres de los archivos de vídeo y busqué por casa un mapa de la ciudad que sabía que había guardado en alguna parte. Cuando por fin lo encontré marqué en él los puntos exactos desde donde habían grabado las cámaras de seguridad. No sabía por qué se habían centrado mucho en la calle 35, que parecía aglutinar una decena de grabaciones en distintos puntos de la calle, en los minutos anteriores y posteriores a la desaparición. Todo parecía indicar que la investigación avanzaba por aquel entorno y rodeé en el mapa la calle entera.

Me llamó la atención otro de los archivos incluidos en uno de los correos electrónicos. Se trataba de un documento con extensión .jpg que, al abrir, tardé unos segundos en identificar.

Era una fotografía de un montoncito de ropa tirada en un suelo de mármol beis. Sobre él se intuían pequeños mechones de pelo moreno. Aquella imagen me inquietó. ¿Habrían encontrado un cadáver y aún no se había informado a la prensa? ¿Había algo más en la investigación que aún no hubiese trascendido? En aquellos años en los que arrancó el caso el morbo por este tipo de asuntos era mucho menor que en la actualidad. La información que se filtraba era siempre la justa y relevante para ayudar, pero esa realidad se encontraba a punto de cambiar para siempre. El caso de Kiera iba a ser la piedra angular sobre la que se basaría el periodismo de los siguientes años y la rueda la inició el *Press* con la portada de aquel día que descansaba junto a mi ordenador. De vez en cuando desviaba la mirada hacia ella que parecía mirarme susurrándome:

—No me vas a encontrar.

Pasé las siguientes horas abriendo archivos de vídeo y analizando lo que veía en las imágenes, pero no conseguía descubrir algo relevante. La verdad es que lo que tenía servía de poco para hallar alguna pista o para sacar algo en claro. Sin duda, era como si las piezas que me había dado el profesor Schmoer hubiesen sido seleccionadas para desviar la atención, o como si la persona dentro de la policía que le había pasado al *Daily* aquel paquete de información estuviese reservándose la bomba para más adelante.

Miré el reloj y comprobé que eran casi las tres de la mañana. Había tachado con cruces y descartado los puntos en el mapa en los que las cámaras no parecían dar ninguna pista. Ya había visto los clips de las grabaciones de dos *delis* en las que se veía a la gente pasar por delante de la tienda pero nada más. También el de un supermercado que solo grababa su interior y en el que no sucedía nada relevante, y el de un Pronto Pizza que acababa de abrir en la esquina de Broadway con la 36.

Uno de los archivos de vídeo tenía un formato algo distinto. Se llamaba CAM_4_34_PENN.avi y no conseguí identificar a qué hacía alusión hasta que lo abrí. Tardé unos instantes en comprender la imagen, que se movía de manera más fluida que en los anteriores, pero en contraste la calidad era mucho peor. La lente parecía estar borrosa, lo que otorgaba a la grabación una neblina translúcida difícil de atravesar. En la escena, en blanco y negro, se podía observar el andén de una estación de metro, con varias personas esperando a que apareciese el subterráneo. La duración del vídeo era de solo dos minutos y cuarenta y cinco segundos y no esperé encontrar nada relevante en tan poco tiempo de grabación. Una señora con un gorro de Santa Claus esperaba junto a una de las columnas de hierro, una pareja de hombres vestidos de traje dialogaba al fondo, un vagabundo estaba tirado junto a un banco tres pilares más allá de la mujer. Varios grupos más esperaban al tren, pero aquella cámara solo conseguía encuadrar sus piernas en la parte superior de la imagen.

De pronto apareció el tren, que hizo vibrar la cámara mientras duraba la frenada. Conforme lo hacía una familia de mediana edad con un niño pequeño, vestido con pantalón blanco y abrigo oscuro, también se coló en el plano y conté un total de dieciséis personas saliendo del vagón que estaba encuadrado en el centro de la cámara. Luego tanto la familia como la mujer y los hombres entraron en él. Poco después el tren salía de la estación, la gente se esfumaba y solo quedaba el vagabundo, mirando al vacío, como si nada hubiese sucedido.

Capítulo 13
26 de noviembre de 1998

Solo cuando pierdes una pieza
te das cuenta de que el puzle
ya no tiene sentido.

Aaron pasó las siguientes horas caminando por toda la zona, mirando a todas partes y a ninguna al mismo tiempo. Cada vez que se encontraba con alguna familia que transitaba con un niño pequeño él se acercaba corriendo, intentando descubrir en sus ojos la mirada de Kiera. Algunos testigos más tarde afirmaron a la policía que habían visto a Aaron desesperado, chillando una y otra vez, mientras toda la ciudad parecía ignorarle. Los miembros del Departamento de Policía de Nueva York también buscaban por cada rincón de la ciudad, se tiraban al suelo para mirar bajo los vehículos, abrían portales intentando encontrarla desamparada en algún rellano. Pero conforme pasaban las horas y la noche se apoderaba de la ciudad, las bombillas y luces se encendían una a una para contrarrestar la oscuridad del corazón de Aaron, cuya voz ya era incapaz de vociferar más allá de un imperceptible susurro desgarrado.

A la una de la madrugada un policía encontró a Aaron en el cruce de la 42 con la Séptima, tirado junto a una boca de incendios, llorando desconsolado. Ya no sabía dónde más buscar. Había recorrido, trotando y chillando, de este a oeste desde la 28 hasta la 42. Había vuelto cada poco tiempo al cruce de la 36, a mitad de camino, en el que había sucedido todo. Había buscado en los parques de aquella zona, había aullado el nombre de Kiera en las bocas de metro, había suplicado a un dios en el que no creía y había pactado con demonios que ni siquiera existían. Nada funcionaba, como siempre sucedía en el mundo real, en el que las vidas se truncaban y los sueños te golpeaban sin el más mínimo pudor.

Mientras recogía el operativo montado para cubrir la emisión de la cabalgata de Macy's, un reportero de la CBS que había escuchado la alarma generada al interceptar la radio de la policía grabó a Aaron, destrozado, corriendo de lado a lado. Aquel corte serviría, al día siguiente, para abrir los informativos de la mañana, en los que una presentadora leería un titular con tono mecánico y sin emoción: «Aún se busca desde ayer a la pequeña Kiera Templeton, de tres años, desaparecida durante la cabalgata de Acción de Gracias en el centro de Manhattan. Si han visto algo o tienen una pista, se ruega contacten con el servicio de alerta AMBER para menores desaparecidos cuyo número pueden ver en pantalla». Justo después y sin cambiar el tono ni la expresión del rostro pasaría a hablar sobre un atasco en el puente Brooklyn por unas obras en la otra orilla del río Este. En ese momento, las redacciones de todos los medios de la ciudad se lanzaban a buscar imágenes de aquel padre destrozado, haciendo que la maquinaria del sensacionalismo se pusiera en marcha.

Aaron miró su móvil, que sonaba estridente interrumpiendo su dolor, y vio en él varias llamadas desde un número que no tenía en la agenda, al tiempo que el policía le ayudaba a levantarse.

—¿Sí?

—Le llamo del Hospital Bellevue. Tuvimos que trasladar a su mujer aquí para controlarle el cuadro de ansiedad. Se encuentra estable desde hace horas y solicita que le demos el alta. ¿Señor? ¿Me escucha?

Aaron había dejado de hacerlo en la primera frase. Delante de él tenía al agente de policía que le había enseñado la ropa de Kiera en el portal del número 225 y, a pesar de no recordar su nombre, su expresión, con mirada triste y rostro serio, destrozó todas sus esperanzas.

El agente Alistair le hizo un gesto con la cabeza, negando con ella de lado a lado, que Aaron interpretó como el mensaje encriptado más doloroso que podía recibir.

Lloró.

No dejó de hacerlo mientras lo guiaban varios miembros del cuerpo de policía y lo montaban en un coche con las sirenas encendidas. Los agentes se habían ofrecido a llevarlo al hospital a encontrarse con su esposa y le habían prometido que todas las unidades disponibles estarían rastreando la zona para continuar la búsqueda de Kiera. Durante el camino hasta el hospital no pudo articular palabra y escrutaba en las sombras de la calle en busca de su hija, a quien él soñaba con ver en cada cruce. Cuando llegaron le guiaron en silencio por el hospital y al otro lado de un largo pasillo de suelo y paredes blancas Grace lo esperaba, de pie, seria, hasta el mismo instante en que lo vio y comprendió que Kiera no caminaba junto a su marido. Grace corrió hacia él, gritando «¡mi niña, mi niña!», y los ecos de sus aullidos reverberaron por todo el edificio como solo lo hacían las peores noticias. Los gritos de aquella madre se grabarían para siempre en la memoria de los enfermeros, pacientes y doctores que la habían atendido, y comprendieron que el dolor de aquellos padres era lo más puro y trágico que jamás habían sentido. Allí estaban acostumbrados a la muerte, a lidiar con enfermedades, a sufrir procesos lentos que consumían a sorbos la vida de alguien, pero no a aquel llanto, irremediable, al ver cómo unos padres estaban tan llenos de esperanza y de ninguna en absoluto. Al llegar hasta Aaron, Grace golpeó una y otra vez su pecho y él aguantó los puñetazos sin sentir dolor, porque ya se sentía muerto, ya se creía hundido en lo más profundo de sí mismo, y esperó con el rostro lleno de lágrimas y sin pronunciar palabra a que Grace gritase y le culpase hasta que no tuvo más aliento.

Capítulo 14
27 de noviembre de 2003
Cinco años después de la desaparición de Kiera

Muchas veces la esperanza solo necesita
un pequeño clavo ardiente al que agarrarse.

Grace, Aaron y Miren esperaron impacientes la llegada del agente Benjamin Miller, el responsable de la investigación en 1998, cuando Kiera desapareció. Llegó dos horas después de que Aaron hubiese llamado varias veces al único teléfono que conservaba para hablar con él y de que una secretaria lo hubiese dejado en espera durante unos minutos para luego cortar la llamada sin comunicarle con nadie mientras sonaba una melodía desesperante. No fue hasta la quinta vez que llamó cuando la secretaria por fin escuchó con atención las palabras que Aaron decía:

—¡Es Kiera! ¡Está viva! Tiene que ponerme con el agente Miller, por favor. ¡Kiera está bien!

—¿Cómo dice?

—¡Kiera Templeton, mi hija, está viva! —repitió, gritando al teléfono.

—Verá…, señor Templeton…, no podemos volver a revisar su caso en estos momentos… No hay nada nuevo y el agente Miller fue muy claro en que no le pasásemos más llamadas hasta que no hubiese pistas adicionales. Cada año nos llama en Acción de Gracias con alguna cosa. Debería buscar ayuda.

—No lo entiende… ¡Kiera está viva! ¡La hemos visto! ¡En vídeo! Nos han enviado una cinta de ella. ¡Está viva!

La secretaria no respondió durante unos segundos y luego añadió un escueto:

—Un segundo, por favor.

Instantes después, una voz grave y entrecortada habló al otro lado.

—¿Señor Templeton? ¿Es usted?

—Agente Miller, gracias a Dios. Tiene que venir. Alguien ha dejado un paquete en casa con una cinta de vídeo. En ella aparece Kiera.

—¿Una nueva grabación de alguna cámara de seguridad? Teníamos varias de los momentos posteriores a su desaparición y ninguna nos llevó a nada en claro.

—No. No es una grabación de la calle. Es en una casa. Y es Kiera. Ahora. Con ocho años. Jugando en una habitación.

—¿Cómo dice?

—Kiera está viva, agente Miller. Nunca murió. ¡Kiera está viva! —gritó Aaron, eufórico.

—¿Está seguro de lo que está diciendo? —dudó.

—Es ella, agente. No me cabe la menor duda.

—¿Su mujer piensa lo mismo? ¿Piensa que es ella?

—Tiene que verla usted mismo.

—Voy de camino. Esperen allí y no la toquen más. Quizá…, quizá haya algo más en ella.

Durante la espera Grace no paró de sonreír y llorar de felicidad por haber visto a Kiera jugando tranquila en la habitación. Aaron se sentó a la mesa de la cocina, con la mirada perdida, y de vez en cuando dejaba que sus emociones dibujasen su rostro con un llanto feliz. Pero a Miren aquella imagen de Kiera la había dejado sin palabras. Había dedicado tanto tiempo a analizar pistas, a entrevistar a gente y a revisar una y otra vez un expediente policial de más de dos mil folios sin encontrar nada, que aquella simple imagen de la niña jugando parecía haber puesto a prueba su entereza.

En el escaso minuto que duraba la grabación, una crecida Kiera jugaba con una muñeca en una casa de madera, para luego levantarse de donde se encontraba y dejarla sobre la cama. Unos segundos después, y tras haber dudado durante unos instantes, se la veía caminar hacia la puerta y pegar la oreja a ella. Llevaba puesto un vestido naranja con la falda a la altura de las rodillas. La imagen parecía haberse congelado, si no hubiera sido por el segundero, que seguía avanzando. Cuando llegó al segundo treinta y cinco Kiera despegó la oreja de la puerta, como si hubiese sido en vano, y caminó dando brincos hacia la ventana. Luego apartó la cortina de gasa blanca y contempló el exterior de espaldas a la cámara.

Justo en el momento en que el temporizador marcó el segundo cincuenta y siete, Kiera se volvió hacia la cama y, durante un par de fotogramas, miró con rostro inexpresivo a la cámara. Antes de que llegase de nuevo a agarrar la muñeca que había dejado sobre la colcha el reproductor expulsó la cinta y la pantalla volvió a llenarse de una nieve que pronto acabaría por anegar de ruido blanco el mundo de la familia Templeton.

—¿Estáis seguros de que es ella? —preguntó Miren, conocedora de la respuesta. Había visto cientos de fotos de Kiera en distintos álbumes familiares y la verdad era que el parecido era incontestable, a pesar de la diferencia de edad con respecto a cuando desapareció, con tan solo tres años.

—Es Kiera, Miren. ¿No la ves? Mira su cara…, por Dios… Podría reconocer a mi hija aunque pasasen cincuenta años. ¡Es nuestra hija!

—Solo digo que la calidad de la grabación deja mucho que desear. Quizá deberíamos…

—¡Es ella! ¿¡Está claro!? —la interrumpió Grace, molesta.

Miren asintió, como si la cosa no hubiese ido con ella, y se marchó a esperar fuera. Se encendió un cigarrillo y se dio cuenta de que la noche ya se había echado encima. Sacó el teléfono del bolsillo de la chaqueta y llamó a la redacción para excusarse por no volver a tiempo a terminar el artículo en el que estaba trabajando.

Luego se fijó en el resto de casas de la calle y en cómo varias familias estaban colocando cables de luces de Navidad en los tejados de sus casas. Pensó que debía de ser duro para los Templeton ver cómo la Navidad, con su felicidad desmedida y sus reencuentros entre seres queridos, los rodeaba y los cercaba de aquella manera, con miles de bombillas señalando, inconscientemente, el único lugar que no las encendía. En un mundo iluminado una zona sombría es una señal. La casa de los Templeton era la única de la calle que parecía no sumarse a aquel excéntrico dispendio de electricidad y, a simple vista, también era la que menos gastaba en jardineros. El césped estaba seco, con grandes parches de tierra salpicados por todo el jardín. Recordó la primera vez que estuvo en aquella casa, al poco de comenzar a investigar por su cuenta la desaparición de Kiera, y fue el perfecto estado del césped lo primero que llamó su atención. Recordó la sensación de estar en casa de una familia bien acomodada, con un buen coche aparcado en la puerta y un buzón de correos con banderola para rematar la imagen de familia perfecta. Ahora, en cambio, todo aquello no era más que humo, el dolor había conquistado cada rincón de aquella familia, tiñendo de gris no solo la fachada, el jardín y las ventanas, sino las almas de todo el que pisaba el interior de aquellas cuatro paredes.

Un rato después apareció por el final de la calle un Pontiac gris con las luces encendidas y se bajó del coche un hombre de unos cincuenta años, vestido con traje, corbata verde y gabardina gris.

—No puedo decir que me alegre de volver a verla —dijo el agente Miller a modo de saludo.

Ella saludó levantando las cejas y tirando la colilla al suelo.

—¿Es serio? —preguntó el agente, antes de entrar.

—Parece que sí —respondió Miren, en tono seco.

Aaron salió a su encuentro y lo saludó.

—Gracias por venir, agente —dijo, con voz desesperada.

—Mi mujer me está esperando con el pavo dentro del horno. Espero que sea importante —dijo Miller, intentando justificar que pensaba estar poco tiempo allí.

Grace se encontraba en la cocina, con los ojos circundados por la piel rojiza de haber llorado. Entraron en la casa y el agente saludó a Grace con un abrazo.

—¿Cómo se encuentra, señora Templeton?

—Tiene que ver la cinta, agente. Es Kiera. Está viva.

—¿Quién le ha dado esa cinta?

—Estaba en el buzón, en ese sobre. —Grace señaló el paquete acolchado que descansaba sobre la mesa, y el agente lo ojeó sin tocarlo, leyendo el número uno pintado a rotulador sobre él.

—¿Lo han manoseado?

Grace asintió y se llevó las manos a la boca.

—¿Dónde está la cinta?

—En el reproductor.

El videocasete sobresalía unos centímetros de la boca del compartimento del reproductor, dejando ver el frontal negro, sobre el que solía colocarse la pegatina con el título. En la pantalla la nieve bailaba y se reflejaba en los ojos de todos.

El agente sacó un bolígrafo de la solapa de su chaqueta y empujó la cinta hacia dentro. Grace se agachó junto al agente y pulsó un botón para rebobinar la cinta. Unos segundos después se escuchó un clac y la pantalla mostró a la Kiera de ocho años de nuevo, inocente, jugando con su muñeca, dejándola en la cama, espiando junto a la puerta, contemplando la ventana. Cuando se volvió hacia la cámara, la imagen se interrumpió y el reproductor expulsó la cinta como si nada hubiese pasado.

—¿Es ella? —inquirió el agente, preocupado—. ¿De verdad la reconocen?

Grace asintió, temblando. Tenía los ojos inundados con varias lágrimas dispuestas a romper la tensión superficial para recorrer una vez más su rostro.

—¿Están seguros?

—Segurísimos. Es Kiera.

El agente lanzó un suspiro y se sentó. Tras debatir consigo mismo durante unos instantes, continuó:

—No puede publicar esto —dijo, en dirección a Miren, que esperaba bajo el arco de la puerta de la cocina—. No puede volver a convertir esto en el circo que fue.

—Tiene mi palabra —respondió ella—. Pero solo si reabre el caso.

—¿Reabrirlo? Aún no sabemos qué tenemos. Es solo una grabación de una niña que..., seamos sinceros, podría ser cualquier niña que se pareciese un poco a su hija.

—¿Está hablando en serio?

—No puedo movilizar recursos por esto, señor Templeton. Es todo muy vago. Una cinta que aparece de la nada cinco años después... Es todo tan rocambolesco que no me lo van a aprobar en la oficina del FBI. ¿Sabe cuántos niños desaparecen al año? ¿Sabe cuántos casos tenemos abiertos?

—Agente Miller, ¿qué haría si fuese su hija? Dígame, ¿qué haría? —protestó Aaron alzando la voz—. Dígamelo. Si a su hija con tres años se la llevase algún malnacido y años después recibiese un vídeo de ella por su cumpleaños en el que sale jugando como si nada hubiese pasado, ¿cómo se sentiría? ¿Que le arrebatasen lo que más quiere del mundo y, años después, le restregasen lo bien que está sin usted?

El agente Miller no pudo responder.

—Solo tenemos esa grabación y su palabra de que creen que es su hija. Me costará horrores convencer a mis superiores. No puedo prometer nada.

—Es Kiera..., agente —dijo Miren—. Usted sabe perfectamente que lo es.

—¿Cómo puede estar tan segura?

—Porque cuando me levanto por la mañana, su rostro es lo primero que veo.

Capítulo 15
Miren Triggs
1998

La verdad es más esquiva que el engaño, pero golpea más fuerte cuando bajas la guardia.

La mañana siguiente sonó el despertador más temprano de lo que mi cuerpo necesitaba. Me había acostado tarde revisando los archivos que me había enviado el profesor Schmoer e intenté desayunar un café con vainilla que me había comprado en un Starbucks. Después fui a una tienda de móviles y pagué con tarjeta un Nokia 5110 de color negro, que parecía ser el que se llevaba todo el mundo, con una oferta que incluía cincuenta mensajes y sesenta minutos de llamadas gratis. Luego caminé hacia los juzgados bajo el sol radiante de la ciudad. Hacía un día espléndido y, al entrar, un amable policía me invitó a dejar mi nuevo teléfono en una bandeja en la entrada para poder acceder al edificio.

—No se permiten móviles aquí dentro —dijo, haciendo que mi nuevo punto de contacto con el mundo hubiese tardado solo quince minutos en alejarse de mí.

—¿Tienen ya preparado el expediente que solicité hace unas semanas? —le pregunté a la secretaria judicial, que se maldijo en cuanto me vio. Era una mujer afroamericana de unos cuarenta años con un gran parecido a la madre de Steve Urkel en *Cosas de casa.*

—¿Usted otra vez?

—Es un derecho, ¿sabe? La ley Megan obliga a las administraciones a hacer pública la lista de agresores sexuales del Estado, con información sobre la dirección y una foto actualizada.

—Aún no tenemos montada la página web. Ya sabe. Internet. Esa cosa de la que todo el mundo habla.

—Eso mismo me dijo hace dos semanas. No puede negarme mis derechos. Es una ley federal, ¿sabe eso?

—Estamos trabajando en ello. Se lo prometo. Es solo que son muchos expedientes.

—¿Tantos hay?

—Ni se imagina —dijo, haciendo aspavientos con la mano.

—¿Podría echarle un ojo yo en persona?

—¿A los archivos de agresores sexuales? Ni en broma.

—¿Qué parte no entiende de que esos datos tienen que ser públicos?

—Bueno, está bien. Déjeme consultarlo —aceptó finalmente—. Espere aquí, por favor.

La secretaria judicial se marchó por un pasillo y volvió un rato después, mientras yo aproveché para volver a la entrada a por el teléfono y llamar a mi madre con él para que apuntase mi número. No me contestó, así que lo dejé de nuevo allí y volví a donde estaba la secretaria.

—¿Señorita? Acompáñeme, por favor. La llevaré a los archivos.

La seguí durante unos minutos, hasta que bajamos al sótano de los juzgados, donde un señor con corbata y camisa de manga corta que leía el periódico nos recibió como si le pillase por sorpresa tener visita allí abajo.

—Buenas, Paul. ¿Qué tal la mañana? Te traigo a una chica que, bueno..., viene por la ley Megan.

—¿Delincuentes sexuales? Estamos hasta arriba con eso. Vamos digitalizando el archivo pero... son treinta años de delitos sexuales los que entran. Es un curro de mil pares de narices.

Levanté la mano y acompañé el gesto con una sonrisa falsa.

—Pues a ver…, firma aquí y aquí —dijo—. Es un documento que alega que no usarás la información que recopiles para molestar, perseguir ni tomarte la justicia por tu mano, y que si lo haces te enfrentas a las penas pertinentes.

—Claro —respondí—. Cómo no. Aunque sean malos tienen derechos, ¿no?

Paul me guio por un largo pasillo de azulejos amarillos iluminado por fluorescentes y se paró frente a una puerta.

—Esta sección de aquí es todo lo que estamos digitalizando. Desde agresores de nivel uno al tres —dijo, antes de abrir la puerta y mostrar un laberinto gigantesco de estanterías metálicas llenas de cajas de cartón—. En internet habrá un poco menos de información, pero es con lo que estamos trabajando ahora mismo —continuó—. Quizá en un par de años consigamos tenerlo todo listo y resumido, pero…, bueno, se acerca la Navidad y… ¿quién quiere ponerse a picar expedientes en una pantalla?

—¿Todo esto? Estás de broma, ¿no?

Negó con la cabeza mientras apretaba los labios.

—En esas tres estanterías se encuentran expedientes desde la década de los setenta hasta principios de los ochenta. Y, bueno, las otras dos avanzan en tramos de cinco. Como ves, es todo muy intuitivo. Las cajas con las pegatinas amarillas contienen los de nivel tres, los más peligrosos. Violadores, asesinos, pedófilos reincidentes. El resto..., acosadores y abusadores de menor nivel.

Tragué saliva.

Hacía un par de años que tuvo lugar la violación y asesinato de Megan Hanka, una niña de ocho años, a manos de su vecino, un pedófilo reincidente. Los padres de Megan alegaron que si hubiesen sabido que su vecino era un agresor sexual infantil peligroso, no la habrían dejado jugar sola en las inmediaciones de su casa. El caso fue un auténtico *shock* para el país, que no tardó en aprobar, no sin controversia, una ley federal que obligaba a las autoridades a hacer pública la lista de agresores sexuales en libertad, con fotografías, domicilios actualizados y perfil de víctimas, con el objetivo de informar a la población si algún conciudadano era un agresor sexual en potencia. Se trataba de saber a quién tenías a las puertas de tu casa. Pero en Nueva York la implantación de la ley aún se hallaba en pañales y ese registro público y fácilmente accesible todavía tardaría un tiempo en funcionar de verdad; en su lugar tenía aquella sala, llena de expedientes, en los que perderse durante horas.

—Si necesitas algo más, no dudes en decírmelo. Estaré en la mesa de la entrada.

Paul cerró la puerta y me dejó allí sola, rodeada de aquellas cajas con olor a violencia sexual.

Agarré la primera caja y me sorprendí por cuánto pesaba. En ella podía haber a ojo más de doscientas carpetillas de cartón amarillo. Saqué el primer expediente y sentí náuseas al instante. La foto de la esquina superior era la de un hombre blanco de unos sesenta años con la mirada perdida y barba de tres días. La ficha consistía en un simple folio formateado con huecos rellenos a mano. Mis ojos se posaron de inmediato en la casilla titulada «Condenado por»: abuso sexual a menor de seis años.

Cerré el expediente y pasé al siguiente. No era lo que buscaba y preferí no recrearme en lo que le haría a ese hijo de puta. Durante varias horas pasé de un archivo a otro, revisando las fotografías y leyendo lo que me encontraba. El país estaba podrido. Bueno, los hombres estaban podridos. En casi quinientos expedientes tan solo me había topado con seis mujeres. No niego que lo que habían hecho esas seis mujeres me repugnaba igual que las atrocidades cometidas por hombres, pero resultaba evidente que las agresiones sexuales eran cosa de ellos. Algunos acumulaban un creciente historial de fechorías: un tocamiento, un abuso, una violación, una violación y asesinato. Otros exhibían una conducta repetitiva que parecía patológica: fijación enfermiza por un tipo de chica concreto, con un pelo de unas determinadas características, siempre de la misma altura y del mismo rango de edad, agravándose con el paso de los años, tras la puesta en libertad por los primeros delitos cometidos veinte o treinta años antes. Pero los que más me chocaban, y se trataba de la mayoría, eran aquellos en los que agresor y víctima pertenecían a la misma familia. En los expedientes se detallaba el perfil victimológico de los abusadores y no era raro leer entre las descripciones que se trataba de un «familiar de grado uno o dos» .

—Hijos de puta —dije en voz alta.

Salí a preguntarle a Paul hasta qué hora me podía quedar. La tarea que tenía por delante me iba a llevar mucho más tiempo del que estimé, y me respondió que podía quedarme allí sin problema hasta las seis de la tarde. Decidí comer algo en las inmediaciones del juzgado para luego volver y, mientras esperaba la comida llamé con mi flamante nuevo móvil al segundo y último teléfono que conocía:

—¿Quién es? —respondió el profesor Schmoer al otro lado.

—¿Profesor? ¿Me oyes? Soy Miren.

—Miren. ¿Pudiste ver lo que te envié?

—Sí..., bueno, no todo lo que había. Pero..., gracias.

—Creo que cuantos más ojos haya en esto... mejor. Y pienso que los tuyos serán de los mejores. Sé que eres distinta. Quizá aún no haya acabado este asunto.

—Gracias, profesor. ¿Acabar?

—¿Desde dónde me llamas? Te escucho regular.

—Desde mi nuevo móvil.

—Pues se escucha fatal.

—Genial. Me ha costado más de doscientos dólares. Me gusta tirar el dinero.

Hizo una pausa, serio.

—Supongo que me llamas por la noticia.

—No he visto el periódico aún. ¿Habéis publicado la llamada a emergencias?

—Sí... pero nadie la ha leído.

—¿Cómo?

—Que..., que nadie la ha leído. La llamada da igual, Miren. A nadie le interesa ya —dijo el profesor con el ruido de los coches de fondo. Debía de estar en la calle—. Es cosa del pasado. El *Press*..., bueno, perdona, ¿no te has enterado? ¿En qué mundo vives?

—Estoy en los juzgados con un asunto personal —respondí, intentando excusarme.

—¿Qué asunto personal? ¿Tienes algún juicio? ¿Han cogido a algún culpable de..., bueno, de aquello? Podrías haberme avisado, sabes que te habría acompañado.

—No, no. Estoy buscando en los archivos por mi cuenta.

El profesor suspiró y luego añadió, en una especie de lamento:

—Está bien... Si necesitas ayuda con eso, dímelo, ¿vale, Miren?

—De acuerdo. De momento voy bien, de verdad —mentí.

—Bueno. ¿En serio no te has enterado?

—¿De qué?

—Mira el *Press* de hoy. Es increíble. No sé cómo lo hacen, pero...

—¿Qué ocurre?

Estaba inquieta. Aquel secretismo me estaba matando.

—Lee la portada del *Press* y luego me llamas —colgó.

—¿Qué ha pasado? —inquirí, justo antes de darme cuenta de que ya no estaba al otro lado.

Le pregunté al camarero si tenía un ejemplar del *Manhattan Press* de ese día, pero me dijo que no. Antes de dejar el teléfono en la mesa volví a llamar a mis padres, pero no me respondió nadie. ¿A qué se referiría el profesor Schmoer?

Esperé la comida, unos espaguetis carbonara que solo costaban siete dólares y noventa y cinco centavos con el refresco incluido, y me dispuse a comer con prisa para salir a comprar rápido el periódico. El restaurante era un antro cutre con las paredes llenas de espejos, cuyos principales clientes eran los delincuentes y sus familiares que pasaban la mañana en el juzgado. Miré a la pared junto a la que estaba sentada y vi el rostro de Kiera en el reflejo de la televisión. Volví la vista al otro lado, pero no conseguí identificar dónde estaba la pantalla real en aquel laberinto de espejos.

—¿Puede subir el volumen? —pregunté al camarero.

Tras unos segundos el rostro de Kiera desapareció y lo sustituyó el de un hombre serio, blanco, de unos cincuenta años y con canas, de quien no sabía nada hasta ese momento, pero en el titular que acompañaba la imagen y que recorría la pantalla de derecha a izquierda pude leer: DETENIDO PRINCIPAL SOSPECHOSO.

Cuando por fin el camarero subió el volumen, escuché a la presentadora terminar la frase que estaba pronunciando, para justo después pasar a otro tema.

«... casado y con dos hijos, es el principal sospechoso del secuestro de la pequeña y dulce Kiera Templeton, y ya ha sido detenido y puesto a disposición judicial».

Capítulo 16

12 de octubre de 1997. Nueva York
Un año antes de la desaparición de Kiera

Hablar del dolor es un símbolo de fortaleza; y no hacerlo lo es de valentía, porque cuando callas se queda dentro, luchando contra ti.

Miren no supo qué pasó entre un momento y el siguiente, pero se encontró enrollándose con Robert, algo mareada, en el parque Morningside, sentada en un banco junto a una farola cuya bombilla incandescente parpadeaba a punto de fundirse.

—Para..., por favor —susurró, aturdida.

—Venga..., ahora no te hagas la estrecha.

Robert siguió besándola y ella cerró los ojos para no vomitar. Todo daba vueltas a su alrededor y le costaba ubicarse entre los destellos de la farola que iluminaban de manera intermitente la sombra del hombre que estaba sobre ella. No recordaba haber bebido tanto como para estar así. Pensó que quizá no estaba habituada al alcohol, puesto que nunca solía beber, pero aquella sensación era muy angustiosa.

—¡Por favor, PARA! —chilló, pegándole un empujón.

—¿Eres idiota o qué te pasa?

—No puedo... No me encuentro bien —dijo, abstraída.

De pronto sintió el gélido aire de Nueva York en los muslos y, al mirar abajo, se quedó horrorizada al descubrir que tenía el vestido remangado hasta el abdomen y las bragas rotas colgando de una de las piernas.

—Por favor..., para —dijo. Pero Robert no le hizo caso y le metió sus largas manos en la entrepierna. Miren intentó resistirse con las pocas fuerzas que tenía, pero no conseguía zafarse de él, que movía la mano enérgicamente.

A lo lejos Miren escuchó una voz masculina. En realidad no era una, sino varias, intercaladas, y pegó un chillido para que la oyesen con el último reducto de su consciencia. Ella no sabía entonces que era lo peor que podía hacer.

Después se sucedieron algunas voces más, algunas risas, algunas sombras varoniles que se intercalaban con la oscuridad que cada dos segundos interrumpía la farola. Luego escuchó a Robert discutir. Luego le sucedió una imagen de él tirado en el suelo, inconsciente, con el rostro cubierto de sangre. Vio a tres tipos delante de ella cuya sonrisa era lo único que brillaba en sus almas oscuras. Vio una bragueta desabrocharse. Y luego otra. Y luego tal vez otra, o quizá era la misma.

Cerró los ojos, mientras lloraba y deseaba que pasase el tiempo. Comprendió lo que una vez había leído sobre Einstein y sobre que el tiempo es relativo. Y en efecto lo era, pero solo de acuerdo a cuánto sufrías.

Un rato después, nunca pudo calcular cuánto, se despertó en la oscuridad del parque. Estaba dolorida y tenía el vestido rasgado a la altura del pecho. El pintalabios se le había corrido y tenía la sombra de ojos que Christine le había puesto difuminada por las lágrimas, dibujando en su rostro la mirada más triste de Nueva York. La bombilla había terminado de fundirse y apenas veía más allá de un par de metros. Rebuscó en el suelo y tardó unos momentos en agarrar su pequeño bolso en el que solo llevaba las llaves de casa. Estaba aterida y tiritaba de frío. Aquel día soplaba un viento helado del oeste y recordó que había llevado un abrigo de pelo a la fiesta que no veía en ningún sitio. Rodeó su cuerpo con las manos e intentó andar. Se dio cuenta de que había perdido un tacón y se quitó el otro, que instintivamente agarró como si fuese un arma. Le dolían todos los huesos. Sentía su cintura crujir cada vez que posaba el pie derecho contra la gravilla del suelo. Tenía las rodillas llenas de magulladuras y notaba una fuerte quemazón ardiente en la entrepierna. Comenzó a llorar.

Anduvo durante unos minutos en la oscuridad más absoluta hasta que por fin salió del parque por las escaleras de Morningside Avenue, en el cruce con la 116. Se percató de que estaba cerca de casa. Se miró la muñeca, pero le habían robado el reloj. Buscó en el bolso y también su cartera había desaparecido.

La voz de un hombre se coló de nuevo en sus tímpanos, ofreciéndole ayuda:

—¿Te encuentras bien, hermana? ¿Qué te ha pasado?

Pero antes de que fuese capaz de identificar de dónde provenía el sonido, Miren tiró el zapato al suelo y echó a correr. Estaba asustada, como un conejo que había oído el disparo de un cazador y temía que el siguiente fuese el que terminase con la carrera. Miraba en todas direcciones mientras corría descalza y, cuando por fin llegó a la puerta de su casa, sintió el sabor a sangre en la boca. Subió las escaleras, agarrada a la barandilla, y notó un fino hilo caliente recorriéndole el muslo. Miró abajo y comprobó que era sangre. Seguía llorando, casi en silencio, para que nadie la pudiese encontrar, temerosa de que alguien más la viese así y se sumase a la fiesta de su cuerpo que sentía roto en mil pedazos.

Tardó algunos momentos en acertar con la llave en la cerradura. No conseguía parar el temblor de sus manos, que hacían sonar el llavero como un cascabel llamando a una nueva presa. Tragó saliva y, cuando por fin entró en la casa, cerró de un portazo y se tiró contra la puerta, gritando, una y otra vez, con toda la energía que le quedaba.

Miró al frente y vio el teléfono sobre la mesilla junto al sofá. Se arrastró por el suelo, mientras lloraba y jadeaba sin parar, y se puso el auricular a la oreja. Tras esperar unos segundos, escuchó una voz femenina al otro lado con tono somnoliento:

—¿Sí? ¿Quién llama a esta hora?

—Ayúdame, mamá —susurró ella, entre sollozos.

Capítulo 17
26 de noviembre de 1998

Es posible ocultar una enorme cicatriz en la piel, pero imposible esconder una simple muesca en el alma.

El agente Alistair estuvo un rato cerca, sin molestar, mientras la madre y el padre de Kiera se derrumbaban en el suelo del hospital y se abrazaban pensando en todo lo que podían haber cambiado en ese día para que su hija aún estuviese con ellos. Grace recordó que justo cuando iban a salir de casa y vio que estaba lloviendo, se le pasó por la cabeza que quizá era mejor no ir al desfile. Durante las últimas semanas Kiera había tenido un leve catarro y consideró una potencial recaída, pero aquella duda se disipó en cuanto vio la alegría con la que Kiera salía de casa dispuesta a ver su primera cabalgata de

Acción de Gracias. Después de ese recuerdo le vino a la mente que ese día Kiera se había levantado algo desanimada porque se habían acabado los cereales Lucky Charms, sus favoritos, y ella le había reñido porque debía desayunar una marca más saludable y menos colorida que aquellas bombas de azúcar. La mente de Aaron intentaba recorrer cada instante de la mañana, cada gesto de Kiera, cada momento en los que él pudo cambiar el curso de su desaparición, y encontró tantas decisiones que podían haber evitado la desgracia que era incomprensible que hubiese sucedido finalmente. Luego recordó cómo la noche anterior él llegó tarde del trabajo y Kiera ya estaba dormida y no pudo jugar con ella ni leerle un cuento como solía hacer casi siempre antes de acostarse. La desaparición de Kiera había pulsado el mecanismo de autodestrucción en la mente de ambos y las dos cabezas se encontraban buscando en cada comportamiento todos los momentos que pudiesen hacerles daño. Los momentos perdidos, los besos no dados, los días de trabajo, los castigos sin regalo.

—Señor y señora Templeton... —dijo el agente Alistair—, sé que es difícil volver a casa como si nada, pero confíen en nosotros. Encontraremos a su hija. Se lo aseguro. Tenemos a todas las unidades disponibles batiendo la zona y recabando información de las cámaras de seguridad por si han captado algo. Confíen en nosotros.

—Pero... la ropa... y los pelos... Alguien se la ha llevado, agente. Nuestra hija está con alguien contra su voluntad. Tienen que encontrarla, por favor —dijo Aaron, con dudas por desvelar aquella bomba junto a su mujer, que aún no sabía nada.

—¿Pelos? ¿De qué estás hablando? —preguntó Grace, sorprendida.

El agente Alistair apretó los labios. No estaba acostumbrado a hablar de algo que parecía pintar tan mal para aquellos padres e intentó medir sus palabras.

—De eso también queríamos hablar. En estos momentos no descartamos ninguna vía de investigación, y por eso el FBI se hará cargo del caso. Necesitamos que respondan unas preguntas con el agente Miller, miembro de la Unidad de Personas Desaparecidas del FBI, que en estos momentos está esperando a que le digamos dónde puede verse con ustedes.

—¿El FBI? Claro. Sí. Lo que sea necesario y ayude a encontrar a Kiera. ¿Dónde está?

—Necesito que formalicen la denuncia en comisaría y respondan unas preguntas. ¿Qué les parece hablar con él allí? Estoy seguro de que les será de ayuda. Es uno de los mejores.

El agente Alistair invitó a Grace y Aaron a subir al coche policial, y cuando llegaron eran cerca de las tres de la madrugada. La comisaría de policía del distrito sur era un erial a aquellas horas. Apenas había media docena de agentes aquí y allá, con caras de cansancio y los ojos enrojecidos. Pero, en cambio, era un hervidero en su sótano. Allí convivían casi treinta detenidos, principalmente carteristas y rateros de poca monta, que esperaban a pasar a disposición judicial por la mañana. Aaron y Grace se sentaron frente a un escritorio y prestaron declaración al agente Alistair, que parecía más interesado en hacer tiempo mientras llegaba el FBI que en preguntar más allá para no remover la herida.

Según lo que recogió el agente Alistair en el atestado policial, la madre y el padre se encontraban con la niña en el cruce de Broadway con la 36 desde las 9:45 hasta las 11:45, que fue cuando Aaron se separó de su mujer para conseguirle un globo a su hija. Durante esos minutos posteriores fue cuando desapareció. Aaron apuntó como potenciales testigos de lo ocurrido a una mujer vestida de Mary Poppins y a todos cuantos estaban en los alrededores. Intentó hacer memoria, para ver si recordaba alguna cara, pero fue en vano. Todo el mundo era un completo desconocido y, a esas horas de la noche y tras todo el estrés del día, resultaba imposible que aquellos rostros se dibujasen en su mente. Grace mencionó a una familia junto a ellos que tenía un hijo de la edad de Kiera. Lo recordó porque se imaginó a Michael, al hijo que estaba esperando, con esa edad, y se emocionó. Luego Grace recalcó que una *majorette* se había acercado a chocarle la mano a Kiera, porque a la chica le había resultado divertida la sonrisa de Kiera y lo emocionada que estaba. Aaron dio la razón a su mujer en cada uno de esos recuerdos y luego Grace recalcó que ella no se encontraba presente cuando sucedió el alboroto, algo que desconcertó a su marido.

El agente Alistair terminó de redactar el atestado y después les pidió una foto de Kiera. Aaron llevaba en la cartera una de tamaño carné en la que parecía mirar a la cámara con expresión de sorpresa. Aquella imagen era la misma que, una semana más tarde, el *Press* sacaría en portada y se difundiría por todo el país bajo el titular: «¿Ha visto a Kiera Templeton?».

El agente Miller llegó justo cuando Aaron estaba firmando la denuncia y saludó con un «¿señor y señora Templeton?» que pareció salirle de las entrañas. Tenía una voz grave y ronca, y cuando se giraron para localizarla vieron en él una cara amable.

—¿Es usted el agente del FBI?

—Agente Benjamin Miller, del Departamento de Personas Desaparecidas. Siento mucho lo que les ha pasado. Hemos montado un equipo específico para su caso y ya estamos trabajando en encontrar a su hija. No se preocupen. Aparecerá.

—¿Creen que alguien la ha secuestrado? —inquirió Aaron, realmente preocupado.

—Seamos sinceros, señor y señora Templeton. No les endulzaré la situación porque creo que les hará más mal que bien. El FBI solo se ocupa de este tipo de casos cuando se baraja la opción del secuestro. Por eso necesitamos también que estén en casa por si reciben una llamada pidiendo un rescate. Se trata de un caso de alto riesgo y... los captores intentarán contactar de algún modo.

—¿Un rescate? Por el amor de Dios...—. Grace se llevó las manos a la boca.

—No sería la primera vez que... bueno, que ocurre algo así. Es más común de lo que parece en otros países. ¿Tienen algún enemigo? ¿Alguien que quiera hacerles daño? ¿Tienen capacidad para hacer frente a un potencial rescate?

—¿Enemigo? ¿Dinero? ¡Soy director de oficina de una aseguradora! Firmo contratos de seguro —respondió Aaron, exasperado—. Es... un trabajo normal y corriente.

—¿Alguien a quien haya denegado una póliza últimamente?

Grace miró a Aaron con gesto de desaprobación.

—¿Qué ocurre? —preguntó Aaron a su mujer—. ¿No me culparás de lo que ha pasado?

—Tu trabajo, Aaron. Lo que ha pasado ha sido por tu maldito trabajo. Toda esa gente..., toda esa gente desamparada —sentenció ella, enfadada—. Seguro que...

—Esto no tiene nada que ver con eso, Grace —interrumpió—. ¿Cómo puedes insinuarlo? Agente, por supuesto que rechazo pólizas, pero no es algo que yo decida. Viene siempre de arriba. Son unos parámetros, ¿sabe? Si el cliente no es rentable, no se puede coger. ¡¿En qué hotel dejarían entrar a un huésped que saben que destrozará las habitaciones?! —respondió exaltado.

—No critico su trabajo, señor Templeton. Pero hay una realidad que es innegable: su trabajo tiene el potencial de crear enemigos. Y en este tipo de casos... Una posibilidad es que se trate de alguien que quiera hacerles daño. Una venganza personal o una cuestión económica.

Grace suspiró y apretó los labios.

—Necesitaremos una lista de clientes a los que haya rechazado alguna póliza o la cobertura de algún tratamiento en los últimos años —sentenció el inspector Miller, anotando algo en un papel.

—Te lo dije, Aaron. Y tú siempre alardeando de tus malditos ratios de rentabilidad. Pero cómo pudiste...

—¿Puede conseguirme eso? —insistió el agente Miller, intentando terminar con ese asunto.

Aaron asintió y luego tragó saliva para controlar el nudo que se le había formado en la garganta y que no le dejaba respirar.

—De todas formas ahora mismo tenemos todos los frente abiertos. Si mañana no hay noticias, deberían considerar colgar carteles y movilizar un poco el asunto. Quizá alguien haya visto algo.

Grace asintió y se encomendó a las palabras del agente Miller, a quien vio como la única persona allí que parecía controlar la situación.

—Por favor, encuéntrenla pronto —suplicó ella.

—Aparecerá. En la mayoría de ocasiones estos casos se solucionan en las primeras veinticuatro horas. Solo han pasado… —hizo una pausa y miró su reloj— catorce, si no me equivoco. Nos quedan diez y eso, en esta ciudad con tantos ojos por todas partes, es más que suficiente.

Capítulo 18
27 de noviembre de 2010
Doce años después de la desaparición de Kiera

Al escarbar entre mis ruinas lo único que encontré fueron los escombros de mi alma.

El timbre sonó estridente en la lejanía del pasillo e interrumpió el silencio que había aplastado la vida en aquella casa. Una fina capa de polvo lo había conquistado todo y el ambiente estaba tan gris que parecía que las cenizas de un incendio habían sido el motivo de aquel triste y deprimente estado de limpieza. Pero no era así. Las fotografías enmarcadas que descansaban sobre la mesa caoba del salón estaban relucientes, como si se les sacase brillo cada día. Eran lo único que brillaba en toda la estancia. En las imágenes que había en ellas se podía ver una pareja feliz y joven: él no podía tener más de treinta; ella, algo menos. En otras se veía a la misma pareja con una niña risueña de unos tres años, con el pelo moreno y los ojos verdes. En todas las imágenes la niña reía, enseñando sus dientes de leche con diastema.

El timbre volvió a sonar, esta vez durante más tiempo, y Grace Templeton se levantó de la mesa de la cocina para dirigirse a la puerta. Quizá era la desidia, quizá la desesperanza, pero aquellos pasos ya no caminaban a la misma velocidad que durante aquellos primeros años. Era 27 de noviembre y la llamada de su marido había despertado de nuevo sus miedos más primarios.

Grace se levantó ese día con una mezcla oscura de sentimientos: ilusión, esperanza, asco, tristeza y desesperación. Cada una de esas emociones estaba causada por el mismo desfile que cada año le recordaba su desgracia. Grace Templeton puso su mano envejecida en el picaporte y abrió temblorosa, para encontrarse a un hombre cerca de la cincuentena con barba y con cara de preocupación.

Se miraron en silencio y ella bajó la vista a las manos del hombre, quien portaba un sobre acolchado.

—¿Dónde estaba esta vez? —preguntó inquieta Grace, con voz cansada, a modo de saludo.

—En el buzón de nuestra antigua casa, como la primera vez. Me han llamado los Swaghat. He avisado a Miller. Viene de camino. Me ha pedido que seamos cuidadosos y que esperemos a que llegue él con la unidad de la científica.

—Otra vez el día de su cumpleaños, Aaron. Como con la primera cinta. ¿Qué diablos quieren? ¿Por qué nos hacen esto? —dijo.

Aaron permaneció inexpresivo. El dolor ya era tan profundo que había dejado de importar.

—Ya había sacado la tarta de la nevera antes de... de saber que había llegado otra cinta. La he pedido en aquella pastelería que vimos cuando paseábamos al oeste de Central Park. Han hecho un trabajo precioso. La han decorado con pequeñas flores naranjas hechas de *fondant*. Tienes que verlo.

—Grace..., por favor, ¿quieres dejar de convertir el cumpleaños de Kiera en una fiesta? Hoy hay una nueva cinta. Por favor..., esta vez no. Sé que cada año nos reunimos para estar juntos el día de su cumpleaños, pero... hay una nueva cinta. Son demasiadas emociones de golpe. Prefiero... verla y ya está, ¿no crees? Es la cuarta cinta de nuestra hija. Necesito verla y llorar tranquilo.

—La tarta es lo único que hace que no me haya vuelto loca, Aaron. No me quites esto también. Bastante daño me has hecho ya, ¿no crees?

Él respondió con un suspiro y Grace se dio la vuelta para perderse en la cocina. Poco después volvió con una caja blanca en las manos y se dirigió a la salita. Aaron la siguió y la descubrió abriendo la caja y dejando ver la tarta en su interior.

—¿No es preciosa? A Kiera le encantaría.

—Estoy seguro de que sí, Grace —respondió él con un susurro.

—¿A qué esperas? —inquirió ella, mientras buscaba una caja de cerillas en un cajón de madera repleto de ellas dispuestas en orden—. Toca el quince. Uno, cinco.

Grace fue a otra habitación y volvió casi al instante con dos velas con forma de número que Aaron estaba seguro de que ya tenía preparadas en alguna parte. Permaneció inmóvil mientras observaba cómo su exmujer se movía a un lado y a otro, apareciendo y desapareciendo de la habitación con gestos realmente enérgicos, y tuvo que contener las lágrimas para no derrumbarse delante de ella.

—¿Te apetece batido de chocolate? —preguntó Grace, mientras se alejaba hacia la cocina de nuevo.

—También he avisado a Miren. Creo que es importante que esté aquí. Quizá haya algo nuevo en esta cinta y resulte útil que la vea.

Grace se marchó y volvió poco después, sin cambiar de actitud.

—¿De chocolate o de vainilla? El bizcocho de dentro es de zanahoria y el relleno de crema.

—¿Me has oído? He avisado a Miren. Estará al llegar.

—De vainilla, pues —continuó Grace, haciendo oídos sordos y comenzando a servir un vaso con el líquido amarillo.

—Grace. Por favor. Quizá ella vea algo distinto en esta cinta. Ten esperanza. Es buena, de verdad lo creo. Es lo más cerca que vamos a estar de...

De repente, un vaso de cristal se estampó contra la pared, justo detrás de Aaron, a quien no le dio tiempo siquiera a intentar esquivarlo.

—Por encima de mi cadáver, Aaron. ¿Lo entiendes? Llámala ahora mismo y dile que ni se le ocurra venir. No puedo más con la prensa y sus ganas de meter sus narices en todo.

Aaron suspiró, una vez más. Cada año se hacía más difícil aquel día para los dos. Era una carga insoportable para cualquiera, pero para ellos aquel dolor resultaba ya insufrible. En la superficie y con su entorno, Grace parecía comportarse con normalidad. Sonreía, hablaba con tranquilidad y sacaba el tema de Kiera solo muy de vez en cuando. Con Aaron, en cambio, era el único tema posible. Hacía años que habían dejado de hablar de otras cosas. Cuando estaban juntos, solo existía lo único que no tenían a su lado: Kiera.

—Está bien. Le escribiré diciéndole que era una falsa alarma. Se la enseñaré en otro momento.

Grace asintió, ya con los iris inundados de lágrimas.

Aaron soltó el paquete sobre la mesa y envió un mensaje a Miren:

«No vengas. Grace no quiere verte».

Miren no parecía haber leído ese mensaje ni los anteriores en los que la avisaba de esa cuarta cinta en doce años.

—¿Empezamos de una vez? —dijo Grace al tiempo que encendía un televisor de veintiséis pulgadas que tenía sobre un mueble de metal frente a la mesa de la cocina. En la parte inferior descansaba un reproductor de cintas VHS de la marca Sony en color plata, una antigualla que seguía en funcionamiento por empeño personal de Grace y Aaron. Lo compraron en 1997, cuando Kiera aún tenía dos años, para poder ponerle una colección de películas infantiles que le habían regalado aquella misma Navidad. Su favorita era *Mary Poppins*, a quien Aaron ahora había llegado a odiar, con sus canciones, con su rectitud y corrección y con su maldita felicidad. Si pensaba en Kiera, lo que veía era la imagen de Mary Poppins ofreciéndole un globo; si no hubiese sido por un globo, Kiera seguiría con ellos.

Aaron abrió el sobre acolchado con el número cuatro y dejó caer sobre la mesa lo que había en su interior: una cinta VHS de la marca TDK de ciento veinte minutos con una pegatina blanca en la que se podía leer, escrito a mano: KIERA.

Grace se tuvo que sentar. Aquel mismo día se había levantado feliz, pensando en que esta vez sí podría aguantar el impacto emocional del cumpleaños de Kiera, pero la llamada de Aaron con la llegada de una nueva cinta había destrozado toda su entereza de un plumazo.

—¿Estás bien? —preguntó Aaron, afectado, a punto también de romper a llorar.

Ella asintió como pudo. Dio un sorbo a un vaso de agua que tenía sobre la mesa.

—Empecemos ya, por favor.

Aaron sacó de su bolsillo unos guantes de látex blancos y se los puso. Después agarró la cinta con delicadeza y la introdujo con suavidad en el reproductor VHS.

Se sentó a la mesa, tras la tarta y junto a Grace. Ella chasqueó una de las cerillas y encendió las velas con el número quince, iluminando con su luz cálida las pequeñas flores naranjas que decoraban la tarta y las almas tristes de ambos padres. Se agarraron la mano.

Era el único momento en que se permitían una tregua. Quedaban cada año para el cumpleaños de su hija con la única intención de ver la última cinta que tenían. Luego, si tenían tiempo, se quedaban hablando y repasaban cómo les estaba tratando la vida, para después despedirse durante un tiempo. En esa ocasión era distinto. Se habían sentado los dos con una nueva cinta que no habían visto, y quizá ninguno estaba preparado para el cúmulo de emociones coincidentes en un mismo día: el cumpleaños de su pequeña y verla de nuevo después de varios años.

Se miraron, derrotados, para después cerrar los ojos y dejar escapar las lágrimas que no aguantaban más contra la fuerza de la gravedad. Se hizo el silencio, que solo interrumpían sus respiraciones, cuando de pronto se pusieron a cantar «Cumpleaños feliz».

Al terminar, ambos se acercaron a la tarta y soplaron por Kiera.

—¿Qué has pedido esta vez? —preguntó Aaron a su exmujer.

—Lo mismo de todos los años. Que esté bien.

Aaron asintió.

—¿Y tú?

—Lo mismo de todos los años. Que vuelva a casa.

Grace dejó escapar un suave suspiro cargado de toda su tristeza, como si fuese un manantial de fantasmas escapando desde su boca. Luego apoyó la cabeza en el hombro de Aaron. Él extendió la mano hacia la mesa y cogió el mando a distancia de la televisión y la encendió, dejando ver la nieve blanca y negra que bailaba por toda la pantalla. Subió el volumen y se empezó a escuchar el ruido blanco que emitía la imagen. Aquella vieja televisión de tubo no tenía ningún canal sintonizado. Era una Phillips negra de veintiséis pulgadas con mando a distancia y formato 4:3. Una reliquia que aún incluía puerto directo para el reproductor de VHS y que seguía funcionando a pesar de los años y los golpes que Aaron le propinó la noche de la primera cinta. En la esquina superior derecha se podían intuir dos grietas en la carcasa de plástico, fruto de una caída desde aquella misma mesilla en la que ahora se sostenía. Cambió de mando a distancia y encendió el reproductor. La pantalla pasó a un negro puro, dejando ver en el reflejo a Aaron y Grace, que miraban melancólicos el aparato. Poco después, en la esquina derecha apareció un contador de segundos congelado en 00:00.

Grace apretó la mano de Aaron al ver que el contador empezaba a andar. Unos instantes después, que a ambos les parecieron una eternidad, cuando el marcador tan solo contaba 00:02, la pantalla negra fue sustituida por la de una habitación idéntica a la que Grace esperaba, pero con una diferencia que les heló el corazón.

—¿Qué es esto? —gritó Grace.

En la imagen, grabada en un plano desde una de las esquinas superiores, se podía observar un dormitorio con las paredes empapeladas con un patrón de flores naranjas que se repetían una y otra vez sobre un fondo azul marino. A un lado había una cama hecha de noventa, con una colcha naranja a juego con las flores de las paredes. Al otro lado, un puñado de folios y cuadernos junto a un bolígrafo descansaban sobre un escritorio de madera, frente al que había una silla de cuatro patas con más aspecto de silla de cocina que de trabajo. Las cortinas de gasa blanca de una ventana, en el centro de la imagen, tampoco se movían en aquella imagen.

—¿Dónde está Kiera? —dijo Grace. Aaron se había quedado inmóvil.

Esperaban verla de un momento a otro, como siempre. En cada una de las tres cintas anteriores siempre estaba Kiera, envejeciendo varios años de cinta a cinta. El segundero seguía andando, implacable, ante la incredulidad de ambos.

—¡No! Tiene que ser un error —chilló Grace—. ¿Dónde está mi hija?

Llamaron a la puerta, pero ellos estaban absortos mirando la imagen de aquel cuarto vacío, sin rastro de Kiera por ninguna parte, perplejos.

Cuando el contador llegó a 00:59 la imagen se congeló y el reproductor VHS expulsó al instante la cinta. La pantalla se tiñó de azul por un momento, para luego pasar a la nieve de la televisión sin señal, de puntos blancos y negros que bailaban de un lado a otro de la pantalla.

—¡No! —chillaron al unísono, al sentir de golpe cómo Kiera volvía a desaparecer.

Capítulo 19
28 de noviembre de 2003
Cinco años después de la desaparición de Kiera

¿Acaso hay algo más poderoso que la esperanza de encontrar lo que se busca?

El agente Miller accedió a reabrir el caso, con la condición de que Miren no publicase nada durante una semana, tras la cual este había aceptado comentarle los avances de manera resumida para no hacer peligrar la investigación y dar su punto de vista en un primer artículo que marcaría el ritmo y el tono de la prensa del país durante los siguientes acontecimientos.

Aquella cinta fue una bomba en la oficina del FBI de Nueva York, donde varios agentes se ofrecieron para ayudar a esclarecer el origen del vídeo y analizar, fotograma a fotograma, si había algo de lo que tirar. Se hicieron varias copias del VHS de Kiera y se desmontó el casete original para intentar encontrar alguna huella incriminatoria y analizar la banda magnética. También se mandó revisar el paquete en el que se había entregado la cinta. No tenía sello ni había sido procesado en ninguna oficina de correos, por lo que alguien debía de haberlo dejado en persona en el buzón de los Templeton.

Un equipo se desplazó al barrio de los Templeton para preguntar a los vecinos si durante el día anterior habían visto a alguien merodear por la casa, pero las declaraciones de todos solo coincidían en que había varios niños jugando en la calle, al ser festivo, pero nadie sospechoso.

Se entendía que tanto la cinta como el paquete estuviesen repletos de huellas de Grace, que fueron tomadas ese mismo día con el objetivo de descartarlas entre las que hallasen. La cinta era una TDK de ciento veinte minutos, entre los que había solo cincuenta y nueve segundos grabados. El resto era virgen, sin material magnético aprovechable. No había sido grabado en ninguno de sus restantes ciento diecinueve minutos. La cinta era de una marca muy común de la duración más vendida, que todavía podía adquirirse en numerosas tiendas por toda la ciudad, a pesar de la llegada tan abrupta del DVD. Se sabía que las cintas VHS estaban destinadas a desaparecer por su limitada calidad, su duración y, en especial, su durabilidad. Era inevitable que la carga magnética de un VHS fuese decayendo lentamente hasta que lo grabado desapareciese, a distinta velocidad, pero con el mismo final que había sufrido Kiera. Los nuevos formatos digitales permitían, en un disco compacto, aumentar la calidad de la imagen y del sonido e incluso la duración, introduciendo elementos que resultaban más llamativos, como los menús, los materiales añadidos o la selección de escenas. Además, bien conservados podían durar más de cincuenta años, entre el doble y cinco veces más que un VHS, que a los pocos años ya empeoraba los colores de las grabaciones. Los archivos digitales que se guardaban en un DVD también proporcionaban información adicional sobre el tipo de grabador, la fecha de cuándo se creó o incluso, a veces, la geolocalización de dónde habían sido grabados, oculta en los metadatos exif de cada uno de los archivos copiados en el disco. Pero esos atributos no existían en un videocasete, que convertían aquella pista en algo imposible de rastrear. No había nada en un VHS que permitiese encontrar, localizar o identificar cuándo o dónde había ocurrido lo que se registrase en la imagen. Lo único particular de las cintas era que podían ser analizadas para identificar en qué aparato se habían grabado, en función de la colocación de las partículas magnéticas en la banda, del mismo modo que una pistola deja una huella única en cada bala que dispara. Por las marcas laterales de la banda magnética un experto logró identificar que había sido grabado en un aparato Sanyo VCR de 1985, cuyo conocido defecto de fabricación de una de sus series hacía que su cabeza magnética, la encargada de reorganizar las partículas en la banda para grabar la imagen y el sonido, dejara un patrón continuo en el límite de cada cinta, pero aquel dato servía de poco: Sanyo era una de las marcas líderes del mercado en aquella época.

Durante esa semana un equipo caligráfico analizó la letra con la que se había escrito el nombre de Kiera en la cinta y el número 1 en el sobre y lo único que se concluyó a raíz del análisis químico de la tinta era que había sido escrito a mano, con un permanente Sharpie, la marca más vendida del país. Ambas anotaciones habían sido realizadas por la misma persona, a juzgar por la presión en la escritura y las formas en las que su autor cambiaba de dirección en los vértices de la A y del 1. Cuando llegó el informe de la científica sobre las huellas de la cinta, tres días después, el agente Miller perdió la esperanza. No se hallaron marcas dactilares distintas de las de Grace. Los resultados de las encontradas en el sobre debían esperar hasta el final de esa mañana, pero el agente Miller visitó a la familia Templeton en persona para comentarle los escasos avances en la investigación.

Aaron y Grace recibieron ilusionados su visita. Se bajó del vehículo con rostro serio, miró a su alrededor y vio que aquel barrio rebosaba felicidad. Dos niños jugaban montados en una bicicleta, zigzagueando con unos conos que habían puesto en la acera. Una mujer mayor recortaba las hortensias en el jardín, un hombre de mediana edad terminaba de colocar unos soldados cascanueces de tamaño natural frente a la valla de su casa. Aquel era el barrio de la Navidad, y el agente Miller tragó saliva antes de caminar hacia la única casa que parecía sumida en la tristeza.

—¿Han encontrado algo? —inquirió Aaron, nada más verle.

—Aún es pronto. De momento vamos paso a paso. Estamos intentando sacar oro de esos cincuenta y nueve segundos.

—¿Alguna huella? Tiene que haber algo.

—En la cinta no. Estamos esperando los resultados del sobre, pero no pinta bien, señor y señora Templeton. Si ese tipo se molestó en no dejar huellas en la cinta, es difícil que no tomase precauciones con el sobre.

—¿Y las imágenes? ¿No hay nada que ayude a identificar dónde está? Es nuestra hija… y tenemos que encontrarla —incidió Grace.

—La calidad de la imagen es tan mala que no se puede identificar qué se ve al otro lado de las cortinas, por lo que va a ser difícil encontrar dónde está y con quién. Creemos que es una casa, la tonalidad verde tras la cortina blanca podría tratarse de un jardín, pero… eso nos serviría de poco. Ni siquiera la incidencia de la luz en la habitación nos ayudará con su posición, puesto que no sabemos qué hora del día era para poder determinar, al menos, la orientación, y quizá la latitud aproximada de su ubicación. Va a ser difícil dar con algo ahí. Sé que es pronto para decirles esto, pero si no encontramos nada más, ese vídeo solo servirá para que sepan que su hija está bien, aunque ignoren dónde está. Considérenlo una..., una prueba de vida.

—¿Qué quiere decir?

—En los secuestros las pruebas de vida sirven para comprobar que el secuestrado está bien y pagar el rescate. Esto sería algo igual, aunque..., aunque no lo hayan pedido.

—Pues tendremos que hacer que nos lo pidan —dijo Aaron, serio.

—¿Están pensando en volver a convocar a los medios?

—¿Por qué no?

—Entorpecerán nuestro trabajo y... no quiero que vuelva a pasar como hace cinco años.

—Si ayuda a encontrar a mi hija, lo haré. No le quepa la menor duda.

—Murió una persona, señor Templeton. No se puede repetir algo así.

—No fue culpa mía, agente Miller. Recuerde eso. No fui yo quien encendió aquella llama.

Capítulo 20
Miren Triggs
1998

Uno nunca sabe con certeza adónde se dirige el camino que se emprende en mitad de la noche.

Siempre me había inquietado lo que sucede en el alma de alguien cuando una persona desaparece como si nunca hubiese existido. Durante años había jugado con la idea de buscar. Quizá por eso decidí estudiar periodismo, por esa razón me gustaba este mundo. Porque, al fin y al cabo, el periodismo consistía en buscar. Lo que esconden los poderosos, lo que esconden los políticos, lo que esconde alguien que prefiere que la verdad no se sepa. Buscar en escondites ocultos la historia que contar, los enigmas, los personajes perdidos en tu mente. Se trata de buscar y encontrar.

De niña leía libros de Sherlock Holmes para buscar en ellos no al culpable, sino la verdad de lo que había sucedido. La mayoría de las veces disfrutaba intentando adelantarme a lo que iba a pasar, pero la historia siempre me sorprendía y nunca lograba la respuesta correcta. Desde un principio el caso de Kiera me había atrapado porque quizá, solo quizá, una parte de mí sabía que no la encontraría.

La imagen en la pantalla del detenido me había alegrado de verdad. Había pasado solo una noche indagando sobre ella de manera privada pero de algún modo me había implicado de una forma muy emocional. Tal vez fue por su mirada, porque vi en los ojos de Kiera los míos, temerosos, sorprendidos, incrédulos ante la maldad del mundo.

En la portada del *Press* de ese día aparecía el rostro del detenido, bajo el titular: «¿Se ha llevado también a Kiera Templeton?». El detalle de la noticia estaba en la página cuatro, tras los editoriales, y ocupaba un largo reportaje de dos páginas completas. En él se relataba cómo la noche anterior, el hombre de la portada, con iniciales J. F., había sido detenido por el intento de secuestro de una niña de siete años en las inmediaciones de Herald Square. Según los testigos, el hombre agarró de la mano a la niña y la guio hacia el norte por Broadway en dirección a Times Square, hasta que ella misma pegó un chillido al darse cuenta de que sus padres no estaban cerca y que no conocía de nada al señor que le había prometido que la llevaría con ellos.

Varias personas increparon al detenido ante los gritos de la niña. Las explicaciones que dio no resultaron convincentes, al alegar que lo había hecho porque se había encontrado a la niña desorientada entre la multitud, sin la presencia de sus padres, y que había decidido acercarse a la comisaría de policía más próxima, situada en el cruce de Times Square. La tensión generada en torno a la desaparición de Kiera y el hecho de que ocurriese en la misma zona provocaron la alarma al escucharse los chillidos de la niña, que según el diario ya se encontraba a salvo con sus padres.

En el artículo los padres realizaban también declaraciones en las que agradecían la labor de todos los que ayudaron a reducir al detenido y animaban a los demás padres a estar alerta ante la presencia de depredadores sexuales. Según leí, la policía no tardó en relacionar ese incidente con el de Kiera. El periodista que firmaba dejaba caer que el suceso había tenido lugar en la misma zona una semana después, al haber comprobado el detenido que su *modus operandi* funcionaba. Seguramente habría realizado lo mismo con Kiera, y ahora solo quedaba arrancarle una confesión para encontrar, al fin, a la pequeña.

Lo que acabó de confirmar todas las sospechas, según sentenciaba al final de una columna, era que la policía había comprobado que el detenido estaba registrado en la lista de agresores sexuales por un delito cometido veintiséis años antes, al haber mantenido relaciones con una menor de edad.

Cerré el periódico, sorprendida y feliz de que el asunto de Kiera fuese a solucionarse. Llamé de nuevo al profesor Schmoer y se puso tras solo dos tonos.

—Supongo que ya te has enterado —dijo nada más descolgar.

—Es una buena noticia. Son muy buenos en el *Press,* no lo puedes negar.

—Supongo que no. Lo han hecho bien. Yo en esto… estoy solo. Todo mi departamento está analizando las cuentas de las empresas del NASDAQ o del Standard & Poor's 500, y yo soy el único que intenta perseguir de vez en cuando noticias un poco más… dolorosas, por decirlo de alguna manera.

—También es necesario que alguien lo haga, ¿no?

—Quizá tengas razón, Miren. En cualquier caso, es una buena noticia. Y… no te preocupes por el trabajo. Aún estás a tiempo de redactar un artículo sobre el vertido, como los demás.

—Aún no se ha encontrado a Kiera. Aún no se ha acabado mi investigación, profesor. Puedo presentar un trabajo que recoja la evolución hasta entonces, aunque, bueno, todavía hay mucho que buscar.

—Bien dicho, Miren. El mejor atributo de un periodista de investigación es la tenacidad. Siempre lo digo.

Con eso se nace o no se nace. No se puede entrenar. La curiosidad es lo que nos define, las ganas de poner en su sitio las cosas, por muy difíciles que parezcan.

—Lo sé. Siempre repites eso en clase.

—Es lo único que merece la pena aprender de todo esto. Que este trabajo es más pasión que talento, más perseverancia y esfuerzo que brillantez. Por supuesto todo ayuda, pero si te entusiasma un tema lo suficiente, es imposible dejarlo hasta que no conoces la verdad.

—Y la verdad es que Kiera aún no ha aparecido.

—Eso es —respondió.

Durante esa conversación lo noté extraño. Su voz temblaba, pero lo achaqué a la mala calidad de sonido de mi teléfono.

Tras colgar volví al juzgado con un *bretzel* para Paul. Parecía un buen tipo. Era el clásico oficinista que nadie parecía tener en cuenta y me dio algo de pena verlo solo allí abajo en el archivo. Lo había comprado en un puesto callejero que tenía fama de conseguirlos de la misma fábrica que los demás y él me lo agradeció con una sonrisa.

—Me vas a malacostumbrar —me dijo, sonriendo. Seguía sentado a su pequeña mesa y le pedí un favor antes de sumergirme de nuevo en aquella habitación llena de inmundicia.

—¿Podrías ayudarme a encontrar una cosa? —pregunté, simulando mi mejor cara de pena.

—Claro. Lo que necesites. Tampoco tengo mucho que hacer, al margen de colocar toda esta pila de aquí que no necesita que lo haga en estos momentos.

Sonreí. Dejé el *Press* sobre la mesa, con el rostro de J. F. ocupando toda la portada, y me lancé:

—¿Habría alguna manera de encontrar su expediente en todo el registro de agresores sexuales?

—Si cometió el delito en el estado de Nueva York, tiene que estar aquí.

—¿Y me ayudarías a encontrarlo?

—¿Cómo se llama?

—No lo sé. Según el artículo..., J. F., y fue condenado hace veintiséis años.

—Echaré un vistazo.

—Gracias, Paul.

—Por favor.

Entramos juntos a la sala llena de expedientes y yo continué por donde lo había dejado. Él se puso a revisar las cajas de la década de los setenta. En alguna ocasión me preguntó qué buscaba yo en los noventa, pero le respondí dándole largas, mientras pasaba todos los archivos de un lado a otro tras mirar las fotos. Desde lo que había ocurrido el año anterior me costaba estar a solas con un hombre desconocido, había dejado de confiar en ellos, y el contenido de aquellas cajas tampoco parecía aliviar mis miedos interiores. Aquella situación con Paul abriendo cajas y revisando su contenido sobre una mesa, al igual que hacía yo, me ponía tensa en cierta medida.

Un rato después, le oí gritar:

—¡Lo tengo! ¡Aquí está! James Foster. J. F. Acusado de... relaciones sexuales consentidas con una menor de edad en 1972.

—¿Consentidas?

—Mmmm, es lo que parece. La edad de la víctima era... ¿Dónde lo pone?

—En edad de la víctima —dije, seria.

—Ah, sí. Diecisiete años, y él tenía entonces... dieciocho.

—¿Cómo? Tiene que ser un error...

—Está casado y vive en Dyker Heights con su mujer y sus dos hijos, de doce y trece años.

—¿Estás seguro de que es él? ¿Dyker Heights?

Me enseñó el expediente. Era la misma persona. Según la foto, parecía un hombre normal. Pero resultaba difícil juzgar ese tipo de cosas por las apariencias. Daba la impresión de ser un padre normal y corriente, no parecía peligroso y carecía de un historial claro de abuso de niños. Pero según todo lo que había leído en aquellas páginas, eso daba igual. Se ocultaban bien. Era lo que mejor se les daba. Muchos eran jueces, médicos, policías, profesores o curas, y su fachada era tan impoluta que nadie podría reconocerlos si no los pillaban en el acto. Incluso si conseguían pillarlos, su apariencia completamente normal se convertía en algo que descolocaba en los interrogatorios. Resultaba repugnante.

—¿Hay algo más de información?

—No bajo la ley Megan. En esta sala solo se puede consultar el resumen de los expedientes y las condenas, que es lo que estará disponible en el registro digital.

—¿Y no puedes conseguir el expediente completo?

—Me temo que no. Es documentación privada, solo disponible para su abogado y..., bueno, el Estado.

—Está bien —acepté.

—¿Necesitas algo más?

—Que me dejes sola —atajé, con una sonrisa impostada. Aquella frase pareció pillarle por sorpresa y se quedó algo aturdido. Me sentí mal. Me encontraba algo estresada con su presencia y comprendí que me había pasado. Cuando estuvo a punto de salir de la habitación, algo contrariado, alcé la voz:

—Muchas gracias, Paul. Perdona.

Me devolvió un gesto de resignación con los labios y se perdió por el pasillo, dejándome sola de nuevo. Me sentí como una mierda entre los montones de cajas de la habitación.

Continué buscando entre los expedientes de los noventa. Una a una, las cajas pasaban de un lado al otro de la mesa en cuanto las había revisado, para luego volver a acumular polvo sobre las estanterías. Había visto expedientes de agresores sexuales violentos, de personas que se habían masturbado en público o de violadores de la peor calaña social, pero algo era común en todos ellos: se trataba de hombres de todos los estratos y de todas las etnias. Estaba ya cansada, a punto de terminar para volver otro día a continuar por donde lo había dejado, cuando un *flash* me golpeó la mente con la imagen de la noche más oscura de mis recuerdos. La foto resultaba inconfundible. Era el único recuerdo imborrable que tenía de aquellos momentos. Frente a mí se hallaba el expediente de uno de los hombres que me había violado el año anterior.

Capítulo 21
1998

Es increíble lo rápido que avanza el tiempo cuando quieres que no lo haga y lo lento que lo hace cuando necesitas que acelere.

Las siguientes diez horas pasaron en un suspiro. Cada minuto sin rastro de Kiera era una aguja afilada en el corazón de aquellos padres que, llegadas las doce de la mañana del día siguiente, se derrumbaron en el salón de casa, ante la presencia de varios policías que los acompañaban por si alguien llamaba para exigirles un rescate.

—En estos momentos estamos interrogando a todos los inquilinos y propietarios del 225 de la calle 35, donde se encontró la ropa de Kiera —dijo el agente Miller nada más llegar por la mañana del segundo día—. También estamos haciendo lo mismo con los negocios de la zona y hemos pedido copias de las grabaciones de las cámaras de seguridad de las inmediaciones. Tenemos la suerte de que en Manhattan hay más de tres mil cámaras de seguridad entre negocios, estaciones y edificios públicos. Si la persona que tiene a su hija ha pasado por delante de una de ellas, la encontraremos y, entonces, la atraparemos.

Aquel discurso sonaba bien, pero no iba a ser tan fácil.

La mayoría de cámaras activas en 1998 consistían en pequeños sistemas de circuito cerrado que grababan una y otra vez sobre la misma cinta y, en el mejor de los casos, eran sistemas equipados con unas seis u ocho horas de grabación disponibles. Se trataba, en definitiva, de cámaras dispuestas para vigilancia en tiempo real con el objetivo de ahuyentar el robo o el vandalismo. En reducidas ocasiones el sistema servía para encontrar culpables, pero el agente Miller prefirió callarse aquel dato, con la esperanza de mitigar los riesgos de admitir que estaban dando palos de ciego. En cualquier caso, era algo con lo que contaban pero no en lo que confiaban.

La investigación se centró también en encontrar a una de las pocas personas que había sido testigo de la desaparición, una actriz contratada para regalar globos a los niños más próximos al fin de la cabalgata. El FBI contactó con el centro comercial Macy's, cuya dirección abrió las puertas de todos sus archivos, cámaras de seguridad y contratos y se mostró colaborativa en todo lo que pudiesen hacer para ayudar a encontrar a la empresa responsable de la contratación del personal y, en particular, de la chica vestida de Mary Poppins.

Pasadas las cuatro de la tarde, una chica joven y quebradiza se presentó en la oficina del FBI en el bajo Manhattan, dispuesta a prestar declaración a uno de los agentes.

Pero aquella declaración fue una más, de las muchas que hubo, que no logró esclarecer nada ni servir como punto de inflexión en el caso. Según relató la chica, ella vio a la niña, a quien identificó por una fotografía que le enseñaron, sonriente y con su padre. Luego alegó que hubo un pequeño alboroto y que, tras él, el padre volvió desesperado preguntando por su hija. A continuación ella se unió a los gritos, igual que habían hecho varias personas más entre la muchedumbre y después ya no pudo ver nada más. Se le tomaron las huellas y se la dejó ir a casa. Su versión encajaba a la perfección con la de Aaron, quien a esas horas se encontraba con un grupo de voluntarios, vecinos y compañeros de empresa pegando carteles con la foto de su hija por el centro de Nueva York.

A medianoche del segundo día el rostro de Kiera se podía ver por todas partes, pegado en farolas y cabinas, en puestos de perritos calientes, en las puertas de cada cafetería y cada restaurante, en papeleras y, en definitiva, volando libremente por la ciudad, como el recuerdo de la niña que estaba en camino de convertirse en el mayor enigma del país. Los días pasaban veloces sin noticias de Kiera, ante el dolor creciente y permanente de unos padres hundidos en el miedo. Una semana después, y cuando el dolor aún no había siquiera intentado disiparse, Estados Unidos se despertaba con el rostro de Kiera en la portada del *Manhattan Press,* con el titular: «¿Ha visto a Kiera Templeton?».

En el interior del artículo se detallaba todo lo acontecido desde su desaparición e incluía varios teléfonos de interés para informar sobre el paradero de la pobre pequeña. Uno de esos teléfonos era el de la centralita de llamadas que Aaron y Grace habían montado en casa de manera rudimentaria, con varios terminales conectados sobre una mesa en la que cuatro voluntarios, vecinos y amigos de toda la vida, atendían y apuntaban todo lo que recibían.

Durante ese día la centralita de llamadas estuvo colapsada. Llegaban pistas efímeras desde todo el país: una niña muy parecida a Kiera en Los Ángeles jugando en un parque, un tipo sospechoso paseando junto a un colegio en Washington, una lista interminable de matrículas de furgonetas de reparto blancas aparcadas en barrios obreros que de repente parecían llevar allí varios días, la adopción de una niña en Nueva Jersey por parte de una pareja de bajos recursos. Kiera estaba en todas partes y en ninguna al mismo tiempo. Se había convertido en un fantasma que recorría el país de punta a punta en un instante, en una niña resuelta que todos adoraban y que nadie conocía. Durante aquel día algunas asociaciones de niños desaparecidos organizaron marchas para esa misma noche, en señal de protesta por la aparente inacción de las autoridades, que aún no se habían pronunciado sobre el asunto. Las llamadas se sucedían una tras otra en la centralita y todas colocaban una ligera mota de polvo sobre el misterio, cubriéndolo de una manera imperceptible en aquellos momentos pero dramática con el paso del tiempo. Los primeros minutos recibiendo pistas dejaron paso a las primeras horas; las primeras horas, a la noche, cuando todo el mundo parecía haberla visto entre las sombras, y según avanzaba la madrugada, aquellas diminutas motas se habían convertido en una densa capa gris que parecía no tener solución. Durante el día Aaron y Grace habían salido varias veces a atender a la prensa, que se había interesado en el caso con más ímpetu a raíz de la portada de ese día del *Press*, y habían realizado declaraciones a los distintos medios con la intención de dar un nuevo empuje a la búsqueda de su hija. Pero llegada la medianoche se encontraban derrotados, sentados en un sofá de casa, sintiendo las luces de Navidad de todo su barrio parpadear a través de las cortinas, mientras el sonido de los teléfonos no dejaba de sonar con mensajes cada vez más absurdos: un médium que ofrecía sus servicios para hablar con ella en el más allá, una vidente que encontraba cadáveres en los posos del café, un supuesto escritor español que alegaba que la niña era objeto de una secta clandestina.

Un Pontiac gris aparcó en la puerta de casa y Aaron y Grace salieron a recibirlo. Era el agente Miller, con el rostro serio.

—¿Qué pasa? ¿Hay noticias?

—Creemos que lo tenemos, señor y señora Templeton —exhaló.

—¡¿La han encontrado?!

—No tan rápido. Aún no. Hemos detenido a un sospechoso y estamos interrogándolo.

—¿Y tiene a Kiera? ¿Dónde está?

—Aún no sabemos nada. Ayer un hombre intentó secuestrar a una niña cerca de donde desapareció Kiera y no descartamos nada. Tal vez la tenga retenida en algún sitio. Estamos corroborando su versión y no podemos adelantar nada. Le hemos requisado en un vehículo distintos objetos y pertenencias y queremos saber si alguna de las cosas es de Kiera.

El agente sacó una bolsa de plástico transparente con una horquilla de pelo blanca con purpurina y Grace dejó escapar una lágrima que se posó en su labio con la delicadeza de una suave ola de mar. En parte era de felicidad, en parte de tristeza. Aquella lágrima nunca sería igual a ninguna otra y por eso quizá ella la dejó allí, sintiendo su humedad, hasta que se evaporó.

—Ella tiene muchas como esa... —dijo con dificultad.

—¿Creen que puede ser de ella?

—No..., no lo sé. Puede, sí.

—Está bien.

—Agente, ¿cree que tiene a Kiera? —irrumpió Aaron, esperanzado y temeroso al mismo tiempo.

No respondió. Era una respuesta en la que cualquier palabra en falso se tornaba en una puñalada en el alma de aquellos padres.

—Déjeme ir. Necesito verle la cara —dijo Aaron, envalentonado.

—No, señor Templeton. No es posible. Aún es pronto.

—Agente Miller, necesito verle la cara a ese hijo de puta. No me quite eso, por favor.

—Aún no está claro si es él.

—Por favor.

El agente Miller miró a Grace y luego posó sus ojos de nuevo sobre él. Se fijó en que tenía un aspecto lamentable. Lucía una incipiente barba descuidada, unas profundas ojeras grises y los ojos enrojecidos y cargados de desilusión. Llevaba la misma ropa desde hacía varios días.

—No puedo, Aaron, de verdad que no. No es lo mejor ni para usted ni para la investigación. Estamos trabajando al cien por cien para encontrar a Kiera. Quédense aquí y mañana les informaremos de todos los avances. Trabajamos contrarreloj. He venido en persona porque creo que es lo mínimo que merecen. Estamos cerca.

Aaron abrazó a Grace y ella sintió por un segundo el calor de su marido. Desde hacía una semana lo notaba frío, como si sus caricias no significasen nada, como si cada gesto de cariño fuese el amago de un perdón implícito. Pero aquella vez le supo a esperanza. Quizá fuese porque si estás hundido es imposible sentir amor, porque si te duele el alma tu corazón solo busca culpables en todo lo que te ocurre. Aquella noticia había puesto una gasa sobre la herida, como si fuese a ser capaz de sanar la relación y suturar los problemas que habían comenzado a surgir entre reproches de culpabilidad. Grace suspiró entre los brazos de Aaron, sintiéndose algo aliviada, mientras el agente se despedía y se montaba en el coche. Observaron las luces rojas del vehículo alejarse en dirección oeste, mientras ambos pensaban en cuánto habían dejado de quererse en el mismo instante que Kiera desapareció, porque resultaba innegable que la risa de aquella niña que aún reverberaba en la mente de ambos no era algo que nunca hubiesen necesitado antes de nacer ella, pero sí indispensable desde el mismo momento en que rio por primera vez.

—La van a encontrar —dijo Aaron—. Y pronto estaremos de nuevo los cuatro. —Acarició la barriga de su mujer. Se dio cuenta de que llevaba una semana sin hacerlo, justo desde instantes antes de desaparecer Kiera, y sintió la ligera curva que se insinuaba debajo del jersey de cuello alto que Grace llevaba—. ¿Cómo está Michael?

—No lo sé... Hace unos días que no lo noto moverse.

Capítulo 22
27 de noviembre de 2010
Doce años después de la desaparición de Kiera

Lo peor de estar en la oscuridad es observar cómo se consume la llama de tu última vela.

El agente Miller llegó en cuanto pudo. Había tardado en hacerlo porque aquel día se había formado un atasco eterno por el choque frontal de dos vehículos en la entrada del túnel Hugh L. Carey, que conecta Manhattan con Brooklyn, y que justo le había atrapado sin escapatoria. Durante el viaje llamó varias veces por teléfono para excusarse por no pasar por la oficina y, cuando por fin consiguió avanzar tras dos horas bloqueado, observó una pesada grúa que recogía los restos de dos vehículos y a dos ambulancias que hacían lo propio con tres cuerpos. Varios paramédicos atendían en el suelo a diversos heridos graves por colisiones en cadena. Nunca se había acostumbrado a ver cuerpos sin vida recientes y aquella imagen de una bolsa de plástico cerrándose a su paso le revolvió el estómago. La mayoría de los casos en los que él trabajaba tenían un final feliz, con raras excepciones en las que los desaparecidos se desvanecían para siempre como si nunca hubiesen existido. En ocasiones, muy puntualmente aparecía un cadáver semanas o meses después en algún lugar en mitad de la nada, ya sin sangre, muchas veces solo huesos, y en esas raras ocasiones el dolor no estaba tan presente, aunque la tristeza que generaba resultaba igual de desgarradora. Aparcó frente a la puerta de un edificio de viviendas de cuatro plantas de ladrillo rojo junto al parque Prospect, en el que vivía Grace desde hacía cinco años.

—¿Cómo estáis? —dijo nada más llegar.

—Has tardado muchísimo, Ben. ¿Dónde estabas? —inquirió Aaron en tono nervioso, tras abrirle la puerta con tal velocidad que el agente sintió como si le aspirasen el alma.

—Ha habido un accidente en cadena en la entrada del túnel y me he quedado atrapado sin poder avanzar ni volver atrás. Tenía una pinta horrible. He contado un muerto en el asfalto cuando han reanudado el tráfico y un montón de heridos. ¿Por qué tanta urgencia? ¿Ha pasado algo?

—Esta vez es distinto, Ben —dijo Aaron.

—¿Qué ha pasado?

—En la cinta. No está. Kiera no está —irrumpió Grace, realmente inquieta.

—¿Qué quieres decir?

El agente no entendía nada, pero mantenía la calma. Miró a su alrededor y comprobó que el piso en el que vivía ahora Grace necesitaba algo de limpieza.

—Esto nunca ha pasado. ¡Nunca! —gritó Aaron—. Hemos recibido tres cintas de Kiera en estos años y Kiera siempre aparecía en ellas. Pero ahora... en la cuarta... no está, agente. La habitación está vacía.

—¿Puedo ver esa cinta?

—Está puesta. Por supuesto —respondió Grace.

Lo guiaron hasta la salita y rebobinaron el casete. Cuando le dieron al *play*, el agente se llevó las manos a la boca, tras comprobar que lo que decían Grace y Aaron era verdad.

—¿Dónde estaba esta vez? ¿Quién os la ha dado?

—En casa. Nuestra antigua casa. Como la primera.

Miller afirmó con un ademán de su cabeza mientras repasaba los acontecimientos.

—En las anteriores ocasiones la segunda y la tercera cinta aparecieron en tu oficina, Aaron, y en los bancos de un parque, ¿no es así?

—Sí.

Tras el divorcio de la pareja en el 2000, Grace estuvo viviendo durante un tiempo en la casa en la que habían sido oficialmente la familia Templeton, pero en 2007 tuvieron que ponerla en alquiler. Grace no aguantaba estar sola entre aquellas paredes, esperando ilusionada cualquier llamada, pista o dato que dijese algo sobre Kiera. El dolor había sido tan grande y los reproches tan constantes que la relación solo se mantuvo unida en los momentos en los que resurgía la esperanza de encontrar a Kiera. Pero aquella ilusión aparecía y desaparecía solo durante unas semanas cada varios años en forma de cintas que llegaban de manera aleatoria. Las luces del barrio en el que siempre habían vivido se convirtieron en una analogía de sus vidas, porque ellos habían dejado de decorar su casa por la tristeza y a su lado, a pesar de las miradas de apoyo por la mañana de sus vecinos, por las noches todos encendían sus decoraciones y se olvidaban del dolor que se vivía en la única vivienda de la zona en la que el jardín no estaba invadido por renos, elfos y muñecos de nieve hechos de polietileno.

La casa de los Templeton la alquiló una familia india con dos hijos, cuyo padre era dueño de un par de supermercados en el centro de la ciudad. El día que firmaron el contrato Aaron y Grace se despidieron de la pareja, mientras oían las risas de los dos niños jugando y cantando en hindi en la habitación que un día fue una centralita de llamadas para recibir información sobre Kiera. El señor Swaghat y su mujer prometieron ser felices en aquel hogar y avisarles de manera urgente si llegase algún paquete para ellos. Habían aceptado aquella extraña condición a cambio de un leve descuento en el precio, pero, a excepción del primer año, los únicos envíos que recibieron en aquella dirección fueron las cartas de Hacienda para el reclamo de los impuestos locales.

La primera cinta apareció en el buzón en 2003, en Acción de Gracias, mientras Grace aún vivía allí, pero las dos siguientes llegaron de manera aleatoria a distintos sitios en los que podían ser localizados. Por ejemplo, la segunda cinta, enviada en 2007, se pasó una semana completa de agosto esperando a ser recogida por Aaron sobre los matorrales de la oficina de seguros en la que anteriormente trabajaba. Una antigua compañera la vio y llamó a Aaron porque había leído el artículo de Miren Triggs en el *Manhattan Press* cuando llegó la primera cinta.

El tercer y último VHS apareció en febrero de 2009 en los bancos del parque Prospect de Brooklyn, cerca de donde se había mudado Aaron, y no fue hasta casi tres días después cuando un vagabundo la entregó a las noticias de la CBS a cambio de un par de cientos de dólares.

Las tres cintas de Kiera se habían convertido en un acontecimiento, hasta el punto de que esa tercera cinta se emitió en las noticias antes de haberla visto los padres y de ser analizada por la policía. Una revista satírica local llegó incluso a publicar una viñeta muy criticada en la que invitaba a los lectores a buscar en el dibujo de una playa atestada de gente con el mensaje «¿Dónde está la cinta de Kiera?», en referencia a los populares libros de Wally. Aquello fue el límite del sensacionalismo y la gota que hizo que Aaron y Grace decidiesen alejarse de los focos para siempre.

La búsqueda de Kiera, la que una vez había unido a medio planeta, se había convertido con esa última en un espectáculo que poco a poco había aplastado a unos padres desolados. El estado de Nueva York aprobó de urgencia una ley para prohibir la exhibición y difusión de pruebas vitales objeto de investigaciones abiertas, para limitar el circo en el que se había convertido el asunto. La denominada ley Kiera salió adelante en marzo de 2009 sin dificultad y sirvió para cambiar el tratamiento que se daría a partir de ese momento a los procesos de investigación, aunque en ocasiones también era usada por los políticos y empresarios para protegerse el culo mediático cuando eran acusados de alguna irregularidad. La gente comenzó a criticar la ley Kiera por lo que suponía para la libertad de información y pronto se tuvo que contralegislar para calmar el clamor de la prensa, que exigía mayor transparencia en las investigaciones. El resultado fue una adaptación de la anterior ley, que pasó a llamarse ley Kiera-Hume, aprobada a mediados de 2009 en referencia a una empresaria que había denunciado al *Wall Street Daily* por exponer públicamente las graves irregularidades que investigaba la Comisión Federal del Comercio en su empresa de análisis sanguíneos falsificados. El resultado final de la nueva ley consistía en que no se permitía difundir información objeto de investigaciones criminales en curso de delitos que incluyesen el secuestro, el asesinato o la violación, pero sí en casos de corrupción, estafa y otros graves delitos económicos. Así, si aparecía una nueva cinta de Kiera en el futuro, se evitaría el circo mediático. Con el asunto habían comenzado incluso a surgir coleccionistas de los VHS de Kiera, en una especie de comercio turbio que funcionaba a golpe de pujas cada vez más desorbitadas en el mercado *online* de SilkRoad.

Con cada una de las tres cintas se trató de encontrar alguna pista que ayudase en la investigación, pero los tres intentos en esos doce años siempre parecían ser en vano: se realizaban análisis de huellas, de ADN, se buscaban testigos en la zona y se revisaban las cámaras de seguridad del entorno en busca de coincidencias entre las grabaciones de distintos años.

Con la segunda cinta, la de 2007, pareció abrirse algo de luz. Había sido entregada en la antigua oficina de seguros en la que trabajaba Aaron, que contaba con cámaras de seguridad en la fachada y también en la esquina del edificio. Cuando se revisaron las imágenes de ese mes de agosto se observó una silueta, que parecía una mujer con el pelo rizado, acercarse antes del amanecer a la oficina y dejar sobre los matorrales junto a la puerta un sobre acolchado marrón en el que luego se descubriría la cinta. Se analizaron las cámaras de la zona, de cajeros, de supermercados y tiendas, incluso en las entradas a los túneles y autopistas, pero aquella silueta no volvió a aparecer en ninguna.

En aquel entonces el agente Miller le explicó los avances a la familia Templeton y le entregó varias imágenes de la silueta oscura que aparecía en el plano, pero sirvió tan solo para convertir a aquella pareja rota en mil pedazos en dos almas en pena que veían sombras idénticas en cada persona conocida. Aquello no consiguió el más mínimo avance en el caso, y solo logró reavivar la ilusión y el dolor de unos padres aquejados del paso del tiempo con un vacío enorme en el estómago. Con la primera cinta, en 2003, fue algo distinto. Aquellas emociones duraron más, resultaron más fuertes de lo que nunca llegaron a ser después, porque la esperanza era como un cuchillo sin mango que cada vez que te cortaba te hacía más temeroso de volverlo a agarrar. Con el tiempo, cada vez que aparecía un nuevo vídeo de Kiera se encendía una suave llama que duraba lo justo para iluminar la oscuridad de los corazones de Aaron y Grace, incapaces de recomponerse.

—¿Qué crees que significa esto, Ben?

—No lo sé, Grace. Pero puede que esta sea la última cinta que recibamos.

Capítulo 23
Miren Triggs
1998

¿Y de qué huye siempre alguien si no es de los monstruos del pasado?

Cuando salí del archivo del juzgado era de noche y me sentí insegura en cuanto pisé la acera. Tras poner un pie en la calle Beaver, en el bajo Manhattan, dudé por un momento sobre si llamar de nuevo al profesor Schmoer, quien siempre estaba disponible para acompañarme a casa, pero por algún motivo no me atreví a hacerlo. Una parte de mí le había perdonado su rechazo, pero otra era incapaz de verlo de nuevo en persona. Me encontraba lo suficientemente lejos de casa como para andar hasta allí y el metro era la única opción viable en realidad. La parada de metro más cercana era Wall Street y el viaje en tren duraba unos largos cuarenta y cinco minutos en dirección norte hasta la 116. Una vez allí, solo tendría que andar una calle y estaría en casa. Parecía fácil, pero no lo era tanto para mí.

Caminé hasta llegar a la boca de metro, luchando contra el aire gélido del viento sur que asolaba el bajo Manhattan y que congelaba cualquier pestaña intrépida, y nada más bajar las escaleras comenzaron mis inseguridades. Un par de chicos estaban apoyados junto a la puerta, a ambos lados, resguardándose del frío mientras hablaban de béisbol o de baloncesto o a saber qué. Me hice la valiente y cuando pasé entre ellos (porque no había otro camino) interrumpieron su conversación. Noté los ojos clavados en mí, las lenguas rozaban los labios, expectantes de saltar a por su presa, y aceleré el paso, hasta dejarlos atrás.

Aproveché que una pareja joven pasaba por los tornos para alcanzarlos. Aminoré el ritmo y caminé a su lado. Como si de alguna manera tener testigos me fuese a salvar de mis miedos. Los dos chicos caminaron hacia mí con rapidez y yo de nuevo aceleré el paso hacia el andén de la línea 3 hacia Harlem. Comprobé que los dos chicos aparecían detrás de mí y me señalaban con el dedo. Noté una mirada cómplice entre ellos y volví la cabeza en todas direcciones en busca de alguien que me ayudase.

No.

Había.

Nadie.

Necesitaba correr. Necesitaba salir de allí. Por un momento sentí la necesidad de saltar a las vías y correr en la oscuridad del túnel, pero sabía que era una muerte segura.

No podía dejar que me volviera a suceder.

Miré arriba y comprobé que había una cámara de seguridad apuntando hacia donde me encontraba, y que si esperaba allí al menos algún guarda de seguridad vería lo que ocurriría y acudiría en mi ayuda.

Respiré hondo.

Las columnas azules, intercaladas cada pocos metros, escoltaban la plataforma entre las dos vías, y me apoyé en una de ellas, de espaldas a los chicos, por si me perdían de vista y desistían de mí.

—¡Eh! ¡Tú! —gritó uno de ellos—. ¡Oye, chica! ¿Por qué corres? —dijo el otro.

Noté sus voces a menos de diez metros. Comprobé una vez más que pudiese ver la cámara de seguridad. «Si puedes verla, ella puede verte», me dije. Gesticulé «socorro» con los labios repetidas veces, deseando que la persona que estuviese al otro lado de la pantalla, en la garita, viniese en mi ayuda, pero aquellos segundos se me hicieron eternos. Me sentí sola y desamparada.

Una vez más.

Cerré los ojos mientras jadeaba y vi las luces de las farolas de aquel parque parpadear, la cara que acababa de ver en un expediente sonriéndome desde arriba, el calor del hilo de sangre que sentí entre las piernas al llegar a casa.

El sonido del tren aproximándose invadió la estación y, con el chirrido de las ruedas frenando sobre el acero de las vías, los dos tipos se detuvieron a mi lado con cara extrañada.

—¿Estás bien? —dijo uno de ellos—. Se te ha caído esto —explicó el otro, extendiendo la mano y enseñándome la carpeta con el nombre de mi violador que acababa de robar de los juzgados.

Tardé un instante en reaccionar y luego asentí con la cabeza.

—¿Seguro que estás bien? —insistió, confuso.

—Eh... Sí, no es nada —respondí, mientras me secaba una lágrima con una mano y con la otra agarraba la carpeta—. Acabo de discutir con mi... jefe.

Uno de ellos bufó; el otro levantó la comisura de los labios y dijo en tono reconfortante:

—Ya encontrarás otro trabajo, no te preocupes. Esta es la ciudad de las oportunidades, chica. Aquí solo pasan cosas buenas —añadió.

No respondí. El tren acababa de detenerse y había abierto sus puertas, así que me deslicé al interior para terminar con aquella conversación.

Pasé el trayecto entero releyendo el expediente de aquel tipo. Jeremy Allen, divorciado (hijo de puta). Acusado y condenado por abuso sexual a una chica borracha a las afueras de una discoteca del Bronx. Edad de la víctima: veintiuno, de color. Parecían gustarle las indefensas. Cumplió cuatro meses de prisión y doce de trabajos a la comunidad. Domicilio actual: 176 de la 124 oeste, cuarta planta, en Nueva York.

Ese hijo de puta solo vivía a diez calles de mí.

Me bajé en la 116 y antes de salir de la estación marqué el teléfono de casa, y al fin respondió mi madre.

—¿Mamá? Ya era hora. Llevo todo el día llamándote.

—Ay, Miren. Lo siento. Tu abuela ha tenido un pequeño accidente bajando las escaleras y hemos estado todo el día en el hospital.

—¿La abuela? ¿Y está bien?

—Bueno, tiene unos moratones en la cara y la espalda y se ha fracturado el radio. Tu abuelo la encontró inconsciente en el rellano del edificio. Se le rompió una bolsa de la compra, perdió el equilibrio y se cayó desde la parte superior de la escalera. Ya sabes cómo es. Siempre tiene que usar esas bolsas de papel, por el lío ese del medio ambiente que se le ha metido en la cabeza.

—Pero ¿por qué tiene ella que seguir haciendo la compra? ¿Por qué no la ayudáis? ¿No podéis contratar a alguien para que eche una mano a los abuelos con las cosas más pesadas?

—¿Ayudarlos? A tu abuelo no le gusta tener desconocidos en casa. Ya lo sabes.

—¿Qué más da lo que piense el abuelo? Él lo dice porque no hace nada. Y no necesita a nadie para que le ayude a tocarse las pelotas.

—Miren, no hables así. Es tu abuelo.

—Y un machista —aseveré, tajante.

—Ha crecido en otra época, Miren. Lo educaron de esa manera. A los hombres de antes los educaban para ser… bueno, hombres.

—¿Hombres? ¿Desde cuándo es de hombres ser así? Creció sin tener televisión en casa y bien que ahora tiene una. Se ha adaptado bien a lo que le ha interesado.

Mi madre suspiró. Le molestaba que hablase así de su padre, pero yo no lo veía igual que ella. Desde pequeña siempre me había molestado, cuando los visitaba, que yo tuviese que recoger la mesa mientras mis primos se podían marchar a jugar. En una ocasión, incluso, protesté y su respuesta fue un tajante:

—Los niños no friegan los platos, Miren.

Mi abuela lo aceptaba y, aunque yo admiraba a los dos, sentía una especial rabia interna por aquella situación injusta.

—Oigo ruido alrededor, Miren. ¿Te has comprado el móvil?

—Sí. Ya lo tengo.

—¿Me dices el número?

—Mmmm…, no me lo sé. Luego te vuelvo a llamar en cuanto lo compruebe y llegue a casa.

—¡¿Estás en la calle a estas horas?! —inquirió exaltada.

—Aún es por la tarde, mamá.

—Sí, pero ya ha anochecido. Me has llamado por eso, ¿verdad?

El sonido de mis pasos por la calle se colaba en la llamada. Circulaban varios coches en distintas direcciones y cada dos o tres portales un grupo de hombres se encontraba charlando sobre las escaleras. Cada vez que pasaba al lado de uno de ellos lanzaba una pregunta a mi madre, para que supiesen que estaba hablando por teléfono.

—Sí... —admití—. Ya..., ya estoy llegando a casa. No quería... sentirme sola este ratito.

—Puedes llamarme siempre que quieras, ¿vale, hija?

—Lo sé. ¿Qué tal papá?

—¿Te queda mucho para llegar?

—Dos minutos.

—Está bien. Aquí está viendo la tele. ¿Has comprado el billete para venir el fin de semana? A tu abuela seguro que le hace ilusión.

—He estado liada. Mañana lo hago sin falta.

—Está bien.

—¿Hay follón en la calle?

—Hay gente, no es para tanto, pero prefiero seguir hablando contigo. ¿Seguro que no te importa?

—Por supuesto que no, cariño. Déjame un segundo que apague el fuego.

—¿Qué estás cocinando? —pregunté mientras pasaba justo al lado del último grupo antes de mi portal.

—Había puesto salchichas, pero tu padre ya me está haciendo gestos de que no quiere cenar. ¿Quieres que te ponga con él?

—No hace falta. Ya estoy llegando.

—Me alegro, hija.

—Ya estoy.

—¿Seguro?

—Sí. Estoy abriendo.

Entonces fue el sonido de mis llaves el que se coló en la llamada y sentí a mi madre respirar más tranquila.

—Te quiero, hija.

—Te quiero, mamá. Si te compras el móvil mañana, llámame a este y guardo tu número.

—Está bien. Te prometo que mañana sí lo hago. Que duermas bien, cielo.

—Dile adiós a papá.

—Hecho.

Colgué y entré en casa, que me esperaba con la oscuridad propia del barrio en el que vivía. Me giré sobre mí misma para cerrar con llave, pero justo cuando la puerta estaba a punto de cerrarse, una voz masculina, surgida de las sombras de la escalera superior, susurró:

—Miren, espera. Soy yo.

Capítulo 24

28 de noviembre de 2003

Cinco años después de la desaparición de Kiera

A veces la inocencia juega
en el equipo de la maldad.

El teléfono del agente Miller comenzó a sonar desde el bolsillo de su pantalón y se disculpó con Aaron y Grace, que lo miraron contrariados y a la vez ilusionados.

—¿Agente Miller? —pronunció un agente desde el otro lado de la línea—. Soy Collins, de la científica.

—¿Es importante? Estoy con la familia —dijo, alejándose hacia la acera.

—Hemos encontrado cinco huellas en el sobre. Mano derecha completa.

—¿En serio? ¡Eso es fantástico!

—Sí. Pero... no tan rápido. No te lo vas a creer.

—¿Qué pasa?

—Son las huellas de un niño.

—¿Un niño?

—Como lo oyes. Son pequeñas, como de una mano de un crío de ocho o nueve años. En un principio hemos pensado incluso que pudiesen ser las de la propia Kiera.

—¿Me estás diciendo esto en serio? ¿Que Kiera ha entregado esa cinta?

—Déjame terminar. Hemos pensado que pudiesen ser de Kiera, pero lo hemos descartado. Hemos realizado una simulación en el IAFIS con la evolución en tamaño de las huellas de Kiera que tenemos registradas desde que se puso en marcha en 1999, un año después de desaparecer, y no encaja ni su morfología ni las marcas perimetrales de ninguno de los dedos. No son de ella. Estamos esperando confirmación del Departamento Forense de Análisis de ADN, también presente en el sobre, pero te adelanto que creemos que no puede tratarse de ella. Son de otro niño, te lo aseguro. Quizá otro desaparecido. Estamos buscando en la base de datos alguna coincidencia de las huellas y ya hemos realizado un rastreo en el registro de menores buscados desde 1990, pero no hay nada. Tal vez quien secuestró a Kiera tenga a otro niño en su poder.

El agente Miller escuchó con atención mientras Aaron y Grace lo miraban preocupados, intentando captar en aquella conversación alguna pista o algún avance claro.

—Hemos estado hablándolo aquí en la oficina y quizá podríamos presionar al Gobierno estatal... —continuó algo nervioso— para lanzar una campaña infantil de documentos de identidad en colegios. Tal vez así podamos..., bueno, identificar las huellas en el sobre.

—Podríamos encontrarnos con que ese niño o niña no se hace el documento de identidad y no serviría de nada tanto lío, ¿no crees?

—Pues... no se nos ocurre nada más. Es la primera vez que el principal culpable parece ser un niño.

El agente respondió con un suspiro.

—No te preocupes, creo que... —interrumpió lo que iba a decir y se giró sobre sí mismo, oteando de nuevo la calle, con rostro contrariado. Observó a la mujer que había dejado las hortensias y ahora estaba enfrascada recortando las hojas sueltas de un seto con unas tijeras de podar, los niños habían tirado las bicicletas al suelo y jugaban al ahorcado con una tiza sobre la acera, el hombre de mediana edad estaba sacando del buzón un ejemplar de la revista *The New Yorker*, con la portada de un famoso director de cine que un par de meses atrás habían metido en prisión.

—... luego te llamo, Collins.

—¿Qué pasa? ¿Qué han encontrado? —dijo Aaron, con rostro preocupado, en cuanto el agente Miller se acercó de nuevo.

El agente colgó y alzó una mano hacia los padres, indicándoles que esperasen un segundo. Aaron echó un brazo por encima de Grace y ella, por más que intentaba que no fuese así, sintió tristeza con aquel gesto. Luego vieron cómo Miller se acercaba a su vecino y le pedía prestada la revista. El hombre se quedó mirando cómo el agente se alejaba en dirección a los niños con ella y se agachaba a su altura.

Desde donde se encontraban Aaron y Grace no pudieron oír lo que les decía, pero sí vieron cómo el agente se metía la mano en la chaqueta y sacaba un billete y se lo ofrecía a los chicos. Uno de ellos se puso en pie de un salto, agarró el billete y luego la revista. El otro también se incorporó y salieron corriendo en dirección a casa de los Templeton. Pararon a la altura del buzón, uno de ellos lo abrió y el otro enrolló la revista y la dejó dentro. Luego volvieron corriendo hacia el agente, quien les dio un billete más a cada uno.

La charla con los niños pareció alargarse. El más alto de los dos asintió un par de veces y el otro observó la conversación como si no fuese con él. Unos momentos después, el agente emprendió el paso con el chico más alto, moreno, hacia la casa de los Templeton y estos se preguntaron qué diablos estaba pasando.

—Señor y señora Templeton, les presento a su vecino…

—Zack. Soy Zack Rogers…, vivo cuatro casas más allá. Mis padres son John y Melinda Rogers.

El niño parecía nervioso y se metió las manos en los bolsillos.

—Bien, Zack. ¿Y qué tienes que decir? Puedes estar tranquilo.

—Que lo siento, de verdad —dijo, agachando la cabeza, evidentemente nervioso.

Grace se agachó hasta ponerse a su altura. Aaron frunció el entrecejo, dibujando unas líneas curvas en su frente parecidas a lo que estaba por venir.

—¿Qué sientes, hijo? —preguntó ella, en tono reconfortante—. Por favor, no estés así. Sea lo que sea, no pasa nada. ¿Sabes?, tenemos una hija que debe de tener tu edad... Seguro que os llevaríais bien. Es más, nos encantaría que pudieses jugar con ella algún día.

Zack pareció calmarse un poco y tragó saliva antes de continuar.

—Siento lo del sobre... No quería..., no quería hacerla llorar, señora Templeton.

—¿Qué? —dijo ella algo confundida.

El niño se puso nervioso y desvió la vista al suelo. El agente le dio una palmada suave en la espalda, animándolo a continuar.

—No te preocupes, Zack. No has hecho nada malo. Se lo puedes contar. Lo entenderán. Lo que hiciste está bien —dijo para reconfortarlo.

Zack levantó la cabeza tras inspirar un par de veces con la suficiente fuerza como para absorber los mocos que se le hacían agua en la nariz.

—Una..., una mujer me dio diez dólares por dejarle un sobre en su buzón. Si llego a saber que le iba a poner triste no lo habría hecho.

—¡¿Una mujer?! —preguntó Aaron, sorprendido.

—¿Quién fue? ¿Cómo era? —inquirió Grace.

—No lo sé..., no la había visto antes... Tenía el pelo rizado y rubio... pero parecía una mujer normal. Pensé que era la cartera. Me dio el paquete, diez dólares y me pidió que lo dejase en el buzón. No pensé que estuviese mal... Lo siento mucho. Estaba llorando y la quise ayudar. Le devolví el dinero, pero insistió. Prometo que se lo devolví pero me dijo que me lo quedase, que me lo merecía.

—Hijo..., no hiciste nada mal, de verdad —insistió el agente Miller—. Al contrario. Nos vas a ayudar mucho.

—¿Cómo? —preguntó el niño.

—¿Sigues teniendo ese billete? Quizá podamos sacar una muestra de ADN de ahí.

—Eh..., sí. En mi hucha, en casa —respondió, nervioso.

—¿Y recuerdas cómo era la mujer?

—Ya le he dicho. Rubia con el pelo rizado.

—Sí. Pero... ¿sabes lo que es un retrato robot? —preguntó el agente, sonriente, al tiempo que Grace se incorporaba y se tapaba la boca con la mano.

El pequeño asintió, y Miller exhaló un contundente:

—¡La tenemos!

Capítulo 25
1998

Solo se comprende la fragilidad de un castillo de naipes cuando alguien roza una de las cartas.

El rostro de la ginecóloga estaba demasiado serio, con el entrecejo fruncido como nunca lo había hecho en ninguna de las consultas anteriores, y soltó un suspiro antes de armarse de valor para hablar. Aaron sujetaba con firmeza la mano de su esposa, mientras ella ponía gestos de molestia ante los continuos empujones del ecógrafo que se deslizaba con inquina para encontrar la posición adecuada.

—¿Qué ocurre? ¿Está bien Michael? —preguntó Grace, con gesto de dolor ante un nuevo movimiento de la ginecóloga, que buscaba con más ahínco.

La doctora Allice había atendido a Grace durante el embarazo de Kiera. Era dulce y cálida y desde la primera consulta parecía dirigirse a las dos, madre y bebé, haciendo bromas a ambas como si el pequeño embrión que crecía en el vientre pudiese escuchar sus chistes. Aaron estaba tenso. Desde que Grace le había comentado la falta de sensaciones con Michael se había puesto alerta, ya que lo normal en ella era sentir de manera continua un ligero burbujeo en el vientre, como si estuviesen explotando palomitas, fruto de las diminutas patadas de un feto de apenas unos centímetros.

—Quizá son los nervios por lo de Kiera, que hace que Michael se relaje. Seguro que él también está pensando en su hermana y por eso no se muestra tan activo como siempre —le dijo Aaron en cuanto supo la noticia.

Pero conforme pasaban los eternos segundos en los que la doctora Allice no sonreía ni hacía bromas sobre cuánto había crecido el sinvergüenza de Michael o la posición que había tomado en el vientre, o lo tímido o extrovertido que era, ambos supieron que algo no andaba bien.

Tras varios minutos en silencio, la doctora Allice apagó el ecógrafo y miró a los padres sabedora de que lo que estaba a punto de decir era la puntilla para ellos.

—Nunca es fácil decir esto... pero... deben saber que el feto no ha salido adelante. No tiene pulso y creo que dejó de crecer hace más o menos tres o cuatro días, a juzgar por el tamaño del fémur y la circunferencia del cráneo.

Grace soltó la mano de Aaron y se llevó las manos a la cara.

—No..., no..., por favor, Allice, no..., tiene que ser un error. Michael está bien. Yo sé que está bien.

—Grace..., escúchame —respondió la doctora, en tono serio—. Sé que es difícil entenderlo ahora, pero no te preocupes. Eres fértil, puedes tener más hijos. Esto ocurre mucho más de lo que se cuenta y no pasa nada.

—Pero... estaba todo bien hace dos semanas. No puede ser. ¿Qué ha sucedido? —lloró Aaron, que intentaba buscar respuestas imposibles.

—No sabría deciros. Hay miles de motivos. Sé que estos días están siendo muy complicados para vosotros. Es mejor no pensar en ello y centrarse en lo que importa. Esto no quiere decir nada.

Aaron se dio cuenta de que la doctora no había llamado a Michael por su nombre.

Grace no había escuchado nada de lo que habían hablado Aaron y la doctora, porque su mente se había transportado al momento en que se hicieron el test de embarazo una noche pensando en que su falta de menstruación debía de ser un error. Pero tras ver las dos líneas en la prueba, que marcaban un claro positivo, aquella sensación de incertidumbre se había convertido en una felicidad casi instantánea ante la idea de formar una familia de cuatro. De la euforia de saber que esperaban un hermano para Kiera pasaron al miedo por no ser capaces de gestionar la situación, luego a la incertidumbre económica por si podrían asumir los gastos de otro hijo y, finalmente, tras comprobar Grace que seguía guardando en lugar seguro los pijamas y bodis de cuando Kiera era bebé, a una sensación de amor y unión que jamás habían sentido. Grace recordó también cómo visitaron a Kiera, que dormía en su cama blanca, y le dieron un beso y la arroparon y le susurraron entre sueños que nunca estaría sola.

Pero aquellos recuerdos no hacían más que alejarla del drama que vivía, en el que toda la alegría se había evaporado en el mismo instante en que Santa Claus pasó con su carroza por delante, las *majorettes* bailaban y desfilaban con alegría bajo la lluvia y unos globos blancos se perdían para siempre en el cielo.

La doctora siguió hablando, explicando el procedimiento a partir de ese momento, pero Grace solo se limitaba a asentir y a responder desde la lejanía de los pensamientos felices ya inalcanzables que le brotaban de los ojos en forma de lágrimas.

Un rato después, Grace y Aaron esperaban sentados en unas incómodas sillas de plástico, mientras se preparaba el quirófano para extraerle al feto, según la ginecóloga, o a Michael, como seguían llamándolo ellos dos. La cabeza de Grace descansaba sobre el hombro de

Aaron con los ojos cerrados y él miraba al frente, desolado, con la vista perdida en un punto lejano que terminaba en la unión de dos baldosas de la pared del pasillo: una blanca, como aquellos globos que se perdían en la distancia; otra gris, como el reflejo del futuro que esperaba a aquella futura familia de cuatro convertida en pareja triste de dos.

Ambos levantaron la vista para ver a la doctora Allice volver mirando al suelo y vestida con su bata blanca.

—¿Me acompañas, Grace? Ya está todo listo —preguntó la doctora en el tono más cálido en el que pudo pronunciar aquellas palabras.

Aaron se levantó junto a su esposa y se despidió de ella con un beso en la frente.

—Será rápido. No te preocupes, Aaron. Puedes esperar aquí. Dentro de unos meses esto quedará en un mal recuerdo y podréis intentarlo de nuevo. Conozco a parejas que llevan muchos intentos y que han sufrido hasta ocho abortos. Es más común de lo que imagináis.

Aaron asintió e intentó desanudar la bola de tristeza que sentía en las cuerdas vocales. No tenía fuerzas para pronunciar palabra y el suave «Te veo luego, cariño» se deslizó con tal debilidad que su mujer lo oyó como un jadeo. Grace soltó la mano de su marido y sintió cómo sus dedos se separaban con más facilidad de lo que nunca lo habían hecho.

Conforme Grace y la doctora se alejaban por el pasillo, Aaron contempló a su mujer caminar con tristeza, como si los pasos que daba fuesen a hacer que el suelo se resquebrajara, y, mientras la veía marchar, comprendió que aquella iba a ser la última vez que sentiría cómo el cariño de su mujer se le escapaba entre la punta de los dedos.

Capítulo 26
Miren Triggs
1998

Todos guardamos secretos que desvelamos a las personas correctas, pero algunas personas son capaces de cerrarse con llave y tirarla al fondo de un lago.

El profesor Schmoer surgió de entre las sombras de la escalera, con cara de sorpresa por mi grito y casi me da un infarto.

—Siento haberte asustado —susurró.

La puerta de mi vecina de enfrente, la señora Amber, se entreabrió y su voz rasgada y aguda invadió el rellano como si no saliese de su boca, sino de unos ficticios altavoces colocados sobre nosotros.

—Niña, ¿estás bien?

—Disculpe, señora —dijo el profesor—, he sido yo. Que he asustado a su vecina.

—No se preocupe, señora Amber. Está todo bien —le dije en voz alta—. Casi me matas del susto —susurré hacia Jim—. ¿Qué haces aquí?

—Si oigo gritos llamaré a la policía. ¿Me has oído, niña? Tu madre me hizo prometérselo.

—Sí. No se preocupe, de verdad. Es solo... que ha venido un amigo.

La puerta de mi vecina se cerró de un portazo y, aunque sabía que lo hacía con buena intención, tenía la certeza de que era una cascarrabias en potencia. Siempre que me la cruzaba en el rellano presumía de que le había cantado tantas veces las cuarenta al cartero por la publicidad que recibía que las empresas habían dejado de enviarle anuncios y ofertas. Durante un tiempo me creí aquella historia, porque la había visto discutir con el cajero del supermercado del barrio por la mala calidad de las bolsas de la compra, que parecían romperse con mirarlas, por la cantidad de aire que introducían en los paquetes de cereales o incluso por no saludarla por su nombre cuando llevaba ya media vida comprando en aquel lugar. Al mirarla te daba la sensación de que era una anciana fuerte y reivindicativa, un ejemplo de tesón y fortaleza que conseguía lo que se proponía a base de protestas y una actitud estoica ante la vida. Me la imaginé participando en los sesenta en las marchas contra la guerra de

Vietnam, gritando contra los vehículos policiales que amenazaban el pacifismo del movimiento. Sus ojos parecían esconder tras ellos a una guerrera, una vieja amazona a la que resultaba difícil herir con simples ataques inexpertos. Pero un día cualquiera, cuando llegaba a casa, me la encontré metiendo en mi buzón la publicidad que habían dejado en el suyo. La saludé y ella me saludó como si la cosa no fuese con ella. Aquel día le ofrecí subirle la bolsa de la compra, como siempre hacía, y ella accedió a que lo hiciese tras alegar que la juventud, como siempre decía, ya no era lo que antaño. Al llegar arriba agarró la bolsa de papel, refunfuñó y cerró la puerta sin darme las gracias.

—Te he llamado varias veces, pero tenías el teléfono apagado —susurró el profesor Schmoer. Le hice indicaciones para que entrase en casa. No quería que la señora Amber escuchase aquella conversación, más que nada porque no tenía certeza de que no mantuviese una vía abierta con mi madre. Me hizo caso y cerré la puerta.

—Estaba en el metro. Quizá fue eso —respondí, algo nerviosa.

—Verás..., Miren... Se ha acabado.

—¿Qué? ¿A qué te refieres?

—Me han despedido del *Daily*.

—¿Por qué? ¿Por lo del *Press*? ¿Por eso has venido?

—Bueno, es un cúmulo de cosas. Es más complicado que eso, pero sí, en parte es por lo del *Press*. Siempre van un paso por delante de mis artículos. En los últimos meses hemos notado un descenso horrible en el número de lectores. En parte es por internet y en parte porque nuestros lectores se informan de las noticias económicas de muchas maneras distintas. El *Daily* está en crisis por la caída de lectores y la dirección estaba buscando a un primer cabeza de turco. Me ha tocado a mí, que era el único que cubría las investigaciones menos acordes con la línea editorial del periódico. Llevaba unos meses viéndolo venir, pero... no pensaba que fuese a suceder tan pronto.

Parecía desolado y no supe qué decirle. Desde el auge de internet había leído varios artículos que hablaban sobre el traspaso de lectores a las noticias en Yahoo y otros medios digitales surgidos de la nada, y los diarios tradicionales buscaban cómo adaptarse al nuevo mundo que se abría ante ellos. Unos lo veían como una oportunidad, pero otros como un nuevo marco en el que cada vez tendrían menos cabida los largos reportajes de investigación de los periódicos tradicionales. La gente se mostraba ávida de noticias instantáneas, de sucesos a los que prestarles atención durante unos minutos y olvidarse, y eso no requería equipos de investigación dedicados exclusivamente a un único artículo de varias páginas. Además, tras la publicación de cada artículo llegaba la etapa de los pleitos, y los periódicos, con los recursos cada vez más diezmados por el descenso de lectores, sufrían también por tener que mantener equipos legales que los defendiesen de los litigios de las empresas investigadas y publicadas.

—Tienes las clases —dije, en un intento por consolarlo. Tampoco sabía mucho de él. En los meses en los que más habíamos hablado y en los que más me había ayudado solíamos charlar de las investigaciones que tenía entre manos y, la mayoría de las veces, de mis dudas inquisitivas con respecto al temario o a cómo afrontar ciertos temas en los trabajos de clase. Pero no sabía nada de él ni de su familia ni tan siquiera dónde vivía—. Siempre puedes seguir dando clase y ganarte la vida como profesor. Se te da bien. Inspiras a seguir adelante —aseveré.

—No es algo que me llene tanto, Miren. Los alumnos parecen pasar del asunto e ir al camino fácil. El ejemplo perfecto es el maldito trabajo de esta semana. Ya he recibido doce redacciones sobre el vertido de la empresa PharmaLux. Todos copias de copias de copias. Lo del vertido lleva ya seis meses circulando por la redacción, es un secreto a voces entre todos los periódicos, y si ningún medio lo ha publicado aún con las conclusiones finales es porque ninguno quiere vérselas contra una farmacéutica gigantesca. Este mundo está podrido, Miren. También el periodismo. Estamos acobardados. Nadie se arriesga lo suficiente como para dar un paso al frente y cambiar las cosas. No hay nada original, y de profesor no consigo hacer que nadie se involucre lo suficiente como para ver luz al final del túnel. A la prensa le espera un futuro complicado, y si pierde su voz discordante estaremos perdidos. Los poderosos ganarán.

—A mí sí me motiva a buscar más allá, profesor. Y con que de cada clase salga un buen periodista creo que ya convierte el mundo en un lugar mejor.

El profesor se quedó en silencio unos segundos, mirándome a los ojos tras sus gafas de pasta. Lo tenía a menos de medio metro, de pie, delante de mí, más serio de lo que nunca lo había visto.

Estaba dolido.

Estaba triste.

Estaba vulnerable.

Cada gesto suyo describía cien contradicciones en su interior, todas a punto de explotar en cualquier momento, al igual que mi corazón nervioso, pero de pronto se giró, bufó y se fue hacia el sofá. Se sentó, suspirando y llevándose las manos a la cabeza, y se peinó hacia atrás el pelo ondulado que al instante volvió a su lugar como si no lo hubiese hecho. Del bolsillo interior de su chaqueta de tela sacó un CD y lo dejó en la mesa.

—¿Qué es eso? —pregunté.

—Lo que he podido rescatar de la redacción del caso de Kiera. Teníamos mucho material, pero para mí era demasiado. No pude verlo todo. Esto es todo lo que hay. Te envié una parte.

Me agaché a por el CD y me lo llevé al ordenador.

—¿Puedes darme esto? —pregunté, sorprendida. No podía ser.

—No, pero nadie sabe que lo tengo. Se trata de información de un informante a una futura periodista. Nadie tiene por qué saber cómo lo has conseguido. Quizá te sirva para la redacción que tienes que presentar.

—Aún no la he empezado. Quizá no me atreva a escribir sobre eso. Hay mucha información. Lo único que sé es que el sospechoso al quien han detenido no me encaja demasiado. Hay algo que falla...

—¿Por qué dices eso? Han detenido a un hombre con antecedentes de agresión sexual a menores que se estaba llevando a una niña de siete años en la zona en la que desapareció Kiera. Creo que está más que claro que se trata de un depredador.

—Es precisamente ese asunto el que menos me convence. He ojeado el expediente de ese detenido y no encaja en ese perfil.

—¿Has visto su ficha policial? Explícate. Según tengo entendido, los agresores sexuales no lo parecen.

Abrí mi mochila y le extendí la ficha Megan del detenido. Él abrió la primera página y se puso a leerla, incrédulo.

—¿Qué es esto? ¿Sus antecedentes?

—Su ficha en el registro de agresores sexuales de la ley Megan. He robado su expediente del archivo.

—¿En serio?

Asentí, orgullosa. Él me miró, sorprendido. Se recolocó las gafas antes de bajar de nuevo la vista a la carpeta.

—No es que apruebe las relaciones con menores —continué—, pero sus antecedentes hablan de una relación sexual consentida con una chica de diecisiete cuando él tenía dieciocho. Además, si te fijas, un año después se retiraron los cargos, cuando la víctima cumplió dieciocho. No me parece una evolución lógica pasar de acostarte con una chica un año menor que tú a esperar veintiséis años para ponerte a secuestrar niñas.

—¿Y cuál es tu conclusión? —me preguntó, en un tono interesado. Me gustó sentirme el centro de su atención. Era... revitalizante. Como si con aquellos gestos fuese capaz de encender una chispa en mí que iluminaba por momentos mi interior lleno de sombras.

—Creo que es la típica denuncia que pone un padre sobreprotector cuando descubre que su hija se ha echado un novio mayor y los ha pillado juntos en la cama. No lo apruebo, no me malinterpretes, pero una amiga tuvo un novio un año mayor que ella y hubo un año, cuando él ya había cumplido los dieciocho y ella aún tenía diecisiete, en el que bromeaba con mi amiga y le decía que su novio acabaría en la cárcel.

—¿En serio?

—Si sus padres los hubiesen pillado entonces, si supiesen las cosas que hacía su hija con aquella edad, lo habrían denunciado y tendría una mancha en su expediente y aparecería ahí también.

Mientras ojeaba el expediente, continué:

—Creo que el detenido no es quien se ha llevado a Kiera. Es más, creo que ese hombre está casado con la chica de diecisiete años con la que mantuvo relaciones en su día. Quería comprobarlo en el Registro Civil. Quizá pueda encontrar el apellido de soltera de su mujer y cotejarlo en los registros por si encaja con el de la víctima. Sé que tal vez el nombre de la víctima esté protegido y no se pueda acceder a él, pero tengo la sensación de que así será.

—Pero sí cogió a la niña y la llevó hacia Times Square, lejos de donde la perdieron sus padres.

—En Times Square se encuentra la oficina de policía más cercana a donde la encontró. Y es justo lo que alegó a la policía.

El profesor asintió.

—¿Y si decía la verdad? Me gustaría equivocarme, Jim, y haber encontrado ya al culpable de la desaparición de Kiera, pero creo que no es él. Creo que Kiera está en alguna parte, escondida con el verdadero captor, pidiendo a gritos volver con su familia —aseveré, convencida.

—¿Se lo has contado a alguien? ¿Crees que la policía investiga el pasado del detenido?

—Creo que sí —respondí, inquieta—, y que tarde o temprano soltarán a ese hombre. Lo peor es que, mientras esté detenido y sea el principal sospechoso, nadie buscará a Kiera.

Capítulo 27
27 de noviembre de 2010
Doce años después de la desaparición de Kiera

A veces agarrarse a un mal recuerdo es lo único que te permite crear alguno bueno.

Después de que Miller se marchara con la cuarta cinta, Aaron se quedó en el nuevo apartamento de Grace, en silencio, sin saber qué decir. El ruido blanco de la nieve en la televisión sin sintonizar era constante y perturbador, pero con el tiempo los dos habían encontrado en él una especie de consuelo y compañía. Aaron se paseó por el salón y observó todas las fotografías que había sobre la mesa, en las que se les veía a los dos juntos, joviales, y con Kiera en brazos en varias de ellas.

—Qué jóvenes estábamos —dijo en tono melancólico, tras agarrar uno de los marcos para observar la imagen de cerca.

Grace respiró profundamente apretando los labios para armarse de valor. Luego, tras luchar contra sus demonios interiores con forma de carteles pegados en farolas, procedió con la rutina que seguía cada año por el cumpleaños de su pequeña.

Se acercó a la mesa con tristeza y comenzó a recoger las fotografías enmarcadas, colocándolas en un pequeño cofre que descansaba sobre el antiguo mueble de salón. Tras levantar cada marco se observaba que bajo él había la misma capa de polvo que en el resto de la mesa, como si acabaran de ser colocadas sobre aquella densa alfombra de partículas grises.

—¿Por qué sigues haciendo esto, Grace? Todos los años las sacas, como si todo fuese igual, como si nada de nosotros hubiese cambiado, pero míranos. Mira mis canas, estas arrugas. Por el amor de Dios, mira estas ojeras. Y tú…, tú también has cambiado, Grace. Ya no somos los jóvenes ilusionados de esas fotos. Deja de negar lo que pasó. Deja de comportarte como si Kiera estuviese aquí.

—Aaron…, cállate. Ahora mismo no puedo…, no quiero pensar en cuánto me sigue doliendo todo esto.

—Mira esta foto. Los tres sonriendo. ¿Cuánto tiempo hace que no sonríes, Grace? ¿Cuánto tiempo hace que no escucho tu risa?

—¿Acaso tú sí has logrado hacerlo?

Aaron negó con la cabeza, en silencio.

—Pero... no tiene sentido que hagas todo esto cada año, celebrando su cumpleaños como si nada hubiese cambiado. Vengo y actúas como si Kiera estuviese aquí. La tarta, las fotos, incluso este piso lo alquilaste con una habitación de más para poder poner un cuarto como el de Kiera. Y... Kiera ya no está. ¿Lo entiendes? Nada de aquella época sigue aquí. Ni tú ni yo ni la felicidad de estas fotos. Verlas te hará más infeliz. Verte así haría infeliz a Kiera. Y lo sabes, Grace. Quizá..., quizá lo de esta última cinta, que ella no esté, sea lo mejor que nos ha pasado, ¿entiendes?

—¿Cómo te atreves a decir algo así?

—Quizá si ya no recibimos más cintas dejemos de pensar en ella. Dejemos de imaginar lo que no hemos vivido, todas las cosas que nos hemos perdido y nos centremos en las que sí tuvimos. ¿Recuerdas? ¿Recuerdas cómo era leerle cuentos? ¿Recuerdas cómo te sentías al acariciarte la mano cuando se quería dormir? Necesitamos centrarnos en eso y no en lo que no tenemos. Tenemos que avanzar y pasar página.

—¿Tú te estás escuchando? ¿Dejar de pensar en Kiera? ¿Hacer como si nunca hubiese existido?

—Grace, mucha gente pierde a sus hijos y con el tiempo..., con el tiempo salen adelante.

—¿Adelante? ¿Salen adelante? Nadie puede salir de algo así. Nadie. Y mucho menos una madre. Estuvo dentro de mí nueve meses, salió de mis entrañas, Aaron. Pero eso tú nunca lo vas a entender. Es imposible. Tú trabajabas todo el día y no volvías hasta la hora de acostarla. Conmigo era con quien pasaba todo el día. Todo el día —repitió alzando la voz—. A mí era a quien venía corriendo cuando se tropezaba y se hacía una herida en la rodilla. Quizá tú puedas seguir adelante y hacer como si nada..., pero yo no, Aaron. Yo necesito saber que está bien. Necesito saber que no sufre. Verla de vez en cuando me daba eso... Al menos aliviaba un poco el dolor de perderla. Para ti quizá las cintas eran una tortura. Para mí..., para mí eran el único minuto cada varios años que paso junto a ella.

Grace comenzó a llorar como nunca antes lo había hecho. Sentía tal nudo en el pecho, tal picor en los ojos, que aquella reacción fue inevitable. Durante muchos años se había guardado esas explicaciones, pero en ese instante necesitó explotar de una vez con Aaron, que se comportaba como si el dolor fuese algo accesorio con lo que se podía vivir. Y así era, en realidad, en muchas ocasiones, cuando el dolor estaba confinado a un entorno controlado, a una ruptura, a un despido, a una tragedia inesperada. Pero nada era comparable con perder a un hijo y, mucho menos, con perder a un hijo varias veces desde hacía doce años.

—¿Como si nada? ¿Hacer como si nada? Kiera también es mi hija, Grace. También la quiero como a nadie que haya querido jamás. Es injusto que digas algo así. Solo digo que..., que quizá no verla en las cintas nos ayude a pasar página y dejemos de buscarla.

—Nunca dejaré de buscar a mi hija, Aaron, hasta que sepa dónde está y quién la tiene. ¿Lo entiendes? ¡Nunca! —gritó con todas sus fuerzas.

Aaron dudó si continuar aquella discusión. Se dio cuenta de que era imposible sacar a su exmujer de aquel lugar oscuro al que parecía estar encadenada y se preguntó por qué él ya no se sentía así, tan desdichado, tan hundido en las profundidades de su propia alma. Dudó de su amor por su hija y también del que había llegado a sentir por su mujer. En aquel instante dudó de todo e incluso de sí mismo. Pero en realidad aquellas dudas no eran nada nuevo. Llevaba años así. Y tapaba aquella incertidumbre con alcohol en las fechas en las que se acercaba la cabalgata de Acción de Gracias.

Justo el día anterior había estado bebiendo en casa, como cada año, hasta que se quedó dormido a las cuatro de la tarde en el sofá mientras en la televisión retransmitían un partido de baloncesto de los noventa en el que Jordan anotaba un tiro libre con los ojos cerrados. Esa era su rutina desde 1999 durante las semanas previas a Acción de Gracias. Se pedía unos días libres en la aseguradora para la que trabajaba, que veían con buenos ojos adelantar sus vacaciones de Navidad para no dejar la oficina sin atención a finales de año, y se encerraba a beber para olvidar. Le costó un tiempo adaptarse a emborracharse en casa, y hubo un día en 2003 que perdió los papeles y fue detenido, justo el año de la primera cinta. Tras aquel episodio intentó controlar aquellos impulsos entre las cuatro paredes de su hogar. Los días previos a Acción de Gracias acudía a un supermercado y compraba alcohol barato, como si estuviese preparándose para un huracán, y se sentaba a llorar lágrimas de vodka hasta que no podía más. Su cuerpo había aprendido a metabolizar el alcohol de forma progresiva hasta el punto de conseguir despertarse al día siguiente con tan solo una leve resaca y una ronquera que únicamente duraba hasta que se tomaba un café solo doble para desayunar. Esa rutina la repetía desde el inicio de las vacaciones hasta el cumpleaños de Kiera, momento en el que dejaba de beber para reunirse con Grace y comportarse, por unas horas, como el padre de familia que una vez fue.

—¿Qué crees que pasará ahora? —le preguntó con dificultad Grace a Aaron.

—No lo sé —susurró él—. Solo espero que Kiera esté bien.

Capítulo 28
1998
Lugar desconocido

Hay gente que puede mantener en su mente dos pensamientos contradictorios si estos les ayudan a no perder la razón.

El blanco del sofá en el que estaba sentada Iris contrastaba con el azul y naranja de las paredes empapeladas con un patrón de flores que se repetían cada pocos metros. Delante de ella, al otro lado de la mesa de cristal con marcas de vasos, William caminaba de izquierda a derecha en un intento por controlar con pasos decididos los nervios que sentía por lo que acababan de hacer.

—Will, la niña pregunta por su madre. Esto no está bien. Ya lleva dos horas sin dejar de llorar. Detengamos esto. Estamos a tiempo —suplicó Iris, que seguía con la vista a su marido.

—¿Puedes callarte y dejarme pensar? —espetó sin mirarla.

—Escúchame, William, podemos pararlo. Volvamos al centro y dejémosla donde estaba. Nadie tiene por qué darse cuenta.

—¿Estás loca? Nos verían y nos condenarían por intento de secuestro. ¡Le hemos cortado el pelo y la hemos cambiado de ropa para llevárnosla, Iris! ¿Ahora te arrepientes? ¿Ahora? Ya no hay marcha atrás. Tenías que haber dicho que no en su momento. ¿Por qué diablos no dijiste nada entonces? Te parecía bien. Te callaste, como siempre haces. Las decisiones siempre las tomo yo, y tú... te dedicas a asentir. A veces me pregunto si estoy con una persona o con una piedra.

—No sabía lo que pensabas hacer, por el amor de Dios. ¿Crees que suponía que íbamos a llevárnosla? —inquirió Iris.

—No mientas, por favor...

—Estaba sola y quería protegerla. La niña estaba perdida... y... solo caminé alejándome del alboroto con ella —hizo una pausa, mientras su mente viajaba de un lugar a otro—. ¡Podría haberle pasado algo!

—¿Y por qué compraste la ropa de niño en la tienda cuando te lo pedí? Si volvemos atrás, es lo primero que te preguntarán. ¿Y qué dirás entonces? ¿Serás capaz de explicarle a la policía por qué le has cortado el pelo a una niña que no es tuya y por qué le cambiaste la ropa? Te diré lo que van a decir: «intento de secuestro».

—No lo sé, Will. No sé por qué no te dije nada. Y yo no le corté el pelo. ¡Fuiste tú!

—Hice lo que tenía que hacer, Iris. Quería hacerte feliz. ¿No es lo que siempre decías? ¿Que querías una familia? ¿Que querías poder leerle cuentos a tu hijo por las noches y acunarlo cuando no encontrase consuelo?

—¡Pero no de esta manera, Will! No podemos quedarnos a la niña. No es nuestra. ¿Acaso has perdido el norte? Quiero ser madre, pero no a costa de esto.

—Iris, escúchame, es lo que siempre hemos soñado. Es un regalo que nos ha caído del cielo. No podemos rechazarlo. ¿Lo entiendes? El mejor regalo que la vida nos ha podido dar. ¿Cuántos años llevamos intentándolo? ¿Cuántos?

—¿Del cielo? ¿Que nos ha caído del cielo? Saliste de casa con las tijeras, Will. Siempre fue tu intención.

—Sí, ¿y qué?

—¿Cómo que y qué? Me propusiste ir a la cabalgata contándome que era un día para soñar, para visualizar en otras familias cómo sería la nuestra si tuviésemos hijos. En ese momento ya lo tenías pensado, ¿verdad? Tu plan siempre fue ir a la cabalgata y llevarnos a alguna niña. Dime la verdad, Will.

Will pensó la respuesta antes de decirla.

—No pensaba que fuese a ser tan fácil, Iris. Te juro que no. Era una idea absurda que tenía. No puedo aguantar más abortos. No puedo aguantar verte sufrir de nuevo, ¿lo entiendes? ¡Llevamos ocho abortos seguidos!

La mano de Iris temblaba con la misma intensidad que lo hacía el miedo que sentía. Miró hacia la puerta al final del pasillo, desde donde se escuchaba el llanto de Kiera reverberando tras la madera. El pomo de la puerta brillaba en un dorado en el que descansaron los ojos de Iris durante unos instantes, consciente de que en él se vería reflejada durante mucho más tiempo del que podría tolerar si seguía adelante.

—Iris, escúchame. Recuerda lo que dijo la doctora Allice. No vamos a poder tener hijos. Es una realidad. No podemos. Tu…, tu cuerpo no…

—Nunca ha dicho eso, Will. Dijo que deberíamos estudiar otras opciones para tener hijos. Que muchas parejas adoptaban y eran felices.

—Por el amor de Dios, Iris. ¿Te estás escuchando? ¿No es lo mismo que decirte que no podrás tener hijos? Le pedí a la doctora que tuviese mano izquierda cuando te lo contase, pero veo que no eres capaz de leer entre líneas.

El llanto de Kiera sonó más fuerte tras la puerta.

—Iris, compréndelo ya. Tus malditos ovarios no funcionan y tu útero ya ha rechazado ocho intentos de fecundación in vitro. No podemos tener hijos. Bueno, no puedes. Yo sí podría tenerlos con otra mujer.

—Eres un hijo de puta, William. Eres un maldito hijo de puta.

—Estamos juntos en esto, Iris. Lo he hecho por ti.

—¿Por mí? Yo nunca te pedí secuestrar a una niña, Will. Yo solo… —rompió a llorar de manera inevitable—. Yo solo quería ser madre.

—Y ahora lo eres, ¿entiendes? Al fin somos padres de una preciosa niña, y el proceso será igual que si fuese nuestra. Tendremos que conocerla poco a poco, descubrir lo que le gusta, lo que le hace reír, y calmarla cuando llore, Iris. Podemos criarla como a nuestra hija, con amor, aquí en casa, cariño.

Iris recordó cada intento en vano. Cada vez que se le había iluminado la cara con el positivo y con las buenas noticias para luego, semanas después, observar cómo una gota de sangre delataba en el agua del inodoro que algo no iba bien. Recordó cada legrado, cada implantación infructuosa que su cuerpo se esmeraba en rechazar. El seguro solo cubrió el primer intento, tras los cuales tuvieron que endeudarse cada vez más para poder hacer frente a las gigantescas facturas médicas. Recordó la cara del director de la oficina de la aseguradora; un tipo serio con el pelo moreno que se comportaba de una manera tan distante y fría a Iris que le fue inevitable sentir el dolor en el pecho al oír el rechazo de un nuevo intento.

—William…, por favor…, dime que podemos parar ahora y seguir intentándolo nosotros. Ella no es nuestra hija.

—¿Y seguir tirando el dinero? ¿Eso quieres? Iris..., de verdad, tienes que comprender esto. No podemos endeudarnos más. Hemos pedido una segunda hipoteca sobre la casa para financiar los tratamientos y no ha salido. No podemos seguir haciendo intentos sin saber qué pasará. Cada vez que lo hacemos estamos metiendo decenas de miles de dólares en la trituradora. ¿Entiendes eso? Iris, esto es importante. Tienes que entenderlo. No podemos tener hijos. No tenemos dinero para más.

—Podríamos vender la casa...

—Iris... —William se acercó a su mujer, se sentó a su lado y le acarició la cara para secarle las lágrimas—. No lo entiendes, ¿verdad? No podemos venderla hasta que hayamos liquidado las dos hipotecas que pesan sobre ella. Estamos atrapados aquí hasta que la paguemos. No hay otra alternativa, Iris.

—El seguro quizá...

—¡Iris! Por favor, para. Sabes que llevo razón y tienes que...

De pronto ella levantó la mano en alto a su marido y desvió la mirada hacia el dormitorio, sorprendida, interrumpiendo lo que este iba a decir.

—Ha dejado de llorar... —susurró, con un deje de ilusión en sus ojos. Aquella parte de ella, la oscura, parecía estar despertando sin ella saberlo, aceptando con el silencio de la niña algo que había deseado desde el mismo momento en que le había dado la mano a la pequeña en mitad del alboroto de la cabalgata. Había sido ella la que, mientras Will esperaba en un portal, había salido a una tienda cercana a comprarle ropa de niño, en un intento de esconderla y camuflarla a la vista de sus padres. También había sido ella la que, mientras caminaban por la calle 35, le contaba una y otra vez a Kiera que la llevaría a reencontrarse de nuevo con sus padres, que habían tenido que marcharse sin avisarla porque había surgido un problema con los regalos de Navidad. Conforme se alejaban más y más del lugar en el que la habían recogido, en el cruce de la 36 con Broadway, ambos sabían que estaban cruzando líneas sin retorno, que estaban traspasando umbrales imposibles de explicar y, en el mismo instante en que se montaron en el metro en Penn Station de camino a casa ante la indiferente mirada de un vagabundo, que aquel trayecto hacia la oscuridad solo sería de ida.

—¿Ves? —exhaló William en un suspiro casi imperceptible—. Se tiene que adaptar a nuestra casa. Es solo cuestión de tiempo que seamos una familia feliz, Iris. ¿Lo entiendes? —William se acercó a Iris, le agarró la cara y la miró a los ojos.

—La pobre tiene que estar agotada de tanto llorar —susurró ella, apoyando su cabeza sobre el pecho de él—. Solo quiere volver con sus padres. Está asustada. No sabe qué pasa.

—¿Sus padres? Sus padres la habían abandonado en mitad de una muchedumbre, Iris. ¿Crees que se merecen ser padres más que tú y yo? ¿De verdad lo crees? ¿Te parece justo?

La mujer se levantó y se dirigió a la puerta del dormitorio, preocupada por si le había pasado algo. Era la primera vez que sentía ese temor por alguien ajeno a ella y le gustó sentirse protectora de alguien indefenso. Abrió con miedo y, tras mirar al suelo, junto a la puerta, no pudo contener una sonrisa compasiva de felicidad.

Kiera se había dormido y estaba acurrucada sobre la moqueta, con el pelo cortado a trasquilones y mechones de apenas un par de centímetros entremezclados con finos cabellos de quince. Llevaba puesta la ropa que Iris había comprado a la carrera: un pantalón blanco y un abrigo azul marino mal abrochado. Se notaba que tenía la carita húmeda por las lágrimas e Iris se agachó a su lado y le acarició el surco de sal que había dejado una de ellas en su mejilla izquierda.

—Ni te imaginas lo que me duele oírla llorar, William. Me duele el alma sentir su llanto de esta manera. No sé si seré capaz de hacerlo. No sé si me veo capaz de todo esto. Es… demasiado para mí.

—Cariño, ahora es nuestra hija. Es normal que te duela. Pero poco a poco todo irá mejor. Tenemos que ser fuertes. Por ella. Para protegerla de ese mundo horrible y sin piedad de ahí fuera.

Capítulo 29
29 de noviembre de 2003
Cinco años después de la desaparición de Kiera

Es difícil pedir ayuda y mucho más admitir necesitarla.

En la oficina del FBI, Zack, acompañado de sus padres, dudaba con cada nuevo trazo del dibujante del retrato robot. Se encontraban en una pequeña sala de la tercera planta, junto a un miembro de la Unidad de Reconocimiento Facial, que contorneaba, esbozaba, borraba y difuminaba con los más de doce lápices de distintos grosores que descansaban sobre la mesa junto a varias gomas de distintos materiales. A espaldas del dibujante, el agente Miller caminaba de un lado a otro, en silencio, y miraba de vez en cuando a aquel niño temeroso de estar suspendiendo un examen.

—¿Qué te parece ahora? ¿La nariz está lo suficientemente alargada? —preguntó el dibujante, tras unos minutos en silencio mientras modificaba aquella zona del rostro después de haber pasado más de media hora cambiando y ajustando el triángulo que formaba la posición de los ojos con respecto a la parte superior de la nariz.

—No…, no sé. Creo que…, que quizá como antes. No estoy muy seguro.

—¡¿Como antes!? ¿Como cuál de las últimas veinte versiones? —gritó el agente Miller, perdiendo los nervios.

A Zack se le escapó una lágrima y deseó no haber dicho que había sido él quien dejó la cinta en el buzón de los Templeton. La madre del niño miró horrorizada al agente, que empezaba a perder los nervios ante los continuos cambios de forma y tamaño. Habían realizado tantas versiones sobre esa misteriosa mujer, que tras cada nueva parte del rostro todo parecía más irreal.

A decir verdad Zack no recordaba mucho de la mujer que le había pagado los diez dólares por el encargo. Lo había hecho desde dentro de un vehículo blanco, con unas gafas de sol puestas, y lo único que recordaba con claridad era el pelo corto rizado, rubio. Vestía un jersey negro y conducía un coche pequeño, pero Zack no se había fijado en mucho más desde el mismo momento en que vio el billete acercarse desde el interior de la ventanilla del automóvil.

—No le hable así a mi hijo. ¿Lo entiende? Hemos accedido a que ayudase con esto, pero no tenemos por qué aguantar sus malos modales. Es solo un niño, por el amor de Dios.

—Señora Rogers, si no colabora estará entorpeciendo una investigación criminal y se podrían presentar cargos contra él. La vida de una niña está en juego y depende de que su hijo quiera recordar cómo diablos era esa mujer.

—¿Cómo tiene el valor de decir algo así? ¿Cómo? Parece que nos culpa por lo de esa niña y, oigan, es horrible, pero mi hijo solo intenta ayudar. Queremos hacer todo lo que esté en nuestra mano, pero no así. No con estos modales.

La señora Rogers acarició el rostro de su hijo y se dirigió a él entre susurros imperceptibles para el resto. El padre de Zack negó con la cabeza en dirección al agente y luego se agachó también junto a su mujer para reconfortar a su hijo en voz baja.

—Cariño…, puedes parar cuando tú quieras. ¿Me oyes? No tienes por qué hacer esto.

—No me ha entendido, señora. Su hijo es lo único que tenemos en estos momentos para encontrar a esa niña. La recuerda, ¿verdad? La hija de sus vecinos, los Templeton. Tiene que esforzarse. Kiera Templeton ahora tendría la edad de Zack. ¿Lo comprende?

El niño asintió con temor y luego susurró:

—Bueno..., tenía la barbilla más redondeada, no tan puntiaguda, creo.

El retratista suspiró y se dio por vencido, tirando el lápiz junto a los demás de la mesa. Se levantó y le pidió con señas al agente que lo acompañase fuera.

—Verá, agente. Es complicado para un niño recordar al detalle algo que para él no tenía trascendencia. Esto es muy distinto a cuando una víctima intenta reconocer a un culpable, ¿sabe? Por lo general la tensión del momento de la agresión hace que la mente trabaje a una velocidad inusual, convirtiendo la memoria en casi una cámara fotográfica, capaz de detectar todos los pequeños detalles para un retrato robot. Pero sin esa tensión... lamento decirle que es normal que el chico no lo recuerde bien. Todo lo que dibujemos será una mezcla de sus recuerdos con su imaginación, y más ahora que cree que cuanto antes diga que era ella antes se podrá ir a casa.

—Mark..., es lo único que tenemos, ¿sabes? Ese chico es la única persona que ha visto a la mujer que tiene a Kiera Templeton. No puedo llamar a los padres y decirles que no podemos fiarnos del retrato robot. No puedo. De verdad que es superior a mí.

—Pues tendrá que hacerlo, agente. Nunca he visto un caso tan claro en el que no me fíe de la declaración. ¿Cuántas veces ha cambiado de barbilla? ¿Cuántas incluso la forma del pelo? Rubia con el pelo rizado. Esa es la descripción. No sabemos más. El resto..., suposiciones.

Nada de marcas llamativas, nada de formas inusuales del rostro. Cuando dibujé el mentón marcado, dijo que era así. Cuando lo dibujé con formas redondeadas, me dijo que también. Luego, al volver al mentón marcado, me dijo que era perfecto. Ni siquiera el tipo de gafas de sol parece mantenerlo. Esto es un disparate, agente. No es un retrato válido, se lo digo desde ya. No sé cómo lo va a gestionar con la familia, pero esto no va a servir.

—Joder… —fue lo único que pudo responder. Miró el reloj y comprobó que llevaban ya seis horas en la habitación sin dar ni un paso en firme. Normalmente ese procedimiento apenas tardaba una hora u hora y media, y aquello era indicativo de que algo iba mal. Se acercó a la puerta de la sala y le hizo un ademán con la mano a los padres, que permanecían al lado de su hijo susurrándole y acariciándole el pelo. El padre salió de la habitación y habló antes de que pudiese hacerlo el agente Miller.

—Nos vamos a ir a casa, agente. Esto es un sinsentido. Zack está cansado y no recuerda nada más. De verdad, queremos ayudar, Dios sabe que somos unos buenos miembros de la comunidad pero… —dudó si lanzar aquel disparo en voz alta, pero luego continuó—, pero no es nuestra hija. Tenemos que cuidar de los nuestros, agente. El mundo es un lugar horrible y tenemos que protegernos entre nosotros. Mi hijo ya no puede más. Si quiere mañana u otro día lo intentamos de nuevo, pero Zack ya no va a seguir con esto por hoy.

Miller suspiró y tardó unos instantes en admitir que estaba igual de perdido que antes, pero con una cinta de vídeo que corroboraba que no había sido capaz de encontrar a la pequeña y un niño de la misma edad que Kiera llorando en una de las salas del edificio del FBI.

—Lo entiendo, señor Rogers. Es tarde. De verdad les agradezco el esfuerzo de Zack y la predisposición a ayudar. Ya les llamaré yo si necesito algo más. No se preocupen.

Les guio hacia la puerta del edificio y se despidió del pequeño acariciándole el pelo. Pidió que algún agente que fuese de camino llevase a casa a la familia, pero nadie se ofreció a hacerlo y tuvo que pedir disculpas una vez más. Luego se dirigió a su mesa, en la segunda planta, pensando en lo complicado que se le estaba poniendo todo. Encendió la pantalla de su ordenador y se sentó en silencio unos minutos con las manos en la cara.

—Te ha estado llamando la periodista esa cojonera del *Press* —le dijo su compañero de mesa, un tipo con bigote varios años menor que él pero que aparentaba casi diez más. El agente Spencer era una figura fulgurante de la Unidad de Personas Desaparecidas del FBI, pero no por su solvencia ni su capacidad para analizar casos complejos y resolverlos, sino porque había tenido la suerte de participar en una serie de casos que habían terminado con final feliz uno detrás de otro. Lo apodaban «El Talismán», porque siempre que se le asignaba una búsqueda de una adolescente perdida aparecía a los pocos días en casa de un novio, o cuando se trataba de un niño resultaba que uno de los padres había quebrantado la custodia compartida. Era un imán para los casos en los que la persona buscada aparecía por arte de magia en algún lugar en otro estado porque se había fugado con una nueva pareja u otra familia en el otro extremo del país. En cambio, el agente Miller, a pesar de ser un tipo competente y resuelto, que siempre extendía sus jornadas más allá de lo que el resto hacía, había dado con varios casos en cadena en los que la resolución parecía enredarse.

—¿Me ha llamado aquí, a mi mesa?

—Sí. Lo cogí antes y le dije que ya la llamarías. Que estabas con un retrato robot.

—No he conocido a nadie que sea igual que ella.

—¿Está buena?

—No por eso, idiota. Me refiero a que es la única persona que no ha dejado de buscar a la niña desde entonces. Quizá pueda sernos útil.

—¿Sernos? Se te está yendo la cabeza, Ben. A mí no me metas en lo de la niña. Tengo un historial impecable. No quiero mancharlo. Si sigo así quizá algún día dirija esto.

Miller bufó porque sabía que aquello no era más que producto de la suerte. Tenía la sensación de que el agente Spencer no podría encontrarse los huevos en la oscuridad, pero se calló aquel comentario, sabedor de que sus superiores solo miraban los ratios y era irrefutable que su porcentaje de encuentros era del cien por cien, por lo que quizá algún día tuviese que rendir cuentas ante él.

El teléfono de su mesa volvió a sonar y el agente Miller hizo un gesto de silencio al agente Spencer antes de responder.

—Ahí la tienes de nuevo. Ya me contarás qué le dices. Tiene voz de estar cañón, la verdad.

Levantó el auricular deseando que Miren no hubiese escuchado aquello.

—Agente Miller, ¿tienen algo? —preguntó la chica, en tono distante. Con los años en el *Press* y tras muchos encontronazos con la policía, con abogados y con empresas a las que diseccionaba en cada investigación había aprendido cuándo tenía la sartén por el mango y cuándo debía ser más cariñosa de la cuenta. En el caso de Kiera se trataba de una mezcla de ambas. Quería a todas luces encontrar a la pequeña y no entorpecer la investigación, pero también sabía que estaba en una posición en el *Press* en la que podía forzar las cosas antes de disparar el arma de un artículo audaz. En la conversación que mantuvo con el agente había accedido a retrasar la publicación del contenido de la cinta de Kiera, pero tras hablar con los padres esa misma mañana había descubierto que un niño del barrio había visto a la persona que llevó la cinta. Eso cambiaba el ritmo de la investigación. Un retrato robot correría como la pólvora entre los medios y quizá publicarlo ayudaría a encontrar a quien tuviese a Kiera.

—Señorita Triggs..., recuerde nuestro trato. Me prometió que no publicaría nada hasta dentro de cuatro días.

—Agente..., si tiene un retrato robot, ¿no sería mejor que circulase por el *Press*?

—Ya, pero el problema es que no lo tenemos.

—¿Cómo que no lo tienen? —inquirió Miren, con voz de sorpresa.

—Lo que oye. El chico no... no la recuerda bien.

El agente Spencer hizo un soez gesto de cadera difícil de describir con palabras y vocalizó en silencio una ordinariez imposible de reproducir. Miller frunció el entrecejo y rechazó con la cabeza.

—¿Y qué piensa hacer? ¿Qué más tiene en estos tres días?

—Aquí se para todo, señorita Triggs. No hay más información. En la cinta no hay huellas, nadie ha visto nada salvo ese chico que no recuerda la cara de la mujer. Un equipo está buscando información sobre los papeles de pared con ese patrón, pero la calidad es tan ínfima que podría tratarse de cualquier papel de pared floreado. También están buscando el modelo de la casa de madera por si es algo raro e inusual que nos ayude a encontrar dónde se vendió y, en última instancia, encontrar a Kiera, pero le adelanto que es un trabajo para un equipo mucho mayor del que tenemos disponible en estos momentos. Desde lo de aquel pobre diablo mis superiores están muy cautelosos con este asunto, y con solo tres personas ayudándome, y nada más que otra semana disponible de mi tiempo para esto, el caso entrará de nuevo en vía muerta.

—¿Ya piensan cerrarlo? ¿De verdad que no piensan dedicar más recursos? —dijo Miren, incrédula. Los graves de su voz parecían atacar desde el otro lado de la línea.

—Señorita Triggs..., esto es más complicado de lo que parece. ¿Sabe cuántos niños desaparecen al año solo en el estado de Nueva York? En estos momentos hay más de cien casos abiertos de niños desaparecidos en los que no se sabe nada en absoluto de ellos. Y solo estoy hablando de los casos que llevan más de un año en activo.

—¿Cien?

—Es horrible, ¿verdad? Las denuncias por desapariciones multiplican ese número, cada día, por más de veinte. La mayoría de denuncias terminan con final feliz, pero esos cien van creciendo poco a poco, año tras año, sumando un puñado más. Hay una unidad que se dedica, en exclusiva, a realizar simulaciones sobre la posible evolución de esos niños, intentando esclarecer cómo serían hoy en día, por si alguien se cruza con ellos en la calle. Esto es una lacra mucho mayor que el caso de Kiera, señorita Triggs, y de verdad tiene que creerme cuando le digo que hago lo que puedo. No tengo más ojos. Estoy atado de pies y manos aquí.

—¿Necesita ojos para revisar esa cinta? ¿Es eso lo que me está diciendo? —inquirió Miren, con una idea en la cabeza.

—Solo digo que hay mucho que investigar y tenemos pocos recursos. Trabajamos lo mejor que podemos con el escaso personal del que disponemos.

—Agente. Si lo que necesita son ojos —aseveró Miren—, mañana tendrá dos millones de ellos revisando ese maldito vídeo.

Capítulo 30
Artículo publicado en el *Manhattan Press* el jueves 30 de noviembre de 2003 «La niña de nieve», por Miren Triggs

Hace cinco años la pequeña Kiera Templeton, de tres, si es que aún la recuerdas, desapareció del centro de Nueva York a plena luz del mediodía, durante la cabalgata de Macy's. Según aprendí de sus padres, Kiera era una niña feliz, risueña, a quien le gustaba el perro Pluto y que de mayor quería ser coleccionista de conchas de las playas de Long Island. Desde su desaparición mi vida estuvo muy ligada a la suya; al fin y al cabo si soy periodista del *Manhattan Press* se lo debo a una especie de suerte en la que la vida me colocó en el lugar adecuado en el momento adecuado, y aquí debo añadir, con las convicciones y la vida adecuadas. Y cuento por qué.

Una vez fui violada.

Sí. Has leído bien.

Es difícil escribir esa palabra sin temblar y sin sentir cómo las teclas casi se quieren escapar de las yemas de mis dedos. Y no solo fui violada, sino que nunca detuvieron al culpable. Fue como si lo hubiese hecho un fantasma una noche de octubre de 1997, en la que no supe ver las fauces del tigre cuando las tenía delante, convertidas en sonrisa, a quien agarré la mano y me guio a las profundidades de la cueva más oscura de mi vida. De esa cueva es difícil salir. Durante un tiempo no lo conseguí. Nadie te dice cómo, nadie te enseña a hacerlo. Ni siquiera tú misma sabes comportarte después de algo así. Te miras al espejo y buscas qué está mal en ti. Por qué ya no lloras igual o por qué no puedes parar de hacerlo. Piensas en la venganza y en comprarte un arma, como si eso fuese a proteger tu alma de un mordisco ya pegado. Como si en el caso de encontrarte en una situación idéntica, fueses capaz de apretar el gatillo y poner fin al trauma.

La primera vez que leí sobre Kiera me la imaginé dándole la mano al mismo tigre que yo, sonriente y halagador, diciéndole que lo iban a pasar bien. Luego me la imaginé aceptando jugar a cortarse el pelo y a cambiarse la ropa, como acepté yo caminar hasta aquel parque en mitad de la noche, como si fuese algo divertido que no valoré mareada con el alcohol, como si yo fuese la niña de tres años que no sabía que las sonrisas también tienen colmillos. Aquel corte de pelo y cambio de ropa la convirtió en invisible en una ciudad con ocho millones de personas y, aún hoy día, nadie sabe dónde está Kiera Templeton, como yo tampoco sé dónde está la Miren Triggs de hace seis años que desapareció en el mismo momento en que una sombra me llevó a su oscuridad.

Hoy, por primera vez, hago pública aquella violación porque me unió sin quererlo a Kiera Templeton y porque desde que descubrí su historia vi en ella a la niña que yo había sido y que nadie encontraba en las profundidades de la cueva. Y porque Kiera, al igual que pasó conmigo, necesita de tus manos para sacarla de esa oscuridad.

Durante los últimos cinco años la he buscado, tratando de encontrarme a mí en el camino, y la semana pasada, por difícil que parezca, la volví a ver.

Sí. Has vuelto a leer bien.

Y con verla no quiero decir que se me apareció en sueños una noche, sino que la vi viva, en una habitación, grabada en una cinta VHS enviada a sus padres cinco años después, en el juego más macabro que haya visto nunca, convertida en un espejismo de lo que fue y en un golpe horrible y esperanzador para unos padres que ya lo han perdido todo y que lo único que les queda es la esperanza de que ella, un día, se reúna de nuevo con ellos.

En la primera imagen que acompaña el artículo pueden ver un fotograma de la mayor calidad posible del aspecto actual de Kiera Templeton, con ocho años, extraído de la cinta de vídeo enviada a sus padres, por si alguien la reconoce o la ha visto en alguna ocasión en los últimos años. En la segunda imagen observarán la habitación en la que juega Kiera tranquilamente, por si alguien reconoce algún objeto o algo relevante que pueda ayudar a encontrarla. En las siguientes dos páginas verán cada objeto reconocible que se encuentra en la habitación y que está dentro del plano, ampliado hasta el límite de lo tolerable. Se puede observar una cama, una colcha, unas cortinas, una puerta, un vestido, una casa de madera y las baldosas del suelo.

Cuando terminé de ver la cinta enviada a los padres, que dura justo cincuenta y nueve segundos, grabada en una cinta de ciento veinte minutos, emergió en la pantalla el eterno ruido blanco, esa nieve continua, de las que invaden nuestra televisión en cuanto no tiene señal. En ella también vi a Kiera, pero esta vez sí en un sentido figurado. Como si la niña que siempre he buscado se hubiese convertido en nieve, no de la que se deshace entre los dedos cálidos, sino la que es imposible de atrapar, con puntos blancos y negros saltando de un lugar a otro. Kiera Templeton ahora está perdida en esa nieve y necesita de tu ayuda.

Si tienes información sobre Kiera Templeton, por favor llama al 1-800-698-1601, extensión 2210.

Capítulo 31
Miren Triggs
1998

Aun sin saberlo, la tristeza orbita alrededor de sus iguales.

El profesor Schmoer me acompañó durante un par de horas mientras buscaba en internet información sobre James Foster, el detenido por la desaparición de Kiera, y su mujer. También me guio con ligeras explicaciones mientras revisaba por encima el contenido del CD que había traído, en un intento, supongo, de no sentirse solo. Desde que le había comentado mis inquietudes con respecto a la incriminación del sospechoso se había mostrado inquieto, algo nervioso por aquella duda, y había cambiado su nivel de entusiasmo por una cautela que achaqué a que estaba pensando en algo que hacer al respecto.

Tras esperar a que cargase la arcaica página del Registro Civil, que parecía funcionar con pedales, conseguimos acceder a los datos públicos de la información del estado civil del detenido. Había casi cuatrocientos James Foster en el estado, pero solo ciento ochenta que viviesen en códigos postales referentes al centro de Manhattan. En su expediente Megan aparecía su fecha de nacimiento, y no fue difícil encontrar su ficha civil, tras media hora comprobando uno a uno cada nombre con su enlace, que se tintaba en morado tras pasar por él.

James Foster estaba casado con una tal Margaret S. Foster, y el profesor susurró un eureka al comprobar que tenía exactamente un año menos que él. Mi hipótesis parecía cobrar fuerza. Si lograba confirmarlo, de alguna manera me encontraría con una información lo suficientemente interesante y, quizá, antes que muchos otros medios. Tal vez, incluso, estaba en un punto en el que podría descartar su culpabilidad antes que la policía, que con toda seguridad lo interrogaría hasta agotar el plazo de setenta y dos horas para luego tal vez encerrarlo por el intento de secuestro de la niña del centro, algo que, aunque se tratara de un error bienintencionado, podría suponer que se dejase de buscar a Kiera. No sabía muy bien a qué me llevaría confirmar que sus antecedentes como abusador de menores se debían a una estricta interpretación de la ley, pero mi cabeza me pedía que colocara cada pieza en su sitio y siguiera adelante. Según había aprendido del mismo profesor Schmoer, el periodismo de investigación no era algo instantáneo. Cada vez que un equipo de investigación de un periódico decidía abordar un tema podían pasar meses hasta que viese la luz, a veces incluso años, y mantenían siempre abiertos varios artículos en los que avanzaban paso a paso, colocando cada diminuta pieza del engranaje de un complejo reloj suizo que terminaba por dar la hora de manera precisa en un artículo con repercusiones, muchas veces, imprevistas. Eso suponía avanzar en una línea de investigación hasta agotarla completamente, para pasar a la siguiente y drenarla como si fuese un lago en el que buscar a un monstruo escondido. El monstruo era la verdad, muchas veces dolorosa, muchas insignificante, muchas tan simple y elegante que parecía una famosa ecuación de un científico de pelo blanco.

—¿Cómo podríamos confirmar si Margaret S. Foster fue la presunta víctima de James, profesor? —le dije en un momento en que me sentí algo perdida sobre cómo continuar.

—Llámame Jim, por favor. No sé por qué insistes en llamarme profesor.

—No quiero que dejes de serlo. No me gustaría, la verdad. Es... mi asignatura favorita.

—¿No prefieres Técnicas de Entrevista? He oído que la imparte la legendaria Emily Winston.

—Es aburridísima. Repite hasta la saciedad siempre lo buena que era en el *Globe*. Es una asignatura sobre ella y sus cientos de entrevistas. Y, la verdad, no me parece tan buena. Consigue sacar información, sí, pero suele ser irrelevante. En la última entrevista que leí sobre ella conversaba con un apuesto asesino en serie de mujeres en la cárcel, y ¿sabes lo que consiguió? Que el asesino le enseñase las cartas que recibía de admiradoras y cómo él las respondía con amor. Escribió un artículo precioso, acompañado de unas fotografías maravillosas, sobre lo bien que atendía a su decena de admiradoras y cuánto parecía preocuparse por ellas. Estoy segura de que tras ese artículo alguna mujer se obnubilaría con lo guapo que era y con lo atento que parecía. No sé. Humanizar a criminales no me parece lo mejor para el periodismo.

—Pero aunque sean criminales siguen siendo humanos.

—Algunos son monstruos —dije, seria y tajante—, y eso no lo cambia ningún artículo.

Él asintió y se recolocó las gafas con el índice, en un gesto que parecía repetirse cada poco tiempo. Después estuvo un rato en silencio y comprendí que se había dado cuenta de mi enfado con respecto a ese tema.

Odiaba a muerte a ese tipo de seres, asesinos y violadores capaces de hacer daño sin sentir el miedo en la mirada de las víctimas. Había leído mucho sobre ellos.

En algún momento de los últimos años se había puesto de moda en la televisión hablar sobre las maldades que habían sido capaces de hacer, y siempre algún periodista o comentarista destacaba, con una aparente admiración y repulsa entremezcladas, la lejanía que mostraban los psicópatas con los sentimientos de los demás. Desde lo que me ocurrió me sentía así: lejos de mi cuerpo, de mi sexualidad, de mis emociones. Alguien me había aplastado el alma y convertido en una papilla asustadiza que se escondía en casa en cuanto caía la noche. Una parte de mí deseaba que mis emociones estuviesen donde siempre, colocadas junto a mi corazón, y no donde parecían haberse quedado; un rincón oscuro en un parque por el que ya no quería caminar, ni siquiera a plena luz del día.

—Verás, Miren —dijo finalmente—, quizá tu hipótesis sería un buen siguiente artículo para un periódico. Ningún medio ahora mismo estará considerando esto. Estoy seguro. Nadie se atreve a contradecir al *Press*.

—¿A qué te refieres?

—Si al final tienes razón con lo de la inocencia de James Foster, como parece ser, quien lo haya publicado se apuntará de cara a la opinión pública una medalla que ningún editor jefe rechazaría. Créeme. Hasta hoy he sido editor jefe del *Daily*. Sé lo que se mueve en la dirección de estos periódicos. La imagen, la credibilidad. Por eso mismo estoy fuera. He ido siempre un paso por detrás y lo he pagado. Este tipo de pasos adelante son los que busca cualquier diario en sus periodistas.

—Pero ¿y si sí es culpable?

—Estamos a un paso de saberlo, Miren. La pelota está sobre el aro y te falta empujarla. ¿No lo ves?

—Pero... ¿cómo? —pregunté, mirando sin conseguir ver.

—El arma más valiosa para cualquier periodista: la fuente. Tienes su dirección del registro de agresores sexuales. Puedes preguntarle a su esposa y confirmar tu versión. No es algo que hacer a ciegas. No podrías presentarte allí y preguntar directamente por su historia. Eso es lo que haría el sensacionalismo. Un periodista de investigación trabaja confirmando hipótesis, Miren. Y con la tuya solo falta el sí o el no de Margaret S. Foster. Y eso es algo que puedes conseguir tan solo preguntándole y observando su reacción.

Me quedé perpleja. Nunca antes había dado el paso de investigar cara a cara. Durante la carrera había hecho trabajos en los que entrevistaba a compañeros o profesores. Algunas veces incluso a escritores o políticos, pero en estos casos siempre por teléfono.

—Puedes hacerlo, Miren —sentenció.

Odiaba salir de noche y debían de ser las nueve. Aún teníamos tiempo de llegar hasta la casa de los Foster e intentar hablar con Margaret antes del cierre de edición de los principales medios. El profesor Schmoer me había prometido que si confirmaba mi hipótesis y escribía un artículo lo suficientemente solvente y sin fisuras sobre su detención, se lo enviaría a sus colegas de otros periódicos, para ver si tenía suerte y me publicaban mi primer artículo. Si estaba en lo cierto, Margaret S. Foster debía de encontrarse en la comisaría de policía del distrito veinte, esperando nuevas noticias con respecto a su marido, o en casa, junto a sus dos hijos, llorando por la detención sin saber lo que sucedía ni por qué tardaban tanto en ponerlo en libertad por algo que debía de ser un malentendido.

—¿Quieres que te acompañe? —me preguntó el profesor.

Una parte de mí le iba a decir que no, pero observé la oscuridad de la noche a través de la ventana y no pude hacer otra cosa que acceder.

Según el expediente, la casa de los Foster se situaba en Dyker Heights y el profesor accedió a pagar un taxi que nos saldría por un dineral. Durante aquel viaje en taxi fue la primera vez que me sentí periodista de verdad. Veía las luces de la calle pasar por delante de la ventanilla y sentía que la ciudad era una historia entera que contar. Atravesábamos el vaho de las alcantarillas como si fuesen cortinas gigantes colgadas desde los rascacielos; circulamos sin dificultad por el camino que había decidido tomar el taxista, brindándome el recuerdo de una ciudad con sus luces y sombras, valiente y temerosa, como si desease que desvelara lo que sucede tras cada rincón y a la vez le rogase al mundo que nunca se supiera lo que se escondía tras ella. Cruzamos por el puente Brooklyn y, al llegar al otro lado y conforme nos acercábamos al destino, sentí que mis emociones empezaban a cambiar. Todo era ligeramente más oscuro, todo escondía algo que me recordaba a aquel parque en mitad de la noche. El profesor estuvo gran parte del camino en silencio pero, llegados a aquel punto, y creo que también porque percibió cómo mis miedos surgían de sus cuevas, me preguntó:

—¿Has perdonado a..., a ese tal Robert? El que te llevó al parque aquel día.

—¿Qué?

—Si has podido perdonarlo por..., por no defenderte mejor. Según tengo entendido huyó, dejándote sola con... con esos tipos.

—Según lo que dijo en comisaría, lo patearon y lo dejaron indefenso, pero yo no recuerdo nada de eso. Yo recuerdo a un cobarde corriendo. Ni siquiera tuvo el valor de confirmar en la rueda la identificación del único al que detuvieron.

—Sé que señaló a otro distinto al que tú señalaste. Luego dijo que estaba demasiado oscuro para confirmarlo y señaló a otro. Leí el informe. Lo complicó todo con aquello —dijo, en tono comprensivo.

—Y gracias a él... está en la calle. Un violador suelto. Uno más por ahí.

—¿Te pidió disculpas? —inquirió.

—Tardó varios meses en hacerlo. Se presentó en la puerta de clase y... me leyó una frase de Oscar Wilde sobre el perdón. Era lo más infantil que había visto hacer a un hombre en mucho tiempo. Le dije que se marchase y que nunca más lo quería ver.

—Supongo que no quería ayudarte a ti, sino a él mismo —argumentó el profesor, sabiendo leer lo que sucedió.

—Fue lo que pensé.

El taxi se detuvo frente a una casa con las luces de Navidad a medio montar. Toda la calle parecía haber terminado los trabajos, salvo alguna que otra completamente a oscuras que se repartía en la distancia, y las enormes residencias resplandecían hasta tal punto que casi parecía de día. La Navidad se adelantaba siempre en aquel barrio, en una tradición comenzada por una residente de la calle 84 a mediados de los sesenta que pronto se extendió al resto de vecinos.

—Los padres de Kiera viven por aquí, en una casa de este barrio —dijo el profesor tras bajarse del coche.

—Tiene que ser horrible sentir que alguien tan cercano se ha llevado a tu hija.

—Pero puede que no sea así. Para eso estamos aquí. Para al menos aliviar eso.

—Sí, pero eso ellos aún no lo saben.

Me dio vértigo sentir que en la calle no había ni un alma, a pesar de considerarse un punto turístico en esa época del año. Caminé sobre las baldosas como si estuviese cruzando un puente colgante hasta la puerta de la casa de la familia Foster, en la que vimos luz en el interior. Llamamos con la aldaba dorada con tres firmes golpes y una mujer morena con ojeras nos abrió en bata.

—¿Qué quieren? ¿Quiénes son ustedes? —preguntó, con cara de no entender qué hacíamos allí.

Capítulo 32
1998

La alegría te hace creer que estás acompañado, la tristeza; en cambio, que siempre estuviste solo.

Aaron comenzó a llorar en el mismo instante en que se tiró en el sofá de casa, derrotado, después de acompañar a Grace al dormitorio para que descansase tras la intervención en el hospital. A un lado del salón, en una mesa que normalmente estaba repleta de marcos de fotografías de los tres juntos, observó los teléfonos inactivos de la centralita que habían montado y que durante ese día y los anteriores había sido un hervidero de llamadas. Los voluntarios hacía ya varias horas que se habían marchado a casa, después de comprobar que los teléfonos sonaban cada vez con menos frecuencia. Mientras estaba allí tumbado uno de los teléfonos sonó con insistencia y él se levantó con ímpetu, dejando que el auricular se inundase con las lágrimas que empapaban su barba.

—¿Hola? ¿Sabe algo de Kiera? —dijo con esperanza.

Pero al otro lado respondió el eco de las risas de un par de adolescentes que llamaban por hacer la maldita gracia.

—Os deberían haber llevado a vosotros, hijos de puta —chilló, desolado—. Mi hija de tres años ha desaparecido. ¿Entendéis lo que es eso?

Pensó que tal vez una de las voces al otro lado se disculparía, pero unos segundos después escuchó de nuevo el sonido hiriente de dos carcajadas alejándose del teléfono.

Aaron gritó.

Lo hizo con tal fuerza que le respondió el aullido de un perro desde la calle. Luego, sin poder aguantar aquello ni un segundo más, agarró los teléfonos y tiró de ellos, arrancando los cables del multiplicador de señal que conectaba con la centralita de llamadas. Arrojó los terminales al cubo de basura y se maldijo por haber siquiera intentado que el mundo le ayudase.

En los años en los que había trabajado en la aseguradora siempre había tratado de beneficiar a sus clientes de alguna manera. Falseaba ligeramente los expedientes para que pudieran ser admitidos a trámite por sus superiores, hacía la vista gorda en los cuestionarios iniciales de los seguros de salud, elaboraba partes de daños a vehículos impolutos con el único objetivo de cambiar el color de la pintura de coche. No era un trabajo que le apasionase, pero era el que le permitía pagar las facturas y vivir con comodidad, con el único inconveniente de que a veces debía dar la cara y denegar alguna cobertura cuando sus superiores le transmitían quejas por la baja rentabilidad de su oficina. Él se contentaba con mantener los ratios al mínimo, cumpliendo escuetamente, nunca en exceso, los objetivos que le asignaban. Eso hacía que fuese querido por sus clientes, aunque no por todos. Era imposible ser amado al cien por cien cuando tenía que denegar un caro tratamiento de cáncer o alegar que, tras un accidente en el que un hombre se había amputado las dos manos mientras hacía reformas en el garaje, el seguro solo cubriría la reimplantación de una de las dos.

Él se consideraba buena persona y ayudaba en lo que podía: donaba treinta dólares todos los meses a una ONG para mejorar la vida de los niños de Guatemala, mantenía en casa una organización perfecta para el reciclaje, intentaba colaborar en las colectas que se organizaban en el vecindario. Por eso quizá le ayudaron sus vecinos, porque sabían que era un buen hombre. Pero la gente que no le conocía, toda esa gente que solo empatizaba con su historia por el morbo que generaba la desaparición de Kiera, lo único que quería era espectáculo.

Una sorpresa por allí, un giro de los acontecimientos por allá, un llanto en pantalla a plena hora de máxima audiencia. Pero encontrar a Kiera era el equivalente a un triple salto mortal entre trapecios sin red al final de la función del circo. Si sucedía, se aplaudía y se vitoreaba. Si no…, la gente se iba contenta a casa porque ya había visto a los leones saltar por el aro en llamas.

Aún no daba crédito por lo que había pasado, y estuvo un rato pensando cuánto había cambiado todo desde hacía una semana. La desaparición de Kiera, el aborto de Michael. El tacto de los dedos de Kiera, el sonido de su voz gritando «papá». Salió a la calle para intentar controlar aquel pensamiento horrible que trepaba desde su estómago hacia su mente, como si fuese una gárgola oscura dispuesta a encaramarse a lo más alto de su cabeza y observar desde allí la debacle de aquella familia.

Entonces fue su teléfono móvil el que sonó. Lo sacó del bolsillo y comprobó que se trataba del agente Miller. En aquel momento le valdría cualquier cosa para agarrarse con los dientes y no caer al vacío, aunque solo fuese una ligera luz de esperanza: un pequeño avance o una contradicción en la confesión del detenido eran más que suficientes para no desfallecer.

—Dígame que ese hijo de puta ha confesado dónde está Kiera —soltó nada más descolgar.

—No puedo, señor Templeton. Y… creemos que él no es culpable. Se lo tenía que decir.

—¿Cómo dice?

—Su historia encaja. Parece un buen tipo. Es un don nadie que trabaja en un Blockbuster, casado y con dos hijos.

—Pero... eso no quiere decir nada. Porque parezca buena persona no significa que lo sea.

—Lo sabemos, y sé que necesita que sea él, pero ni siquiera se encontraba en la ciudad cuando desapareció Kiera.

—¿Me está diciendo que no es él?

—Sé que es difícil de comprender, señor Templeton. La gente clama justicia y la portada del *Press* nos ha complicado un poco las cosas. Pero el tipo parece que solo quería ayudar.

—¿Ayudar? Ha intentado llevarse a una niña en la misma zona en la que se llevaron a Kiera. Tiene que ser él, agente. No puede ser —exhaló Aaron en algo que pareció más una súplica.

—¿No me ha oído? No estaba en la ciudad cuando Kiera desapareció.

—¿Lo han comprobado? ¿Cómo están seguros?

—Tiene antecedentes, pero la acusación no se sostiene. Estaba en Florida la semana pasada. Hemos comprobado el registro de vuelos y es verdad. Se subió a un avión el 24 de noviembre y volvió antes de ayer. Hemos comprobado las cámaras de Times Square y en ningún momento parece que se lleve a la niña a la fuerza. Es solo… que los padres perdieron los nervios y reaccionaron de forma desmesurada cuando la vieron con un desconocido. Los antecedentes y la histeria por…, por lo de Kiera hicieron el resto.

—¿Y la niña? ¿Qué dice la niña? —inquirió Aaron, desesperado.

—No debería estar contándole tantos detalles, pero lo hago porque empatizo contigo. Tengo una sobrina de la edad de Kiera y todo esto es desgarrador, pero no podemos lanzarnos al cuello de cualquiera.

—Pero ¿qué dice la niña?

—La niña dice que estaba perdida y que él le dijo que la llevaría con sus padres, señor Templeton. Le puede gustar más o menos, pero no tenemos nada que nos indique que él tiene a Kiera.

—Déjeme hablar con él. Por favor.

—Lo vamos a soltar, señor Templeton. Por eso lo llamaba. Para que no se entere por la prensa. Creo que es lo mínimo. Hacemos todo lo que podemos y… lo del *Press* ha sido una mierda. Nos ha cortado mucho las alas. Su abogado ha presentado una queja porque no había nada solvente contra su cliente y… tiene razón.

—Pero pueden interrogarlo durante más tiempo.

—No podemos. Es lo mejor para la investigación. Todo el tiempo que perdamos con él no lo estamos dedicando a otras vías. ¿Lo entiende? Sé que está desesperado, pero le pido que confíe en la policía. Quizá sea lo mejor. Seguiremos avanzando en la búsqueda, analizaremos nuevas pistas y revisaremos lo que tenemos, pero esta vía está muerta. Ese tipo es inocente.

Aaron se había apartado el móvil de la oreja en cuanto escuchó al agente pedir que confiara en la policía. Su única esperanza se había esfumado en una llamada de apenas tres minutos. Sintió el frío de Dyker Heights golpearle el rostro, observó cómo las luces de una de las casas, la de su vecino Martin Spencer se apagaban de golpe, seguramente al haber llegado la hora a la que estaban programadas, y atisbó a lo lejos la silueta de un taxi amarillo del centro de la ciudad cruzando la calle en dirección sur. Se fijó en ello porque era inusual que alguien llegara hasta allí en taxi desde Manhattan, pero lo olvidó en cuanto sintió un copo de nieve posarse sobre la punta de su nariz. Dejó caer el móvil sobre el césped del jardín y volvió a la casa, que en aquel momento le pareció incluso más vacía que unos minutos antes.

De pronto escuchó un ruido procedente del dormitorio en el que había dejado descansando a Grace, y subió las escaleras con rapidez. Conforme se acercaba, reconoció el sonido repetitivo de los muelles de la cama, como cuando Kiera se colaba en su cuarto y saltaba sobre ella. Por un instante se imaginó que era Kiera, haciendo lo que siempre hacía cuando se despistaban. Le pareció incluso escuchar su carcajada, su risa casi espástica que a él siempre le había recordado a un ágil movimiento de dedos en las notas agudas de un piano. Pero cuando llegó arriba y se asomó por el umbral, comprobó que Grace estaba teniendo en sueños una de sus crisis epilépticas.

Era normal que le sucediesen durante la noche. Es más, Grace muchas veces había presumido en broma de ser epiléptica para fastidiar a su marido cuando dormía, aunque en realidad tenía ataques esporádicos, solo cuando se encontraba estresada o preocupada por algún asunto que la tuviese en jaque. La madre de Grace también sufría epilepsia y, junto a su carácter quebradizo, era lo único que había dejado en herencia a su hija antes de morir.

Aaron se sentó junto a ella, en el borde de la cama, y mientras duró la crisis estuvo acariciándole el pelo, susurrándole que pronto iba a pasar. Cuando por fin terminaron los espasmos, Grace entreabrió los ojos, somnolienta, consciente de que acababa de pasar un ataque, y le dedicó una sonrisa de agotamiento a su marido. Aaron le susurró al oído que siempre la querría, y ella volvió a cerrar los ojos, sabiendo que era verdad, pero que ya había dejado de importar.

Capítulo 33

1998

Lugar desconocido

Mentimos para ocultar la verdad o para no hacer daño, pero también porque esperamos que la mentira sea real.

William llegó a la casa con varias bolsas de plástico y con el mono del taller en el que trabajaba aún puesto. Tenía las manos sucias, con hilos negros de grasa que le circundaban el canto de las uñas. Saludó con una mano en alto y se detuvo en el umbral de la puerta cuando vio que Kiera estaba sentada sobre Iris y veían juntas la televisión. La niña miró hacia la puerta y se volvió hacia Iris, que desde hacía una semana no paraba de darle largas, una detrás de otra, con motivos cada vez más contradictorios sobre por qué no podía ver a sus padres.

—¿Qué tal se ha tomado el día? ¿Mejor?

Iris suspiró y abrazó con calidez a la niña, que estaba absorta viendo en la pantalla la escena de la estampida de *Jumanji*, un VHS que habían comprado un par de años antes y que nunca habían llegado a ver en casa. Un grupo de monos entraron a saquear una tienda de televisores y estéreos dando pequeños saltos, y ella dejó escapar una carcajada que sonó a música celestial en los oídos de Iris.

—¿Estás idiota? Cierra la puerta de una vez. Hace frío y Mila se va resfriar.

—¿Mila? —preguntó, sorprendido.

Iris bajó la vista hacia la pequeña y le dedicó una amplia sonrisa cariñosa.

—Sí. Es Mila. Siempre me ha gustado ese nombre. ¿A que sí, Mila?

—¡No! Yo... soy... Kiera —protestó con ligera dificultad y con una sonrisa burlona en la cara.

—¡No digas eso! ¡Es muy feo! No se dice Kiera. Se dice Mila. Te llamas Mila.

—¿Mila? —preguntó Kiera, confundida.

—Sí... ¡eso es! —celebró Iris, dando un ligero brinco que la niña sintió como una montaña rusa debajo de ella.

—¡Mira, un mono! —la niña señaló la pantalla de nuevo y rio. Durante ese día había pasado por varios altibajos. Se despertó confundida en el sofá, tras pasar toda la noche acurrucada junto a Iris, que no dejó ni un segundo de acariciarle la cabeza mientras la observaba dormir en la penumbra de la luna llena que se colaba por la única ventana de aquella habitación. Luego preguntó por su madre varias veces, al igual que había hecho los días anteriores, y más tarde se conformó con jugar con Iris con algunas figuras de porcelana que decoraban un mueble del salón. Más tarde, a la hora del almuerzo, Kiera estuvo un rato llorando y pidiendo ver a su padre, preguntando por qué no volvía para almorzar con ella como siempre hacía. A Iris aquellas preguntas le dolían y una parte de ella se enfadaba y protestaba en su interior, pero se había dado cuenta de que día tras día, desde aquella primera noche hacía una semana, Kiera parecía preguntar cada vez menos por sus padres. Empezaba a acostumbrarse a su compañía, a sus juegos inventados con objetos de todo tipo que había en la casa, como un exprimidor, un marco de fotos o una lámpara china de imitación comprada en la misma tienda de bricolaje que el papel pintado de las paredes. Cuando Kiera preguntaba por ellos, Iris le explicaba que sus padres habían tenido que marcharse de viaje y que no podrían volver en un tiempo. Una de las veces le contó que sus padres estaban muy enfadados con ella por preguntar tanto y que no querían verla de nuevo, pero la niña respondió con una explosión de llanto como si le acabaran de arrebatar su felicidad más preciada.

Iris volvió la vista hacia su marido, con un tono de voz tres octavas más bajo que con el que se dirigía a Kiera, y preguntó, casi un susurro:

—¿Has traído eso?

—Sí. He comprado un poco de todo en varias tiendas.

—¿Te ha visto alguien?

—Por supuesto, Iris. ¿Cómo quieres que compre si no? —susurró él.

—Me refiero a alguien del vecindario.

—He ido a un centro comercial en Newark y solo he comprado una cosa en cada sitio. A los dependientes les he dicho que era para un regalo.

—¿Has ido así, sucio del trabajo?

—¿Cómo quieres que fuese? He ido directo tras salir del taller, por el amor de Dios. Iris, te estás volviendo una psicótica. Nadie nos va a descubrir. Nadie tiene por qué verla. Es nuestra niña.

—Ha salido en las noticias, Will. La están buscando por todas partes.

—¿Qué?

—La están buscando. El FBI también ha dado una rueda de prensa con los avances. Nos van a encontrar, Will.

—Escúchame. Nadie nos va a quitar a nuestra niña. ¿Lo entiendes? Si hace falta nunca saldrá de aquí. Será nuestro pequeño tesoro privado. Nadie tiene por qué entrar en nuestra casa.

—No podemos criar a una niña sin salir de casa. Todos los niños necesitan salir, jugar e interaccionar con otros niños. Mila es muy alegre y con el tiempo querrá salir. Jugar en el parque, correr por el césped.

—Hará lo que nosotros digamos, que para eso es nuestra hija —protestó, alzando la voz, lo que hizo que Kiera volviese la mirada hacia él, sorprendida.

—¿Y papá? —preguntó la pequeña, con el rostro iluminado por la luz de la pantalla.

—Mila..., cariño..., ya te lo he explicado... —susurró Iris, volviéndose hacia ella y acariciándole el pelo corto—. Will es también tu papá. Te quiere mucho y te va a cuidar como te cuido yo.

Kiera miró de cerca a los ojos de Iris y le susurró con la lengua trabándose a mitad de la frase:

—Tengo sueño..., ¿pue... puedes contarme un cuento?

Iris miró a Will, tragó saliva y suspiró.

—Claro, cielo. ¿Qué cuento te apetece escuchar?

—El de..., el de que vienen papá y mamá.

Capítulo 34

30 de noviembre de 2003

Cinco años después de la desaparición de Kiera

La gente lee los periódicos para
encontrar respuestas y no preguntas,
y quizá ese es el problema.

El artículo de Miren Triggs fue una bomba mediática en todo el país. A pesar de que otros periódicos habían rescatado la desaparición de Kiera en Acción de Gracias con pequeños artículos de un par de párrafos, nadie esperaba algo como aquello. Todos los canales de noticias trataron, durante la mañana en que se publicó, de conseguir una copia de la cinta, en un intento por subirse al carro mediático de aquella incógnita lanzada al mundo.

Cinco años antes el rostro de Kiera en portada del *Manhattan Press* había causado un gran revuelo, pero, al fin y al cabo, la gente estaba acostumbrada a la idea de una desaparición infantil. Era triste, pero aquello formó tan solo un primer alboroto inicial para luego disiparse antes del final de año. El país había crecido con la dinámica de ver rostros de niños perdidos en los cartones de leche, enriqueciendo con desesperanza los cereales de todo Estados Unidos durante los años ochenta y parte de los noventa. Ese sistema de anuncios en los cartones, ya en desuso desde la implantación de la alerta AMBER, se había colado tan adentro en el subconsciente de América que todo el mundo sabía de su existencia pero poca gente había visto en persona alguno de aquellos briks de leche con el rostro de un niño en blanco y negro.

Cuando un medio como el *Press* daba el paso de cambiar su posición hacia el polo opuesto de su cometido, pidiendo ayuda y otorgando algunas piezas clave de un enigma sin aparente respuesta, la gente se volcaba. El mundo lee los periódicos para encontrar respuestas y no preguntas, y quizá ese era el problema. Tal vez por eso mismo todo el país se volcó con aquel artículo.

Cuando Miren llegó a la redacción esa mañana, se encontró a la sonriente secretaria del mostrador de entrada atendiendo una llamada con los auriculares puestos.

—¿Ha llegado Phil?

—Un segundo —dijo al aire, dirigiéndose a la persona que tenía al otro lado de la línea—. Ha llegado y preguntado por ti tres veces. Quiere verte. He guiado a los chicos hasta tu mesa. Te están esperando allí.

—¿Cuántos han venido?

—Dos.

—¿Solo dos?

La secretaria asintió con una sonrisa. Miren levantó la vista y observó a lo lejos y junto a su mesa a un chico y una chica, algo más jóvenes que ella.

—Eli, ¿estaba Phil enfadado?

—No lo sé. Siempre parece estarlo.

—¿Tú cuándo te ibas? —preguntó Miren mientras se quitaba el abrigo gris que llevaba, intentando ganar tiempo.

—Para Navidad. A ver qué tal me va.

—Seguro que bien. Se te echará de menos.

—Bueno, no creo que tanto. Si casi ni levantan la cabeza para saludar al llegar.

—Este… es un trabajo algo tenso. Pero no te preocupes. Cuando seas famosa seguro que te llamarán para entrevistarte. Entonces tú los atenderás con la mejor de tus sonrisas y ellos tendrán que atenderte con la peor de las suyas. Y yo me moriré por verlo.

Elisabeth sonrió y bajó la cabeza.

—¿Está en su despacho?

La secretaria levantó la mano mirando hacia otro lado y asintió. Luego continuó mencionando la dirección postal del periódico a la persona al otro lado del auricular y Miren dejó de escucharla.

Se dirigió con prisa hacia su mesa, sintiendo las miradas de sus compañeros que se le clavaban en la nuca mientras atravesaba la redacción de punta a punta, y saludó a los dos chicos alzando la mano. Luego señaló el teléfono que había sobre su mesa, que estaba sonando en esos momentos, y se dirigió a ellos:

—Hola, soy Miren Triggs. ¿Veis ese teléfono de ahí? —dijo con una sonrisa impostada.

Los dos asintieron, nerviosos.

—Si alguien llama, cogedlo y apuntad todo lo que diga. Todo —enfatizó.

—¿Quién lo coge? Solo hay un teléfono —dijo el chico.

—Es verdad. —Miren no había pensado en ese detalle—. Uno cada vez y apuntad todo lo que diga. Contrataré al que tenga mejor letra.

—¡¿Qué?!

—Se llama meritocracia, chicos —respondió Miren, para luego darse la vuelta—. Bienvenidos al *Press*.

La chica la recibió con ojos de ilusión y asintió; el chico, con incredulidad, y luego miró a su compañera.

Miren se dirigió al despacho de Phil Marks, el director del *Manhattan Press*, que tenía la puerta abierta y estaba hablando con un redactor sobre unos documentos relacionados con la invasión de Irak por parte de la Administración Bush. Esperó a que terminasen, apoyada sobre el canto frío de la puerta de cristal, y cuando el redactor pasó por su lado abandonando la sala, Phil le hizo un gesto para que entrase.

—Miren, tienes que explicarme qué es lo que hiciste ayer. El artículo sobre Kiera no estaba aprobado, no pasó supervisión y tu editor jefe me ha contado que ya te había advertido que tenías que abandonar el tema. No somos un periódico sensacionalista y no podemos caer en esto.

—Señor Marks, permítame decirle que...

—No, déjame que termine, por favor.

Miren tragó saliva, intentando diluir la plasta de sentimientos culpables, aunque estuvo a punto de marcharse. Phil era tajante, pero también una de las personas más sensatas que había pisado el país. Si se publicaba algo, debía ser por el interés de los ciudadanos. Si un tema se colaba entre las páginas del *Press*, debía ser para cambiar las cosas.

—No puedes pasar un artículo a imprenta sin revisión, Miren. Estamos en guerra contra Irak. El Gobierno dice que Sadam tiene armas de destrucción masiva y nosotros somos el *Press* y tenemos que comprobar que lo que diga el Gobierno es verdad. Es en lo que trabaja ahora mismo toda la unidad de investigación.

—Lo entiendo, señor.

—No obstante..., tengo una hija de la edad de esa niña. Se llama Alma y... si me pasara lo que a esa familia, me gustaría no escuchar el silencio de un país centrado en lo que ocurre a miles de kilómetros de sus propias casas, sin combatir a los enemigos que viven puerta con puerta.

—No sé si le he entendido.

—Como yo habrá más padres que sientan ese dolor. Todo el mundo conoce a alguien cercano de la misma edad: sobrinas, primas, hijas, nietas. Esa niña también necesita ayuda y no solo nuestros soldados al otro lado del mundo.

—Creo que me he perdido, señor Marks.

—Ya publicamos en su día en portada la búsqueda de Kiera. Sería egoísta no seguir ayudándola ahora que se ha diluido el caso. Puede seguir con la investigación. Pero no la cague. Esa cobertura suya está causando un gran revuelo. Enhorabuena.

—Mu..., muchas gracias, señor Marks.

—No hay de qué. ¿Tiene todo lo que necesita? —dijo, buscando unos papeles sobre la mesa.

—He buscado dos becarios de la universidad. Creo que me las apañaré.

—Está bien. Siga por ahí. Quiero dos artículos semanales sobre la niña. Y quiero que la encuentre, Miren.

—¿Encontrarla? —inquirió Miren, algo tensa.

—¿Cree que no es posible?

—No he dicho eso. Solo digo que..., que nunca he visto algo igual.

—Ni yo tampoco, señorita Triggs, y por ese mismo motivo tiene que tratar este asunto como se merece. Esa cinta... me da muy mala espina todo este asunto.

—Muchas gracias, señor Marks.

—No me las des a mí. Está haciendo un buen trabajo. Jim tenía razón.

—El profesor Schmoer siempre fue un buen amigo.

—¿Cómo está ahora? Éramos rivales, pero siempre lo he admirado. Creo que el mundo del periodismo es peor desde que no está.

—Se ha centrado en las clases y... tiene un programa de radio en la universidad que graba por las mañanas y emite por las noches. No ha cambiado lo más mínimo. Da gusto oírlo. De cada programa casi se pueden tomar apuntes.

—Eso es bueno. Si consigue que salgan de la universidad más periodistas como él, será buena señal. Quizá ahí haga más que en el *Daily*, buscando estafas empresariales y estructuras piramidales. Creo que no era el tipo de artículo que él necesitaba escribir, ¿sabes? Un periodista debe encontrar un tema que le apasione y hundirse en él, empantanarse hasta las rodillas y siempre noté que, a pesar de tener un ojo mordaz y un espíritu crítico, nunca encontró ese tema que le llenase.

—Fue él quien me introdujo en la búsqueda de Kiera —dijo Miren, intentando ensalzarlo un poco más.

—Quizá la búsqueda de la niña sí sea ese tema. Podría contratarlo para que trabajéis juntos aquí. Al fin y al cabo, fue él quien te recomendó con aquella exclusiva hace cinco años sobre la puesta en libertad del tipo ese que intentó llevarse a una niña, con las cintas que grababa.

—Le preguntaré. Hace tiempo que no hablo con él. Quizá le apetezca echarme una mano.

—Cuéntame avances, por favor. Dos artículos semanales. Y veremos cuánto material conseguimos para seguir avanzando.

—Muchas gracias, señor Marks.

—Un segundo..., no he terminado —incidió.

—¿Sí?

—¿Eso de la violación es verdad? —dijo, sin ella esperarlo. Sus ojos se clavaron en los de Miren y esperaron una respuesta. Ella no supo si era compasión o interés.

Miren asintió en silencio, seria. Casi tanto que Phil Marks se sintió incómodo por haber sacado el tema.

—No hacía falta que lo sacase a relucir en el artículo —dijo el señor Marks.

—Lo sé.

—¿Y por qué lo ha hecho?

—Porque necesitaba curarme.

—Entiendo —dijo, haciendo un ademán con la cabeza, para luego continuar—: ¿Es verdad que no cogieron al que lo hizo?

—La policía no —sentenció Miren, justo antes de salir del despacho.

Volvió a su mesa, en la que la nueva becaria estaba atendiendo una llamada y su compañero mirando atento lo que apuntaba en un cuaderno de anillas. Él se dio cuenta de que Miren volvía y le dio un par de golpecitos a su compañera. La chica se volvió y siguió escuchando atenta el auricular, asintiendo, mientras Miren la observaba. Luego se apresuró de nuevo a la libreta con cara de sorpresa y apuntó algo en ella. Le preguntó su nombre y su teléfono de contacto, por si necesitaba hablar de nuevo con la persona al otro lado, y a continuación colgó.

—Vengo de hablar con los jefes —dijo Miren, seria—. Traigo buenas noticias.

—¿Hablas directamente con Phil Marks, el director del *Press*?

—A veces, sí. Pero solo cuando uno la caga o cuando hace algo bien.

—¿Y qué te ha dicho?

—En resumen, que el periódico de hoy se está vendiendo como rosquillas. Ya os explicaré. Lo que os decía: buenas noticias, os quedáis los dos. Contrato en prácticas de tres meses. Quinientos dólares al mes, más gastos de transporte. Las comidas corren por vuestra cuenta. Podéis traeros *tuppers*. Hay una cocina en la planta inferior. Enhorabuena, acabáis de poner los pies en el mundo del periodismo. Necesitarán vuestros datos en Recursos Humanos, dos plantas más arriba. Y ahora... ¿alguna llamada que no sea de un loco con pistas ridículas?

—¿Qué es una pista ridícula? —dijo el chico—. De momento solo han llamado dos personas.

—Buena pregunta. Contadme qué tenemos y os digo. Seguro que nos sirven de ejemplo.

—La primera llamada ha sido de una señora de Nueva Jersey que dice que la niña de la imagen le recuerda mucho a su sobrina.

—Tiene toda la pinta de ser ridícula. ¿La segunda?

—Pues no sé si contártela —saltó la chica.

—Tú dímela.

—Es sobre juguetes.

—Podría ser ridícula y podría no serlo. Adelante.

—El dueño de una tienda de juguetes dice que la casa de muñecas de la imagen parece una *Smaller Home and Garden* de Tomy Corporation of California. Un modelo no muy común hoy en día, pero relativamente popular en los noventa.

—Interesante. No es ridícula. Quizá podamos tirar de ahí. Buscad en internet un listado de todas las jugueterías que vendan casas de muñecas. Seguid atendiendo llamadas. Yo tengo algunas cosas que hacer. Si necesitáis algo hablad con Eli, en recepción. —Miren apuntó su teléfono en la libreta—. Si hay algo llamativo, llamadme a este número.

—¿Hasta cuándo? ¿Hasta qué hora atendemos llamadas?

—¿Hora? ¿No os he dicho que ya formáis parte del mundo del periodismo?

Ambos se miraron, confusos, aunque captaron la indirecta. Miren sonrió y se marchó, dejándolos en su mesa. El teléfono sonó de nuevo y ahora le tocaba al chico atender la llamada. Su compañera se quedó observando a Miren alejarse hacia la puerta, sorprendida por la seguridad con la que se movía, con una suerte de admiración.

Miren se quedó pensando mientras andaba si quizá se había equivocado con aquella frase a Phil Marks y la repitió en su cabeza:

—La policía no.

Capítulo 35

12 de septiembre de 2000
Lugar desconocido

El amor florece hasta en los rincones más oscuros.

William abrió la puerta de casa con una sonrisa de oreja a oreja, vistiendo unos vaqueros y un polo azul y portando una enorme caja envuelta en papel de regalo rojo. Eran las once de la mañana y Kiera salió corriendo de su habitación para recibirlo con un abrazo entre gritos de alegría.

—¿Es para mí? ¿Es mío? —gritaba.

Iris salió de la cocina y sonrió.

—¿Y eso?

—La vi en un escaparate y pensé que le gustaría.

—¿Qué es? —gritó la niña, feliz.

—Feliz cumpleaños, Mila —añadió Will.

—¿Es mi cumpleaños?

—Claro, cariño —mintió, sabiendo que no importaba—. Cumples cinco años. Ya eres toda una mujercita.

Iris se quedó algo contrariada, pero no quiso entrometerse. El año anterior le habían regalado un bebé del que Kiera se había aburrido a los dos días. Si el tamaño de aquel juguete correspondía con el de la caja, debía de haber costado una fortuna, algo que precisamente no podían permitirse, y menos aún si Kiera se iba a aburrir de él con la misma velocidad que lo había hecho del bebé.

—No te preocupes, ¿vale? Estaba en oferta —susurró Will a Iris, mientras Kiera daba saltos de felicidad.

Will dejó la caja sobre la mesa de cristal del salón y observaron cómo Kiera se reía sin parar al ver delante de ella un regalo que le llegaba a la frente.

—En realidad no es tan grande. Es la caja, que ocupa mucho —dijo Will, excusándose.

—¡Es gigante! —gritó la niña—. ¡Es el regalo más grande del mundo!

La pequeña Mila rompió el papel y vio una caja enorme, con un frontal de plástico transparente, en cuyo interior se apreciaba una casa de juguete, con muebles y jardín. Las letras *Smaller Home and Garden* titulaban en grande el contenido de la caja, pero Mila aún no sabía leer bien y solo se fijó en el contenido del interior.

—¡Una casita! ¡Es una casita!

Iris le dedicó una mirada a Will y no pudo evitar una sonrisa. Aquello parecía haberla hecho feliz, algo que contrastaba con las semanas previas que habían pasado. Por las noches Kiera sufría pesadillas y por el día se mostraba apática y sin ganas de hacer nada en casa. Iris, que había intentado darle clases en casa y educarla en Lengua y Matemáticas como podía, encontró un muro ante sí y se sentía que estaba fallando como madre. Verla feliz era un consuelo y alivió en parte la carga que sentía por la culpabilidad.

—¡Mamá, es una casita! ¡Mira! ¡Y tiene un arbolito!

—Sí, cariño. Es una casita. ¡Felicidades!

—¡Os quiero! ¡Os quiero mucho! —gritó Kiera, sintiéndolo de corazón. Estaba eufórica e Iris se notó a punto de llorar al escuchar aquellas palabras. Will se acercó a la niña y le dio un beso en la frente. Luego Iris hizo lo mismo, y estuvieron juntos unos minutos abriendo y sacando la casa de la gigantesca caja de cartón. Colocaron todos los mueblecitos sobre la mesa de cristal y Kiera se empeñó en colocarlos en orden de tamaño, de izquierda a derecha, para luego asegurarse de situarlos en el interior como tenía que ser: menaje de cocina, sillas, mesas, sofás, armarios y camas. A continuación revisó de nuevo la caja y Kiera encontró un pequeño zaguán suelto que no sabía dónde clasificar, si antes del sofá o de la cama. Will le dedicó una mirada cómplice a su mujer, con una sonrisa entreabierta, y ella, algo preocupada, le hizo señas para decirle que tenían que hablar en privado. Dejaron a Kiera en el salón y fueron a la cocina a discutir entre susurros.

—¿Cuánto te ha costado?

—No tanto, de verdad.

—Más de cien dólares, ¿verdad?

—Cuatrocientos.

Iris se llevó las manos a la cara.

—¿Has perdido la cabeza?

—Le durará muchísimo. Es un juguete para toda la vida. Es barato. Cuando sea mayor podrá seguir jugando con él.

—Cuando sea mayor no querrá jugar con él. Es muchísimo dinero, Will. No podemos gastarnos tanto. Debemos mucho al banco y solo trabajas tú.

—Tú podrías trabajar.

—Ya trabajo, Will. Cuidando de ella y de la casa. Eres un machista de mierda.

—No me hables así. No seas injusta —aseveró William.

—Sabes que tengo razón. Y además, injusto tú. Si trabajase, ¿con quién la dejaríamos? No la podemos llevar al colegio. Es una niña a la que están buscando, Will. Hablas por hablar. No piensas antes de abrir la boca.

—¿Quieres dejar de alzar la voz? Nos va a escuchar. Aunque bueno —continuó Will—, quizá ya es hora de que sepa de dónde viene.

—Ni se te ocurra decir algo así. No quiero verla llorar más. Bastante tiene con preguntar una y otra vez para ir a jugar a la calle y tener que decirle que no. Soy yo quien aguanta lo triste que se pone cuando lo hace, ¿sabes? Tú no estás aquí para verla pedir y suplicar.

—¿Y qué hacemos? ¿Salimos con ella como si nada? En menos de diez minutos estaríamos en la cárcel, Iris. Ya no hay vuelta atrás.

Iris resopló, intentando disipar la angustia y el nudo en el corazón. Will se le acercó y le dio un beso conciliador en la frente. Luego la abrazó con fuerza y se separó de ella la distancia justa para agarrarle la cabeza y mirarla a los ojos.

—Es nuestra hija y haré lo que sea por ella. Y si me tengo que apretar el cinturón para que pueda tener un buen juguete... lo haré, ¿sabes?

Iris sintió el abrazo de su marido. A veces dudaba de él y desconfiaba de que hiciese las cosas adecuadas para la familia, pero luego recordaba que fue él quien propició que Kiera estuviese con ellos allí, caminando junto a ella entre la multitud de Acción de Gracias y hasta llegar a la parada de metro de Penn Station.

—Lo sé, Will… Es solo que esto… es muy difícil. Me paso horas con ella aquí. Y… cuando la miro a los ojos siento que sabe la verdad.

—No la sabe, cariño. ¿Hace cuánto no pregunta por sus padres?

—Casi un año.

—¿Ves? Relájate. Somos sus padres y siempre lo seremos, ¿entiendes?

Iris puso una expresión extraña y Will la miró contrariado.

—¿Qué ocurre?

—No la oigo jugar.

Will e Iris salieron de la cocina algo preocupados para comprobar si Kiera estaba bien. Iris había leído una vez en una viñeta que no había nada más aterrador para unos padres que el silencio de sus hijos, pero justo cuando llegaron al salón se dieron cuenta de que sí lo había: la puerta principal abierta y sin rastro de ella por ninguna parte.

—No puede ser —dijo Will.

—¿¡Mila!? —chilló Iris con todas sus fuerzas.

Capítulo 36
Miren Triggs
1998

El diablo es capaz de vivir de forma plácida por la mañana para luego compensar durante la noche.

Margaret S. Foster era una mujer dulce y cálida que nos invitó a pasar para evitar el frío de noviembre. Nos guio hasta el salón y nos ofreció asiento, pero declinamos su oferta para no perder demasiado tiempo. El interior de la casa era una preciosidad propia de la zona en la que se encontraba: paredes empapeladas con flores, sofá rosa de terciopelo, molduras en los techos, suelo de parqué. Se disculpó porque los niños ya estaban en la cama y no podían bajar a saludar. Yo estaba inquieta. Mucho. Sentía un agujero extraño en el pecho al pensar el motivo de la visita. En un momento en que nos miró con rostro preocupado, el profesor se lanzó al ver que yo no daba el paso:

—Sabe que su marido está detenido, ¿verdad?

—¿Cómo dice?

—¿No lo sabe? —inquirió sorprendido el profesor.

—Su marido. Está detenido por el intento de secuestro de una niña de siete años.

Guardó silencio y en él se podían leer muchas cosas. Dicen que uno es esclavo de sus palabras y dueño de lo que calla. Aquel fue el ejemplo perfecto de que eso no era verdad. En aquel silencio había arrepentimiento y tristeza.

—¿No ha venido la policía a hablar con usted? ¿No sabe nada? —inquirí, algo confusa.

El profesor me hizo un gesto con la mano y entendí lo que quería decir.

La noté inquieta y supe que algo no andaba bien. Era como si estuviese a punto de resquebrajarse y solo debíamos quedarnos mirando tras tocar la pieza débil de la estructura.

—Llevo todo el día llamándolo y no responde. Nadie me ha dicho nada.

—¿Cómo dice? ¿Me está diciendo que nadie le ha informado de que su marido está detenido? —insistió el profesor.

Negó con la cabeza y se puso a llorar. No lo entendí. Busqué los ojos del profesor, pero estaban perdidos en la tristeza de aquella mujer.

—Pero… no tiene de qué preocuparse. Seguro que es un error —dije yo, intentando entrar en la conversación. Sin saber por qué, me sentí en la necesidad de reconfortarla—. Seguro que todo se aclara y queda libre. Su marido no parece un pedófilo. Hemos venido a comprobarlo. Hemos venido a que nos cuente la historia de sus antecedentes.

Asintió, tragando saliva con la mirada perdida, como si estuviese entrando en el cajón oscuro de los secretos. Yo estaba llenando el mío de dolor con todo esto.

—Sabemos que fue detenido cuando tenía dieciocho años por acostarse con una menor que entonces tenía diecisiete —continué—: Y suponemos que usted fue esa menor y que entonces eran novios. Sabemos que a veces la ley es algo injusta y… bueno, si te tocan unos suegros complicados puedes meterte en un buen lío.

—Siempre le dije que tenía que parar. Que no estaba bien. Que Dios estaba vigilando y que no estaba bien. Pero él insistía —dijo finalmente.

Nos quedamos en silencio, invitándola a continuar, y nos dimos cuenta de que sus ojos se habían cubierto por una fina y creciente película de agua, en la que proyectaba el dolor de muchos años de tristeza.

—Aquello fue… el inicio de todo. Empezamos a salir cuando éramos unos críos, tendríamos trece y catorce, aunque él fue siempre muy adelantado. Hacía cosas de mayores, por así decirlo. Fumaba, bebía. Y a mí eso me gustaba. Presumía de él con mis amigas, ¿saben? —Nos miró, pero luego volvió a posar los ojos en sus recuerdos—. Empezamos a mantener contactos sexuales muy pronto y justo el día en que lo hacíamos por primera vez mis padres nos descubrieron, entre gritos y empujones. Lo echaron de casa y durante un tiempo nos prohibieron vernos. Pero aquello no fue un impedimento para dos adolescentes con las hormonas a mil por hora y empezamos a hacerlo a escondidas. A mis padres James nunca les había gustado. Decían que se comportaba raro, que tenía aspecto de ser un mujeriego. Pero a mí me encantaba. Me miraba con tal deseo que me sentía realmente viva.

Asentí, porque ella esperaba que lo hiciese, y luego continuó:

—Un día, cuando tenía dieciséis, me pidió que me rasurara el pubis. Me pareció atrevido y era una nimiedad para el tipo de cosas que ya hacíamos juntos, pero aquella idea con el tiempo se convirtió en condición, llegando incluso a negarse a acostarse conmigo si no lo hacía. Le parecía grosero, le resultaba insultante que yo no quisiese afeitarme mis partes. Accedí. Estaba enamorada. Lo consideré una chorrada. Cuando cumplió dieciocho seguíamos viéndonos a escondidas, y fue en una de esas cuando mis padres nos pillaron juntos, yo aún con diecisiete. Mi padre denunció, consiguió una orden de alejamiento durante unos meses, y a él lo condenaron a asistir a un curso en el que le contaban que estaba mal lo que había hecho.

—Entonces es verdad que sus antecedentes fueron por relaciones consentidas con usted.

—Sí. Eso es.

—Estoy convencida de que, si es así, soltarán a su marido. Tiene que estar tranquila. Seguramente el intento de secuestro de esa niña no sea más que un error, y solo quería ayudar a una niña perdida y llevarla a la comisaría.

—¿Dónde trabaja su marido? —preguntó el profesor.

—En un Blockbuster. La cadena esa de videoclubs. Trabaja a dos minutos de aquí.

—¿Y no se ha preguntado dónde estaba? Lleva desde anoche detenido —incidió el profesor con una pregunta que yo estuve a punto de lanzar.

—Por eso mismo les estoy contando esto. Para que lo sepan y lo incorporen a la declaración. —Se llevó las manos a la cara y luego miró al techo, como si pudiese ver lo que sucedía en la habitación de arriba—. A ver cómo le explico esto a los niños.

Me di cuenta de que Margaret pensaba que éramos policías. Ninguno de los dos habíamos dicho nada. El profesor se metió la mano en la chaqueta y sacó una grabadora, que encendió y dejó sobre la mesa. Un pequeño casete de sesenta minutos comenzó a girar, registrando sin quererlo los resoplidos cada vez más intensos de la mujer y, seguramente, los latidos intensos de mi corazón.

—Continúe, por favor —dijo él, con tono serio. Yo me limité a tragar saliva, nerviosa, aprendiendo, en un instante, que es mejor escuchar las historias hasta el final.

—Pero en ese curso… conoció a más gente. Era una especie de terapia de grupo, todos con el mismo tipo de delito: agresores sexuales. Casi todos eran mayores que James, que por entonces tenía dieciocho y seguía, en realidad, siendo un crío. Según me contó cuando yo cumplí dieciocho años y empezamos a vernos de nuevo, habían cumplido condena por delitos más graves y estaban con la condicional. Era un programa para… ayudar en la reinserción. —Hizo una pausa, intentando reordenar las ideas en su cabeza, y continuó—: Y fue entonces cuando empezó a cambiar. Comenzó a verse con esos tipos mayores que él. Cada vez pasaba más tiempo con ellos. En alguna que otra ocasión yo me enfadaba porque parecía que no quería verme, y cuando lo hacía era solo por sexo. Mis padres desaprobaban mi relación con él, eran muy tradicionales, pero yo ya era mayor de edad y tampoco podían decirme qué hacer. Al poco tiempo me quedé embarazada y mis padres nos obligaron a casarnos. Él no quería, decía que odiaba a los curas, que había conocido a unos cuantos y que no eran de fiar, pero al final accedió. Luego consiguió trabajo en un Blockbuster y durante un tiempo todo fue sobre ruedas. Lo ascendieron varias veces y siempre llegaba a casa con una sonrisa. Tuvimos a nuestra hija, Mandy, y formamos una preciosa familia de cuatro.

Suspiré. Aquello no me daba buena espina.

—¿Puede ir al fondo del asunto? —sugirió el profesor.

—Pero entonces descubrí las cintas en su estudio —sentenció, de golpe.

—¿Las cintas?

—Vídeos. Decenas de ellos, de chicas grabadas en la puerta de institutos. De grupos de amigas andando por la calle. No eran sexuales, eso no lo habría tolerado entonces, pero la verdad es que cuando los vi le pedí explicaciones. ¿Saben lo que dijo?

—¿Qué?

—Que eran para sus amigos, los de aquel curso, y que los grababa para ellos, que le pagaban un dineral por esas imágenes de adolescentes en falda corta. Me dijo que lo hacía porque era el único que sabía manejar una videocámara y que disponía de todo el equipo en la tienda para hacer las copias que quisiera. Había montado un negocio clandestino de venta de vídeos de chicas jóvenes, grabadas sin consentimiento.

—Es asqueroso —afirmé, llenándome de rabia.

—Su marido grababa a chicas desconocidas por la calle en minifalda y vendía esas imágenes —dijo el profesor, intentando resumir.

Margaret se llevó las manos a la cara y la vi derrumbarse sin casi poder hablar. Pasaron unos segundos en los que pareció debatirse y luego continuó entre sollozos:

—Me prometió que la cosa quedaría ahí. Que no era ningún delito porque no era nada sexual. Y que podría lucrarse de los fetiches y desvaríos de un puñado de degenerados que había conocido en aquel grupo.

—Pero sí que es un delito —incidí yo, enfadada.

—No soy abogada, entiéndanme. Yo… me limitaba a cuidar de mis hijos y procurar que no les faltase de nada. Ganaba tanto dinero con esas cintas que fue suficiente para comprar esta casa. Si no, ¿cómo iba un encargado de Blockbuster a ganar tanto como para vivir en este barrio? Con el tiempo me acostumbré a aquella idea, y fue cuando James empezó a pasar varios días fuera de casa, viajando a otros estados, muchas veces a Disneyland, porque le resultaba más fácil, decía, y cuando volvía lo hacía con varias cintas de vídeo que guardaba en el sótano. Por eso no he sabido que lo habían detenido. Porque pensaba que estaba en uno de esos… viajes.

—Y entonces la cosa pasó a un siguiente nivel, ¿verdad? —inquirí, temerosa de descubrir la verdad—. Y usted no se atrevió entonces a denunciarlo. Es cómplice, al fin y al cabo. Temía… perder lo que tenía.

—Temía perder a mis hijos —susurró.

—¿Y qué hay de los hijos de los demás? ¿Acaso pensó en ellos? ¿Qué me dice de Kiera Templeton, la niña de tres años que desapareció hace una semana? ¿Cree que su marido la secuestró?

—¿Secuestrarla? James nunca..., nunca ha hecho nada en contra de..., de la voluntad de nadie.

—A su marido lo han detenido por intento de rapto de una menor de edad, señora Foster —repetí, intentando que aquello se clavase de una vez en su cabeza.

—No sé por qué haría algo así. No es..., no es propio de él.

—¿Propio? —inquirí—. Señora Foster, lo que hace su marido es aumentar en intensidad su viaje hacia la oscuridad, ¿no lo ve? Es patológico. No lo hacía por dinero. Abra los ojos. Lo hacía por necesidad.

No respondió y sustituyó su respuesta por un temblor en el labio inferior y una lágrima posándose sobre él.

—Un segundo... ¿A sus hijos los...? —preguntó el profesor.

Negó con la cabeza y yo respiré algo aliviada.

—Esa es la línea que, gracias a Dios, nunca cruzó. Jamás lo he dejado a solas con ellos. Jamás.

—Bien —dijo el profesor Schmoer, decaído.

—¿Y Kiera? ¿Sabe algo de Kiera Templeton?

—Acompáñenme, por favor. Tengo que enseñarles algo.

Se levantó del sofá y nos guio hasta una puerta junto al hueco de la escalera. Cuando abrió el cerrojo descubrimos que era el acceso al sótano, como si fuese un agujero que se perdía en las tinieblas. Encendió una lámpara formada por una única bombilla colgada de un cable y descendió entre el crujir de los peldaños de la escalera. Al llegar abajo no vi nada inusual, pero luego comprobé que estaba equivocada: una estantería de metal se hallaba repleta de cintas VHS con etiquetas con distintos números: doce, catorce, dieciséis, diecisiete, algunas incluso mostraban un siete o un nueve, y comprobé que todos los números eran inferiores al dieciocho. También había un par de mesas de madera con cajas de cartón encima y varios pósteres de imágenes de las playas de California clavados en las paredes con chinchetas.

—Todas esas son... —dijo el profesor, tratando de que confirmara la evidencia.

—Grabaciones, sí —aseveró de golpe.

Margaret se acercó a la estantería y se agachó en una de sus esquinas. Luego agarró un cordel y levantó una trampilla de madera que dejaba ver, en su interior, el descenso a un lugar más oscuro aún. Pulsó un interruptor y el profesor y yo nos asomamos sin querer bajar. Al fondo había un pequeño catre de noventa, con una sábana arrugada encima, y frente a ella, una cámara de vídeo montada sobre un trípode.

—Comenzó a pagar a adolescentes por..., por venir aquí y grabarlas.

Me empecé a sentir mal y tuve que apoyarme contra la mesa. Casi vomito con aquello.

—¿Usted sabía esto y no dijo nada? —pregunté, en *shock*.

—Lo sabía, pero ellas venían voluntariamente. Muchas incluso eran amigas de mis hijos.

—¿Cómo?

—Venían a casa y..., bueno, James les ofrecía treinta, cincuenta dólares y... bajaban sin protestar. Ellas querían. Y ellos..., también.

—¿También chicos? ¿Sus hijos sabían de todo esto? ¿Sabían que pagaban a sus amigos por..., por grabarlos aquí abajo?

Asintió, derrotada. El profesor sacó una cámara desechable que siempre llevaba encima y realizó una fotografía hacia las profundidades del sótano, enfocando la cama y el trípode. Luego hizo otra a la estantería con las cintas de vídeo.

—Me van a detener, ¿verdad? Es el fin. Llevo años pensando que..., que ojalá terminase, pero... no quería perder a mis hijos, ¿lo entienden?

—No somos policías, señora Foster. Nosotros no la vamos a detener ni la tenemos que entender.

—¿Cómo que no son policías? —aulló, sorprendida.

—No. Pero si lo fuese no la dejaría ni despedirse de sus hijos —aseveré.

Subimos al salón y el profesor llamó directamente al fiscal general para informar de todos los descubrimientos y denunciar aquel horrible caso. Después de muchos años trabajando para el *Daily* y denunciar decenas de casos de corrupción y estafas, de destapar los tejemanejes ocultos de la sociedad y de ser un confidente y apoyo perfecto para documentar historias que muchas veces acababan en los tribunales, había entablado una amistad convenida con los altos cargos de la judicatura y la policía. Poco después volvió con la cara desencajada y algo preocupado.

—¿Se lo has contado? ¿Mandan a la policía? —pregunté algo confusa.

—Lo acaban de soltar libre de cargos... —respondió, dejándome helada. No lo podía creer. Mi fe en la justicia y en el sistema se acababan de esfumar en una sola frase. ¿Cómo había sido tan ingenua? ¿Cómo había creído que las cosas funcionaban?

—¿Libre de cargos? ¿De qué estás hablando? ¡El sótano está lleno de pruebas! —chillé.

—Alguien no ha hecho bien su trabajo, Miren —respondió él, serio.

—¿Bien? Ni siquiera han venido a esta casa a comprobar nada. ¡No han hecho nada! —grité una vez más. Noté que la voz estaba a punto de fallarme—. ¿Y qué te ha dicho el fiscal? ¿Te ha dicho que lo van a volver a detener?

—Me ha pedido que encienda la televisión.

Capítulo 37
1998

Hay personas que son como el fuego; otras, lo necesitan.

Las llamas inundaron las pantallas de todo el país. Luego saltaron a las portadas de los periódicos de medio mundo y pronto aquella imagen se convertiría en el símbolo de una justicia de la que las autoridades renegaban pero el planeta clamaba: el baile halagador del fuego, consumiendo a James Foster a la salida de la comisaría.

Solo un día después de su detención, las autoridades habían renunciado a presentar cargos contra él. La niña a la que presuntamente había intentado secuestrar en las inmediaciones de Times Square corroboró la versión de James, las cámaras que rodeaban la zona no mostraron ningún indicio de intento de secuestro y los antecedentes policiales por abuso de menores del detenido resultaron ser los presentados por los padres de su actual esposa, cuando ambos eran jóvenes. La policía no quiso verse influenciada por la portada del *Press*, que daba a entender que James Foster era también el culpable de la desaparición de Kiera Templeton, y el país lo había comenzado a odiar a muerte en el mismo instante en que su cara inundó los quioscos de todo Manhattan. A mediodía, una multitud de personas se aglutinaban en la puerta de la comisaría donde estaba detenido y donde era objeto de un intenso interrogatorio por parte de la policía. A las seis de la tarde, y a medida que la gente iba saliendo de sus trabajos, la muchedumbre que aguardaba alguna noticia en la calle se contaba por centenas. Poco a poco, el clamor de justicia se fue disipando y para medianoche ya solo quedaba una treintena de personas, agitadores principalmente, a la espera de alguna declaración policial para actuar en consecuencia. Durante todo el día, los distintos informativos y tertulias habían ampliado la información del caso, montando suposiciones y elaborando siniestros escenarios y finales en los que James Foster podría haber acabado con la vida de Kiera y que, gracias a Dios, no había logrado con la pequeña de siete años que había intentado secuestrar.

Cuando Foster puso un pie en la calle, escoltado por dos agentes de policía cuya intención era llevarlo a casa sin percances, el alboroto que se montó fue tal que nadie sabe cómo, entre forcejeos y empujones, de repente todos notaron a James empapado en olor a gasolina. Los dos policías se vieron sobrepasados en un instante y desde el suelo, mientras varias personas se les tiraban encima por proteger a un asesino, vieron la expresión de terror de James, que miraba en todas direcciones y ninguna al mismo tiempo. Se formó un corro alrededor de él y cuando luego tomaron declaraciones a todos los que se encontraban en aquel grupo, nadie supo decir a ciencia cierta quién había encendido la chispa que provocó la imagen más poderosa que se recuerda en Estados Unidos.

El fuego pronto se extendió desde los pies hasta la cara. Algunos testigos recuerdan los gritos de James, suplicando clemencia, arrodillado y con las manos en alto, pero todos coinciden en que dejaron de mirar en cuanto sintieron que quizá aquello había ido demasiado lejos. Al cabo de apenas un minuto, James yacía sin vida en el asfalto, carbonizándose lentamente hasta que al fin llegó otro agente con un extintor.

Las noticias de todos los periódicos del día siguiente confirmaban la inocencia de James Foster, con una fotografía del hombre en llamas a tamaño completo y titulares en la siguiente línea: «Queman vivo a un hombre inocente»; «Arde vivo el único sospechoso del caso Kiera Templeton»; «Justicia errónea». La fotografía, la única del momento en la que se veía a James Foster con las manos en alto, de perfil, con el fuego iluminando el rostro anónimo y desenfocado de la gente que lo veía arder fue tomada por un fotógrafo afiliado a Associated Press, la agencia de noticias sin ánimo de lucro, que se había quedado allí a esperar al ver a la muchedumbre en la puerta de la comisaría con cánticos exigiendo justicia. Esa imagen se convertiría, meses después, en la ganadora del premio Pulitzer de fotografía de ese año.

Todos los periódicos abrieron con aquella noticia, clamando por la inocencia de un tipo que habían puesto en libertad sin cargos por intento de secuestro; todos los periódicos salvo uno.

Unas horas antes de que llegasen los periódicos a las calles, el director del *Manhattan Press,* Phil Marks, recibió una llamada cercana a la medianoche de Jim Schmoer, un antiguo compañero de clase en Harvard, con quien había compartido más fiestas que apuntes durante aquellos años. Ambos habían seguido carreras parecidas pero en distintos medios, y continuaron en contacto esporádico. Los dos trabajaban en Nueva York y ambas carreras parecían meteóricas, aunque en distintos ámbitos. Jim se había ganado una reputación de periodista inquisidor, temido por las corporaciones y los poderosos; y Phil había tenido la suerte de acertar en los artículos de periodismo en los que se embarcaba, además de disponer de suficiente dinero como para, mientras trabajaba, cursar un máster en dirección de empresas que le abriría las puertas a los puestos de responsabilidad del diario.

—Phil, tengo algo muy gordo.

—¿Cómo de gordo? Acabo de detener la portada de mañana para recular y abrir con James Foster ardiendo frente a la puerta de la comisaría. Han quemado vivo a un inocente, Jim. Y nosotros lo señalamos ayer. Es culpa nuestra. Tenemos que pedir perdón.

—De eso mismo te iba a hablar. No es inocente. No se merece que la gente lo vea como una víctima de la injusticia.

—¿Por qué dices eso? —preguntó, interesado en oírlo.

En la llamada el profesor Schmoer le resumió la situación a Phil. Le contó que el fiscal acababa de mandar agentes a la casa de los Foster y que estaban esperando.

—¿Y crees que podría tener también a la niña?

—¿A Kiera? No. Hemos mirado ya por toda la casa. No parecen disponer de más propiedades. No la tienen ellos. Todo ese asunto aún sigue en el aire.

—¿Y por qué no cuentas todo esto al *Daily*?

—Por dos motivos. El primero…, que ya no trabajo allí. Hoy me han largado por ir siempre un paso por detrás. No era lo mío.

—Eres de los mejores, Jim. Es solo… que no encuentras el tema. Nadie te ha dejado esa libertad que tú necesitas.

—El segundo..., porque este descubrimiento no es cosa mía. Es de mi mejor alumna y creo que se merece una oportunidad.

—¿Una alumna? ¿Está contigo?

—Sí.

—Está bien. Venid ahora a la redacción. Ya sabes dónde está. Hoy la noche será larga —sentenció.

—Ahora mismo vamos.

Miren se había quedado paseando por el jardín, intentando recomponer en su cabeza lo que acababa de descubrir y cómo ella misma había derrumbado con una verdad horrible una hipótesis que se había construido en su mente. Se dio cuenta de que una parte de ella deseaba que la gente fuese buena, que no existiese tal maldad en el alma de algunos hombres, y aquella visita a la casa de los Foster había tenido ese objetivo: confirmar que era un error detenerlo. Pero cuando iluminas una sombra, a veces descubres que lo que se esconde en ella es más oscuro de lo que imaginabas.

El profesor Schmoer llamó con el brazo a Miren tras colgar el teléfono, justo en el mismo instante en que tres coches de policía con las luces apagadas llegaban a la puerta de la casa de los Foster.

—He llamado al *Press*.

—¿Para qué? —inquirió Miren, sorprendida.

—Tienes una prueba en su redacción en cuarenta y cinco minutos. Nos vamos ya. No hay tiempo.

—¿Qué?

Miren Triggs llegó junto a Jim Schmoer a la oficina del Press a la una de la mañana con la intención de escribir allí mismo el artículo. No había tiempo de ir a casa, enviar por correo y confiar en una buena conexión a internet.

—Miren Triggs, ¿verdad? —saludó Phil Marks nada más verla entrar en el edificio—. La estábamos esperando. Si es verdad todo eso sobre James Foster, mañana tendremos la única portada que cuente toda la historia y no solo una fracción minúscula que tergiverse la verdad, y eso, señorita Triggs, es lo que debe guiar a un buen periodista. Gracias por esto, Jim.

—Un placer. Ya sabes que siempre es un gusto volver aquí. Además, me acaban de despedir. No me apetecía darles esto a mis anteriores jefes. Ya sabes. Mi eterna lucha contra las injusticias.

—Trataremos esto como se merece, si la señorita Triggs nos demuestra que puede escribir un buen artículo para ir en portada del *Press*.

—¿Portada? —se asustó Miren.

—¿Acaso su historia no es lo suficientemente buena para ir en portada? Porque si no es capaz de soportar una portada, tampoco soportaría el peso de una simple columna en la página treinta. Escribimos todos nuestros artículos con la fuerza suficiente como para aparecer en portada. Ojea cualquiera de ellos y dime cuál no pondrías.

Miren respondió con un silencio y Phil Marks la guio hasta una mesa cercana al final. Junto a ella ya había un corrector para revisar el artículo en cuanto estuviese listo y un maquetador esperaba en la oficina de diseño para darle el acabado final. Jim Schmoer entregó en una pequeña sala su cámara de fotos desechable, cuyas imágenes estaban destinadas a acompañar la noticia. Miren se sentó delante del ordenador, más nerviosa que nunca.

—Tiene veinticinco minutos o no llegaremos.

Los dedos de Miren comenzaron a volar sobre el teclado, de un lado a otro, y mientras lo hacía sintió como si las terminaciones nerviosas de sus falanges estuviesen directamente conectadas con la rabia e impotencia que sentía con la historia.

En aquel artículo relató sin miramientos la historia de perversión y el camino a la oscuridad emprendido por James Foster, un encargado de un Blockbuster de las afueras. También detallaba cómo desde su casa había montado una especie de imperio de producción y distribución de imágenes de contenido pedófilo, junto a las declaraciones de su mujer, Margaret, en las que contaba cómo chantajeaba y extorsionaba a menores con el objetivo de grabarlos para sus clientes repartidos en medio mundo. El artículo fue acompañado de una de las fotografías realizadas por el propio profesor Schmoer con la cámara desechable, en la que se veía una cama de estructura oxidada y con sábanas desechas frente a un trípode. Mientras Miren escribía el artículo a toda prisa y las rotativas esperaban a comenzar a marchar, Phil propuso varios titulares, mandó al corrector de estilo a por un par de cafés y al maquetador que estuviera listo en su mesa para cuando terminase. Tras unos tensos minutos en los que parecía que no lo iba a conseguir, puesto que había plazos límite que no se podían saltar si querían llegar a las calles a primera hora, Miren pronunció un simple «Ya está», cuando el reloj marcaba que solo habían pasado veintiún minutos.

Justo en aquel momento, y tras una rápida lectura por parte de Phil Marks, el profesor Schmoer comenzó a aplaudir y le siguieron el corrector de estilo y el propio Phil, dándoles la enhorabuena por su incorporación al *Manhattan Press*.

A la mañana siguiente, cuando todos los periódicos clamaban por la venganza contra un inocente, el *Manhattan Press,* en un artículo firmado por una tal Miren Triggs, se desmarcaba detallando los pormenores de la vida de James Foster, que había ardido en llamas al ser puesto en libertad, y su mujer, Margaret S. Foster, que se encontraba ya en dependencias policiales sin que ningún medio supiese siquiera quién era ni por qué se la había detenido ni por qué sus hijos serían atendidos por Servicios Sociales. Aquel escándalo abriría un extenso debate sobre la pena de muerte en el estado de Nueva York, sobre hasta dónde debía llegar la justicia en estos casos, sobre la incompetencia del cuerpo que había puesto en libertad a un tipo con aquella sala siniestra en su casa, pero la sensación en la calle era que las llamas habían sido el mejor castigo posible para alguien como James Foster.

Capítulo 38

30 de noviembre de 2003

Cinco años después de la desaparición de Kiera

Quizá aún haya alguien ahí fuera que no quiera saber que hasta en la más bella de las rosas crecen las espinas sin temer.

Miren salió de la redacción y caminó hasta un aparcamiento cercano por el que pagaba un abono mensual de casi trescientos dólares. Era un disparate, pero hacía mucho que había dejado de usar el metro y aceptado aquel dispendio con tal de no compartir cercanía con desconocidos. Poca gente en Nueva York se movía en coche propio y durante un tiempo consiguió sortear el asunto a base de taxis, pero en cuanto empezó a tener que salir fuera de la oficina se dio cuenta de que aquello era insostenible. Ella sabía que se trataba de una contradicción, puesto que muchas veces aquello suponía tardar más en llegar a los sitios; y en periodismo eso era inconcebible. Pero su incorporación al *Press* no fue como periodista de sucesos, con el mundo generando noticias a un ritmo imparable, sino al departamento de Investigación, donde debía tratar temas que habían pasado desapercibidos o que se habían ocultado, para destaparlos y encontrar la verdad. Ese tipo de periodismo era más pausado, aunque no exento de estrés. Miren siempre tenía la sensación de que otro diario le robaría la historia antes de que ella la publicase, y en la práctica, al tener que manejar varias historias complejas en paralelo y visitar archivos, expedientes, oficinas gubernamentales y registros públicos, era una montaña de trabajo que solo compensaba el potencial impacto de los artículos que publicaba. Muchas veces trabajaba en equipo, en cuadrilla de tres o cuatro periodistas y colaboradores más, cuando lo que se investigaba adquiría una dimensión mayor, pero otras se embarcaba ella sola a tirar de un hilo sin que nadie del periódico supiese nada. Un día, y sin que nadie se lo hubiese pedido ni sospechase sobre qué estaba trabajando, llegó a la oficina con un artículo redactado con un estilo afilado y emocional sobre una chica de dieciséis años desaparecida en un misterioso pueblo de interior llamado Salt Lake, y que nadie parecía entonces buscar. Otro, en cambio, se presentaba con una historia que parecía implicar a altos cargos del Ministerio de Justicia que jugaban a toquetear a niñas menores de edad en una discoteca en el Caribe.

Poco a poco consiguió labrarse una reputación y, aunque la desaparición de Kiera Templeton llegó a una vía muerta justo en el instante en que el principal sospechoso ardió en llamas, ella no dejó nunca de buscarla.

Había alquilado un trastero en unas naves de ladrillo rojo cercanas al río y almacenado allí todos los expedientes y archivos que había ido recabando y que ya había mirado tantas veces que creía que no podría encontrar nada en ellos. Antes de tirar de la persiana que daba acceso al trastero miró a ambos lados, tratando de asegurarse de que nadie la viese. La calle estaba desierta, y el resto de garajes, cerrados. Empujó con fuerza y el chirrido del metal oxidado invadió la tranquila calma que se respiraba.

Dentro, el polvo ya no levitaba, pero sí lo hacían las historias y expedientes que se encerraban en una decena de muebles de archivo metálicos bien ordenados apoyados sobre las paredes. En las puertas de los cajones se leían números escritos en pequeñas tarjetas de cartón que representaban décadas concretas, que abarcaban desde 1960 hasta el cuarto a la derecha, con un escueto 00's. El resto de muebles tenían nombres escritos en los cajones, entre ellos: Kiera Templeton, Amanda Maslow, Kate Sparks, Susan Doe, Gina Pebbles, y un largo etcétera. Allí Miren guardaba toda la información de aquellos casos abiertos que parecían no tener respuesta, con la esperanza de reunir alguna pista clave para poder esclarecer lo que ocurría.

Abrió el cajón de Kiera, sacó varias carpetas y una caja y las colocó sobre uno de los archivos. Se agachó para meterlo todo en una bolsa de tela y, tal vez por el silencio, tal vez por la tensión que sentía cuando estaba en aquel trastero lleno de historias tristes y difíciles, se pegó un susto enorme cuando el teléfono comenzó a sonar desde el bolsillo de su abrigo.

—¿Mamá? No te imaginas el susto que me has dado.

—¿Yo? ¿No será que estás haciendo algo peligroso?

—Déjalo. Estoy… en la oficina. ¿Necesitas algo? Estoy ocupada.

—Eh…, no. Solo quería saber cómo estabas.

—Estoy bien, mamá.

—Este año la casa ha estado un poco vacía sin ti en Acción de Gracias.

—Lo sé, lo siento, mamá… De verdad, tenía que trabajar.

—Y yo me alegro, cariño. Trabajas en lo que te gusta y por lo que has estudiado, pero…

Miren cerró los ojos. Se sentía fatal.

—Lo sé, mamá. Lo siento. Llevaba varias semanas intentando cerrar uno de los artículos y… se complicó a última hora. Una fuente se echó atrás, desdiciéndose, y ya no podíamos publicar algo así sin nada que lo confirmase. Fue una carrera contrarreloj buscar a una nueva testigo que verificase la historia. Lo siento de verdad.

—Celebraste Acción de Gracias en la oficina, ¿verdad?

—Bueno, si te consuela, te aseguro que no lo hice sola. El periódico tiene que estar todos los días del año por la mañana en los quioscos y en las puertas de medio país. La oficina estaba a rebosar de gente como yo. Los jefes pidieron raciones de pavo con guisantes para todos. Tampoco te imagines que comí un triste bocadillo delante del ordenador.

—Eso es lo que haces casi todos los días —rechistó su madre.

—Sí, pero no en Acción de Gracias.

—Me alegro de que te traten bien, hija. Te lo mereces.

—Hay que arrimar el hombro. Internet ha supuesto un gran cambio y algunos departamentos están reduciendo plantilla. Supongo que es momento también de apretar un poco más. ¿Qué sería del mundo sin el periodismo?

—No sé, hija, lo que sí sé es lo que te echamos de menos. Tu padre contó el chiste ese horrible sobre los anacardos en la cena y casi se le queda atrapado uno en la nariz.

—¿Otra vez? —rio Miren.

—Ya lo conoces.

Miren estaba tan metida en la conversación que no se percató del ruido de los pasos tras ella ni del movimiento de la sombra que se proyectó sobre su hombro, cuando una mano fuerte la agarró desde atrás y le tapó la boca, dejando caer al suelo el teléfono con la llamada abierta, con la señora Triggs oyendo estupefacta el ruido del teléfono al caer y los gemidos sordos de su hija:

—¿Miren? ¿Qué pasa? ¿Estás ahí?

Durante unos instantes el hombre que la agarraba no hizo nada, tan solo sujetarla con fuerza, en silencio, intentando medir las reacciones y el forcejeo que pretendía Miren, cuyas pulsaciones se habían disparado activando todos sus mecanismos de defensa. Por un segundo, la imagen de ella indefensa se repitió en su cabeza, tirada en el banco, con aquel vestido naranja rasgado con el que corrió en pánico hasta llegar a casa. Su respiración se aceleró al escuchar de lejos que su madre seguía al otro lado del teléfono.

—Va a ser rápido... Tengo... una cosita para ti —amenazó una voz rasgada masculina detrás de ella.

—¿Miren? ¿Quién es ese hombre? ¡Miren! —se oyó gritar a la señora Triggs.

El atracador comenzó a palpar los bolsillos de su abrigo hasta que notó la cartera y metió la mano para quitársela. En ese mismo momento Miren abrió la boca y mordió con fuerza, atrapando entre los dientes los dedos índice y corazón del hombre, cuyo grito se coló también en la llamada, y cuando quiso darse cuenta, estaba en el suelo, con la cabeza apoyada contra el metal de uno de los archivadores y el cañón de una pistola metida en su boca.

—Yo también tengo algo para ti —susurró Miren, con decisión, cargando el arma.

Capítulo 39
27 de noviembre de 2010
Doce años después de la desaparición de Kiera

Uno es capaz de anhelar el dolor si es lo único que te aporta esperanza.

El agente Miller llegó a la oficina del FBI con la cinta y nada más llegar soltó su gabardina gris en su escritorio, sobre el que descansaba un marco de fotos de la graduación de su hija, y se dirigió a la unidad de la científica, con el fin de cerciorarse, como con las anteriores, de que no había huellas adicionales a las que esperaban de Grace, Aaron o la persona que las hubiese encontrado. El primer año las huellas sirvieron para dar un paso en falso e importunar a un crío que lo único que consiguió fue emborronar un folio con un retrato en el que lo único claro era que se trataba de una mujer blanca con el pelo rizado. Aquel retrato robot estaba clavado en la pared de su cubículo, a un lado del monitor, del que solo se veía una parte de la cara al estar tapado por una pila de carpetas de cartón repletas de folios.

Las siguientes dos cintas aparecidas desde 2003 habían sido intoxicadas tantas veces que las huellas encontradas en ellas eran inservibles, al haber pasado de mano en mano de gente aleatoria hasta finalmente llegar a la policía o a la familia.

A simple vista esa cuarta cinta era igual que las demás; una TDK de ciento veinte minutos, sin funda, metida en un sobre acolchado color cartón que podía comprarse en cualquier esquina del país. No había sellos postales, no había marcas ni arañazos, tan solo un número 4 pintado sobre él. El paquete parecía intacto, y quizá el hecho de haber sido encontrado en el buzón de la antigua casa de los Templeton significaba que aquella única fuente de pruebas que tenían no había sido intoxicada.

—John, ¿te importa echarle un vistazo a esto? —dijo Miller al agente responsable de la científica.

—¡¿Una nueva cinta de Kiera?! ¿Ha pasado por muchas manos?

—En teoría solo por la de los Templeton y, quizá, por las del inquilino que vive en su antigua casa. Si encuentras algo, dímelo.

—¿Te corre prisa? —preguntó, inquieto.

—Tengo casi cincuenta y cinco años. Claro que me corre prisa.

—Está bien. Te digo algo en un par de horas.

—Antes, por favor, digitalízala y envíame el archivo. Y, por el amor de Dios, que no salga de aquí.

—Está bien —aceptó John—. ¿Algo llamativo en ella? ¿Algún cambio en los muebles o en otra cosa? La tercera fue la del vestido naranja, ¿no?

—En esta simplemente… no está.

John Taylor contuvo un segundo la respiración y luego continuó, decidido:

—Está bien. Me pongo ya.

—Gracias, John. Estoy en mi mesa. Avísame con lo que sea.

—Hecho.

El agente Miller volvió a su mesa con pocas esperanzas, y tras encender el ordenador e introducir la contraseña, accedió a la intranet para repasar las tres cintas anteriores y analizar la documentación por enésima vez. En la carpeta titulada «Kiera Templeton» había organizado todos los archivos que tenía del caso, tras un reciente esfuerzo por digitalizar el contenido por parte del FBI y reducir las ingentes cantidades de papel que se acumulaban con cada informe. Formularios, fichas, expedientes, fotografías, negativos, pruebas físicas. Cada desaparición que cubría requería cada vez más espacio, acumulando polvo y aumentando el riesgo de no encontrar algo cuando se necesitase. Accedió a la carpeta titulada «Vídeos». Los originales descansaban en una sala custodiada del sótano, dentro de una caja de cartón que solo visitaba para dejar el nuevo original. La familia recibía una copia en VHS de cada una de ellas, a petición propia, con el objetivo simbólico de permanecer lo más cerca de como vieron a su hija. Dentro de esa carpeta encontró un listado extenso de archivos correspondientes a cámaras de seguridad de la zona en la que desapareció, junto a otros tantos de años posteriores, fruto de los intentos de esclarecer quién dejaba las cintas en los distintos lugares.

Siempre que aparecía una nueva cinta llevaba a cabo el mismo protocolo: visualizaba, uno a uno y en orden, los anteriores vídeos correspondientes a las cintas de Kiera, grabados en esa misma habitación triste, para sentir esa impotencia que le hacía avanzar y no tirar la toalla. Abrió el primero, el que más veces había visto y el que lo inició todo, y, tras un eterno minuto en que no paraban de sucederse preguntas, se llevó las manos a la cara.

Esa era la cinta en la que Kiera jugaba con una muñeca en una casa de madera, para luego levantarse y dejarla sobre la cama. A continuación pegaba la oreja en la puerta y después iba a mirar por la ventana. Más tarde se volvía, miraba a la cámara y el vídeo terminaba.

En la segunda cinta que habían recibido los Templeton, dejada en la oficina de Aaron un día de agosto de 2007, Kiera ya tenía doce años, y mostraba una figura esbelta de piernas delgadas. El agente Miller hizo un intento por seguir viendo las imágenes. En esa cinta Kiera, con rostro serio, permanecía durante toda la grabación escribiendo a mano en una especie de libreta. En ningún momento miró directamente a la cámara. La calidad de la imagen en ellas era idéntica, y otros expertos del FBI dedujeron que se trataba siempre del mismo equipo de grabación, colocado de manera fija, y cuya imagen se emitía en directo en una pantalla cercana con conexión a un videograbador de la marca Sanyo, a juzgar por el patrón magnético que dejaba la cabeza en la banda.

La tercera cinta, encontrada en un parque en febrero de 2009, fue la peor para la familia Templeton y era la que veían con más dolor. En ella se apreciaba a Kiera, con unos catorce años, en la habitación, con la puerta cerrada, sentada tras su escritorio anotando algo a mano en unos cuadernos negros, mientras lloraba y jadeaba. Durante unos instantes se levantaba y parecía vociferar algo en dirección a la puerta, pero se hallaba de espaldas y no se podía adivinar lo que gritaba. Los expertos en prosodia dedujeron que se trataba de una sola frase de cuatro palabras, tras analizar el movimiento de mandíbula que se percibía en el vídeo por las pulsaciones que realizaba el hueso bajo la oreja. Aquello dio a entender que Kiera no se encontraba sola y que quien la tenía estaba cerca en esos momentos y ella lo sabía, pero sirvió para poco más. Sobre la mesa se observaban cuatro cuadernos idénticos al que en ese momento escribía y que aparentaban ser diarios personales que tanto Grace como Aaron siempre miraban con orgullo y fantaseaban acerca de lo que su hija habría escrito en ellos.

En una ocasión Grace Templeton se pasó toda la noche viendo esa cinta en bucle, llorando con su hija, acompañándola en su tristeza y susurrándole a la pantalla que no se preocupase, que algún día estaría con ella y que la consolaría siempre, que su hombro estaría allí para llorar, aunque ella no lo supiese, aunque ni siquiera se acordase de su existencia. En ella también se notaba a Kiera diferente: se había soltado el pelo y dejado atrás la coleta que llevaba en las otras, mostrando una melena que le llegaba por debajo de unos pechos ya desarrollados, como dos cimas que quizá nunca nadie podría escalar.

Aquel amor que sentían por ella al verla crecer tanto entre vídeo y vídeo siempre fue acrecentándose en todas direcciones y en todos los ámbitos, porque ya no solo compartían los recuerdos de sus tres primeros años de vida, sino también el de acompañarla cuando lloraba, el de la ilusión por si en alguna de ellas reiría, el de sentirla evolucionar y madurar como si fuese un alma libre, aunque estuviese encerrada como un bello pájaro en una jaula decorada.

El agente especial Spencer, el que anteriormente fuera su compañero en la mesa de enfrente, se asomó desde el despacho al final de la oficina y salió al encuentro de Ben.

—¿La niña otra vez? ¿Una nueva cinta?

—Así es.

—Ahora mismo estamos con la otra chica, Ben, la del muelle catorce. No podemos dedicar más recursos a esto. Lo sabes. Su búsqueda ha consumido tanto presupuesto como el de treinta desaparecidos. No.

—Dame un día aunque sea. Solo para el procedimiento habitual: huellas, ADN y revisión de cámaras de la zona. Esta vez parece… distinto todo.

—No podemos, Ben. Estamos cerca de dar con la chica del muelle y te necesito. El novio ya ha confesado. Ahora nos faltan ojos para reconstruir dónde la pudo tirar. Quiero que vayas allí y participes en los últimos flecos. Hay un equipo de buzos preparado para buscar en las zonas que indiquemos. Está hecho, pero tenemos que centrar el foco.

—He prometido a la familia Templeton que revisaría esto.

—No puedo bloquear a uno de mis agentes para seguir levantando polvo en el desierto, Ben.

—Nunca he sido uno de tus agentes, Spencer. Siempre hemos sido simples compañeros de mesa.

—Ahora eres uno de mis agentes. Por mucho que te moleste. Por mucho que pretendas que no merezco mi ascenso, fueron ciento catorce casos resueltos de ciento veinte. Tú te empeñas en perder el tiempo en los que no aportan nada y... todo el mundo merece ser encontrado. No solo Kiera Templeton.

—Eres un capullo.

—No hagas que abra un expediente, Ben. No vayas por ahí.

—Ábrelo si quieres. Siempre has sido un gilipollas y eso lo confirmará.

El agente especial Spencer cambió de expresión, sintiendo lástima, y dijo en tono formal y alto, para que lo escuchase el resto de la oficina:

—Agente Miller, queda suspendido un mes de sus funciones, durante el cual no tendrá acceso a las instalaciones ni a los recursos ni al material objeto de investigaciones en curso. Sus expedientes pasarán automáticamente al agente Wacks.

Ben asintió con la cabeza, mirando incrédulo al resto de sus compañeros, que bajaron la vista. Le parecía una injusticia que una persona como Spencer hubiese llegado hasta allí gracias a evitar problemas y no enfrentarse a ellos como él. Se levantó, agarró su gabardina gris y se encaró una última vez:

—¿Sabes lo que nos diferencia a ti y a mí? Que tú siempre te has centrado en tus malditos ratios de éxito, mientras que yo me he preocupado al máximo de cada una de las vidas que desaparecían como si nunca hubiesen existido.

—Pues no hagas que también desaparezca tu carrera aquí —sentenció.

Ben se dio la vuelta y dejó allí plantado a Spencer, sin saber qué pasaría con su futuro como agente.

Un rato después, un archivo titulado Kiera_4.mp4 apareció en una carpeta de la intranet del agente Miller, en la que guardaba todo el contenido de la investigación de Kiera, pero él ya llevaba un rato en la calle, pensando qué diablos hacer.

Marcó el teléfono de Miren Triggs, aquella periodista del *Press* que siempre había sido una mosca molesta para él, pero no contestó. Luego decidió llamar al *Manhattan Press* y preguntar por ella, pero una chica amable con voz dulce le dijo que ese día no había acudido a la redacción.

«¿Dónde estás, maldita sea?», dijo tras colgar el teléfono.

Capítulo 40
Miren Triggs
1998

Todos tenemos sombras en nuestro interior, de muchas formas y tamaños, y, llegado el momento, algunas crecen hasta cubrir todo lo demás.

Por duro que parezca, al ver en 1998 en la televisión a James Foster en llamas sentado en su sofá, conversando con su mujer y casi sintiendo cómo sus hijos dormían en la planta superior, no sentí pena. Era... como si por una vez en la vida viese que la justicia recaía sobre los malvados. Al fin.

No recuerdo si bufé o si se me escapó una sonrisa al ver aquella imagen, pero juro que era como me sentía en mi interior. Tras aquel primer impacto de la imagen y la lectura del titular que recorría la pantalla (BREAKING NEWS: Queman vivo a J. F. tras ser puesto en libertad sin cargos) en el canal de noticias veinticuatro horas, el profesor le dijo a Margaret que lamentaba lo sucedido a su marido y yo salí fuera sin decir nada para evitar ser hipócrita.

Me sentía jodidamente bien y no quería estropear aquella sensación. Menos aún tras contarme el profesor que tenía un pie dentro del *Press* si conseguía pasar una prueba y escribir un artículo sobre James esa misma noche. Estaba nerviosa y eufórica. Era una mezcla dulce de sentimientos. A pesar de no haber encontrado a Kiera, esa sensación de justicia resultaba placentera y, aunque aquella vía para encontrarla parecía agotada, yo no me iba a rendir con facilidad.

Llegamos a la redacción tras esperar a la policía y contarle lo que ya había avanzado Jim al fiscal. Y allí, en aquella redacción, sucedió la magia. Apenas quedaban redactores, y el director nos recibió con un fuerte y sincero apretón de manos. Escribí a contrarreloj aquel artículo que mis padres enmarcaron con orgullo en el salón de casa y, mientras lo hacía, recuerdo que lo único que me preocupaba era no conceder un ápice de duda sobre quién era de verdad James Foster. Cuando terminé y todos aplaudieron, apareció ese momento de conexión, esa chispa que convierte los nervios en felicidad, y fue la primera vez, las primeras horas, que había conseguido borrar de mi cabeza lo que me había sucedido aquella noche en ese parque que ya no me atrevía a cruzar.

Salimos de la redacción cerca de las tres de la mañana, con la petición por parte de Phil Marks, el director, de que estuviese al día siguiente a las cuatro de la tarde en la reunión editorial. Empezaría con un contrato por las tardes, tras las clases, hasta que terminase el curso. Jim y yo nos montamos en el ascensor serios, sin pronunciar palabra, casi evitando las miradas. Pedimos un taxi que circulaba en dirección contraria a la que yo me dirigía y, cuando nos subimos juntos, él dio sin pensar la dirección de mi piso.

—Enhorabuena —dijo—. Estás dentro.

—Sí... —respondí.

Estaba a punto de explotar, nerviosa, consciente de que era un error que debía cometer, inevitable y a la vez catastrófico. Él miraba al frente, en silencio, y vi que su zapato marrón daba saltos sobre la alfombrilla.

—Te lo...

Y entonces me incliné sobre él y le besé, interrumpiendo lo que fuese a decir.

Tras un segundo sintiendo sus labios, noté cómo se separaban como dos amantes despidiéndose en un aeropuerto. Me estaba apartando, pero para poder mirarme. Sus ojos se clavaron en los míos, en la oscuridad del taxi, con las luces de Manhattan que se colaban por la ventanilla e iluminaban intermitentemente sus labios y su barba de tres días. Me acerqué de nuevo y le volví a besar. Durante el momento en que permaneció inmóvil pareció disfrutar, pero luego me apartó otra vez y pensé que había cometido un error y que aquello iba a terminar.

—Esto no está bien, Miren —susurró, en el tono más suave que nunca le escuché.

—Me importa una mierda —respondí, con la voz más decidida que nunca exhalé.

Nos besamos durante todo el camino. También en la escalera de mi edificio. También mientras yo forcejeaba con la puerta. También cuando nos quitamos la ropa. También lo hicimos mientras sus gafas volaban desde su cara hasta el suelo y una de las lentes se rompía, y también, irremediablemente, mientras nuestros cuerpos desnudos se hundían en la cama de mi diminuto estudio.

Una hora después ambos estábamos cargados de remordimientos por lo que había pasado, pero convencidos de que era inevitable. Se vistió en silencio, en la penumbra, y yo fui la primera en hablar.

—No se volverá a repetir, Jim —dije, en voz baja.

—¿Por qué? A mí me gusta estar contigo, Miren. Eres... distinta.

—Porque no puedes perder también el único trabajo que te queda —respondí.

—Nadie tiene por qué enterarse.

—Das Periodismo de Investigación. Tienes una clase entera llena de gente dispuesta a buscar verdades.

Jim rio.

—¿Entonces nos despedimos aquí, como si nada hubiese sucedido?

—Creo que es lo mejor.

Él asintió, de espaldas. Se agachó, aún sin la camisa, a por las gafas y se las guardó en el bolsillo.

—Te irá bien, Miren. Tienes algo distinto. No he visto a nadie igual.

—Lo único que me diferencia de los demás es que soy cabezota.

—Y eso es lo principal en un periodista.

—Lo sé. He aprendido de ti.

Terminó de vestirse y yo me quedé en la cama. Luego se despidió con un beso en los labios, y durante los siguientes años siempre recordé cómo arañaba aquella barba que me había hecho salir de mi agujero.

A la mañana siguiente la portada del *Press* con la historia de James Foster invadiría el país y mi nombre, por primera y no última vez se asociaría para siempre al caso de Kiera Templeton, al haber destapado la verdadera historia detrás del único sospechoso oficial que aparecería jamás en el caso de la desaparición de la pequeña.

Llamé a mi familia por la mañana y le conté las buenas noticias. Mis padres no tardaron en salir a comprar varios ejemplares que repartieron por todo Charlotte, presumiendo de que su hija era famosa.

Mi madre me preguntó si iría a visitarlos ese fin de semana, como había prometido, pero mi incorporación al periódico canceló todos los planes de golpe. Más tarde, con los años, me arrepentiría de posponer aquellos encuentros improvisados, especialmente con lo que descubrí mucho después, pero entonces yo era una cría y, qué diablos, acababa de conseguir un puesto en el *Press*.

Me iba a tomar la mañana libre, pero en mi mente se había plantado una semilla esperanzadora en forma de llama ardiente y, cuando quise darme cuenta, estaba a las diez de la mañana atravesando la puerta de una armería que, desde fuera, tenía más bien pinta de local de empeños.

—¿Qué modelo quiere? Si es para defender su hogar, le recomiendo una de estas —me indicó un señor mayor con pinta de ser un orgulloso miembro de la Asociación Nacional del Rifle. Sacó de debajo del mostrador una escopeta de cañón corto que parecía pesar un quintal.

—No..., yo... solo quiero una pistola. Es para defenderme.

—¿Está segura? Si entran en su casa, tiene que saber que los malos llevarán de estas.

—Estoy segura, de verdad. Una pistola estará bien.

Aquella tienda tenía las paredes y las vitrinas repletas de armas, expuestas como si fuesen zapatillas.

Escopetas, pistolas, revólveres y armas de asalto. Era impensable observar aquello y no sentir verdadero pánico.

—Si se gasta más de mil dólares le regalamos una caja de balas del veinticinco.

—Eh..., sí. Está bien. Una pistola y una caja de balas.

El tipo rio en una especie de burla y me señaló la vitrina donde había tal variedad de modelos y calibres que uno podría marearse. Luego me indicó que tendría que rellenar un formulario y esperar la aprobación del chequeo de mis antecedentes. A continuación me preguntó por mi licencia y me quedé a cuadros.

—¿Licencia?

—Aquí en Nueva York se requiere, hija.

—No tengo. Soy de Carolina del Norte. Allí..., bueno, allí suele ser más fácil.

—Pues deberías comprarla allí si...

—¿De verdad no puede hacer la vista gorda? La quiero para protegerme en casa. Vivo en Harlem y aquello ahora mismo está patas arriba. En mi edificio han entrado ya seis veces —mentí.

—Negros, ¿verdad?

Asentí. Qué fácil era manipular a alguien así.

—Se creen los putos amos de la ciudad y lo tienen todo destrozado. Te la dejo en seiscientos si me prometes que dispararás si entran en tu casa. Mejor ellos que tú, hija.

—Por…, por supuesto —dije. Me daba pánico la idea de utilizarla en alguna ocasión en realidad.

La metió en una bolsa y me hizo prometerle que no la llevaría por la calle. Al salir de la tienda y caminar con ella dentro de la mochila me sentí extraña. Definitivamente no era igual que hacerlo con el espray pimienta, que siempre llevaba y que me aportaba casi la misma seguridad que un paraguas. El arma, en cambio, me otorgaba una sensación distinta, aunque según la estadística llevarla aumentaba tus probabilidades de acabar muerta. No eran pocas las discusiones, atracos y forcejeos que acababan con el arma en las manos equivocadas y un destello sonoro acababa con la vida de alguien que quizá debería haber dejado que se llevaran el bolso o la cartera. Pero yo necesitaba esa seguridad, aunque no la sacase de casa. La necesitaba. No buscaba venganza, no lo hacía por eso, sino porque necesitaba revivir la sensación de justicia que había sentido al ver en llamas a James Foster. A veces los malos tienen que pagar, ¿no es así?

Al llegar a casa guardé la pistola bajo la almohada y comprobé que sobre la mesa seguía estando el CD que me había traído el profesor Schmoer.

Tenía tiempo hasta las cuatro de la tarde, hora en la que debía estar en la redacción, y lo introduje en el ordenador, pensando que sería más de lo mismo, para echarle un ojo antes de llegar al que sería, oficialmente, mi primer día de trabajo.

Se trataba de un archivo con las grabaciones de casi cien cámaras de seguridad adicionales a las que ya me había enviado por correo electrónico. En una de las subcarpetas se encontraba otra centena de documentos con transcripciones de entrevistas con los distintos vecinos del edificio en el que había aparecido el montón de ropa de Kiera y el cabello cortado. Según deduje, era una copia completa de la investigación policial que no sé cómo consiguió Jim, pero parecía ser cuanto tenían los investigadores en aquel momento.

Leí las transcripciones de las entrevistas que había realizado la policía y ninguna de las más de cincuenta personas que residían en aquel bloque había visto nada. Ese día a esa hora todo el mundo estaba en la calle disfrutando de los gigantescos globos, intentando ver los espectáculos callejeros o fuera realizando las compras de última hora para la cena de esa noche. Los que no habían salido y se encontraban en casa no oyeron nada extraño en el rellano del 225. También se incluían las declaraciones registradas en formularios escaneados por los agentes de todo aquel que tenía un negocio o un puesto de comida en el área en torno a Herald Square. La calle 35 oeste contaba con unos cincuenta y siete negocios de distinto tipo, pero ese día solo estaban abiertos dos supermercados interurbanos, una pequeña tienda de artículos varios y regalos, seis negocios de comida para llevar, entre los que se encontraba una tienda de *kebabs*, una de porciones de pizza a un dólar y cuatro de perritos calientes, en las distintas inmediaciones del cruce clave. De nuevo lo vi todo como un caso imposible de resolver y volví a sentirme desesperanzada ante tanta información que parecía llevar a ningún sitio.

Cuando quise darme cuenta eran las tres de la tarde y me marché a la redacción en la que la noche anterior todo cambió para siempre. Al llegar visualicé nerviosa el nombre del periódico en la fachada y pregunté en recepción por mi acreditación para acceder al edificio.

—Miren Triggs —dije con orgullo a la recepcionista en cuanto me preguntó mi nombre y la planta a la que me dirigía.

Mientras ella comprobaba que todo estaba en orden, una voz masculina rasgada sonó desde mi espalda:

—Por favor, señorita, tiene que ayudarme a encontrar a mi hija.

Una cosa era una voz rota, pero la suya sonaba resquebrajada en miles de fragmentos imposibles de reconstruir. Me giré, sorprendida, y fue la primera vez que vi en persona a Aaron Templeton, que sostenía un ejemplar del periódico de ese día, el de mi portada, completamente desolado y con el rostro lleno de lágrimas.

Capítulo 41
12 de septiembre de 2000
Lugar desconocido

¿Acaso los ladrones no temen que alguien les robe?

—¡Mila! —chilló de nuevo Will al tiempo que salía de casa y miraba en todas direcciones—. ¡Mila!

Era casi mediodía y un sol brillante bañaba con su luz blanca las casas del vecindario. Una suave brisa otoñal acariciaba con su aliento gélido las hojas de los setos.

—¿Todo bien, Will?

Un relámpago le recorrió el cuerpo al darse cuenta de que probablemente su vecino, un tipo jubilado de Kansas que vivía solo en la casa de al lado, hubiese visto a Kiera y descubriese su historia.

—¿Quién es Mila? —preguntó, desde lo alto de su porche con cara extrañada. Llevaba un peto vaquero y un polo blanco debajo, además de una gorra roja con el eslogan de campaña de George Bush y una cara de confusión bajo ella.

—Eh..., sí. Es..., es la gata de la familia.

—¿Tenéis gato? Nunca lo he visto por aquí.

—Sí... Es una vieja gata romana gris. Lleva con nosotros toda la vida, pero nunca sale de casa. No la encontramos. Se ha debido de escapar.

—Yo no la he visto por aquí, pero si la veo te digo algo, ¿vale, vecino?

Will asintió y lo miró durante algunos momentos, al tiempo que dudaba de su expresión jovial y seria. Iris y Will se separaron para abarcar más terreno y buscar en ambas direcciones de la calle. Si alguien la encontraba, sería el fin para los dos.

Iris corría nerviosa, miraba detrás de cada árbol, contenedor, arbusto y tras cada esquina de su vecindario. Will lo hacía enfadado y asustado, sin dejar de pensar en que aquel despiste de unos segundos podría sentenciarlos a cadena perpetua.

Mientras ellos corrían, en el jardín trasero de casa la pequeña Kiera observaba atenta una mariposa que se había posado en una flor naranja. Era la primera vez que había salido al exterior en mucho tiempo, no recordaba cuánto, y el brillo del sol le hizo mirar a su alrededor con los ojos entrecerrados. El azul del cielo presentaba un tono distinto al que ella podía ver desde la ventana de su habitación. Incluso el propio jardín trasero, que se había acostumbrado a ver a través de un cristal, parecía tan distinto y con un color tan vivo que le pareció irreal.

Empezó a marearse. Y luego a sentir un extraño hormigueo en el cuerpo. Se sentó en el césped, pensando que quizá así se le pasaría, y se rascó los brazos como si aquella sensación fuese producto de algo exterior. De pronto tuvo que cerrar los ojos porque le pesaban los párpados más que nunca, y justo en el instante en que Iris llegó un rato después, sin aliento casi, Kiera comenzó a tener convulsiones idénticas a las que de vez en cuando sufría su madre.

—¡¿Mila?! ¡¿Qué te ocurre?!

Iris la zarandeó con fuerza, horrorizada al ver a su niña así, intentando sacarla en vano de aquel trance que parecía eterno e incontrolable.

—¡Mila! —chilló una vez más, desesperada—. ¡Despierta!

Al oír los gritos de su mujer, Will empezó a correr hacia su casa, la rodeó por el pasillo lateral que conectaba con el jardín trasero, guiado por el sonido del llanto de su esposa. Al llegar se llevó las manos a la cabeza al ver a Mila tumbada en el suelo, con la cabeza a un lado, los puños cerrados y el cuerpo rígido y temblando con virulencia.

—¿Qué pasa, Iris? ¿Qué le has hecho a la niña?

—¿Qué insinúas?

—Haz algo. Está temblando —dijo él, como si Iris supiese la solución.

—Esto no es temblar, Will. Esto es peor, por el amor de Dios. Hay que llevarla al médico.

—¿Estás loca? Antes dejo que se muera.

Iris disparó a su marido sus ojos cargados de rabia.

—¿Cómo te atreves a decir algo así? Ayúdame a meterla dentro de casa. No puedo yo sola.

Will levantó a Kiera como pudo. Su cuerpo parecía una tabla, con las piernas estiradas y petrificadas por la tensión. Sus brazos hacían movimientos rítmicos con tal fuerza que Will estuvo a punto de dejarla caer al suelo en dos ocasiones antes de introducirla en el interior de la vivienda. Una vez dentro, la dejó sobre la colcha naranja de la cama de su cuarto y, mientras duró el ataque e Iris se lamentaba, creyendo que su niña se iba a morir, Will no dejó de dar vueltas de un lado a otro de la estancia, sin dejar de pensar qué diablos hacer.

Unos minutos después, el pequeño y delgado cuerpo de Kiera dejó de temblar e Iris lloró una vez más, ahora de alegría, y la abrazó. Se arrodilló junto a la cama y agradeció a Dios que salvara a su pequeña. Estuvo acariciándole el pelo durante un rato, la sentía agotada y le colocó uno a uno los pelos del flequillo que se habían atrevido a descansar sobre su frente. Cuando por fin

Kiera abrió los ojos, Iris la miraba de cerca, a escasos centímetros de su cara, con una sonrisa tan sincera y húmeda por las lágrimas que se sintió de nuevo en casa.

—¿Por qué lloras, mamá? —susurró Kiera, con dificultad.

—Nada..., cariño..., es solo... —Su mente viajó de un lugar a otro, en un intento por buscar una explicación que convenciese a su hija pero que no la preocupase— que pensaba que te había pasado algo malo.

—Me duele mucho la cabeza.

Iris miró a su marido, que observaba con rostro serio la situación, confirmando que tenerla allí era un error que ya no podían resarcir.

—No puedes salir de casa, Mila. Ya has visto lo que pasa. Te pones muy enferma —dijo Will, tratando de llevar el incidente a su terreno.

—¿Enferma?

—Sí, cariño —susurró Iris con delicadeza—. Creía que..., que te había perdido.

—No me había perdido... Estaba jugando junto a la ventana...

—Lo sé... Es solo que..., que no puedes salir. Es por tu bien. No queremos que te pase nada malo.

—¿Por qué? —inquirió Kiera, con una evidente voz cansada.

—La contaminación, las ondas electromagnéticas, los aparatos electrónicos. Todo eso es muy dañino y..., cuando sales de casa, enfermas —respondió Iris, recordando un documental extraño que había visto sobre la hipersensibilidad electromagnética en un canal de pseudociencias y que había llegado a creerse.

Según aquel documental, las personas afectadas por hipersensibilidad electromagnética mostraban síntomas de todo tipo y cada uno más difícil de verificar que el anterior: mareos, picores, malestar, taquicardias, dificultad para respirar e incluso fuertes náuseas y tos compulsiva cuando se encontraban cerca de una fuente de ondas electromagnéticas. El documental mostraba la vida enclaustrada que llevaba una mujer de cincuenta años en San Francisco, sin salir de casa y casi sin ver la luz, porque alegaba que cuando lo hacía las ondas de las señales de móvil, cada vez más presentes en la calle, le producían picores y un malestar que hacía que perdiese el conocimiento. La mujer relataba que cuando veía a alguien hablar por teléfono por la calle tenía que cruzar de acera para evitar el impacto abrasador de sus rayos de muerte. También aparecía un chico de veinte años, aficionado a la informática, que había empapelado de aluminio su casa para evitar el sufrimiento que las misteriosas y omnipresentes ondas le causaban. El documental terminaba con uno de los reporteros, encendiendo y apagando su terminal móvil dentro de su bolsillo mientras entrevistaba al chico en su casa, sin que mostrase ningún mareo o picor, pero esa parte Iris no la vio, porque había comenzado a discutir con Will, que acababa de llegar a casa.

—¿Las ondas? ¿Qué es eso? —dudó la niña, que era una chica más lista e inquisitiva que lo que ellos podían gestionar.

—Son... cosas de los aparatos eléctricos. Las antenas de los móviles las emiten, por eso no tenemos móviles en casa. La antena de la televisión también tiene ondas malas.

—¿La televisión? ¿Ondas malas? —susurró débilmente desde la cama.

Antes de tener tiempo de responder a aquella pregunta, dos golpes fuertes sonaron en la puerta de entrada. Iris y Will se miraron con rapidez. Él hizo un gesto a la niña para que guardase silencio. Pretendía simular que no había nadie en casa y hacer oídos sordos a aquella llamada, pero pronto una voz que reconocieron al instante se coló desde el otro lado de la puerta:

—¡Will! Soy Andy, tu vecino. ¿Está todo bien?

Capítulo 42

30 de noviembre de 2003

Cinco años después de la desaparición de Kiera

No todos los secretos
deben salir a la luz.

El tipo que intentó atacar a Miren no sabía que había elegido a la víctima equivocada. Minutos antes, cuando había pasado por su lado y se había adentrado en las calles que daban a los trasteros, pensó que era una presa fácil: una chica joven, delgada, atractiva y bien vestida. Podría llevar dinero y solucionarle las siguientes dos o tres semanas, pero lo más importante: era guapa; y él, un don nadie que se creía un donjuán, pensó que ya llevaba suficiente tiempo sin acostarse con una mujer. Sacó una navaja y caminó tras Miren a escondidas, mirando a un lado y a otro, comprobando que no había nadie más en la zona. A pesar de ser plena luz del día, si conseguía introducirla en uno de los trasteros lo tendría hecho. Podría disfrutar y divertirse un rato.

La observó desde lejos y, cuando por fin vio que levantaba una de las persianas, sonrió, dejando ver una dentadura amarillenta cubierta de caries. En Nueva York, con más de ocho millones de habitantes, se estima que hay más de dos mil violaciones al año; unas seis al día, o lo que es lo mismo una cada cuatro horas. Aquella pretendía cumplir con la de su tramo horario si no hubiera sido porque la víctima era Miren Triggs.

Desde lo que sufrió en 1997, Miren había cambiado. Durante un tiempo tuvo miedo de salir a la calle, de ir de fiesta, de cruzar el parque en el que había sucedido, pero después de entrar en el *Manhattan Press* y participar en su primera investigación, descubrió que al miedo se le combatía siguiendo adelante, saliendo del pozo y luchando por cambiar las cosas. Su artículo, en el que desvelaba la verdad de James Foster, quemado vivo en el centro de Nueva York, supuso la confirmación de que los buenos ganaban y de que el miedo y la oscuridad no vencían. A raíz de ahí se compró un arma para tenerla en casa, se apuntó a defensa personal y se prometió que nunca más probaría una gota de alcohol mientras el listado de agresores sexuales de la ciudad mostrase una sola persona libre.

Cuando el agresor la agarró por la espalda, Miren ya había calculado durante dos segundos qué hacer. Un mordisco, un tirón de brazo, una llave rápida y estaría en el suelo. Eso fue lo que visualizó en su cabeza y eso fue exactamente lo que pasó. Miren sacó su arma y se la colocó en la boca.

—Yo también tengo un regalo para ti —susurró Miren, con decisión, cargando el arma.

Extendió la mano hacia el móvil y se dirigió a su madre, mientras el hombre la miraba con cara de pánico y sabor a metal.

—¿Mamá? ¿Te importa que te llame luego? Estoy...

—¿Hija? ¿No me estarás comprando nada para la Navidad? Ya sabes que no me gustan los regalos.

—Estoy pagando en la caja de unos grandes almacenes. Te llamo luego. —La voz de Miren parecía incluso más dulce y, antes de que su madre pudiese responder, terminó la llamada y lanzó un suspiro en dirección a su agresor, dedicándole una sonrisa inerte.

Una hora después, una ambulancia atendía una emergencia tras una llamada anónima realizada desde una cabina de teléfono. Tras llegar al lugar que le había indicado la voz femenina al otro lado, encontraron a un tipo maniatado con una presilla a una reja entre dos contenedores del puerto, con una fea herida de bala en la entrepierna. Cuando le preguntaron qué había pasado no supo explicar lo sucedido y la policía, más tarde en su informe, alegaría que se trataba de un ajuste de cuentas por trapicheos de drogas. Miren le había amenazado con que lo encontraría, porque estaba segura de que su nombre ya aparecía en el registro de agresores sexuales de la ciudad, a lo que él solo respondió con un silencio más largo de la cuenta.

Miren condujo de vuelta hasta el centro, hasta su piso, el mismo estudio de siempre en Harlem, con dos cajas de información sobre el caso que pasó la noche revisando, una vez más, en pijama; y una vez más, sin levantarse del escritorio. De vez en cuando le daba un sorbo a una lata de Coca-Cola y un mordisco a una manzana, para compensar. Se había comprado un iBook G3 en cuanto había salido, desechando por completo el gigantesco iMac de monitor verde azulado que la había acompañado los años anteriores. A un lado, como si fuese el último reducto tecnológico de aquel piso, salvaguardando los imparables avances que suponía su pequeño nuevo ordenador, mantenía, iluminado por la luz de un flexo, un pequeño transistor de radio con la antena extendida apuntando a la ventana.

Cuando llegó a un punto en el que se sintió bloqueada ante una auténtica retahíla de números correspondientes a calles, cámaras de vigilancia, entrevistas y códigos postales, Miren comprobó la hora y encendió el transistor.

Instantáneamente un pequeño piloto rojo se iluminó a un lado y la voz de Jim Schmoer, su antiguo profesor, invadió la habitación:

«... la viva voz de la esperanza. Si no, les contaré casos llamativos, igual de desconcertantes que el que nos ocupa hoy aquí y que trae de cabeza a la policía de medio mundo. El niño pintor de Málaga, en España, es un buen ejemplo de lo que les cuento. Hace unos quince años, en 1987, desapareció en España un niño con unas cualidades para la pintura que le hicieron ganarse ese apodo que oyen, el niño pintor. Un día de abril salió de casa, de camino a una galería, y... se desvaneció del mundo como si no hubiese existido. O el caso de Sarah Wilson, que con solo ocho años se bajó del autobús, en la puerta de su casa en Texas, y nunca llegó a entrar por la puerta. Ambos casos han sido muy seguidos en todo el mundo por lo extraño de las desapariciones. O el caso de la pequeña francesa Marion Wagon, de diez años, desaparecida en 1996 al salir del colegio. Ningún niño se desvanece del mundo sin más. O bien tristemente están muertos o bien alguien no quiere que se les encuentre. Pero el caso de Kiera Templeton es distinto. Quien sabe dónde está quiere que se la encuentre, o quizá desea jugar, o quizá quiere que se sepa que se encuentra bien y que se deje de buscar. Uno nunca sabe, o no puede saber qué se esconde detrás de la mente de quien la tiene, pero la clave de todo periodista de investigación no está en encontrar lo que se busca, sino en no dejar nunca de hacerlo».

Miren asintió y sonrió. Le gustaba sentir que, de un modo u otro, el profesor Schmoer seguía a un lado, guiando su camino. Luego bajó el volumen y continuó abriendo carpetas con fotos y declaraciones. Accedió a la carpeta de su ordenador en la que había volcado el contenido del CD que cinco años antes le había llevado el profesor y volvió a repasar las imágenes de las cámaras de seguridad. Esperaba tener un momento de lucidez, una chispa creativa que le hiciese unir los puntos de aquel puzle imposible, pero se repitió en su cabeza las últimas palabras del profesor: «No dejar nunca de buscar».

—Qué te crees que hago, Jim —dijo, dándole un nuevo sorbo a la Coca-Cola y otro mordisco a la manzana.

Capítulo 43
12 de septiembre de 2000
Lugar desconocido

La maldad puede oler a los que
están impregnados de ella.

—¡Esconde a la niña! —susurró Will, asustado—. ¡Escóndela! Si la ve, estamos perdidos.

Iris cerró la puerta del dormitorio de Kiera y se quedó con ella dentro, escuchando la conversación a través de la puerta. Kiera estaba muy cansada por la crisis que acababa de tener y observaba desde la cama el rostro preocupado de su madre.

Al otro lado oyó los pasos de su marido. Oyó también cómo rebuscaba entre los cajones y a continuación el tintineo metálico de unas llaves que resonaban como un cascabel. Sin embargo, no consiguió asociar el sonido agudo con el del único manojo que abría aquel candado de la casa. Tres golpes portentosos sonaron en la puerta y la voz de Will retumbó en las paredes.

—¡Ya voy! ¡Un segundo!

Iris comprobó que Kiera había cerrado los ojos, cansada por el sueño y el dolor de cabeza. Al otro lado, Will abrió con cuidado, asomando la cabeza, y saludó a su vecino.

—¿Qué necesitas, vecino? —inquirió, con la puerta entreabierta.

—¿De verdad está todo bien?

—Sí, claro. ¿Qué va a pasar? —respondió, intentando desmontar la duda de Andy.

—Si necesitases lo que sea me lo pedirías, ¿verdad, vecino? Me gusta pensar que somos buenos miembros de…, de la comunidad.

—Claro, Andy. ¿Por qué dices eso?

—¿No me ofreces una cerveza?

Will miró hacia atrás, ocultándose un segundo de la pequeña apertura de la puerta, y chasqueó la lengua.

—Esto…, verás…, es Iris. Es que no…, no se encuentra muy bien.

—¡Venga ya! La he visto antes corriendo por la calle. No me vengas con historias.

Andy empujó la puerta y a Will aquello lo dejó descolocado.

—Creo que no…

El vecino entró con rapidez, como si tratase de encontrar algo que no debía ver, mirando a un lado y a otro del salón.

El ruido de aquellos pasos de Andy hacia el interior de la casa heló la sangre de Iris, que pegó la oreja sobre el papel de flores de la pared más fría de lo que debería estarlo. En aquella posición alejó la vista hacia la casa de muñecas que Will ya había colocado en el interior del dormitorio y luego se perdió en la pequeñez de aquel hogar, intentando alejarse de lo gigantesco que le parecía ahora todo en la suya, en la que cada vez se sentía más y más diminuta.

—¿Qué quieres, Andy? —dijo Will, molesto—. Creo que estás siendo un..., un maleducado. No es propio de buenos vecinos colarte en las casas de los demás y... olfatear en sus cosas.

—Tienes razón. Discúlpame, vecino. ¿Dónde..., dónde están mis modales? —dijo en tono melódico, al tiempo que se sentaba en el sofá y colocaba los pies sobre la mesa—. Esto no es... normal. Tienes toda la razón.

Will tragó saliva antes de hablar.

—Creo, Andy, que voy a tener que invitarte a que te vayas. Iris no se encuentra bien y... quiero estar con ella. Quiero..., bueno, ya sabes, quiero darle algo de cariño.

—¿Sabes? —dijo el vecino, llevando la conversación hacia otra parte—. Mi mujer murió hace ya seis años.

Y…, bueno, la vida no es justa. Nunca nos dio hijos. Lo intentamos y lo intentamos. Follábamos todas las noches, incluso cuando tenía el periodo, por si las moscas. Admito que fue una buena época. Yo…, yo nunca he querido tener hijos. Pero ella sí. Era de lo único que hablaba. Se detenía en un escaparate con ropa infantil y se derrumbaba, llorando, mirando falditas y pantaloncitos diminutos que casi no nos podíamos permitir.

—No te sigo, Andy —susurró Will.

—Yo el asunto me lo tomaba poco en serio, pero ella…, ella siempre estaba mirando métodos para aumentar la fertilidad: chupaba cáscaras de limón por las mañanas, se frotaba la vagina con vinagre por las noches. Acostarte con ella era como comer una puta ensalada. No sé si me entiendes.

Will se mantuvo en silencio.

—Era su único tema de conversación, y yo…, bueno, la escuchaba. Es lo que hace un marido, ¿no? La escuchaba todo el tiempo. Ya conocías a Karen. Hablaba mucho. Especialmente con tu mujer. Y… ¿sabes lo que no paraba de contarme?

Will empezaba a sentirse muy incómodo.

—Que hablaba con tu mujer de lo mismo. De vuestras mismas dificultades para quedaros embarazados. Incluso de las posturas que os inventabais. Oye, y yo… nada que objetar. Compartían buena información. Os copiábamos en muchas, ¿sabes? El truco del cojín, el de acostarnos sobre el suelo frío del salón, el de hacerlo siempre un número par de veces. Nos acostábamos todo el tiempo, y en casi todos los lugares de la casa. Era una fiesta, ¿sabes? Lo era hasta que le dio aquel derrame cerebral en mitad del supermercado. El estrés, decían unos médicos. Las hormonas para la fertilidad, otros. Ninguno supo determinar el motivo exacto, pero se murió y…, bueno, ya no hubo más fuegos artificiales. ¿Me sigues?

—Sí…, recuerdo aquello… Nos pilló a todos un poco de sorpresa —dijo Will, casi susurrando, tremendamente inquieto—. Ahora, si no te importa…

—¿Y sabes una cosa que también le contó tu mujer a la mía? —prosiguió Andy, ignorando la invitación a salir.

—¿Qué?

—Que no podíais tener hijos. Que estaba más que descartado. Que sus ovarios estaban muertos y su útero parecía rechazar todo lo que allí se colocaba.

—Sí…, bueno. Es algo con lo que… intentamos seguir adelante. Aún seguimos inten…, intentándolo, aunque hemos perdido un poco la esperanza. La edad ya tampoco acompaña…

—Lo sé. Me imagino, vecino.

—Andy, si no te importa, tengo cosas que hacer y…

—Y por eso mismo me pregunto…: ¿quién es esa niña que habéis metido en casa corriendo?

—¡¿Niña?! —dijo Will casi en un grito sordo.

—Vamos, Will..., no me jodas. Os he visto desesperados rodeando la casa. ¿A mí me la vas a colar? ¿No somos amigos o qué pasa?

—Verás, Andy..., no hay...

—Es Kiera Templeton, ¿verdad?

Al oírlo Will sintió en su interior como si estuviese cayendo desde un precipicio y no supo qué responder. Se le formó un nudo en la garganta y un golpe de rabia se le apelotonó en las cuerdas vocales impidiéndole pronunciar sonido alguno.

—Tenéis vosotros a esa niña. La que buscaban hace unos años. Me ha parecido que era ella. Estaba cambiada..., pero... qué carita, ¿verdad? ¿Cómo va a olvidar uno esa carita? ¿Qué recompensa daban? ¿Medio millón? Fiu... Eso es mucha pasta, ¿verdad, vecino?

—¿Qué quieres, Andy? ¿Dinero? ¿Eso es lo que quieres? Sabes que vivimos al día. Apenas nos da para pagar la casa.

—No has escuchado nada de lo que te he dicho, ¿verdad, Will? Quiero... a tu mujer. Quiero lo único que echo de menos. He probado a ir de putas..., pero... ¿dónde está la naturalidad? No es igual. Pero Iris..., ella...

—No pensaba que fueses... tan...

Andy miró hacia la puerta del dormitorio de Kiera y señaló.

—¿Está ahí? La niña. ¿Puedo verla?

Will estaba tan bloqueado que solo respondió moviendo la cabeza de arriba abajo. Andy sonrió y se levantó de un salto. Cuando pasó por su lado, le dio una palmada en la espalda y luego giró el pomo de la puerta, dejando ver el interior de la habitación, en la que Iris tenía el rostro cubierto de lágrimas de desesperanza. Luego se fijó en la niña, somnolienta y ajena al infierno que se respiraba en el ambiente. Andy le dedicó una sonrisa a Iris y luego se le acercó, para secarle un lágrima.

—Andy…, por favor, no… —susurró ella.

—Entiéndeme, Iris… Siempre has sido tan…, tan normal. Y todas esas cosas que me contaba Karen que le decías que intentabas con Will… Siempre me imaginé cómo… No voy a decir algo así con una niña en la habitación…, pero… —se acercó con velocidad a la oreja de Iris y le susurró—: Siempre me imaginé cómo follabas.

Iris se derrumbó aún más y se apoyó en Andy, llorando.

—Tranquila, mujer… Lo…, lo pasaremos bien. Somos…, bueno, vecinos.

De pronto Iris se separó de él. Andy notó en ella un suspiro de sorpresa:

—¡Eh, Andy! —gritó Will desde el umbral de la puerta. El hombre se giró, sorprendido, y vio ante él a Will con una escopeta de caza, que siempre guardaba en el armario del pasillo al que minutos antes había quitado el candado.

—¡Will! —chilló.

El sonido seco del disparo reventó el abdomen de Andy, quien cayó, unos instantes después, sobre el suelo del dormitorio, sangrando por la boca. Algunos perdigones se escaparon y se clavaron en las paredes, dejando una huella imborrable de lo que una vez sucedió allí. Iris se tiró sobre Kiera, entre lágrimas, y le acarició la carita en cuanto comprobó que había abierto los ojos por el estruendo.

—¿Qué ocurre, mamá?

—Nada..., cariño. Sigue durmiendo... Es solo que..., que papá se ha dado un golpe.

El cuerpo de Andy se desangraba junto a la cama, pero Kiera continuó tumbada, sin querer moverse, sin querer mirar, porque una parte de ella intuía que algo iba mal. Iris le besó la frente y la pequeña cerró los ojos, entre los jadeos de su madre, que quería gritar de pánico y no podía. Will permaneció temblando junto a la puerta, sin moverse del sitio durante un largo minuto, mirando el cadáver de su vecino, cuya sangre se expandía por el suelo en un charco que creció con rapidez, como solo lo hacen los peores temores.

Capítulo 44
Miren Triggs
1998

¿Y cuándo la vida te ha tratado bien?

La primera vez que hablé con Aaron Templeton la conversación fue desoladora. Me estaba esperando en la puerta del *Manhattan Press* donde, según el personal de seguridad, llevaba dos horas plantado, fijándose en todo el que pasaba y preguntando de vez en cuando si alguien sabía quién era una tal Miren Triggs, que era quien firmaba el artículo hablando de James Foster.

—Sí, soy yo —dije, confundida.

—¿Podemos hablar?

—Tengo... Tengo que trabajar. Me esperan en la redacción.

—Por favor..., se lo suplico.

Me chocó ver a un hombre de unos quince años mayor que yo tan derrotado pidiéndome ayuda con aquella voz tan desgarradora, y no pude negarme. Una parte de mí temía acercarse demasiado a la desaparición de Kiera. Pensaba que tal vez la proximidad no me dejaría ser lo suficientemente objetiva para buscarla sin desviaciones, pero ¿a quién quería engañar? Estaba tan ensimismada con aquel caso —con la mirada de sorpresa de Kiera en las fotografías de los carteles que el viento arrastraba por la ciudad— que me sentía tan partícipe de la búsqueda como su familia. Llamé desde el mostrador de seguridad a la secretaria para que avisase de que iba a llegar tarde por un asunto importante. Sí, llegué tarde a mi primer día de trabajo. Eso era empezar con buen pie.

Intenté imaginar el infierno que estaba viviendo Aaron Templeton por el aspecto que presentaba, pero por más que lo intentaba, estaba convencida de que en realidad se encontraba peor de lo que aparentaba. Tenía unas ojeras profundas, una barba mal cuidada, el pelo desaliñado y la ropa arrugada. Si no hubieras sabido nada de él, habría sido fácil imaginárselo tirado en el cajero de un banco, mientras pedía dinero extendiendo la mano delante de cualquiera con una botella escondida en una bolsa de papel.

Le indiqué el camino hasta una cafetería en la esquina frente al edificio del periódico y él accedió a pagar los cafés. Cuando por fin nos sentamos, pronunció una palabra que no esperaba ni sentía que merecía:

—Gracias, señorita Triggs.

—No tiene que dármelas, por favor —respondí.

—Anoche murió un monstruo y el mundo es un poco mejor.

—Yo... Yo no tuve nada que ver.

—Lo sé. Pero sí en que todo el mundo sepa la verdad de quién era. Si no llega a ser por usted...

—Por favor, tutéeme. No soy más que..., bueno, alguien que solo busca la verdad.

—Si no llega a ser por ti..., todo el mundo hubiese pensado que era un buen tipo tratado de manera injusta. Bueno, todos los periódicos cuentan eso, ¿no?

—Todos menos el *Press*.

—Por eso he venido..., porque sois los únicos que han buscado la verdad de todo esto. Ese tipo no se merecía morir como un héroe y... gracias a ti no lo hará.

—Murió porque la gente necesitaba justicia pero la confundió con venganza. No por el artículo. Pero... No hay de qué —respondí, algo confusa—. ¿Puedo preguntarle algo, señor Templeton?

—Claro.

—¿Para eso ha venido? ¿Para darme las gracias por desvelar la historia de James Foster?

Aaron meditó durante unos instantes su respuesta y luego continuó:

—Sí y... no —dudó—. He venido para preguntarte qué más sabes.

—No puedo..., no puedo decirle nada más, señor Templeton. Supongo que entiende que esa información solo se la puede contar la policía.

—Por favor...

Me levanté y me dispuse a marcharme. Sabía que aquello no me iba a ayudar en lo más mínimo.

—Tengo que volver a la redacción.

—Por favor..., solo dime si viste algo en esa casa que te indicase que también podría tener a Kiera. Solo eso.

Suspiré, pero pensé que esa información no le haría ningún mal. Luego negué con la cabeza, en silencio.

—¿Nada?

—No, señor Templeton. Su hija no estaba allí. Y tampoco parecía haberlo estado. Sé que hubiese facilitado mucho las cosas, pero no es así. Su hija... no parece que fuese raptada por James Foster ni nada por el estilo. Lo cual no es tan malo. Créame. Tal vez Kiera esté en otro lugar, mejor cuidada de lo que lo hubiese estado con ese hombre.

—Gracias, Miren, es más de lo que necesitaba —dijo, atrapando con el dedo una lágrima que le recorría la cara.

—Tengo que irme, de verdad. Si necesita más información creo que debería hablar con los investigadores que llevan su caso. Yo..., yo sé muy poco. Solo lo que se ha filtrado a la prensa, quizá algo más, pero nada que resulte relevante para encontrarla.

—¿Me ayudarías a encontrar a Kiera? —dijo, de golpe, como si yo pudiese hacer algo, en una especie de súplica tan sincera que dolía escuchar. Apreté los labios e hice una mueca de lástima.

—Se equivoca si cree que tiene que pedírmelo. Ya la estoy buscando. Pero... no es fácil. Nadie la vio. Nadie ha visto nada. Ni las cámaras ni nadie por la calle. No hay nada. Solo... solo queda esperar a descubrir algo nuevo. Alguien cometerá un error o encontraremos algo distinto. Pero... no deje de buscar a su hija. Tiene pinta de que la policía pronto agotará sus vías y entonces... tendrá que ser lo bastante fuerte para no hundirse.

—Miren, ¿me prometes que seguirás buscándola?

—¿Lo hará usted?

—No sabría vivir de otra manera —respondió—. Se lo debo a mi mujer.

—Yo soy muy terca. Le aseguro que no dejaré de buscar a su hija.

—Gracias, Miren, pareces una buena persona. La vida ha debido de tratarte bien.

Me reí por dentro. Qué poco sabía él de mí y qué pronto se había atrevido a lanzar aquel juicio erróneo.

—¿Es usted buena persona? —le pregunté.

—Creo que sí. Al menos... lo intento —dijo, casi entre sollozos.

—¿Y cuándo la vida le ha tratado bien?

No me respondió, pero asintió antes de darle un sorbo a su café. Me despedí de él tras intercambiarnos los teléfonos con la excusa de contarnos avances y pasarnos cualquier información que pudiese ayudar a seguir avanzando. Aaron Templeton me cayó bien, aunque resultaba difícil discernir si el motivo era la pena o el que su mirada de verdad transmitía esperanza.

Luego volví a la redacción y él se quedó en la cafetería, mirando por la ventana con los ojos perdidos en la gente que cruzaba la calle con prisa. Quizá estaba buscando en su memoria cuándo se había portado mal para merecer lo que les había sucedido, pero yo estaba segura de que la vida no funcionaba así, porque siempre repartía palos entre las ruedas a todo al que alcanzaba. Yo ya sabía que si la vida descubre que no tiene cómo ponerte la zancadilla te regala una bicicleta sin frenos para destrozarte los huesos.

Al llegar me senté a mi mesa e hice como si colocase las cosas. Diez minutos después, una mujer morena con el rostro alegre se me acercó saludándome y me dijo:

—Tú eres Miren Triggs, ¿no? La nueva.

Asentí.

—Enhorabuena por esa portada. Eso es entrar por la puerta grande. Soy Nora. Según Phil, estamos en el mismo equipo y ya has llegado tarde. Encajarás bien. Sí que eres joven, sí. Luego te presento a Bob, es un poco capullo pero es de los mejores. Y Samantha… ¿dónde diablos está Samantha? —dijo, levantando la vista y buscando con la mirada en la oficina.

—¿Bob Wexter? ¿El legendario Bob Wexter?

—Sí. No es tan legendario una vez lo conoces en persona. Es muy olvidadizo con las cosas del día a día. A veces no sabe ni dónde está su mesa.

—Un segundo… ¿Eres Nora…, Nora Fox?

Nora me devolvió una sonrisa. No podía creerlo. Estaba hablando en persona con Nora Fox, artífice de una famosa serie de artículos que destapaban una trama de ocultación por parte de la CIA de unos supuestos favores sexuales a un grupo de senadores a cambio del voto a favor en algunas leyes referentes al juego *online*. También había realizado reportajes sobre manipulaciones electorales en Latinoamérica que casi consiguen derrocar sus Gobiernos. Era una eminencia y me hablaba con una tranquilidad y frescura que no relacionaba con su capacidad para ahondar en las entrañas de los asuntos más oscuros del sistema.

—Sí, claro. Soy yo.

—He leído muchísimos de tus reportajes —dije, entusiasmada, sintiendo cómo mis orejas casi aplauden de emoción.

—Miren. ¿Me dejas llamarte Miren? Sí, ¿verdad? Gracias. Te voy a explicar un poco esto y vemos en qué te puedes meter.

—Sí, por favor —respondí.

—Entre los tres: Samantha, Bob, yo, y ahora también tú, cuatro, investigamos sobre un asunto concreto. Bob es el jefe, en teoría, pero en la práctica no. No hay jefes. Entre todos elegimos un tema y vamos hasta el fondo. Ahora mismo estamos con los empresarios que parecen desaparecer por toda Europa. Es algo turbio de lo que nadie habla. En eso trabajamos. ¿Qué tal tu francés? ¿Alemán? Bueno, luego cada uno tiene un tema propio, o dos si llegas, pero en esos tienes que trabajar por tu cuenta. ¿Cuál es el tuyo? ¿Lo has decidido?

—Eh…, no.

—¿Qué te gusta? ¿Qué te preocupa? Tienes que meterte ahí, en esa cabecita de periodista y sumergirte en tus miedos. Los míos tienen que ver con la libertad de expresión. Temo el día en que no me dejen alzar la voz, ¿sabes?

—Ahora mismo me preocupa desaparecer como lo ha hecho Kiera Templeton —respondí.

—¿La niña? Bueno, es un buen tema, pero complicado. Las vías están ya todas agotadas, pero…, oye, si la encuentras, ganas el Pulitzer. Está bien pensado.

—No…, no quiero el Pulitzer.

—Bueno, sí, eso decimos todos. Pero… no te emociones mucho. Esto es periodismo. Aquí no hay leyendas ni glamur; solo verdad. Tu palabra vale tanto como lo poco que te vendas. Y eso es lo difícil, ¿sabes?

Asentí, una vez más. Mientras hablaba con ella tuve la sensación de que el mundo se había acelerado a mi alrededor. Comprobé que la gente no paraba de andar en todas direcciones por la redacción. Dos redactores caminaban por un pasillo charlando sobre el contenido de unos folios, varios tecleaban con intensidad en sus ordenadores IBM, otros tantos atendían llamadas y tomaban notas entre susurros.

—¿Puedo preguntarte algo? —inquirí, esta vez yo.

—Claro. Dispara. Eres valiente para ser tan joven. Me gustas.

Me tomé aquello como un cumplido, porque estaba muy nerviosa.

—¿De verdad crees que encajaré?

—¿Sinceramente?

Esperé que continuase sin yo decir nada. Sabía que lo haría.

—Tendremos suerte si conseguimos que aguantes más de dos semanas. Este mundo es más oscuro de lo que aparenta desde fuera.

—Bueno —respondí—, entonces no hay problema.

—¿Por qué dices eso?

—Porque yo también soy así —dije, con voz seria, a lo que Nora me respondió con un silencio.

Capítulo 45

1 de diciembre de 2003

Cinco años después de la desaparición de Kiera

Y un día, sin más, alguien te
pide que dejes de ser tú.

Al día siguiente del incidente en su trastero, Miren llegó a la redacción cargando con dificultad las dos cajas de la investigación de Kiera y las dejó sobre su mesa. Aún era temprano y no habían llegado los dos becarios, así que se fue a la mesa de Nora, que tecleaba con rapidez.

—No me apetece hablar contigo, Miren —dijo Nora en cuanto la vio acercarse.

—¿Estás muy enfadada?

—¿Tú qué crees?

—Siento lo del artículo de la cinta. Debí de haberlo consensuado con el equipo, pero... era importante.

Llevaba mucho esperando algo así y es una buena oportunidad para hallar algo.

—Lo sé, Miren, pero se tenía que publicar el reportaje de la industria cárnica. Llevamos meses con eso. Te saltaste la aprobación. Te lo saltaste todo. Enviaste tu artículo a imprenta sustituyendo al del equipo.

—Lo sé..., lo siento..., pero...

—Hay cosas que no, Miren. Y lo sabes. No esperaba algo así de ti.

—Era importante, Nora. Quizá sirva para encontrarla.

—A ti solo te importas tú, ¿verdad? ¿No te importa nada más?

Miren no respondió.

—Bob ya se ha enterado. Está enfadado. Está con Phil al teléfono ahora mismo.

—Se lo has dicho tú, ¿verdad?

—Lo llamé ayer a Jordania para contárselo. ¡Jordania! No sabía ni dónde estaba, ya sabes que siempre anda por ahí, y más ahora con lo de Irak. Nadie se esperaba que fueses a hacer algo así, Miren.

—¿De verdad no podía esperar un día el asunto de la carne de ternera?

—Miren, están dando pienso animal a las vacas en Washington. Es algo muy grave. Hemos mandado algunas muestras a analizar al Reino Unido y... si todo se confirma puede suponer uno de los mayores escándalos alimenticios en Estados Unidos. Tenemos la delantera en este asunto y no podemos retrasarlo. No sé, Miren, era uno de los proyectos de todo el equipo. ¿De verdad era tan necesario?

—Pensé que os parecería bien. Phil parecía contento con el resultado. Se estaba vendiendo bien…

—Pero esto no trata de Phil o de lo que él decida. Él está aún pensando en la guerra de Irak y en lo que pasa en Oriente. Nosotros investigamos lo que nadie quiere que desvelemos. Lo de la carne es algo gordo, Miren. Lo llaman la enfermedad de las vacas locas. Si el laboratorio de Reino Unido confirma nuestras sospechas, será algo gravísimo. A eso nos dedicamos, Miren. Sé que lo haces con buena intención y que… la niña esa es tu caso personal, pero… no nos puedes arrastrar a todos.

—¿Y qué va a pasar?

—Hemos presentado una queja formal a Phil. Lo siento, Miren.

—¿En serio? Él estaba de acuerdo. ¿Por qué habéis hecho eso? Ahora…, ahora tendrá que justificarla en el consejo y…

—Lo siento de verdad, Miren, pero… no nos has dejado otra.

Miren alzó la vista hacia el despacho de Phil y vio que justo acababa de colgar. Miren caminó hacia su oficina con decisión. Al pasar junto a su mesa, los dos becarios, que acababan de llegar, la vieron caminar con tal decisión que no se atrevieron a saludarla.

—Me han jodido, ¿verdad? —dijo Miren, entrando por la puerta del despacho de Phil.

—Miren…, ya sabes lo que opino. Te he dado luz verde…

—Pero hay un pero, ¿verdad? Me han jodido.

—Pero esta queja no ha gustado al consejo. Apoyan mucho el trabajo de Bob y esto no tiene su aprobación.

—Tú mismo me has dicho que lo de la cinta… era increíble.

—Lo sé, Miren, pero… roza el sensacionalismo.

—Ayer mismo me dijiste que te parecía bien que…

—Y hoy que formas parte de un equipo y que tienes que amoldarte a él. Esto es así, Miren.

—Phil…, solo quiero encontrar a esa niña. Entré aquí por ella. Esta es nuestra oportunidad.

—El consejo ha pedido que dejemos el tema. Que esto de la búsqueda es algo que a partir de ahora se convertirá en carnaza y toda la prensa amarilla saltará a por él. Y tienen razón, Miren. ¿Has visto los periódicos de hoy? ¿Has visto las tertulias? Todo el mundo está hablando de esto, sacando mierda sobre la familia. Eso no es información. Eso es morbo puro. El *Press* no puede estar ahí. Entraste aquí por desenmascarar a James Foster. Esa niña no tiene nada que ver.

—¿Me lo estás diciendo en serio? Tengo dos becarios para esto. Tú me diste el visto bueno.

—Miren…, creo que he sido claro.

—¿Qué hago? ¿Los echo? ¿Eso me estás diciendo?

—No te estoy diciendo que los despidas. Pueden pasarse a sucesos. Allí siempre hace falta echar una mano. Avisaré a Casey para que les asigne trabajo en su departamento.

—Esto es una mierda, Phil. No voy a dejar este tema.

—Miren, eres suficientemente inteligente para saber que el asunto de Kiera Templeton acaba aquí. —Hizo una pausa y luego continuó—: Eres buena. No te va a costar encontrar cualquier otro tema que no sea tan… escabroso. No somos un periódico sensacionalista.

—Esto no es sensacionalismo, por el amor de Dios, Phil. Esto es la vida de una niña que nos necesita.

—Suena muy bien, Miren, de verdad que sí. Sé que cada vez que hemos mencionado este tema hemos vendido el doble o el tripe de ejemplares, pero el consejo… está más pendiente ahora de la credibilidad y seriedad que de las ventas. Ya has ayudado a la niña. Gracias al artículo y al foco mediático tal vez la policía le dedique más recursos.

—¿Desde cuándo le importa más la seriedad que las ventas?

—Desde hoy. Al consejo no le gustan estos puentes y saltos en la jerarquía. Lo deberías saber. Y creo que… ya le he dedicado más tiempo del que se merecía este asunto.

Miren le dedicó el peor de sus entrecejos fruncidos y él agachó su vista y comenzó a leer unos folios que tenía sobre la mesa, dando la conversación por terminada. Era su manera de hacerlo. Siempre actuaba igual.

—Estás siendo injusto, Phil —dijo, antes de salir de su despacho, caminando como una furia hacia su mesa, donde la esperaban los dos becarios que acababan de llegar con cara de no entender lo que ocurría.

—Hola, jefa —saludó la chica—. ¿Qué hay aquí dentro? —añadió, señalando las dos cajas de cartón que Miren había dejado sobre su escritorio.

—Chicos…, todo es una mierda. Ha habido cambio de planes —dijo Miren, apartándose el pelo de la cara al tiempo que soplaba con fuerza—. Tenemos que correr. Hoy es vuestro último día en investigación. Subís de planta. A sucesos. A ti quizá te guste —dijo, señalando al chico.

—Estás de broma, ¿no? —dijo él, incrédulo.

—Ya me gustaría, pero… no.

—Joder… —dijo, lamentándose—. Ayer justo rechacé un puesto de investigación en el *Daily*.

—¿Y por qué diablos has hecho eso? —inquirió Miren, algo incómoda—. Estás aquí de becario. Si te ofrecen algo mejor, cógelo. En este mundo esas oportunidades no surgen así como así.

—Ya, pero... esto es el *Press*. Aun siendo becario..., no sé, es el *Press* —argumentó él.

—¿Y qué? Lo que importa son las historias, no la cabecera del periódico. Si lo que escribes es bueno, con independencia de dónde lo hagas, puedes cambiar las cosas.

—Joder... —dijo el chico, bufando y mirando al techo.

—Bueno, da igual. Ya está hecho. Es una mierda, lo sé. Me jode mucho, os lo aseguro. Pero... este mundo funciona casi al día. Una mañana eres importante y a la siguiente estás elaborando los crucigramas de la última página.

—¿En serio nos pasan a sucesos?

—Sí. No os imagináis lo enfadada que estoy.

El chico suspiró con fuerza. A la chica pareció importarle menos, pero en realidad solo era en apariencia. Miren no estaba enfadada por tener que prescindir de ellos, sino porque le habían cortado las alas. Cuando por fin acariciaba a Kiera con la punta de los dedos, se topó de bruces con una burocracia que no aguantaba. El caso de Kiera era llamativo e interesante, pero... la rectitud del consejo muchas veces era un freno para avanzar más deprisa.

—El contenido de esas cajas es lo que tenemos sobre Kiera Templeton. Quiero que le echéis un ojo a todo esto, hoy, y me contéis qué os parece. Yo ya lo he visto demasiadas veces. Necesito ojos nuevos. ¿Alguno no come carne? Os invitaré al almuerzo. Qué menos. Estamos de... de despedida de empresa.

—Eh..., ¿y las llamadas? —preguntó ella.

—Yo soy vegano —añadió él.

—¿Las llamadas? Al mismo tiempo —respondió en dirección a la chica—. ¿Y tú tienes siempre que ser el puntilloso?

—Pero si el teléfono no deja de sonar. Casi no nos da tiempo a respirar.

—Sois dos, ¿no?

—Sí, pero... también estamos con la lista de jugueterías y...

—¿La tenéis ya?

—Solo las de Manhattan y Nueva Jersey. Nos faltan las de Brooklyn, Long Island, Queens y... si ampliamos un poco el cerco la cosa se complica.

—De momento me vale —Miren alargó el brazo y cogió un plano de Nueva York marcado con círculos y cruces por todas partes.

—Las cruces son las tiendas que venden juguetes para niños —dijo la chica—, y los círculos, las tiendas de maquetas y modelismo. Ayer llamamos a un par y nos han confirmado que también venden en ellas las casas de muñecas.

—Bien hecho... Un segundo, ¿cómo te llamas?

—Victoria. Victoria Wells.

—¿A mí no me piensas preguntar el nombre? —saltó él, ignorando un instante la llamada de teléfono que empezó a sonar.

—De momento no. ¿Algo más de las llamadas, Victoria?

—El papel de la pared. Una mujer de... —mientras hablaba, su compañero descolgó el teléfono que no dejaba de sonar, como si al otro lado hubiese una lista eterna de personas dispuestas a contar su versión o deseosas de sentirse escuchadas.

—... una mujer de Newark dice que lo tiene en su casa. El mismo modelo que aparece en la cinta. Lo compró en un mercadillo de las afueras hace veinte años.

—Es algo.

—Bueno... espera. Luego hemos tenido treinta llamadas diciendo que el modelo de papel de pared es uno de los modelos estándar de la cadena de tiendas de bricolaje Furnitools. Llevan veinticinco años con ese modelo en catálogo. Está disponible en todo el país.

—Mierda —dejó escapar Miren, en un suspiro. Luego se levantó, con el mapa de las jugueterías, y deambuló en torno a su escritorio, observándolo con detenimiento—. Tardaría una eternidad en visitarlas todas para ver si tienen algo: un historial de clientes que hayan comprado la casita o yo qué sé; recibos de tarjetas de crédito.

—Quizá... podrías volver a pedir ayuda en un artículo —dijo Victoria—, esta vez a las jugueterías. Estoy segura de que muchas ayudarían encantadas.

—¿Un artículo? Y estaría buscando trabajo con vosotros esa misma tarde. Este tema se ha cerrado en el *Press,* chicos. Y por eso no podéis quedaros. Al menos no conmigo. Tiene que ser... del modo tradicional. Y aun así puede que no consiga nada.

—¿Visitarlas? —preguntó el chico, que acababa de colgar el teléfono, momento en el que ya había comenzado a sonar de nuevo. Victoria alargó la mano y lo descolgó:

—*Manhattan Press,* ¿qué información quiere facilitar? —dijo al auricular.

—Hay más de mil tiendas de juguetes entre Nueva York y Nueva Jersey —señaló el chico—. Eso sin tener en cuenta Queens o Long Island. La cosa se puede poner fácil en las dos mil tiendas, entre comercios pequeños y grandes almacenes, que también venden juguetes.

—Lo sé, pero... si consigo visitar o llamar..., digamos dos al día en los ratos libres..., tardaría...

—Tres años —sentenció el chico, en un instante.

—Buena agilidad mental. Ahora sí, ¿cómo te llamas? ¿Sabes qué? Mejor no me lo digas. Mantengamos esa incóg...

—Me llamo Robert —dijo, sin dejarla terminar la frase. A Miren aquel nombre le traía malos recuerdos, pero era inevitable encontrarse de vez en cuando con él. Era increíble cómo, cada cierto tiempo, aparecía una nueva persona que se llamaba así y ya provocaba un instantáneo rechazo en ella, como si tuviese que aprender a pedir perdón desde las entrañas o a olvidar desde el corazón.

—¿Qué hacéis cuando no estáis en la oficina? —preguntó Miren. Una idea absurda se le había colado en la cabeza.

—Ehhh..., ¿estudiar? Ambos seguimos en la universidad —respondió Robert.

—Bien. Ahora que no vais a estar en investigación, ¿os gustaría ganaros unos dólares extra los fines de semana?

Capítulo 46

27 de noviembre de 2010

Doce años después de la desaparición de Kiera

Imagina, por un segundo, que nadie te busca o te espera. ¿No es eso el amor? Sentirse esperado o buscado.

El agente Miller deambuló durante un par de horas por el centro. Estaba desolado y no quería marcharse a casa y contar a su esposa lo que había sucedido tan pronto. Necesitaba repensar qué hacer. En sus planes nunca entró dejar el cuerpo y quizá aquel empujón en Navidad le serviría para dar el paso. Contempló la posibilidad de desconectar de los casos en los que estaba inmerso, pero para él era imposible borrar los rostros felices de aquellas fotografías que siempre revisaba una y otra vez cada mañana. Pensó en Josh Armington, un niño de apenas doce años que había desaparecido de un parque infantil a plena luz del día; luego en Gina Pebbles, una adolescente que había desaparecido en 2002 tras salir de su instituto en Queens y cuyo rastro se perdió a dos kilómetros, en un parque en el que encontraron su mochila. Pensó en Kiera, siempre pensaba en ella, y en las cintas, y en dolor de los Templeton, y en cómo se había resquebrajado la vida de aquella familia que veía de vez en cuando, para saber de ellos y contarles cómo no estaba avanzando la investigación.

Sin darse cuenta ni de por dónde andaba, caminó en dirección norte, atravesando el Soho mientras callejeaba hasta llegar al Washington Square Park. Allí, una monumental fuente lideraba el centro del parque, y recordó también el caso de Anna Atkins, una mujer que en 2008 se había citado con un hombre en aquel punto y nunca más se supo de ella ni del tipo con el que supuestamente había quedado. La ciudad entera, a pesar de estar tan atestada, con millones de habitantes poblando las calles, invitaba al anonimato, y cada rincón, cada esquina, cada árbol o muesca en la acera escondían historias que quizá era mejor no descubrir. A pesar del creciente número de cámaras de seguridad en la ciudad, con las que se intentaba controlar y mitigar el vandalismo, era difícil que alguien recordase una cara, un rostro, que hubiese visto algo si se le necesitase. Si algo bueno tenía Nueva York es que era perfecta para desaparecer.

Si las cámaras no habían visto nada, difícilmente se podía avanzar en los casos. Los testigos brillaban por su ausencia en los casos como en los que él se sumergía.

Mientras se perdía en sus pensamientos, llegó a Union Square Park, donde otro caso invadió su mente. Luego siguió en dirección norte, zigzagueando entre calles, y decidió parar en Wildberg's Sandwich, un angosto local histórico en el que servían el mejor pastrami de la ciudad. Se sentó en la barra, entre un tipo trajeado y dos turistas. Estaba desolado y sediento. El camarero le saludó con una sonrisa:

—¿Qué va a ser, amigo?

—Una cerveza y... un sándwich de... —oteó la carta con rapidez—, un Mitch de esos.

—Buena elección. ¿Mal día?

—Estas fechas siempre me..., me traen malos recuerdos. Todo se complica mucho.

— La Navidad a muchos nos trae malos recuerdos, amigo. Todos hemos perdido a alguien en estas fechas pero..., bueno, la vida sigue.

—Bueno..., sí. Pero cuando es una ni... —Ben no se atrevió a terminar la frase, porque quizá tendría que explicar más de la cuenta.

—Mi mujer murió el día antes de Navidad, ¿sabe? —dijo el camarero—. Y desde entonces..., bueno, lo celebro por ella. Hay que tomárselo así. Si no esto es un sinvivir. Cuando haya algo que celebrar, agárrelo, amigo, y hágalo. Porque las cosas malas están ahí, esperando, y el calendario entero se llena de ellas sin que te des cuenta.

Ben asintió y alzó el vaso de cerveza que le acababa de dejar el camarero en el mostrador. Un rato después, un plato con un sándwich de huevo y cebolla se deslizó hasta donde estaba sentado, justo en el instante en que su teléfono comenzó a sonar.

—Dime, John. No me lo digas. Ya te has enterado —dijo, nada más descolgar.

—Sí. Es una mierda. No aguanto a Spencer, de verdad. Pero, bueno, tómatelo como unas vacaciones para estar en familia.

—Supongo que sí. Luego llamaré a Lisa para organizar algún viaje o algo. Nos fundiremos los ahorros, pero… ahora mismo no puedo pisar la ciudad. No paro de pensar en el trabajo. Quizá me venga bien.

—Bueno… por eso te llamaba.

—No me lo digas: no hay nada en la cinta ni en el sobre.

—Eso te iba a preguntar. ¿Quién los ha tocado?

—Según tengo entendido, los Swaghat, la familia india que vive ahora en su antigua casa, los padres y… yo. Yo he usado guantes. Solo deberías encontrar las huellas de los Swaghat y los padres.

—Eh…, a ver. Cómo te lo explico… —dudó John, al otro lado—. Hay dos coincidencias más. Dos personas distintas más en el sobre.

—¿Dos huellas?

—Las primeras que el sistema ha encontrado son las de... Miren Triggs. La tengo en el registro desde 2003.

—¿Miren? ¿Cómo es posible? No... no ha estado con nosotros.

—No le he dado mucha importancia porque sé que es amiga de la familia.

—No tiene ningún sentido.

—Bueno..., la otra quizá es la más vaga, pero el sistema... ha detectado una coincidencia más extraña aún.

—Dispara.

—Conoces el *software* que se implantó para proyectar la evolución de las huellas, para minimizar las distorsiones que suceden en las yemas con la edad, ¿verdad?

—Sí. Me contaste algo.

—Bueno, pues se trata de un programa de simulación que corre sobre el IAFIS que permite expandir las huellas dactilares en función de la edad, con el objetivo de encontrar patrones con el paso de los años. Cuanto más te alejes del año de origen del que tienes la referencia, menos precisos son los resultados, al igual que con las predicciones del tiempo, por ejemplo, pero...

—Sí, sí. Dilo de una vez.

—También hay unas huellas que tienen una coincidencia de un cuarenta y dos por ciento con las de Kiera Templeton. Mismos surcos, bifurcaciones y la misma posición del núcleo.

—¿Qué dices?

—A ver... No es definitivo. Un cuarenta y dos por ciento no sirve para un tribunal, sinceramente, pero... ese porcentaje es normal con todos los años que tienen las huellas que hay en el archivo de Kiera Templeton. Piensa que las que tenemos en el registro son de cuando tenía tres años y estas... corresponden a una persona adulta.

—¿Me estás diciendo que Kiera Templeton ha podido tocar ese sobre?

—Te estoy diciendo que es muy probable que Kiera Templeton haya tocado ese paquete, pero el sistema le ha asignado un ratio de error en función de los años transcurridos.

—No..., no puede ser.

—¿Crees que ella misma es la que ha dejado la cinta, agente?

—No lo sé, John, pero... esto tiene difícil explicación.

—¿Qué va a pasar ahora? ¿Te sirve de algo?

—No, si no consigo encontrar a Miren Triggs. Necesito hablar con ella para saber por qué sus huellas están en el sobre.

Capítulo 47
14 de septiembre de 2000
Lugar desconocido

Cruzas una línea y, tarde o temprano, caes por un precipicio.

Will se había subido a una escalera de mano y se encontraba en el cuarto de Kiera atornillando con dificultad a una esquina de la habitación una pequeña cámara de vigilancia que había comprado en una tienda de artículos de segunda mano.

—Ya está —dijo, una vez que la encendió y comprobó que el piloto rojo se encendía.

El cable de la cámara hacía un recorrido en línea recta junto a la moldura del techo hasta la parte superior de la puerta del dormitorio, donde Will había perforado un agujero en el tabique para pasar el cable, que serpenteaba por la pared del salón hasta llegar a la televisión.

Iris jugaba con Kiera sobre el sofá y preguntó inquieta:

—¿De verdad es necesario todo esto?

—No quiero sorpresas, Iris. Mira, en el ocho he puesto el cuarto de Mila; en el nueve, la cámara de la entrada. Si pulsas aquí, activas el sonido, ¿ves?

—¿Cuánto te ha costado esto?

—Menos de cincuenta dólares, tranquila. Es solo... por precaución.

—No saldrá más, Will. No es necesario. ¿Verdad que no, cariño? —dijo en dirección a Kiera, que la abrazaba como si fuese un pequeño koala asustado.

—No, mamá —respondió Kiera, con voz aguda y rasgada—. No me quiero poner malita.

—Y no te vas a poner, cariño. Fuera es... peligroso.

—Iris, no quiero más sustos —señaló Will.

—¿No ha sido suficiente con elevar las cerraduras de la puerta? Así no...

—Yo quiero ver *Jumanji* —dijo Mila, ignorando la conversación.

—¿Otra vez?

—¡Quiero ver al león! —gritó. Luego rugió con fuerza, en dirección a Iris—: ¡Argggh!

—¡Está bien! —aceptó, levantándose hacia el reproductor e introduciendo la cinta de *Jumanji* en él.

Cuando por fin aparecieron las letras de Tristar Pictures, Iris se incorporó y susurró a Will:

—¿Crees que..., que vio algo?

—¿De lo de...? —intentó no terminar la frase.

—Sí.

—Creo que sí... Desde entonces hace como que no estoy. Si te fijas, solo quiere estar contigo.

—Sí. Lo sé. No..., no se despega de mí.

—Y tú, feliz, ¿no?

—¿Lo dices en serio?

—A ti te viene de perlas. Así la niña no se separa de ti.

—Se te está yendo la cabeza, Will. Hemos... —cambió el tono de voz y habló incluso más bajo—, hemos matado a nuestro vecino y lo hemos enterrado en el patio trasero. ¿Cómo diablos voy a...?

—¡Baja la voz! ¡Te va a oír! —susurró, desviando los ojos hacia la ventana que daba al jardín trasero.

—¿Te crees que no lo sabe?

—Mami, ¿vienes? Ya empieza.

—Ya voy yo, cariño —dijo Will, colándose en la propuesta y acercándose al sofá.

—Tú no, mamá —respondió Kiera, dándole la espalda. Luego volvió la vista hacia la televisión, como si ellos no estuviesen allí.

Will, que no había tenido tiempo de llegar, hizo oídos sordos y se sentó junto a ella, rodeándola con su brazo.

—¡Tú no, mamá! —repitió, enfadada.

Will se llevó las manos a la cabeza, conteniendo un grito que se le agarró a las cuerdas vocales. Se levantó y empezó a dar vueltas de un lado a otro del salón. Aquel rechazo le sobrepasaba. En su cabeza se amontonó todo lo que había llegado a hacer por tenerla en casa: las visitas a tiendas de ropa, las noches en vela cuando lloraba preguntando por sus padres, los juguetes que compraba para hacerla feliz. Nada parecía servirle. Por más que se esforzaba, él siempre sentía que la niña lo rechazaba. Iris se acercó a la pequeña y, cuando Kiera agarró su brazo, sintió como si le hubiesen dado un puñetazo en el estómago.

—Sabía que esto pasaría. No tendría que...

—¿El qué, Will? —preguntó, Iris.

—¡Esto! ¡Vosotras! Y yo..., como si fuese..., como si fuese un delincuente. También estoy en esta casa, ¿sabéis? —chilló.

Kiera lo miró y puso cara de estar a punto de llorar.

—¿Quieres dejar de asustar a la niña? —replicó Iris—. Ya está, cielo... Es que tu padre a veces... se pone nervioso.

—Él no es mi papá —dijo, con una frase que lo precipitó todo.

—¡¿Qué has dicho?! —chilló él, acercándose enfadado y alzando el puño hacia ella. Iris apretó la mandíbula, colérica, y lo observó con el mayor odio que nunca había sentido.

El puño de Will temblaba en el aire y Kiera empezó a llorar con fuerza.

—Ponle un dedo encima si eres capaz —dijo Iris.

Will estuvo a punto de dejar ir su mano. Ni siquiera él mismo supo por qué no lo hizo. Quizá fue el rostro asustado de la niña o quizá la mirada de ira de su mujer, pero se sintió tan fuera de aquella familia impostada que se derrumbó, arrodillándose, y comenzó a llorar con tanto dolor entre las costillas que estuvo a punto de desmayarse.

Iris abrazó a Kiera, intentando calmarla, mientras Will lloraba sin parar. Entonces alzó la mano hacia su mujer, al tiempo que dejaba escapar un tímido «lo siento» con los labios. Pero ella apartó la suya, y ese simple gesto fue el comienzo del derrumbe de todo, que se extendió poco a poco durante las siguientes semanas, para terminar de una manera que Iris nunca pudo imaginar.

Capítulo 48
Miren Triggs
1998-1999

La vida solo es justa si haces que lo sea.

Mi incorporación al *Press* fue más dramática de lo que me hubiese gustado. Nada más pisar la redacción, me incorporé al equipo de Bob Wexter, Nora Fox y Samatha Axley como becaria de investigación. Yo era la única cuyo apellido no tenía una equis, y aquella chorrada me valió durante un tiempo para encajar bromas mientras indagábamos en casos que nunca imaginé: la compraventa de armas por parte del Gobierno a países del Golfo, escándalos sexuales de miembros del Senado, filtraciones gubernamentales en las que se destapaban graves escándalos de corrupción. Durante los primeros seis meses estuve saturada y el caso de Kiera, aunque importante para mí, y por mucho que me doliese, pasó a un tercer plano. Se me acumulaban los exámenes y trabajos que debía entregar en la facultad, y por las tardes acudía al *Press* para ver en qué podía ayudar. Mi contrato con el *Press* incluía un aumento de sueldo en cuanto obtuviese el título, convirtiendo mi convenio en prácticas en un contrato fijo a jornada completa, pero hasta que eso no sucediese tenía que intentar ponerme al día por las tardes, quedándome hasta tarde en la oficina o haciendo horas extras al llegar a casa.

Durante ese tiempo apenas vi a mis padres, que se habían convertido en una figura lejana de consuelo al otro lado de una línea de teléfono.

Una mañana, al fin, el profesor Schmoer caminó en silencio por el *hall*, actuando como si no me conociese, y colgó en el tablón de anuncios las notas finales de su asignatura, entre las que destacaba una preciosa matrícula de honor junto a mi nombre, otorgándome, oficialmente, el título de periodista graduada en Columbia. No habíamos vuelto a hablar desde aquella noche, y me acerqué a él antes de que se marchase, sin saber muy bien qué decirle.

—Profesor —lo interrumpí.

—Miren —respondió sorprendido de verme—. Enhorabuena.

—Gra…, gracias.

—Has... presentado un proyecto final muy bueno. No esperaba menos de ti.

—¿Te gustó? —pregunté, entre un mar de inseguridades.

—Lo refleja la nota, ¿no?

—Sí, supongo. Gracias de nuevo.

—No he..., no he hecho nada. Ya lo sabes. Es la nota que te mereces. Eres la alumna más... —buscó un adjetivo en su cabeza que resumiese una personalidad complicada, pero desistió en cuanto lo interrumpí.

—Si estoy en el *Press* es gracias a ti.

—No te equivoques, Miren. Si estás en el *Press* es porque vales y porque ellos también lo han visto. Lo de James Foster...

—Fue un poco de suerte. Yo también pensaba que era inocente.

—Da igual lo que pensaras, mientras persiguieses la verdad. El problema sería si lo que pensaras cambiase la verdad.

—¿No es eso lo que ocurre con muchos periódicos?

—Y por eso serás buena periodista, Miren. Tu sitio está en el *Press*. No tengo la menor duda.

—¿Seguirás dando clases, profesor?

—Oh, sí. Creo que..., que merece la pena. Es importante. Llenaré las eternas horas de tutorías participando en la radio de la facultad. Quizá me oigas por ahí.

—Quizá lo haga, sí —dije, medio en broma—. Y... gracias de nuevo, Jim.

—No hay de qué —afirmó, girándose y alzando la mano por encima de la cabeza, mientras se alejaba.

—¡Por cierto, profesor! —grité, levantando la voz mientras se alejaba—. ¿Son nuevas esas gafas?

—Se me rompieron las antiguas —respondió en voz alta, a modo de despedida, siguiendo la broma oculta que solo comprendimos él y yo.

Al salir del campus llamé a mis padres. Estaba eufórica. Al fin podría dedicarme al cien por cien al periódico y retomar la búsqueda de Kiera, que seguía en mi cabeza, escondida y vagando por los rincones de mi mente. En realidad, ella nunca había dejado de estarlo, pero el día a día y el estrés de la adaptación al ritmo de la redacción me habían apartado de la promesa que me hice a mí misma y a su padre, el señor Templeton.

—¡Mamá! —chillé, en cuanto respondió el teléfono—. ¡Soy oficialmente periodista!

Aún recuerdo aquella llamada. Con qué facilidad se desmorona todo. Puedes intentar ser fuerte, pensar que las cosas pasan por un motivo que más adelante comprenderás, que la vida intenta darte lecciones de las que sacar algún aprendizaje vital, pero la simple y llana verdad era que mi madre respondió al teléfono llorando y jadeando y yo, durante aquellos instantes, no comprendí nada.

—¿Qué ocurre, mamá? ¿Qué ha pasado?

—Quería llamarte para decírtelo antes..., pero... no he podido.

—¿Qué pasa? Me estás preocupando.

—El abuelo...

—¿Qué pasa con el abuelo?

—Ha disparado a la abuela.

—¡¿Qué estás diciendo?! —exhalé, sorprendida.

—Estamos en el hospital. Está muy grave, Miren. Tienes que venir.

—Pero ¿por qué...?

En ese momento no quise verlo. Quizá no me aventuré a abrir los ojos en la dirección que debía.

Pedí dos días en la redacción, creo que fue la única vez que lo hice, y, cuando llegué al aeropuerto de Charlotte, mi padre me recibió con un abrazo tibio. Durante el camino en coche apenas pronunció palabra, o al menos así lo recuerdo, dejando que el silencio de ambos guiase nuestras emociones. Lo que sí recuerdo fue lo que dijo, justo al parar el coche en el aparcamiento del hospital:

—Debes saberlo, Miren. Tu abuelo también está ahí dentro. Después de disparar a tu abuela saltó por el balcón para quitarse la vida. No ha conseguido ninguna de las dos cosas que intentó. Está en coma. Los médicos dicen que quizá sobreviva.

—¿Sabes por qué lo ha hecho?

—Miren..., tu abuelo lleva toda la vida pegando a tu abuela. ¿De verdad nunca te has dado cuenta? Era un maltratador. ¿Recuerdas esa época en que la abuela estuvo viviendo con nosotros? Fue por eso. ¿El accidente de la escalera? Tu abuelo le había pegado una paliza horrible.

Me quedé helada al escuchar aquello.

—¿Y por qué seguían juntos, joder?

—Intentamos entrometernos..., pero tu abuela... lo quería.

—Pero... la abuela no es así.

—No me preguntes. Yo tampoco lo entiendo, hija. Y tu madre, menos aún. Ella la convenció dos veces para poner una denuncia, pero... luego las retiraba y seguían juntos. ¿Sabías que tu abuelo apuntó con su escopeta a tu madre? Me lo ha contado hoy. Tu madre está destrozada. Llevaba toda la vida queriendo que no vieses esto. Intentando aparentar que todo estaba bien. Tus estudios, tu carrera, tu educación... Pero... supongo que la verdad siempre tiene que salir a la luz, ¿no?

Asentí. Tenía el corazón en la mano, y el par de golpecitos que me dio en la pierna para animarme realmente fueron insuficientes.

Al llegar, vi a mi madre llorando sobre una silla de plástico de la sala de espera. Se levantó, caminando con dificultad, y me abrazó como creo que nunca antes lo había hecho. Me pregunté cuándo había envejecido tanto, aunque quizá fue el hecho de verla tan hundida y desolada. Ella fue la primera en hablar y lo hizo con un susurro, al oído y entre lágrimas, en el que exhaló un leve «lo siento» desgarrado. Le acaricié la espalda y no pude evitar llorar yo también. Era la primera vez que nos veíamos en meses, y hacerlo de aquel modo, abriendo los ojos de aquella manera, me hizo plantearme si andaba por el camino correcto.

—¿Cómo está la abuela? —pregunté en cuanto me armé de valor.

—Está grave. La están operando y... quizá no sobreviva. Ha..., ha perdido mucha sangre y está mayor. No tenía que haberla dejado volver con él...

Tragué saliva. Me costaba hablar.

—Tú no tienes la culpa. Ha sido el abuelo.

—Pero si yo... Si hubiese estado más atenta...

—Mamá..., por favor. No pienses en eso ahora. Se recuperará. Ya verás. —Ella asintió, quizá porque necesitaba que alguien le dijese que todo iba a salir bien. Mi padre se había ido a la cafetería del hospital a evitar conversaciones difíciles, y yo me senté con ella en el pasillo a esperar. Le sequé las lágrimas; lloró en mi hombro. Por primera vez en mucho tiempo sentí que había dejado de ser una carga para mi madre, para convertirme más bien un apoyo en el que sustentarse. Tras lo de mi agresión en el parque, ella estuvo encima, preocupada, intentando protegerme y haciéndome sentir mejor. Quizá por eso no me contaba los problemas de mi abuela. Ella había ido engullendo los problemas de todos, dejándose el alma en los llantos de los demás y, por una vez, necesitaba que alguien lo hiciese por ella. Al fin y al cabo, eran sus padres, recordaba su infancia con ellos, y lo peor de estas cosas es que uno siempre busca los buenos recuerdos para no perder la cordura. Estaba segura de que ella, mientras lloraba, recordaría todas esas veces en que mi abuelo se había portado bien, en que había visto feliz a mi abuela con él, intentando limitar la terrible tragedia que aquel último disparo suponía, aunque en realidad cada golpe, grito o empujón anterior había sido igual de mortal.

Un rato después le ofrecí una tila y ella aceptó con tal de tener algo entre las manos para controlar el pulso. Caminé hacia la cafetería y, en el trayecto, vi las puertas abiertas de las habitaciones del hospital. En todas había gente; en todas, alguien acompañaba los pies tumbados sobre la cama que se veían desde la puerta. En todas salvo en una. Era la de mi abuelo.

Entré y lo vi allí, tendido, enganchado a los monitores mientras dormía. Tenía la boca abierta y su débil respiración empañaba el plástico transparente de la mascarilla. Su expresión, de una tranquilidad absoluta, me removió por dentro. Mientras en el quirófano mi abuela se debatía entre la vida y la muerte, él parecía dormir en paz.

Lo observé durante un rato, intenté reconstruir en mi memoria una vida de engaños en la que yo solo lo veía como a un machista y no como a un maltratador, y encontré en ella moratones inexplicables de mi abuela, miradas de terror que entonces no comprendía, silencios incómodos cuando él llegaba a casa, siendo yo una niña, y mi abuela llamaba a mi madre para que viniese a por mí. Ahora sé, seguro, que era para que no viese lo que sucedía entre aquellas cuatro paredes.

De pronto el monitor que vigilaba su ritmo cardiaco comenzó a sonar y observé que su pulso se disparó por encima de ciento cincuenta. Luego ascendió en un ritmo constante hasta ciento setenta, para pasar, unos segundos después, a ciento ochenta, mientras un pitido estridente aumentaba en intensidad. Estaba inmóvil y no parecía darse cuenta de nada de lo que sucedía en su pecho, y yo, en uno de los momentos más trascendentales de mi vida, en aquella habitación solitaria con el tipo que había intentado asesinar a mi abuela y que nunca quise ni admiré, me acerqué a la pantalla donde unas líneas dibujaban saltos aleatorios, y... la desenchufé.

El silencio volvió a la habitación.

Su respiración era algo más agitada, pero la alarma que avisaba a los doctores de que estaba sufriendo un fallo en el corazón ya no estaba activa para hacerlo.

Lo vi jadear, contorsionarse levemente durante un largo minuto hasta que al final dejó de hacerlo. Me acerqué, temerosa, y vi que su mascarilla dejó de empañarse cada pocos segundos. Entonces enchufé de nuevo la máquina y una silenciosa línea blanca se dibujó donde antes se podía observar el pulso, pero los pitidos habían desaparecido. Un mensaje de «sin señal» apareció en la pantalla y yo me marché de allí, como si nada hubiese sucedido, pero sabiendo que en mi interior todo había cambiado.

Unos minutos después me sentaba de nuevo junto a mi madre, con una tila para ella y un café caliente para mí.

Capítulo 49

Diciembre de 2003 a enero de 2004
Cinco años después de la desaparición

Sin compromiso nada funciona.

De aquel modo tan arcaico, con la ayuda de dos becarios que comenzaron a hacer horas extra para ella, Miren empezó a recopilar información de todas las jugueterías y tiendas de modelismo de Manhattan, Brooklyn, Queens, Nueva Jersey y Long Island. El periodismo en realidad funcionaba así por aquel entonces. No había extensas bases de datos que consultar, no todas las tiendas estaban en internet. Se trataba de coger el listín telefónico, ir a la sección de juguetes y marcar con la esperanza de que alguien respondiese al otro lado dispuesto a ayudar.

En un principio, solo aquella área que habían considerado era suficiente para convertir la tarea en titánica. Según el plan que habían acordado, Victoria y Robert llamarían por teléfono a las jugueterías desde una redacción improvisada con dos mesas en la cafetería frente al *Press*, la misma en la que una vez se reunió con Aaron Templeton. En esas llamadas, a razón de seis dólares la hora a cada uno salidos del bolsillo de Miren, Victoria y Robert se encargarían de filtrar aquellas jugueterías que tuviesen en su catálogo casas de muñecas *Smaller Home and Garden.* Poco a poco, y según avanzaban los fines de semana, confirmaron que muy pocas jugueterías lo hacían, lo que parecía una buena señal. El cerco se reducía a ellas y, si Miren conseguía un listado de clientes que hubiesen comprado alguna vez una de esas villas a escala, tendría algo sobre lo que trabajar.

Pero las navidades de 2003 se colaron en la investigación y las jugueterías dejaron de atender al teléfono para responder a las ingentes cantidades de clientes que debían encontrar el regalo perfecto para que Santa Claus pudiese dejarlo bajo el árbol en Navidad.

En enero de 2004, y tras avanzar solo durante tres fines de semana, Miren se reunió con ellos en la cafetería y les propuso revisar avances.

—¿Solo estas? —dijo Miren, sorprendida.

—Verás, Miren..., esto... es imposible. Por lo visto hace años que se dejaron de fabricar y... es complicado encontrar lugares que las vendan.

—Entiendo —respondió, algo aturdida, sin levantar la vista del papel. En él tan solo había cuatro jugueterías—. ¿A cuántas habéis llamado estos tres últimos fines de semana?

—Unas cuarenta.

—¡¿Solo?!

—Muchas jugueterías ni atienden al teléfono, y las que lo hacen no se molestan siquiera en comprobar si han vendido anteriormente ese modelo de casa. Cuelgan tras pedirnos que los visitemos en persona porque están muy ocupados.

Miren suspiró. Aquello era peor de lo que esperaba.

—Bueno, también te queríamos decir algo —interrumpió Robert, que por fin pareció mostrarse interesado por la conversación. Hasta entonces había permanecido cabizbajo, mirando el vaho flotar desde su vaso.

—Dime —dijo Miren, intentando no alargarlo.

—No queremos seguir haciendo esto —dijo él.

—¿Cómo?

—Esto. Llamar a jugueterías. No he estudiado para esto, ¿sabes? Tengo un préstamo universitario de doscientos mil dólares. Creo que valgo mucho más. Mis padres me lo dicen.

—Sí. Bueno. Pero… por algún sitio tendréis que empezar, ¿no? Queríais estar en investigación y esto es una manera de hacerlo, echando unas horas extra y ganándoos... —Miren dudó e interrumpió su frase—. No entiendo nada. ¿Alguien me explica lo que pasa?

—La semana pasada hablamos con Nora —admitió Robert, al fin.

—¿Para qué?

—Se va del periódico —dijo Robert—. Quiere montar un equipo de investigación *freelance* y vender sus trabajos al mejor postor.

—¿Y qué tiene que ver eso con...?

Ambos agacharon la cabeza y miraron sus vasos de papel. Miren los observó extrañada. Aquella actitud no encajaba con la jovialidad que solían tener.

—Ah..., entiendo. Os ha ofrecido que os vayáis con ella.

—Es..., es una buena oportunidad, Miren. Esto... es como buscar una aguja en un pajar —dijo Robert, a modo de excusa.

—Lo sé, pero... precisamente ese es el trabajo de un periodista. Buscar lo imposible y encontrarlo.

Victoria levantó la mirada y negó con la cabeza.

—Esto es más que imposible, Miren. ¿Y si compraron la casita en otro estado? ¿Y si Kiera Templeton está en otro país? ¿Visitarás todas las jugueterías del planeta? Y todo... ¿para qué?

—Para encontrar a una niña que desapareció en Acción de Gracias y que nadie busca por ayudarla, sino por... por maldito morbo.

—No hemos conseguido nada, Miren. Lo sabes. Esto es una pérdida de tiempo.

—¿Y qué? ¿Qué creéis que haréis con Nora?

—Nos ha prometido un contrato de seis meses, con sueldo íntegro. Será el doble de lo que ganamos con la beca del *Press* y las horas extra.

—Pero trabajaréis con Nora.

—¿Y qué pasa con ella?

Miren se levantó y recogió los papeles de la mesa.

—Vosotros sabréis. Yo...

—Por favor, Miren..., entiéndenos. Es una buena oportunidad. En sucesos llevamos papeles de una mesa a otra. Contigo... contigo hacemos llamadas.

—Aunque no lo parezca, estas llamadas son importantes. Pero... da igual. Me buscaré la vida. ¿Sabéis lo que me da pena?

Los dos se quedaron inmóviles, sin responder.

—Que parecíais distintos, pero no sé por qué me molesto. En esta maldita ciudad todo el mundo parece ser quien no es.

Salió de la cafetería, dejándolos a ambos allí con la palabra en la boca. Observó el imponente edificio del *Press* desde la calle y comprobó que una fina lluvia había empapado el suelo y llenado las calles de paraguas de colores. Cruzó corriendo a la otra acera, navegando entre los pitidos de los taxis que se detenían de golpe a centímetros de ella, y accedió al edificio con el pelo y la chaqueta mojados.

Al llegar a su mesa se dio cuenta de que no le quedaba otra. Marcó el teléfono del agente Miller y esperó su voz al otro lado.

—Señorita Triggs, ¿es usted? —dijo su voz al otro lado.

—Necesito de su ayuda y usted de la mía.

Capítulo 50
21 de diciembre de 2000
Lugar desconocido

Incluso en los culpables alguien atento es capaz de encontrar un destello de amor.

Will había estado varias semanas cabizbajo, sin apenas hablar tras volver del trabajo. Nada más llegar se sentaba a beber en uno de los sillones del salón mientras Iris y la niña jugaban con la casa de muñecas o a hacerse cosquillas en el sofá. Cada vez que su mujer le preguntaba algo, él emitía un ligero bufido con la nariz y cuando le reprochaba que bebía demasiado, él se levantaba, ignorándola, y se servía otra copa. En su interior Will sentía que no pintaba nada allí. Su matrimonio era un fracaso; su paternidad, una farsa. Si en algún momento había pensado que todo iba a salir bien, ahora buscaba en su mente todos los momentos en los que se había confirmado lo contrario: no podían salir al parque para que ella jugase con otros niños, temían que la niña enfermase de gravedad y no les quedase otra que llevarla al hospital, rezaban por que nunca nadie la viese.

Durante aquellas noches en las que se sentaba en el sillón hasta caer derrotado por el alcohol, sin siquiera encender la televisión, recordó el momento en que se mudó junto a Iris a Clifton, a aquella casa, en el condado de Passaic, en Nueva Jersey. Se trataba de una construcción de madera de apenas noventa metros cuadrados, en una parcela de doscientos cincuenta, pintada de blanco con tejado inclinado a dos aguas. Estaba en un vecindario tranquilo que resultaba barato por estar a escasos cien metros de una subestación eléctrica y, a pesar de que los vecinos no eran lo más agradable del mundo, a ellos aquel rincón les pareció perfecto para intentar formar una familia. Will recordó cómo entró en casa con ella en brazos, con apenas veinticinco años, tras casarse en una capilla de Garfield, apenas a unos kilómetros de allí, lugar de donde eran ambos. Los dos habían crecido en entornos complicados; los dos habían conectado al intentar rescatarse el uno al otro. El padre de Will se ahorcó cuando él era niño en el baño de su casa; su madre había muerto por sobredosis cuando tenía quince. Will terminó de madurar en un hogar con unos padres que siempre se esforzaron por comprenderlo pero que él siempre rechazó, y cuando cumplió la mayoría de edad, terminó por marcharse de casa. Encontró trabajo en un taller y vivió durante un tiempo en un estudio hasta que el destino lo cruzó con Iris, una chica rubia de pelo rizado a la que se le había averiado el ciclomotor. Se enamoraron como solo se enamoran los estúpidos. Pero en la personalidad de ambos había tantas fisuras que encajaban por error. Iris había crecido igual que Will, cuidada por una madre ausente y un padre muerto, a quien sustituía una serie de hombres malhablados cuyos nombres ella ni se esforzaba por recordar, porque solo conseguía verlos una vez. Con el tiempo, ella comenzó a trabajar en un restaurante de comida rápida y, con sus primeros ahorros, se compró un ciclomotor de segunda mano que la conectaría a Will para siempre.

El noviazgo fue más rápido de lo que ambos previeron, al quedarse ella embarazada con apenas diecinueve años. Will se arrodilló ante Iris en un cenador sobre el lago Dahnert's, una tarde en la que el sol dorado bañaba las tablas del puente que conectaba la orilla con él. Se casaron sin decir nada a nadie, y solo un compañero del taller de Will acudió al juzgado como testigo. Con los ahorros de los que disponían pagaron la entrada de aquella pequeña casa. Cuando la madre de Iris descubrió que su hija no la había invitado a su boda se sintió tan dolida que nunca fue a visitarla. Pero aquella felicidad en forma de escalera de mano que paso a paso y con esfuerzo les permitiría a los dos salir del pozo se topó con una noticia horrible: Iris se despertó una noche, en el séptimo mes de embarazo, con las sábanas empapadas en sangre, sintiendo punzadas hirientes en su interior.

Aquel fue el primer bebé que perdieron, pero que sentó una necesidad en ellos que nunca antes se habían planteado. Querían ser padres. Habían amado tanto a aquel pequeño cuyo nombre ya habían decidido que era impensable seguir viviendo entre aquellas cuatro paredes sin serlo. Pero los años pasaron, y la tristeza invadió aquel hogar en forma de abortos y facturas médicas cada vez más insostenibles.

Llegado un punto de la noche, y tras oír las risas de la niña mientras Iris le contaba un cuento de brujas y ladrones, Will se marchó de casa.

Iris estuvo preocupada cada minuto en que no volvía. Dio varias vueltas por la casa y se asomó en distintas ocasiones al jardín por si lo veía regresar desde la lejanía de la calle. Al no tener noticias suyas se acostó, pensando que tal vez pronto estaría en casa. Normalmente, por la noche, Will salía a tirar la basura y poco más. Tal vez se marchaba a la gasolinera a rellenar el depósito para no perder tiempo al día siguiente o quizá hacía algún recado de última hora en un supermercado veinticuatro horas, pero cuando lo hacía siempre avisaba. Pero en esa ocasión se había montado en el coche y se había marchado hacia el sur, sin decir qué pensaba hacer. Simplemente se había acercado a ella, que le contaba un cuento a Mila, le había dado un beso en la coronilla y se había marchado en silencio.

Alrededor de las dos de la mañana unas luces iluminaron el frontal de la casa, e Iris, que no había pegado ojo, se levantó con rapidez para ver que Will llegaba bien. Estaba preocupada por él. Desde el percance con el vecino no era el mismo. Se había convertido en un ermitaño reservado que apenas le dirigía la palabra. En alguna ocasión incluso le preguntó si todo estaba bien y él respondió con un gruñido en el que se percibía la desesperanza.

Corrió hacia el salón y esperó a que la puerta se abriese para preguntarle cómo estaba, pero entonces llamaron a la puerta y la voz de un hombre desconocido se coló en el salón.

—¿Señora Noakes?

Iris se quedó de piedra. No sabía qué pasaba ni quién era la persona que llamaba. Enseguida encendió la televisión y puso el canal nueve, donde podía comprobar la imagen de la cámara de la entrada. En ella, dos policías de uniforme miraban hacia la puerta.

«¡¿Qué has hecho, Will?!», pensó. En su mente se agolparon un millón de posibilidades. ¿Habría confesado? ¿Los habría delatado? Estaba al borde del colapso. Fue hasta el armario donde guardaban la escopeta y le quitó el candado. Cerró el dormitorio de Mila tras comprobar que seguía profundamente dormida.

Llamaron de nuevo a la puerta y ella corrió a abrir, mientras se hacía la dormida y se abrochaba una bata.

—¿Sí?

—¿Es usted la señora Noakes?

—Sí... —dijo, con voz ronca y entrecerrando los ojos—. ¿Ha pasado algo?

Los dos agentes se miraron, decidiendo con los ojos quién de los dos daba la noticia. Uno de ellos, moreno y con aspecto desaliñado, se lanzó:

—Verá..., esto no es fácil..., pero...

—Pero ¿qué? ¿Qué ocurre?

—Su marido... ha fallecido.

Iris se llevó las manos a la boca, horrorizada.

—Un tren ha embestido su coche en el paso a nivel de Bloomfield Avenue. Ha muerto en el acto.

—No... no puede ser —exhaló Iris.

Capítulo 51
Miren Triggs
1999-2001

El mundo entero parecía perderse por el sumidero y nadie hacía nada por remediarlo.

La muerte de mi abuelo supuso un golpe para mi madre. Lloró al enterarse de que su corazón había fallado y que, cuando los médicos se dieron cuenta, ya era tarde para actuar. Era su padre y también un hijo de puta, pero la muerte, aunque no lo desees, muchas veces provoca el más sincero de los perdones.

Volví a Nueva York, tratando de olvidarme del tema, y la vorágine del periódico me consumió por completo. Era innegable que aquel mundo me apasionaba, pero también que cada día exigía más y más de mí. Era un devorador de tiempo y energía y, aunque me llenaba de vitalidad, me abría las puertas y los entresijos de historias de las que era difícil recomponerse: una empresa que explotaba a niñas de Asia por la mañana en talleres ilegales para luego hacerlo también en burdeles por la noche; una protectora de animales que vendía su carne a restaurantes de Manhattan; un padre que quemaba a sus hijos para vengarse de su madre. Cuanto más pasabas dentro de este mundo más llegaba a cambiarte. Conforme hablaba con mis compañeros de la redacción me di cuenta de que los jóvenes éramos entusiastas ilusionados, y los más veteranos, unos cínicos que odiaban el mundo. No todos eran así, pero entre las frases de cada uno se podía intuir un grito de socorro para encontrar buenas noticias que no les hiciesen perder la cabeza.

Bob se había empeñado en que estuviese al cien por cien en la redacción, con tareas cada vez más arduas y pesadas. Revisiones de cuentas de empresas, de presupuestos estatales, de inventarios de fábricas. Me levantaba antes del amanecer y, cuando no estaba indagando en algún archivo o entrevistando a alguien, salía de la redacción de noche, justo después de transcribir todo el material que había ido gestando durante el día.

Una noche, al llegar al portal de casa, en 2001, me di cuenta de que la puerta de la señora Amber estaba entreabierta. No era normal en ella. Era tan recelosa de su vida que incluso las persianas de su casa que daban a la calle principal permanecían siempre bajadas.

—¿Señora Amber? —llamé, mientras empujaba la puerta con suavidad para observar el interior.

Su piso era casi el doble que el mío. Nunca lo había visto en detalle, ella nunca me había ofrecido pasar a tomar un té para contarme historias de su vida. Tan solo a veces había intuido la luz de una lámpara que encendía justo al entrar cuando coincidíamos en el rellano. Esa vez el piso estaba a oscuras.

—¿Señora Amber? ¿Se encuentra bien? —dije, alzando la voz.

Aquello no me gustaba. Hay diferentes tipos de silencios. Se distinguen en el aire, en las notas insonoras que emiten los pasos en el suelo, en la quietud de unas cortinas lejanas que noté moverse unos centímetros al otro lado del salón.

Me lancé hacia el interior de la casa e intenté encender la lámpara de la entrada, pero la bombilla estaba fundida. Caminé a oscuras, adentrándome hacia el interior, y me fijé en las fotos que había en las paredes. En ellas reconocí a la señora Amber con treinta o cuarenta años menos, increíblemente bien peinada y radiante, con una sonrisa que viajaba de una oreja a otra como si fuese un desfiladero cubierto de perlas. En una de las imágenes saltaba en la orilla del mar en bañador junto a un apuesto joven de su misma edad. En otra corría por un largo camino de tierra entre los árboles junto al mismo chico, riendo a carcajadas. Se la veía feliz. Era innegable que se sentía así y, en cambio, ahora parecía tener siempre una actitud reservada con el mundo.

De pronto me fijé en que un pie descalzo asomaba tras el sofá, junto a las cortinas.

—¡¿Señora Amber?! —grité.

Estaba oscuro pero pude intuir que le sangraba la cabeza a través de una brecha abierta en la frente.

—¿Se encuentra bien? —le susurré, acercándome para valorar si la herida era grave. No parecía serlo, pero marqué el teléfono de emergencias e indiqué la dirección. Mis conocimientos en medicina se limitaban a tomar calmantes para mis dolores de regla. Busqué por el salón y conseguí encender una de las lámparas de pie en una de las esquinas y, justo cuando me giré, lo vi.

La silueta de un hombre me observaba desde el pasillo oscuro que parecía conducir al dormitorio. Estaba inmóvil, con un joyero en las manos, y no podía verle la cara ni intuir qué quería.

—Si lo que buscas es dinero no sé dónde está —dije.

—El teléfono —gritó con voz cascada, como si fuese una motocicleta con el motor a punto de fallar.

Me di cuenta de que era un delincuente desesperado en busca de dinero rápido. Era final de mes. Se acercaba la Navidad. Los criminales también tienen regalos que hacer.

Tiré mi móvil hacia la oscuridad y la silueta se agachó a recogerlo. El corazón me iba a mil por hora, por más que quisiera aparentar que no era así. Con el tiempo descubrí que una parte de mí siempre viajaba a aquel parque en una situación de peligro, aquel momento se había pegado a mi alma para siempre y debía vivir con ello, me gustase o no. Un momento así te cambia, altera todo lo que eres y pretendas ser, aunque es imposible predecir hacia qué lado lo hará. A mí aquel parque me llevó a la oscuridad y la venganza. La llama de James Foster también seguía brillando en mis retinas y el miedo a salir se había convertido en temor a no actuar.

—Tengo un arma conmigo —mentí. Estaba en casa—. Llévate el teléfono y todo quedará aquí. Intenta algo más y te disparo.

De pronto noté un cambio en su actitud, un ligero temor en su respiración que flotaba en el aire. Quizá percibió en mi voz la rabia interna por las injusticias. La señora Amber emitió un gemido de dolor y desvié la mirada hacia ella. Estaba bien. Aquel aullido sirvió para confirmar que el golpe no había sido tan fuerte, y, entonces, como si fuese una brisa que solo había venido a poner la puntilla en mi personalidad, a sembrar el miedo justo en mi vida para que decidiese dar un grito en el cielo, pasó corriendo en dirección a la puerta y se perdió tras ella.

Estuve una hora esperando la ambulancia y consolando a la señora Amber, mientras pensaba en todo lo que sucedía a mi alrededor. El mundo entero parecía perderse por el sumidero y nadie hacía nada por remediarlo: la violencia, los atracos, la corrupción, el temor a caminar sola, los violadores. Era desesperanzador. Pensé en Kiera, en la pequeña que ya llevaba un tiempo sin buscar, completamente absorbida por la vida, y decidí que encontraría tiempo para hacerlo. Por las noches, hasta altas horas. No había otra manera.

La señora Amber lloró a mi lado y yo la abracé, quizá pensando que así se sentiría mejor.

—Gracias, Miren. Eres una buena chica —dijo con dificultad. El golpe no parecía tan fuerte, aunque aún sangraba y necesitaba puntos.

—No diría eso si estuviera en mi cabeza —respondí, siendo sincera por una vez. Me miró seria, y luego permaneció en silencio durante un rato, observando las fotografías de las paredes.

Luego, sin yo preguntarle, se lanzó a hablar:

—¿Sabes, Miren? Yo una vez estaba sola como tú y... me enamoré sin quererlo ni pretenderlo. Era un hombre formidable. De esos que llegan y te dejan ser quien eres, sin intentar cambiarte, y aman cada rincón de tus defectos, llenando tu vida de fuegos artificiales.

—Descanse, señora Amber... —la interrumpí—. La ambulancia está a punto de llegar.

—No... Quiero que lo sepas. Creo que eres buena y no quiero que la vida te dé ningún golpe más. Que estés preparada.

—Está bien... —suspiré. Hay gente que necesita que la escuchen de vez en cuando, aunque las lecciones que pretendan dar puedan tener consecuencias imprevisibles.

—Como te he dicho..., éramos felices. Mucho. Esta casa está llena de fotos de esos momentos. Fuimos novios dos preciosos años. Una noche, al salir de un estupendo restaurante junto al río en Brooklyn, rodeados de bombillas en los árboles, se arrodilló y me preguntó si me quería casar con él.

—¿Y qué pasó?

—Chillé que sí. Era feliz junto a él, ¿sabes? —hizo una leve pausa para mirar a una de las fotos—. Se llamaba Ryan.

—¿Murió?

—Diez minutos después de ese momento —sentenció de golpe.

Contuve la respiración, el dolor parecía estar en todas partes, acechando, esperando el momento preciso para causar mayores estragos.

—Unos metros más allá, mientras esperábamos un taxi, un tipo quiso que le diésemos todo lo que llevábamos encima, arma en mano. Cartera, reloj, anillo de pedida. Yo acepté, pero Ryan era valiente. Valiente y estúpido. El valor es peligroso si no eres capaz de medir las consecuencias. Murió entre mis brazos, de un disparo en el cuello.

—Lo..., lo siento mucho, señora Amber.

—Por eso he gritado. Para que no arriesgases tu vida por unas joyas. No merecen la pena. Si el mundo se viene abajo es porque las buenas personas se marchan antes de tiempo.

Asentí, dejando que aquella idea calase en mi mente, pero solo llegué a la conclusión de que la vida era una mierda, que la violencia era una mierda, pero parecía la única solución.

Cuando la ambulancia se llevó a la señora Amber, entré en mi piso y saqué la caja con el expediente de Kiera. Sabía que allí encontraría lo que necesitaba.

Una idea absurda se había colado en mi mente. De entre una de las carpetas se deslizó una fotografía que chocó contra mis pies. En la penumbra no reconocí de qué foto se trataba, a pesar de haber repasado cientos de veces aquella caja y el contenido de los archivos, y no fue hasta que me agaché y la atrapé entre la punta de los dedos por una de las esquinas, cuando me di cuenta de quién era. En ese momento, en ese preciso instante, tras lo sucedido con la señora Amber, fue en el que decidí vigilar de cerca al tipo que me había violado.

Capítulo 52

14 de junio de 2002

Cuatro años después de la agresión a Miren

Las sombras se mueven por miedo a la luz.

Las noches eran siempre lo más difícil para Miren. En ellas las sombras ya no solo eran sombras sino problemas, la gente solía caminar consciente de que la falta de luz jugaba a su favor, y los escondites para ocultarse, a pesar de ser más numerosos, estaban todos ocupados por personas intentando hacer lo mismo. Pero nada de eso era igual con un arma bajo la chaqueta. Desde que la había comprado, y solo los fines de semana, días en que disfrutaba de un poco más de tiempo libre desde que había entrado a trabajar en el periódico, salía de casa para vigilar a una persona. Una sola persona.

No se trataba de alguien que estuviese siendo objeto de uno de sus artículos; no era ningún poderoso, ni ningún empresario ni ningún político. En realidad, la persona a la que vigilaba ni siquiera tenía trabajo. Al menos no uno por el que pagase sus impuestos. Vivía en uno de los condominios de Harlem construidos por el Gobierno con el objetivo de proporcionar a la población con menos recursos alquileres a bajo precio. En la teoría aquella idea parecía justa, pero en la práctica había servido para reunir, en solo dos o tres calles, a gente de bajos ingresos y alta criminalidad. Había familias humildes también, que trabajaban con dificultad de sol a sol para poder pagar el alquiler en aquella zona e intentar labrar un porvenir a sus hijos, pero entre aquella gente de buena intención también se coló un gran número de delincuentes y drogadictos que vieron en aquellos alquileres tirados de precio la oportunidad de sitiar una zona bajo amenaza de atracos, robos y tráfico de drogas.

Miren vivía en el límite de aquel barrio, en la 115 oeste y conforme el número de calle aumentaba se podía notar cómo los problemas potenciales también lo hacían. Las pandillas se sentaban en las escaleras de la 116, los coches con lunas tintados circulaban a escasa velocidad a partir de la 117. De día aquel lugar no presentaba peligro alguno, con multitud de parques donde muchas familias llevaban a sus niños, con tiendas de todo tipo abiertas hasta justo el mismo instante en que se ponía el sol y los peligros comenzaban a aflorar.

Miren llevaba puesta una sudadera negra con capucha y unos vaqueros oscuros. Si no fuera por la luz que se reflejaba en su cara blanca, habría sido una sombra más de las muchas que flotaban de un lado a otro cuando caía la noche. Estuvo una hora completa mirando desde la acera a una serie de ventanas encendidas de un edificio de la 115. Se fijó en cómo se movía una pareja, hombre y mujer, de un lado a otro de la habitación, discutiendo, siguiéndose de una estancia a otra, gesticulando enérgicamente. De pronto, tras unos segundos, la mujer apareció de nuevo junto a la ventana y se asomó.

Miren pegó un salto y se escondió tras un coche aparcado en la calle. Segundos después, un hombre salió del portal y la mujer que esperaba en la ventana le gritó «desgraciado» y le tiró un mechero que se reventó contra el asfalto. El hombre balbuceó de vuelta algo que Miren no comprendió y luego emprendió la marcha. Ella lo siguió en la distancia.

Atravesó dos calles, hasta la 117, y Miren se detuvo en cuanto vio al tipo bajar unas escaleras hacia un pub, junto al que se había arremolinado un grupo de cuatro hombres con la misma pinta desaliñada que él. Ella esperó, como siempre hacía. Tal vez aquel día no fuese distinto de los anteriores, y mientras lo hizo dudó varias veces si volver a casa. Pasaron dos horas hasta que por fin el hombre salió de allí, durante las cuales Miren no despegó la vista de la puerta, por donde entraban y salían esporádicamente grupos de chicos y chicas jóvenes arreglados y con ganas de bailar hasta desfallecer.

Aunque estuviera a punto de desistir en varias ocasiones, Miren sabía que la gente como él necesitaba una vigilancia extrema. O al menos eso era lo que ella se decía, sin siquiera saber qué significaba en realidad. El asunto le resultaba tan complejo que ni ella sabía qué hacía allí. Había cogido la rutina de hacer eso mismo cada fin de semana, saliendo de casa y postrándose frente a la puerta de aquel tipo, siguiéndolo a donde fuese, sin siquiera saber para qué. Era como si solo se diese cuenta de lo que estaba haciendo una vez que pasaban algunas horas de espera y una voz en su cabeza le susurraba: «¿Qué intentas, Miren? ¿Por qué no te vas a casa?». Pero las horas siempre pasaban y ella seguía allí, hasta que aquel tipo salía de vuelta a casa y ella ya se marchaba tranquila con la sensación de que había cumplido con su deber.

Pero en aquella ocasión a Miren le sorprendió la visión del hombre al salir del pub, tirando de una chica joven que se tambaleaba y que apenas podía subir las escaleras. El portero le preguntó a la chica si necesitaba ayuda y él respondió que era su amiga y que ya se encargaba él. Miren se puso en pie, en la sombra, y prestó atención, como si fuese una leona a punto de cazar a una gacela en mitad de la sabana al atardecer. Lo único que esta vez la gacela pretendía merendarse a una cría de león.

El hombre agarraba como podía a la chica, que apenas conseguía abrir los ojos. Ella llevaba un vestido azul, corto, como el que vestía Miren aquella noche.

Los siguió. Miren sabía que aquello no pintaba bien, pero no se atrevía a hacer nada. La imagen le resultaba tan impactante que durante un buen trecho se mantuvo a una distancia prudencial, tras sus pasos. En dos ocasiones el hombre la reincorporó tras fallarle las piernas, tirando hacia arriba de la cadera, en silencio, mientras la chica entre risas le daba las gracias por cuidarla.

Llegaron a un callejón y se adentraron en él. Miren los perdió de vista unos largos segundos mientras llegaba. Se asomó desde la esquina y, cuando llegó, tragó saliva.

La chica se encontraba tirada en el suelo, junto a un contenedor de basura, con los ojos cerrados y la cabeza echada hacia atrás, apoyada sobre una pared de ladrillo llena de grafitis.

Miren consiguió escucharla:

—Llévame a casa, por favor... No me encuentro bien.

Él no respondió. Simplemente la miró desde arriba, con los ojos de un demonio que la había llevado hasta una trampa.

—Creo que... he bebido demasiado. ¿Dónde están... mis amigas?

—Tus amigas ahora vienen —susurró él, mientras se desabrochaba la bragueta y se tiraba sobre ella.

—¿Qué..., qué haces? ¡No...!

—Shh..., si es lo que quieres —jadeó, entre los besos que comenzó a darle en el cuello.

—No..., esto no..., por favor..., no.

—Cállate —sentenció él, con un chillido sordo.

El hombre alargó la mano y tiró del vestido hacia arriba, rompiendo un trozo de tela y dejando a la vista de la luz de la luna un nuevo trauma imborrable.

—No..., por favor... mis amigas... me están... esperando.

—No voy a tardar nada —susurró él mientras seguía besando y tocando lugares para los que él no tenía permiso ni ella consciencia para proteger.

De pronto una voz femenina irrumpió en el callejón, cuyo eco la hizo sonar más fuerte de lo que realmente era:

—Te ha dicho que no.

El hombre levantó la vista y se encontró a Miren convertida en una silueta a contraluz.

—¿Qué diablos quieres tú? Lárgate de aquí. Nos estamos divirtiendo.

El tipo se recolocó y la miró extrañado, sin entender nada.

Miren se mostraba seria, casi estirada, intentando ocupar más espacio físico del que ocupaba en realidad, como si fuese una táctica de defensa de un animal que se sentía amenazado.

—Te ha dicho que la dejes en paz —repitió Miren. En su interior estaba temblando de miedo.

—¿Te quieres ir? Esto no va contigo.

—Sí va conmigo —aseveró ella.

Justo en ese instante Miren sacó la pistola y apuntó hacia él. El metal del arma reflejó la luz de la luna, la única testigo de lo que estaba sucediendo en aquella callejuela llena de basura.

—Te ha dicho que no, gilipollas.

—¡Eh, eh! ¡Tranquila! —respondió exaltado. Se levantó de un salto y alzó las manos. Sus ojos se abrieron de par en par, pero no era por atención sino por terror. A Miren le recordó al que ella sintió mientras corría por la calle aquella noche con el vestido roto—. Me marcho. No quiero problemas —dijo él. Luego, cuando por fin los ojos del tipo consiguieron enfocar en la oscuridad el rostro de Miren, añadió:

—Un segundo… ¿Nos conocemos?

—¿Conocernos? —preguntó ella—. ¿Conocernos? ¿Ni siquiera te acuerdas de mí?

Aquello llevó a Miren al límite. Ella no había dejado de pensar ni un solo día en lo que le hizo ese tipo, en aquel lugar, tras pegarle una paliza junto a su pandilla a Robert.

Aquel cobarde que nunca dio la cara y nunca la ayudó a salir del agujero con su declaración errónea y su perdón insípido. Miren no había olvidado la cara del hombre que tenía delante. A veces, cuando cerraba los ojos lo veía, con su sonrisa de diablo flotando en la noche. Lo triste de la vida es que es injusta, y es injusta porque siempre olvida. Pero Miren no olvidaba. Era imposible para ella.

—No sé..., chica..., no... caigo. Baja el arma, ¿quieres?

—Quieto ahí. No te muevas.

—Eh..., tranquila... —El hombre alargó las manos hacia ella, intentando calmarla.

Miren sacó el teléfono del bolsillo de su sudadera y marcó el 911.

—¿Policía? —dijo Miren al auricular sin bajar el arma.

Justo en ese instante el hombre saltó hacia ella y la derribó, haciendo que el arma se le deslizase de las manos y cayese junto a la chica, que acababa de cerrar los ojos por el mareo.

Miren aulló de dolor al golpear contra el suelo y se vio bajo el hombre, que se incorporó sobre ella y la atrapó entre sus piernas.

—Vaya..., parece que nos vamos a divertir los tres —dijo él.

Miren trató de forcejear y patalear, pero apenas podía moverse. Sentía el peso del cuerpo del hombre sobre ella y tenía las manos agarradas por las muñecas. Cada intento de pegar era contrarrestado, las patadas solo golpeaban con los muslos y no le hacían nada en la espalda. Se sintió derrotada, como aquella noche. Una lágrima estuvo a punto de huir de sus ojos, pidiendo ayuda. De pronto, como si hubiese viajado al pasado en un instante, sintió cómo el hombre le tiraba de la sudadera hacia arriba lo justo para dejar a la vista su sujetador y de nuevo atisbó solo su sonrisa, bailando en la oscuridad.

Miren tiró con fuerza de una de sus manos, le agarró el pelo al tipo y se lo acercó hacia ella.

—Eso es…, vamos a divertirnos —soltó él, creyendo que la había convencido—. Me gustan las chicas guerreras, ¿sabes? —susurró. Tenía la cara tan cerca de Miren que sentían las respiraciones el uno del otro. El labio inferior de Miren rozó el superior del hombre y justo en ese instante el destello de un disparo iluminó el callejón. El sonido que reverberó en las paredes hizo que unos gatos maullasen y varios perros comenzasen a ladrar. La chica sostenía temblando el arma caliente de Miren y el cuerpo del hombre cayó desplomado al instante sobre ella, cubriéndola de sangre caliente que parecía de color negro en la penumbra.

Miren salió con dificultad de debajo del cuerpo, sin aliento, y ambas mujeres se miraron entre jadeos y en silencio, haciendo una promesa para la que no hacían falta palabras.

Después Miren la ayudó a levantarse y se guardó el arma. Ninguna de las dos habló mientras caminaban con prisa y dificultad alejándose de allí. Se detuvieron en una esquina y Miren se limpió la sangre de la cara con la sudadera. Luego se montaron en un taxi que protestó por llevarlas tan cerca, a casa de Miren, donde ella dejó a la chica dormir en su cama. No pegó ojo en toda la noche, mirándola, sabedora de que quizá aquello era el final, o un principio. Tampoco ninguna de las dos preguntó el nombre de la otra y, cuando al día siguiente la chica se predisponía a marcharse del estudio con algo de ropa que Miren le había dado sin intención de que se la devolviese, solo le dijo un «gracias», para luego cerrar la puerta y nunca más volverse a ver.

Capítulo 53

15 de enero de 2004-mediados de 2005
Siete años después de la desaparición de Kiera

La mayor virtud de alguien tenaz es convertir sus últimos intentos en penúltimos.

Tras su llamada, el agente Miller había accedido a reunirse con Miren Triggs al día siguiente. El día después del artículo, y tras la identificación de la casa de muñecas, Miren lo había puesto al día con la información más relevante que había conseguido y que se podía extraer de las imágenes del VHS: el modelo de casa de muñecas, una *Smaller Home and Garden* de Tomy Corporation, y el modelo de papel de pared, uno de los más vendidos de Furnitools, una cadena de bricolaje con presencia en todo el país.

El agente Miller, por su parte, había solicitado la ampliación de los recursos disponibles para la búsqueda de Kiera, pero se había encontrado con un muro imposible de franquear y del que Miren aún no sabía nada.

Habían quedado en encontrarse en Central Park, sobre el Bow Bridge. Miren había pedido acudir a aquel lugar porque la aparente calma del agua y las vistas otoñales del parque y del edificio San Remo emergiendo por encima de los árboles le ayudaban a pensar. Después de esperar allí unos quince minutos, durante los cuales una pareja se comprometió ante unas doce personas que también estaban allí en ese momento, el agente Miller apareció al otro lado del puente y Miren se acercó con prisa hacia él, queriendo marcharse de allí.

—¿Qué avances tiene, señorita Triggs?

—Por eso mismo le he llamado. Tengo... serios problemas para seguir con esto yo sola. Sé que la están buscando también, pero el siguiente paso requiere hacer una batida larga y yo... soy incapaz.

—¿Una batida?

—Verá, agente, hemos estado investigando y ese modelo de casa de muñeca particular ha podido ser comprado en cerca de las dos mil jugueterías y superficies comerciales de Manhattan, Brooklyn, Queens, Nueva Jersey y Long Island. Tengo una lista exhaustiva que recoge gran parte de las jugueterías. Sé que mucha gente viene de fuera a ver el desfile de Acción de Gracias, pero creo que la persona o personas que se la llevaron se encuentran en esas zonas.

—¿Por qué cree eso?

—Ese día llovía. Cuando llueve lo más normal es llegar al centro en transporte público. Para llegar desde Nueva Jersey o Long Island al centro en transporte público necesitas entre una hora o dos. El desfile comenzaba a las nueve. El secuestro ocurrió cerca de las doce. Mi hipótesis es que el secuestrador estaba en el desfile desde muy temprano para coger sitio cerca de Herald Square. Es una zona muy céntrica y donde es casi imposible acceder si no has llegado pronto. Si el secuestrador quería asegurarse estar en esa zona en las inmediaciones de Herald Square, debía haber llegado cerca de las ocho de la mañana. Para llegar a las ocho de la mañana al punto en el que desapareció Kiera se puede establecer un mapa relativamente sencillo de distancias y trayectos en los que el secuestrador podría vivir, uniendo los primeros trenes del día de cada zona y cuánto se tarda en llegar al centro para estar allí a las ocho de la mañana.

—Entiendo.

—Eso nos limita los potenciales domicilios del secuestrador a las zonas que le he dicho: Nueva Jersey, Manhattan, Brooklyn y Long Island.

—¿A esta conclusión ha llegado usted sola?

—Es una hipótesis. Puedo equivocarme, pero llevo años leyendo el expediente y pensando en esa niña. El trabajo de un periodista de investigación consiste en confirmar hipótesis, me lo enseñó un buen amigo, y creo que esa hipótesis es más válida que pensar que ha venido un tipo de alguna parte del mundo a llevarse a una niña en mitad de la cabalgata más famosa del planeta.

El agente Miller asintió y emitió un suspiro antes de continuar:

—¿Y qué necesita de mí?

—Podría organizar una búsqueda en todas las jugueterías y tiendas de modelismo de las zonas que le he mencionado. Quizá algunas tengan cámaras de seguridad, registros de compra con tarjeta de crédito o, incluso, quizá nos toque el gordo, alguien haya comprado a domicilio la casa de muñecas y nos haya dejado su dirección escrita en alguna parte.

El agente intentó reordenar en la cabeza todo lo que Miren le había contado.

—¿Sabe el tiempo que puede llevar lo que me pide?

—Sí. Y por eso mismo se lo pido. En el periódico ya no puedo trabajar con este tema, y yo sola es imposible.

—¿Lo deja? —inquirió el agente.

—¿Dejarlo? No. Es solo que... se escapa de lo que yo puedo hacer. Es imposible. Quizá usted tenga más recursos para..., para seguir persiguiendo esto. Ustedes son los buenos y yo..., yo estoy sola.

—No se crea. Yo estoy atado de manos. Todo el mundo quiere encontrar a Kiera Templeton, pero también a todos los demás. Cuando los de la prensa os centráis en un caso parece el único, pero le aseguro que hay más, cientos, y ni se imagina la lista que tengo de gente desaparecida que crece cada día.

«Usted tampoco se imagina la lista que tengo yo», pensó Miren, mientras repasaba con la memoria los archivadores con nombres de desaparecidas que guardaba en su trastero.

—Pero tiene algo nuevo sobre lo que trabajar —dijo, esta vez sí, en voz alta—. No falle a esa familia, agente. Ustedes quizá puedan encontrar algo. Estoy segura. Esa cinta quizá sirva para ponerlos en el camino correcto.

—Haré lo que esté en mi mano para encontrar a esa chica, señorita Triggs —aceptó finalmente.

—Yo también —añadió ella. Luego, mientras llegaban a una bifurcación en el camino que estaban siguiendo por el parque, continuó—: Sé que la información solo viaja en un sentido, agente Miller. Que no tiene por qué compartir ninguno de sus avances conmigo, pero creo que usted sabe tan bien como yo que no voy a dejar de buscar a Kiera.

—Quiere que le cuente qué sabemos nosotros, ¿verdad?

Miren no respondió, porque consideró aquella pregunta como retórica. El agente bufó con la nariz y levantó la cabeza hacia una escultura metálica de un puma acechando entre los árboles de Central Park; una preciosa alegoría de en lo que se había convertido aquella periodista.

—Sabemos poco, la verdad. No hay retrato robot válido. Sabemos que fue una mujer blanca de pelo rizado rubio, pero nada más. Según la científica, no hay huellas en la cinta ni en el sobre, al margen de las de la familia y un chico de la calle que fue quien dejó el sobre y quien no es capaz de recordar cómo era exactamente la persona que se lo dio. Estamos en un callejón sin salida. También sabemos el modelo de videograbador con el que se hizo, un Sanyo VCR de 1985, según el patrón que se ha quedado marcado en la banda magnética de la cinta. Es algo técnico, pero infalible. Por lo visto, cada modelo de cabezal reordena las partículas magnéticas de la banda de un modo, por lo que queda una huella reconocible en la banda. Es como una especie de huella dactilar que, aunque no permita reconocer el grabador exacto, sí la marca del mismo. Tenemos las cámaras de seguridad del día de la desaparición, pero no había nada destacable: gente por todas partes, pero ni rastro de Kiera. Le cortaron el pelo, eso lo sabemos, pero no podemos investigar a todas las personas que caminasen con un niño de la mano. Era Acción de Gracias. La calle estaba llena de familias así. Como ve, es un cúmulo algo caótico de cosas, pero casi ninguna nos sirve de mucho.

—Entiendo —respondió Miren, seria.

—¿Si encuentra algo más, me lo dirá? —preguntó el inspector—. Yo... intentaré conseguir el rastreo de las jugueterías, pero le adelanto que parece complicado.

—Cuente con ello. No quiero méritos, agente. A estas alturas a mí solo me importa encontrar a Kiera Templeton y llevarla a casa.

—¿Puedo preguntarle por qué es tan importante para usted? Hay muchos más casos como el de ella.

—¿Y quién ha dicho que no los esté buscando también? —respondió justo antes de despedirse de él.

Al llegar a la oficina el agente Miller presentó una solicitud de rastreo y visita a las jugueterías de las zonas que había delimitado Miren Triggs con su idea. Si conseguían de ellas un listado de clientes que hubiesen comprado una casa de juguetes *Smaller Home and Garden*, podrían organizar registros focalizados. No se trataba de conseguir ese listado de compradores y registrar la casa de todos ellos, algo que de saberlo los padres seguro que exigirían, sino de investigar a aquellos que diesen el perfil de potenciales secuestradores. Para su sorpresa, sus superiores en la unidad de personas desaparecidas del FBI aceptaron la petición de rastreo.

Se asignaron doce agentes a visitar jugueterías y tiendas de modelismo, pero pronto se toparon con un principal inconveniente: casi ninguna de ellas guardaba un registro de clientes de quienes hubiesen comprado una de esas casitas a escala y, menos aún, de las que habían sido compradas entre los años 1998 y 2003. Algunas jugueterías aportaron datos de clientes de 2003, otras hasta 2002, otras, incluso, hasta 2001. Pero la información era tan escueta y escasa que no servía para mucho. De un total de dos mil trescientas jugueterías, solo consiguieron información de sesenta y una, de entre las que habían obtenido los datos de solo doce compradores de ese modelo en particular.

Visitaron a todos ellos, a los doce, y todas eran familias idílicas con hijos que recibían a los agentes con tortitas con sirope de arce y cafés, para luego hacerles una visita guiada por todas las estancias de la casa en las que, por supuesto, nunca estuvo Kiera.

En 2005 el FBI canceló oficialmente la búsqueda una vez más, y el agente Benjamin Miller de nuevo llamó a los padres para contarles la noticia.

—¿Hay algo nuevo? ¿Han encontrado algo? —dijo Aaron Templeton en esa ocasión nada más descolgar la llamada.

—Aún nada, señor Templeton, pero estamos cerca. Seguimos con todos nuestros agentes con esto. Encontraremos a su hija. No dejaremos de buscarla, se lo prometo —mintió.

Capítulo 54
Miren Triggs
2005-2010

La solución suele estar a la vista,
esperando paciente a que alguien
la descubra cubierta de polvo.

Sinceramente no esperaba demasiado del agente Miller. Lo notaba agotado y decaído en cada frase que pronunciaba, como si cada desaparición que investigaba se hubiese llevado un trozo de él. El tiempo pasó y, con la misma velocidad con la que el FBI había investigado más de dos mil jugueterías, cancelaron la búsqueda y pasaron a buscar a otra persona. No los culpaba. Tenían que priorizar recursos, pero una parte de mí siempre viajaba al cuarto de Kiera y se sentaba a su lado, para observarla jugar unos minutos a las muñecas. Me gustaba imaginarme cómo sería su voz. Me gustaba imaginármela sonriendo y con la mirada llena de vida, aunque tenía la intuición de que sus verdaderos ojos debían estar apagados, como si fuesen un faro remoto estropeado, haciendo que los barcos que buscaban su costa acabasen encallados entre las rocas. El agente Miller y yo fuimos esos barcos, y sus padres, destrozados, lloraban no por los golpes contra el acantilado de los navíos perdidos, sino porque el faro ya no emitía luz.

En 2007, cuatro años después de la primera cinta, una silueta oscura de mujer con el pelo rubio y rizado dejó una segunda cinta en la oficina de Aaron Templeton y yo me sentí más viva que nunca. La redacción consumía mis horas diurnas, la revisión de personas desaparecidas consumía las nocturnas, pero durante un tiempo se avivó en mí el fuego de encontrarla. Me había convertido en una buscadora. ¿No era eso el periodismo? Buscar. Buscar y encontrar. A veces lo que buscabas quería ser encontrado; otras veces debía ser una la que agarrase el cordel de la verdad y tirase para sacarla de las profundidades del agujero en que estaba atrapada para que viese de nuevo la luz. Desde la desaparición de Kiera había comenzado a recopilar información sobre casos activos con serios indicios de que algo grave había pasado: Gina Pebbles, una adolescente que había desaparecido en 2002 tras salir de su instituto en Queens y cuyo rastro se perdió a dos kilómetros, en un parque en el que encontraron su mochila; Amanda Maslow, una chica de dieciséis que habían secuestrado en 1996 en un pueblo de interior, o el de Adaline Sparks, una chica de dieciséis que desapareció de su casa en 2005, con todas las puertas y ventanas cerradas con llave desde el interior.

Con la segunda cinta, la de 2007, tampoco conseguí encontrar nada, pero el circo mediático ya estaba servido. Intenté abstraerme de todo aquello y me sumergí de nuevo en su expediente, como había hecho las veces anteriores. Rebusqué entre los vídeos de las cámaras de seguridad para hallar a esa mujer, pero las imágenes tampoco ofrecían una nitidez que pudiese ayudar. Una vez más, Kiera Templeton aparecía, esta vez un mes de junio, para luego desvanecerse hasta que quien mandaba las cintas decidiese que el juego debía continuar.

Llamé al agente Miller para preguntarle si habían elaborado un perfil del secuestrador. El uso de cintas VHS era un claro síntoma de alguna psicopatía que yo desconocía. Ese hijo de puta debía de ser un perturbado nostálgico de los noventa, y no tardó en reenviarme a escondidas un diminuto párrafo que había elaborado la unidad de análisis del comportamiento en Cuántico que decía lo siguiente: «Hombre, blanco. Entre cuarenta y sesenta años. Trabaja en algo relacionado con la mecánica o las reparaciones. Conduce un coche gris o verde. Casado con una mujer de personalidad débil. El uso de cintas VHS reflejan su rechazo al mundo actual y moderno».

Nada más. El FBI resumía al potencial captor en unas pocas líneas en las que estaría cualquiera. Incluso mi padre podría encajar en ese perfil si no fuera por el carácter inquebrantable de mi madre.

El tiempo pasó como un huracán que devoró lo sucedido entre cinta y cinta y, con la llegada de la tercera, en 2009, unos días antes de las elecciones presidenciales en las que ganó Barack Obama, nadie, salvo yo, le prestó la menor atención. Detestaba el circo mediático que se montaba con el morbo de los casos dramáticos, pero también el hecho de que la política lo impregnase todo. Mirases donde mirases, observabas los rostros sonrientes de Obama y John McCain prometiéndote esperanza, como si el mundo no estuviese yéndose a la mierda.

En aquella cinta Kiera me dio pena. Se pasaba el minuto que duraba la grabación sin dejar de escribir en un cuaderno, con un radiante e incómodo vestido naranja. Era una muñeca rota, como yo lo había sido. Si prestabas atención, no tardabas en imaginarte unas lágrimas cayendo sobre el papel. Yo tuve una época así, en la que me sentí sola, prisionera del universo, y en realidad quizá aún lo estuviera, por mucho que me hubiese reconstruido con pegamento hecho de rabia y desesperanza.

Tras ver aquella cinta, tuve la necesidad de visitar a los Templeton. No sé por qué, pero necesitaba transmitirles algo de luz. Al fin y al cabo yo me consideraba un poco como Kiera, perdida y desamparada y, aunque viesen a su hija así, sabía que si algún día volvía a casa era posible seguir adelante. Solo conseguí que Aaron aceptase mi invitación a un café y de esa conversación solo recuerdo sus lágrimas y el largo abrazo que me dio antes de despedirnos. Apenas habló. Estaba lejos de lo que una vez fue. Ambos habíamos corrido la misma suerte.

En ese tiempo conseguí afianzarme en la redacción. Intenté cumplir con las exigencias del equipo de investigación, gracias a Dios sin Nora Fox en él, y tengo que admitir que disfruté de la flexibilidad de Bob, con quien mantenía una cordial amistad profesional.

Durante todo 2010 estuvimos trabajando en un único artículo que consumió muchos recursos y la paciencia de Phil Marks. Se trataba de un caso que no había salido a la luz, en el que una docena de trabajadores de las fábricas en China de una importante empresa de móviles se habían suicidado por el estrés y por las condiciones laborales. Cuando el reportaje de doce páginas llegó a las calles a principios de noviembre, Phil nos llamó a los tres a su despacho para darnos la enhorabuena y unas semanas de descanso.

Pero yo no necesitaba descansar, sino encontrar respuesta a una pregunta que desde hacía años me martirizaba: ¿dónde estaba Kiera Templeton? ¿Quién la tenía?

Volví a ver los vídeos digitalizados de Kiera una y otra vez. Me creé una lista de reproducción de los vídeos en el programa VLC y cuando comenzaba uno continuaba el siguiente. Pasé así un día entero, viendo a Kiera crecer, imaginándome su vida, incluso llegué a dudar si necesitaba que la rescatasen o no.

Tuve una idea absurda: ver las cintas del modo en que habían sido grabadas, y decidí comprarme un reproductor VHS Sanyo de 1985. Encontré dos reliquias en Craigslist que se vendían para piezas, y quedé con uno de los propietarios para comprárselo y ver si me aportaba una solución. Me encontré en la esquina en la que había quedado a un tipo gordo que regentaba un antiguo videoclub que estaba vendiendo todo de lo que disponía por liquidación.

—Son cien dólares —señaló, tras saludarme y decirme su nombre, que no recuerdo—. Como ponía en el anuncio está roto, pero es fácil de arreglar. Solo hay que cambiar uno de los brazos de enhebrado de la banda magnética y lo tienes funcionando.

—¿Sabes dónde podría conseguir una pieza de repuesto para arreglarlo? —pregunté, observando si había algo más dañado a simple vista desde el exterior.

—No es algo que se venda en cualquier sitio, ¿sabes? En toda la ciudad hay dos o tres tiendas de reparación de estos cacharros. Casi no merece la pena arreglarlos. El *streaming* es el futuro, o eso dicen, ¿no? Pero, oye, si tienes vídeos antiguos esta es la manera. No hay otra.

—¿Solo dos o tres talleres de reparación? —Una chispa se encendió dentro de mí.

—Bueno, sí. Y eso sumando Nueva Jersey, que es donde vivo. Creo que la antigua VidRepair del centro cerró hace unos meses, y mira que estos cacharros se estropeaban bastante. El polvo se acumula dentro y las piezas de plástico se rompen. Pero, claro, casi nadie los usa ya. Es un negocio destinado a desaparecer. Como el mío, por triste que parezca. Ni los DVD van a poder parar el mundo digital que se avecina.

—¿Tendrías los nombres de esas tiendas? —pregunté, con el corazón lanzándome redobles como si estuviese a punto de encontrar algo de verdad.

Capítulo 55

26 de noviembre de 2003
Un día antes de la primera cinta
Lugar desconocido

La piedad siempre requiere
amor y dolor para florecer.

El día antes de Acción de Gracias de 2003 Iris estuvo toda la mañana en casa con Kiera.

—¿Qué tal me queda este, mamá? —preguntó Kiera, con un mantel de cocina naranja puesto a modo de vestido.

—Te falta lo mejor, cariño —dijo Iris, colocándole un lazo del mismo color en la cintura.

Le encantaba jugar a las princesas con ella y, aunque no había comprado muchos vestidos con la intención de no levantar ninguna sospecha, Iris se las apañaba para improvisarlos con manteles para la cocina que ataba a su cinturilla de abejorro. Aquello les permitía jugar a vestirse de mil maneras, a fomentar la imaginación de la pequeña creando artilugios y objetos de casi cualquier cosa, algo que casi siempre salía bien, salvo en las ocasiones en que Kiera se hacía un cetro con una escobilla del váter.

—Me falta una cosa. Vengo luego —dijo Kiera en un momento dado y marchándose a su cuarto a saltitos de felicidad ante la cara de sorpresa de Iris. Una hora después, y durante la cual Iris comprobó dos veces el canal ocho para ver que estaba bien, la pequeña salió de su habitación con una tiara hecha de macarrones pegados en un trozo de cartulina.

—¿Y ahora? ¿Estoy guapa?

Iris sonrió.

—Estás preciosa, cielo —respondió su madre en cuanto la vio salir, en un tono que dejaba entrever un suave y cálido matiz de orgullo al sentir que la estaba educando bien.

Disfrutaban la mayor parte del tiempo así: jugando a estar juntas, leyendo alguno de los libros antiguos que tenían en la casa y que nunca antes se habían tocado, o tumbadas en el sofá del salón viendo películas en VHS de la colección de Will.

Atrás había quedado la muerte de Will. Cuando murió, Iris tuvo una época tensa y difícil. Necesitaba salir de vez en cuando para realizar el papeleo de la defunción de su marido, y siempre que lo hacía le suplicaba a Kiera que no abriese la puerta a nadie y que ni se le ocurriese salir, porque enfermaría como aquella vez.

Intentaba tardar lo menos posible en aquellos trámites y, si era necesario, los espaciaba en el tiempo para que no coincidiesen entre sí. De ese modo, solo hacía un trámite a la vez, regresaba siempre a tiempo y suspiraba de tranquilidad en cuanto comprobaba que Kiera estaba bien. Durante esas semanas Iris estuvo muy preocupada, pensando en cómo subsistirían las dos a partir de entonces. Kiera no podía quedarse sola todo el día mientras ella salía a trabajar para ganar un sueldo. Maldijo a Will una y otra vez. Lo llegó a odiar con tanto fervor que ni siquiera fue a su entierro ni avisó a su familia lejana de la noticia. Para ella Will era el cobarde que se había marchado en cuanto la situación se había complicado.

Pero pronto descubrió que el accidente de Will llevó asociado una indemnización cercana al millón de dólares. Sin ella saberlo, Will tenía contratada una póliza de seguro de vida por su trabajo en el taller. A eso se le sumó el importe que el ayuntamiento aceptó en concepto de indemnización por no señalizar correctamente aquel paso a nivel.

Cuando Iris comprobó su cuenta bancaria con el pago por el importe total del siniestro, estuvo llorando durante horas. La muerte de Will no había sido un desastre para ella y su hija, sino un alivio que hizo que Iris recordase a su marido como alguien especial que le cambió la vida para bien. Al fin y al cabo, Will fue quien le dio a Mila y también quien le había dado la oportunidad de pasar todo su tiempo junto a ella.

La muerte de Will también reforzó la idea de que el exterior era peligroso, ya no solo por las misteriosas ondas invisibles que parecían provocarle espasmos, sino porque en él podías morir como le había pasado a su padre.

Llegó un punto en que Kiera estaba tan convencida de que el exterior era peligroso que le suplicaba a su madre antes de salir que tuviese mucho cuidado fuera. Poco a poco Iris se armó de valor para alargar cada vez más las salidas, en las que aprovechaba para hacer la compra, dejando a la pequeña en casa y, cuando volvía, se sorprendía de que la pequeña corriese a ella a abrazarla agradeciéndole por volver sana y salva. La niña temía salir al exterior casi tanto como Iris que lo hiciese y, aunque fuese por motivos distintos, eso las unió aún más, al tener que luchar contra un enemigo común, aunque este fuese inexistente.

En una ocasión, incluso, Iris dejó sin querer abierta la puerta de entrada al llegar cargada con la compra y, para su sorpresa, Kiera acudió con rapidez para cerrarla y luego añadir:

—Mamá, por favor. Ten cuidado, que no me quiero poner enferma.

Su cautiverio, aun sin Iris pretenderlo, había sido como el adiestramiento de un elefante salvaje, al que primero ataban a un poste sin poder moverse para luego recibir golpes en caso de intentarlo. Entonces, cuando los golpes desaparecen, el elefante deja de intentar escapar para sentirse a gusto y protegido bajo el calor de su cuidador, que a sus ojos es el salvador de su calvario. Kiera ya no se quería separar de su entorno seguro, porque hacerlo era tentar a sus espasmos, al igual que tampoco el elefante quería contradecir a su malvado dueño.

Esa tarde después de jugar con los vestidos, Kiera estuvo intentando domar el pelo de su madre, pegándole tirones con un peine mientras Iris reía de dolor. Luego invirtieron los papeles, pero en esa ocasión Iris lo hizo con una suavidad digna de los mejores cuidados. El pelo de Kiera era largo y moreno, y el cepillo se deslizaba por él como si estuviese acariciando un pañuelo de seda con la mano seca. A Kiera esas caricias la relajaban y estuvo un rato disfrutando de ellas mientras veía *Matilda* en la televisión.

Cuando terminó la película, Kiera se fue a su cuarto a canturrear una canción navideña que había aprendido en *Solo en casa* y, al volver al salón, vio a su madre llorando mientras sujetaba el mando a distancia de la televisión.

—¿Mamá? ¿Qué te pasa? —dijo, asustada.

—Nada, hija..., es solo que... me han venido a la mente malos recuerdos.

—¿Hablas de papá?

—Sí, hija —mintió—. Es por papá.

—No pasa nada, ¿vale? —dijo Kiera, acariciándole la cara a su madre—. Estamos juntas. Papá está bien, en el cielo. Como en la película *Todos los perros van al cielo*.

Iris rio. Kiera solía tener esas ocurrencias en las que simplificaba un problema y lo convertía en una carcajada, y para Iris era imposible soportar una de esas ingeniosas frases que casi no sabía ni de dónde provenían.

—¿Estás comparando a papá con un perro? —respondió Iris, con una sonrisa, al tiempo que se secaba una lágrima.

—¡No! —dijo riendo—. Es solo que... no me gusta que llores. ¿Quieres que te cuente yo un cuento?

—Sí, cielo. Me encantaría que me leyeses tú un cuento —respondió—. Pero ¿me dejas diez minutos a solas? Necesito hacer una cosa aquí en el salón.

—¿Quieres que me vaya a mi cuarto?

—¿Por qué no juegas un rato con la casa de muñecas y ahora voy yo? ¿Quieres?

—¿Seguro que estás bien?

—Sí, Mila. De verdad —aseveró una última vez.

Kiera se marchó confusa a su dormitorio y cerró la puerta tras ella. Se preguntó qué le ocurría a su madre y estuvo unos minutos dándole vueltas a qué podría ser. Era pequeña pero inquieta, y quería ver a su madre feliz.

Mientras tanto, en el salón, Iris encendió de nuevo la televisión, conectó la antena que permitía recibir los canales, y dejó caer el mando a distancia al suelo en cuanto aquellas imágenes volvieron a la pantalla. En ellas, dos padres lloraban abrazados frente a una fotografía de una niña de tres años. Ella la reconocía bien: era Kiera. Los padres estaban abrazados en un homenaje que se había realizado el día anterior en Herald Square, en torno al que se habían concentrado doscientas personas entre algunos amigos y transeúntes que aún recordaban el caso. Grace estaba al micrófono, con los ojos enrojecidos por el llanto y la cara pisoteada por el dolor. A su lado, Aaron Templeton tenía la mirada perdida y el rostro desencajado. Ambos eran sombras de lo que una vez fueron. Iris subió el volumen y, por primera vez, oyó la voz rota de la madre a la que había arrebatado a su pequeña.

—Ahora estarías a punto de cumplir ocho años, mi niña —dijo Grace al grupo de personas que tenía delante. La fotografía de Kiera parecía recordar lo feliz que era a su lado. La imagen era distinta de la que había circulado en el *Press* y en los anuncios que habían emitido años antes en la televisión. En ella Kiera reía, a carcajadas en realidad, y marcaba sus dos hoyuelos y la diastema de sus paletas. Los ojos de la pequeña irradiaban una felicidad difícil de igualar—. Ojalá pudiera haberte visto crecer, haberte visto caer, haberte curado la rodilla, haber seguido cantándote por las noches esa nana que te gustaba en la que te prometía que nunca nada te ocurriría. —Grace Templeton hizo una pausa para recomponer la voz, que se desmoronaba entre sus cuerdas vocales como si fuese una de las Torres Gemelas—. Ojalá te hubiera educado con buenos valores, mi niña. Ojalá te hubiera besado en la frente mucho más de lo que lo hice, ojalá te tuviera ahora mismo delante y saber que estás bien, mi cielo. A la persona que se la llevó le pido clemencia. Si en cambio alguien le hizo algo horrible y mi pequeña está muerta en alguna parte, le pido solo una cosa: que nos diga dónde está para poder... —rompió a llorar y Aaron la abrazó. En la pantalla se intercalaron imágenes de la antigua vivienda de los Templeton rodeada de luces de Navidad, mientras el presentador de la noticia recordaba con voz en *off* que en esa casa habían montado una centralita de llamadas durante los primeros días que nunca encontró ninguna pista.

Iris había visto aquellas imágenes a lágrima viva. Nunca antes se había parado a considerar de verdad el dolor que estaba causando. Aunque sabía que la niña tenía una familia y la estaban buscando, nunca se paró a valorar el daño que hacía. Ahora ella quería con toda su alma a la pequeña y eso la hacía comprender también cuánto debían de quererla los Templeton. Su labio inferior temblaba, como lo había hecho también el de Grace Templeton mientras se dirigía a su hija. Pensó en ella, en cuánto habrían pasado aquellos padres y en qué hacer.

Se intentó secar las lágrimas, pero sus ojos eran un torrente de culpabilidad. Cambió de canal para tratar de sobrellevar la visión de Grace y, sin quererlo, puso el canal ocho, en el que vio a Kiera jugando tranquilamente con su casa de muñecas y el vestido naranja improvisado con un mantel.

Rio.

Dejó escapar una risa nerviosa y entrecortada entre sus lágrimas. De pronto, y sin pensarlo, una idea absurda se había plantado en su mente. Una de nefastas consecuencias.

Rebuscó entre la estantería con las películas VHS de Will y encontró una caja con varias cintas vírgenes TDK. Estuvo un rato frotándolas con un paño, cerciorándose de que estaba limpia de huellas o de cualquier cosa que la pudiese incriminar. La introdujo en el videograbador y, sin quererlo, sin saberlo, con la intención de no herir a nadie, pulsó el botón REC y observó a Kiera moverse por la habitación mientras grababa. Detuvo la grabación un minuto después y, tras escribir KIERA con rotulador en la pegatina, volvió a repasar la cinta para eliminar posibles huellas. La guardó en un sobre acolchado y llamó a la puerta de Kiera aún con el corazón en la mano.

—¿Qué pasa, mamá? —preguntó la pequeña en cuanto vio de nuevo a su madre—. ¿De verdad estás bien?

—Sí, cariño..., es solo que... esta noche tengo que salir a darle un paquete a unos amigos y... tengo miedo de que me pase algo —exhaló Iris sin querer dar demasiados detalles.

—No vayas, mamá —respondió Kiera, angustiada—. Que vengan ellos. Es peligroso y no quiero que te pase nada.

—Tengo que hacerlo, cariño. Están mal y... seguro que les ayuda. ¿Estarás bien?

Kiera la abrazó y le susurró al oído:

—Sí, mamá. No abriré a nadie y apagaré las luces, pero prométeme que volverás —dijo con voz dulce.

—Te lo prometo, cielo.

Capítulo 56
Miren Triggs
26 de noviembre de 2010
El día antes de la última cinta

¿Tan extraño nos parecía el pasado como ahora nos parece el presente?

Al día siguiente, por la mañana temprano me presenté en la primera de las tiendas de reparación de reproductores VHS. Estaba en Nueva Jersey y, por lo visto, según el tipo que me había vendido mi Sanyo VCR, era el mejor taller de toda la ciudad. Si su dueño, un tal Tyler, no podía arreglar algún problema o no encontraba un repuesto, te daba uno de sus cientos de reproductores en perfecto estado de funcionamiento para compensar el tiempo de espera.

Se trataba de un angosto y largo local repleto de estanterías de metal a ambos lados con viejos reproductores de cintas escoltando el camino hacia el mostrador. Nada más entrar tuve la sensación de haber pisado un cementerio de cacharros que había cambiado la vida de una generación y que habían sido repudiados en cuanto llegó algo mejor. ¿No consistía en eso la evolución? El cambio hacia adelante, sin importar qué se deja atrás.

De pronto, desde detrás de una de las estanterías, surgió un señor de unos sesenta años que me saludó con entusiasmo nada más verme. Emitía una calidez tan reconfortante que parecía empapado de las películas de los noventa.

—¿En qué puedo ayudarla? —dijo.

—Hola… me llamo Miren Triggs, y soy periodista del *Manhattan Press*.

—¿Una periodista aquí? Esto es un negocio moribundo. No sé qué le puede interesar a la prensa de esto.

—Bueno, si seguimos por el mismo camino, quizá la prensa tenga mucho que aprender de un negocio como el suyo —respondí con la mejor de mis sonrisas. Necesitaba su ayuda. Quizá era un último cartucho que no servía de nada, pero debía intentarlo.

—Bien dicho. —Sonrió—. ¿Y qué necesita? ¿Hay algo en lo que le pueda ayudar este pobre viejo?

—Sé que lo que le voy a pedir es improbable, pero… ¿ha arreglado algún reproductor Sanyo VCR de 1985 en los últimos años?

—¿Un Sanyo VCR de 1985?

—Sé que es complicado. Estoy buscando al dueño de uno de esos y este es el último intento.

—¿Para qué, si no es mucho preguntar?

Qué diablos, pensé. La sinceridad también abre puertas. Al menos cuando sirve para unir a la gente noble, y el dueño de esa tienda parecía emitir bondad desde las entrañas.

—¿Recuerda el caso de Kiera Templeton? ¿La niña que desapareció y luego alguien envió unas cintas con ella?

—Sí, claro. Cómo olvidarlo. Me llamó mucho la atención lo de las cintas. Emplearlas para hacer daño... La gente ha perdido el norte.

—Sabemos que fueron grabadas con un grabador Sanyo de 1985 por el patrón del cabezal en las marcas magnéticas.

—¿El cabezal del Sanyo? —inquirió, en tono confuso.

—Eso es.

—¿Saben que ese cabezal está también en los Philips?

—¿Cómo dice? —pregunté, sorprendida.

—Que no solo los grabadores Sanyo incluían cabezales de su marca. Philips, en aquella época, no contaba con producción propia, al menos no completa, y Sanyo los manufacturaba, incluyendo en ellos los cabezales de la suya. No sé qué clase de acuerdo tenían, pero es algo que cualquier amante de los grabadores de esa época sabe —rio, como si estuviese comentando una obviedad.

—¿Me está diciendo que necesito ampliar la búsqueda e incluir también los videograbadores Philips?

Sonrió cortésmente.

—Sí, así es.

—Dígame, por favor… ¿Ha arreglado usted algún Sanyo o Philips de ese modelo?

Hizo un ademán con la cabeza, asintiendo, con una sonrisa que casi me golpeó el pecho. Cerré los ojos y suspiré hondo. Quizá esa vez sí serviría de algo. Quizá aquel hombre de buen corazón tuviese la respuesta a todas mis preguntas.

—Si mi memoria no falla, habré arreglado unos diez o doce de esos dos modelos en estos tres años. Sus brazos de enhebrado de la banda se rompían bastante. Algunos modelos, que no contaban con un buen control de calidad, no aguantaban ni cinco años sin romper sus brazos.

—Cinco años… —suspiré, intentando pensar—. De modo que si alguien sigue usando uno de estos, cada cierto tiempo tiene que repararlos.

—Sí, si tenía una de esas unidades iniciales. Los primeros fueron los más defectuosos, pero como siempre pasa con la tecnología, ¿no es así?

—¿Y tendría una lista de clientes a los que ha reparado grabadores?

Me devolvió una sonrisa, una vez más.

—Me llevará un buen rato revisar mis facturas, pero... claro. Todo el que repara su cacharro aquí deja sus datos y un depósito. Deme un par de horas a ver qué consigo —respondió, con una de las frases más esperanzadoras que había escuchado en los últimos años.

Esperé impaciente junto a la puerta, observando la tranquilidad aparente de la calle. Allí, en cualquier rincón, quizá estuviese Kiera o cualquiera de las personas desaparecidas de las que nunca se supo nada. Me daba pánico cuando mi mente viajaba a aquellos miedos. Dos horas después, el señor Tyler salió a la puerta con un papel arrancado de su libreta que contenía una lista de once nombres con sus direcciones. También había anotado junto a cada nombre los importes de las reparaciones y las compras realizadas de otro tipo de material que habían hecho en la tienda, junto a la fecha que él tenía anotada en su contabilidad arcaica y manual. Piezas, recambios, cintas VHS, reparaciones. Según me contó, guardaba un registro detallado de cualquier pago realizado con tarjeta porque no quería problemas con los bancos. ¿Quién los quería?

—Gracias —dije—. Ojalá el mundo se pareciese un poco a usted.

—Ya lo hace, señorita. Solo hay que mirar a las zonas correctas —respondió para luego perderse de nuevo en el interior de la tienda.

Casi todas las direcciones estaban a ese lado del río, así que aproveché para visitarlas antes de que cayese la noche.

No tenía ningún plan. No sabía cómo actuar si encontraba algo sospechoso. Barajé la posibilidad de llamar al agente Miller para contarle los avances, pero iba a perder más tiempo de aquella manera.

Visité la primera de ellas, de un tal Mathew Picks, y me abrió la puerta un señor de sesenta años. Cuando le pregunté por la reparación de su grabador, no dudó en enseñármelo, junto a toda su casa. Según me contó adoraba el grano en la pantalla que se formaba con los VHS y la magia de esperar el rebobinado de la cinta. También me dijo que su boda la tenía en ese formato, y que mientras estuviese vivo observaría cada noche la cinta donde se comprometía con su mujer, que había fallecido diez años antes.

Me marché de allí con sabor agridulce. Visité tres más antes de que cayese la noche, todas con el mismo resultado: amantes del formato que no querían perder la posibilidad de ver películas que aún no habían sido pasadas a DVD o Blu-ray.

Entrada la noche paré el coche junto a una pequeña casa de madera blanca con las luces encendidas en

Clifton, en el condado de Passaic, en Nueva Jersey. No esperaba mucho. El día había sido algo esperanzador al inicio y algo desafiante por la tarde y, cuando llamé a la puerta, una mujer rubia con el pelo rizado me abrió con cara de preocupación:

—Hola —dije intentando ocultar mi nerviosismo—. ¿Vive aquí William… William Noakes?

Capítulo 57

27 de noviembre de 2010
El día de la última cinta
Clifton, Nueva Jersey

Las palabras no dichas significaban más que las que se pudiesen decir.

—Hola. ¿Vive aquí William... William Noakes? —dijo Miren, consultando un portafolios. Eran las diez de la noche y Mila ya estaba en la cama, como siempre hacía. Su madre la seguía tratando como a una niña, a pesar de tener ya quince.

Iris se quedó de piedra. Hacía años que nadie preguntaba por él. Había conseguido cambiar la titularidad de la línea de teléfono y de las cuentas bancarias, y aquella pregunta la dejó descolocada.

—Eh..., vivía, sí. Era... mi marido. Murió hace años.

—Sí..., por eso he venido. Hemos... detectado algunas irregularidades en su tarjeta de crédito.

—¿Qué ocurre? ¿No es un poco tarde para... para estas cosas? —preguntó Iris—, inquieta. Mila ya estaba durmiendo y en el salón no había nada que ocultar.

—Eh..., sí. Sé que ya es de noche, pero no he podido venir antes. Verá..., ha habido un problema con las tarjetas de crédito de su marido. Por lo visto se han seguido usando desde su muerte y eso... es un fallo que la compañía debe subsanar.

—¿Qué problema? Pago todos los meses los recibos de manera puntual.

—Sí, sí. No hay ningún problema en realidad. Me he explicado mal. Solo tenemos que rellenar un formulario y responder unas preguntas relacionadas con unos pagos realizados con la cuenta de su marido para asegurarnos de que no le han robado la tarjeta y que alguien no autorizado está haciendo uso de ella.

—¿Alguien no autorizado?

—Pasa más de lo que debería. Le duplican la tarjeta y cuando quiere darse cuenta, se han fundido todo el dinero de su cuenta.

—¡Qué horror! Yo no..., no he visto ningún movimiento extraño en la cuenta.

—¿Puedo pasar, por favor? Será solo un minuto. Hace frío aquí fuera.

Iris asintió, confusa, pero no podía dejarla allí. El viento soplaba fuerte y gélido aquel día. Aquella mujer no parecía suponer una amenaza. Estaba sonriente y tenía una mirada enérgica: parecía una vendedora de seguros.

En el interior, Miren hizo una batida rápida con la mirada, buscando en todas direcciones: mesa, sofá, mesilla, televisión, videograbador Philips. El papel de la pared era el vendido por Furnitools, azul con flores naranjas.

—Muchas gracias, señora... Noakes.

—No hay de qué. ¿Trabaja usted en el banco? Es la primera vez que la veo —inquirió Iris, sentándose e indicando a Miren dónde hacerlo.

—Soy de la compañía de su tarjeta. Será solo un minuto, se lo aseguro.

—Está bien —aceptó al fin Iris.

Miren buscó de nuevo con la mirada: pasillo largo, armario verde cerrado con candado abierto, ventana, cortinas de gasa. Al fondo, dos puertas, ambas cerradas.

—¿A qué se dedica? —fue lo primero que preguntó Miren, nada más sentarse en el sofá. Sacó un bolígrafo e hizo como si fuese a anotar la respuesta.

—Bueno..., es una pregunta difícil. A..., a cuidar de mi hogar. El seguro nos dejó un buen dinero cuando murió Will. Llevando una vida frugal creo que podré... mantenerme con lo que tengo ahorrado.

A Miren le saltaron todas las alarmas. Aquella palabra sin importancia se le había clavado en el oído: «nos».

—¿Tuvo hijos? No me..., no me consta en el expediente.

Un escalofrío recorrió el cuerpo de Iris, naciendo en la nuca y viajando hasta la punta de sus dedos.

—No..., hijos no. Pero siempre me han gustado mucho los perros y... son como mis hijos, ¿sabe?

Miren sonrió, aceptando la respuesta, pero por dentro sabía que algo no andaba bien. No había visto ninguna caseta de perro, ni aquel salón parecía oler a ninguno de ellos. En cambio, lo que sí se notaba allí dentro era el ambiente a cerrado.

—Está bien. Pasemos ahora..., a los gastos. Tengo una serie de compras que necesito confirmar.

—Claro. Dígame.

—El 18 de junio de hace tres años se gastó doce con cuarenta dólares con la tarjeta de su marido en Hanson Repair. Por lo visto se trata de la compra de varias cintas VHS. ¿Las compró usted?

—¿Hanson Repair?

—Es la tienda de dispositivos electrónicos que hay a unos diez minutos de aquí. ¿Conoce al señor Tyler?

—Eh..., no lo recuerdo... pero si usted lo tiene anotado supongo que sí —respondió.

Miren tachó una de las líneas del listado que tenía en el papel y pasó a la siguiente:

—El 12 de enero de 2007 hay un pago de sesenta y cuatro dólares con veinte en... la misma tienda, Hanson Repair. ¿Es correcto?

—¿2007? Hace... hace mucho. No lo recuerdo. Algunas veces he arreglado cosas allí, pero... no sabría decirle si en 2007.

—Bueno, en realidad en este caso solo necesitamos que nos confirme que ese pago lo hizo usted. He hablado con la tienda. Me han confirmado que sí figura usted como cliente. Concretamente de la reparación de un videograbador Philips.

—¡Ah, sí! Puede ser.

—Es ese de ahí, ¿verdad? —dijo Miren, señalando el reproductor con el bolígrafo para luego volver a sonreír.

—Eh..., sí.

—Es una joya. ¿Cuántos años tiene? ¿Veinte? ¿Treinta?

—No sabría decir... Lo... compró Will cuando nos mudamos a esta casa. Lo usamos mucho durante un tiempo. Ahora..., con los DVD y TiVo, casi no lo encendemos.

De nuevo el plural. De nuevo el silencio incómodo tras él. Miren se controló esa vez.

—Perfecto. Creo que es todo lo que necesito.

—¿Ya? ¿Podré seguir usando su cuenta?

—A ver. Deberá... cancelarla con el certificado de defunción y traspasar el dinero a la suya. Sería lo normal; el proceso es algo lento, pero es lo mejor. Así... se evita líos —respondió Miren, levantándose. La tenía. Estaba segura. Su mente viajaba de un lado a otro, pensando la mejor manera de hacerlo. Caminó hacia la puerta, con la mente lanzándole opciones, con Iris tras ella. Y entonces recordó aquel consejo del profesor Schmoer: «Un periodista de investigación trabaja confirmando hipótesis, Miren. Y con la tuya solo falta el sí o el no de Margaret S. Foster. Y eso es algo que puedes conseguir tan solo preguntándole y observando su reacción».

—¿Eso es todo lo que necesita? —preguntó esa vez Iris, con una sonrisa.

—Sí..., creo que... lo tengo todo...

Iris abrió la puerta y Miren salió y se giró sobre sí misma. Tenía que dar el salto, aunque se estrellase contra un muro. El corazón iba a explotarle en mil pedazos.

—... bueno, una última cosa —dijo de pronto. Iris la observó con una mirada cálida y aturdida.

—Lo que sea, claro.

—¿Compró usted o su marido la casita de juguetes *Smaller Home and Garden*?

El rostro de Iris pasó en un instante de la calidez al terror. La casa de muñecas no estaba a la vista. Estaba en el cuarto de Mila y era imposible que aquella mujer lo supiese. Iris abrió los ojos como si necesitase encontrar algo en la oscuridad, agarró con fuerza el canto de la puerta, sus labios se separaron lo justo para dejar entrar el aire que había comenzado a faltarle. No respondió durante el tiempo suficiente para que aquella pregunta se respondiese sola, y para que el significado de esas palabras no dichas transmitiesen tanto como las que pudiese decir.

—No..., no sé de qué me habla —respondió, tras un eterno instante sujetando la puerta—. Ahora, si me permite, tengo cosas que hacer.

Cerró la puerta de golpe y Miren caminó a su coche, incrédula, intentando contener la adrenalina que sentía recorriéndole las venas, mientras ella no sabía cómo reaccionar. Se montó en él, encendió el motor y se alejó hacia el final de la calle, mientras desde el interior de la casa Iris la observaba a través de las cortinas. Luego, cuando por fin desapareció Miren, pegó un chillido tan fuerte que despertó a Mila del susto.

—¿Qué pasa, mamá? —preguntó, somnolienta, tras abrir la puerta al final del pasillo.

—Cielo —dijo con el rostro cubierto de lágrimas—. Ve preparando tu ropa. Nos vamos en una hora.

—¿Irnos? ¿Salir a la calle? ¿De qué hablas mamá? Me pondré enferma.

—No nos queda otra, cariño —exhaló entre sollozos—. Tenemos que irnos. Estarás bien.

—¿Por qué? ¡No!

—Cielo. Nos tenemos que ir. De verdad. No podemos hacer otra cosa.

—Pero ¿adónde vamos, mamá? —inquirió Mila, asustada.

—A donde nunca nos encuentren, cielo —dijo casi sin fuerzas para hablar.

Capítulo 58
27 de noviembre de 2010
El día de la última cinta
Clifton, Nueva Jersey

Siempre que se emprende el
primer viaje nunca es el último.

Mila se había vestido según las indicaciones de su madre. Se había cubierto la cabeza con un pañuelo y se había puesto unas gafas de sol, a pesar de ser de noche. La ropa que se puso le cubría cada pequeña parte del cuerpo, dejando solo a la vista sus manos blanquecinas, sus pómulos rosados y unos labios carnosos que nunca habían sentido el tacto de un beso. Las gafas de sol apenas le dejaban ver en la oscuridad de la noche, por lo que caminó agarrada de su madre, pensando que quizá, en cualquier momento, sufriría uno de sus ataques epilépticos.

Durante toda su vida había tenido solo una decena de ellos en momentos salpicados: tras una discusión con mamá, tras ver una película en la televisión demasiado emocionante, tras cepillarse los dientes. En cada uno de esos ataques su madre había reforzado en Mila la idea de que se trataba de sensibilidad electromagnética, fruto de las corrientes eléctricas, las ondas de wifi y de los terminales móviles, y ella había crecido temiendo el mundo exterior como si fuese un entorno radiactivo que pudiese acabar con ella. Por ese motivo en casa no tenían televisión por cable, que solo Iris comprobaba de vez en cuando conectando la señal para desconectarla cuando Kiera estaba a la vista, y solo veían esporádicamente las películas VHS que su madre compraba en mercadillos de segunda mano.

Mientras Mila había estado preparando y recogiendo sus cosas, Iris estuvo pensando adónde ir y qué hacer. No tenían mucho tiempo. Aquella mujer había preguntado por la casa de muñecas de Mila y eso suponía que les quedaba poco tiempo. Metió en una maleta todo lo que cupo en ella y la arrastró con dificultad al coche. Era un Ford Fiesta pequeño de color blanco, de más de diez años, que había adquirido para poder hacer la compra desde que no estaba Will.

Ayudó a Mila a llegar hasta el coche, quien por primera vez en mucho tiempo sintió el aire gélido de la calle. Conforme más se alejaba de la casa peor se sentía, y, aunque ese efecto era fruto de la sugestión, las piernas le fallaron justo antes de montarse en el vehículo.

—Espera aquí mientras cojo algunas cosas —le ordenó Iris.

Iris volvió a la casa e introdujo en el videograbador una de las últimas cintas TDK vírgenes que aún guardaba en una caja. Como había hecho en otras ocasiones, grabó un minuto de la habitación, esta vez vacía. Pensó que quizá así aquellos padres comprendiesen que ya no recibirían más noticias de su hija. Era una despedida, un adiós sin palabras, porque no podía ser de otra manera. En el fondo empatizaba con ellos. No se imaginaba una vida sin Mila y muchas veces pensó, arrepentida, en lo mal que lo estarían pasando. Así fue, en realidad, cómo surgió la primera cinta.

Pasó la noche entera mientras conducía de un lado a otro, indecisa, y deambulaba por la ciudad. Durante todo el trayecto Mila no dejó de observar el exterior, atenta a un mundo que no conocía.

Cada cierto tiempo preguntaba qué era algo: una gasolinera, una panadería abierta que preparaba *bretzels* para el día siguiente, un grupo de vagabundos que habían montado una tienda de campaña junto a unos contenedores. Iris no tenía un plan determinado y, cuando el reloj marcó las cinco de la mañana, se dio cuenta de que había detenido el coche en Dyker Heights, frente a la antigua casa de los Templeton.

Allí, algunos vecinos habían comenzado a decorar sus fachadas con luces que a esa hora aún estaban apagadas, pero lo que sí se veía de manera esporádica en algunos jardines eran renos, Santa Claus y soldados de juguete de metro ochenta.

Iris estaba inquieta, como cada vez que había dejado una de las cintas, pero esa vez era distinto. A su lado, Mila la observaba, con su piel transparente, cubierta en parte por las gafas y un pañuelo que le rodeaba el pelo, sin saber qué ocurría.

—Mila, cariño, ¿puedes dejar este paquete en aquel buzón, por favor? —dijo, tras suspirar varias veces antes de armarse de valor.

Iris extendió el brazo hacia el asiento trasero y cogió un sobre marrón acolchado. En su interior se encontraba la cinta que había grabado mientras Mila esperaba en el coche, asustada e inquieta por salir a la calle en mitad de la noche.

En ese momento Iris había encendido el televisor, puesto el canal ocho y esperado a que en la pantalla se visualizara, poco a poco, la imagen de aquella habitación vacía con las paredes empapeladas de flores naranjas. Había estado pensando en aquellos padres, Aaron y Grace Templeton, que muy de vez en cuando aparecían en las noticias llorando y suplicando a quien tuviese a su hija que la dejase marchar.

Sentía una pena inmensa por ellos. Cada vez que sabía de su existencia, temía no ser capaz de seguir adelante y dejar ir a Mila, para que viviese la vida que le correspondía, con su familia real, y no la que vivía con ella: encerrada entre cuatro paredes, creyendo que si salía al exterior algo grave le pasaría.

Pero Iris ya no podía hacerlo. Quería tanto a Mila que no podía perderla. Se había convertido en lo único que existía, en lo único que la hacía sentir viva, y es que un hijo, incluso aunque sea robado, te cambia para siempre. Una sonrisa después de horas de llanto preguntando por sus padres era una alegría, una risa entre los juegos era como un primer beso, un «te quiero, mamá» hacía que nada más importase. Un hijo, en definitiva, te hace adicto al amor y, para ella, lo más impensable a partir de esa conexión que ya tenía con Mila era imaginar decirle adiós para siempre. Había pasado tanto tiempo con ella, había creado un vínculo tan profundo con la pequeña —ahora adolescente—, que en su cabeza era imposible separarse de ella.

Cuando la noche anterior Miren se presentó en su puerta, Iris no supo cómo reaccionar y en lo único que pensó durante las horas siguientes fue en desaparecer.

—¿Por qué estamos aquí, mamá? ¿Qué hay en este sobre?

Iris dejó escapar uno de los suspiros más difíciles de su vida e intentó controlar el pulso apretando el volante con fuerza.

—Luego te cuento, ¿vale, cielo? Tenemos que hacer un viaje largo y… es para despedirnos de unos amigos.

—Sí, claro, mamá —aceptó Mila, sin comprender demasiado.

Mila se bajó del vehículo, con el pañuelo que le cubría la cabeza, pero sin las gafas de sol, portando el sobre con el número cuatro. Se acercó al buzón de aquella casa con las luces apagadas con una sensación extraña recorriéndole el cuerpo. Aún era temprano y, tras el ventanal de uno de los lados de la fachada, se podía observar un árbol de Navidad encendido. A Mila aquel lugar le resultaba familiar, como si lo hubiese visto unos minutos antes pero incapaz de recordar hacía cuanto. Al llegar, forcejeó con la tapa del buzón, no sabía cómo abrirlo, a fin de cuentas nunca había abierto ninguno, y mientras lo hacía, sintió cómo una sombra emergía a su lado y le susurraba con voz femenina:

—Deja que te ayude, Kiera —dijo Miren, con el tono más calmado que pudo.

Mila se sobresaltó y dejó caer la cinta al suelo. Iris, en cambio, que había visto desde el coche cómo se había acercado con prisa aquella mujer hacia su hija, sintió como si le arrebatasen lo que más quería en un instante.

Iris se bajó del coche con rapidez y corrió hacia Mila.

—¿Kiera? —preguntó ella, confusa—. Creo que... que te has confundido de persona.

Miren se agachó y recogió el sobre con tal parsimonia que Mila no sintió peligro alguno, a pesar de que su madre se acercaba con rapidez.

—¿Quién eres? —preguntó.

—Una..., una vieja amiga de tus padres.

—¿Conoces a mis padres?

—Sí. Creo que mucho mejor que... tú —respondió Miren. Mila frunció el entrecejo, intentando comprender a qué se refería.

—¿Nos conocemos? —inquirió, justo en el instante en que Iris llegó a su lado y le agarró el brazo con fuerza.

—Vamos. Tenemos que irnos, cariño. Súbete al coche.

—¿Qué pasa, mamá? —preguntó Mila a su madre, confusa. No entendía su actitud.

—¡Nos vamos! Venga, súbete.

—¿Conoces a esta mujer? —preguntó—. Dice que es amiga tuya.

—¡No es verdad! Venga, ¡súbete de una vez! —gritó Iris, desesperada.

Miren dejó el sobre en el buzón y lo cerró. Se fijó en cómo Iris arrastraba a Kiera hacia el coche y la siguió dando una carrera.

—¿Cómo ha podido vivir con ello? —preguntó Miren, mientras Iris empujaba a Mila dentro del vehículo y lo rodeaba para montarse en el asiento del conductor—. ¿Cómo ha podido robarle la vida entera a una niña?

—Usted no sabe nada —respondió Iris con un grito antes de abrir e intentar montarse.

—Y usted no se va a ninguna parte —respondió Miren, cargando un arma y apuntándole en la cabeza.

Iris contuvo la respiración durante unos momentos, mirándola con tristeza y finalmente suplicó:

—Por favor..., no. Mila no se..., no se merece esto. Es buena niña. No merece perder a su madre.

—Lo sé. Pero tampoco se lo merecía entonces —sentenció Miren.

Iris suspiró, impotente. Una línea rojiza se dibujó en el canto de sus párpados.

—Suba al coche y conduzca —dijo Miren, en el tono más serio que nunca hubiera pronunciado. Abrió una de las puertas traseras y se montó en el asiento detrás de Mila, que empezaba a estar asustada—. Kiera tiene que volver con sus verdaderos padres.

Capítulo 59
27 de noviembre de 2010
El día de la última cinta
Centro de Nueva York

Los buenos amigos siempre
están, aunque no lo parezca.

Jim Schmoer había estado toda esa mañana dando clase a un grupo en el que, durante un rato, solo le pareció ver a un montón de Miren Triggs mirándolo, lanzando preguntas incómodas y discordantes, poniendo a prueba su mente crítica. Estaba feliz. Atrás quedaron los años en los que acudía a clase entusiasmado pero molesto, porque solo de vez en cuando aparecía un alma de periodista entre el alumnado. Aquel curso era distinto. Cada vez que él preguntaba algo, resultaba que sus alumnos habían ya debatido ese mismo punto en redes sociales, participado en debates dialécticos a través de Facebook, Twitter, Reddit o Instagram, formando una opinión propia y tan heterogénea que dar clase era una maravillosa guerra para los amantes de los desacuerdos. La instantaneidad de internet había abierto las puertas a la información y al debate, y él sintió, sin duda, que era el mejor grupo que había tenido jamás. También las redes habían propiciado la desinformación, pero aquel grupo en particular parecía no fiarse nunca de lo que leía si no estaba contrastado con una fuente oficial. Estaba tan ensimismado, tan lleno con esa generación que estaba creciendo con una fuerza y ganas que nunca había visto, que se pasaba todo el día buscando cómo innovar para satisfacer la voracidad de un montón de aspirantes a periodistas con más garra que la que quizá él nunca tuvo. Estuvo seis horas seguidas dando clase esa mañana y, cuando llegó a su despacho en la Universidad de Columbia, a las tres de la tarde, comprobó que su teléfono móvil tenía varias llamadas perdidas de un número que no conocía.

Dudó si devolver la llamada o no, pero era periodista y no podía dejar esa pregunta sin respuesta, haciéndolo siempre ser más curioso de la cuenta.

Marcó y esperó tres tonos antes de que una voz femenina atendiese la llamada.

—Hospital del Bajo Manhattan, ¿dígame?

—¿Hola? —dijo el profesor—. Tengo varias llamadas de este número de teléfono. ¿Ha pasado algo?

—¿Cómo se llama?

—Schmoer, Jim Schmoer.

—Un segundo... Déjeme comprobarlo... No..., debe ser un error. Aquí no hemos llamado a ningún Jim Schmoer —dijo en tono aséptico la persona al otro lado.

—¿Un error? No tiene sentido. Tengo cuatro llamadas perdidas. ¿Está segura de que no me han llamado intencionadamente?

—¿Cuatro? Está bien. Déjeme... —La voz se alejó un poco del auricular y pareció dirigirse a otra persona—: ¿Tú has llamado a un tal Jim Schmoer, Karen? —Un «sí» leve llegó hasta el oído del profesor, y él se preocupó al instante.

—¿Qué ha pasado? —preguntó, asustado.

—Un segundo... —dijo esa voz, para ser sustituida un instante después por una más dulce y cálida—. ¿Es usted Jim Schmoer? ¿El profesor, Jim Schmoer?

—Sí. ¿Qué pasa?

—Figura usted de contacto de emergencia de..., a ver..., ¿cómo se llama?

—¿Contacto de emergencia? ¿De qué me está hablando? ¿De quién? ¿Qué ha pasado?

El profesor pareció sentir un calor repentino. Sus padres vivían en Nueva Jersey y pensó que quizá les había pasado algo a alguno de los dos.

—¿Mis padres están bien? ¿Qué ha ocurrido?

—¿Sus padres? No, no. Es una chica joven. Se llama... Miren Triggs, ¿la conoce?

Capítulo 60
27 de noviembre de 2010
Doce años después de la desaparición de Kiera
Dyker Heights, Brooklyn

¿Y si toda esa oscuridad no fuese más
que una simple venda en los ojos?

—Mamá, ¿qué está ocurriendo? —inquirió Mila, asustada y a punto de llorar, desde el asiento del copiloto.

Mila no estaba preparada para el mundo. Tenía miedo y aquella situación era tan nueva y desconcertante para ella que se bloqueó.

Iris pisó el acelerador y el coche comenzó a perderse en dirección norte, mientras los primeros rayos de sol comenzaban a iluminar los rascacielos de la ciudad, que destacaban como gigantescos pilares de oro al otro lado del río.

—Gira aquí a la derecha, hacia el parque Prospect —ordenó Miren, apuntando a Iris, que había comenzado a llorar de tristeza. Junto a aquel parque vivía Grace Templeton. Iris conducía mirando al frente, secándose de vez en cuando las lágrimas, sabiendo que todo estaba a punto de terminar. A su lado, una decena de vehículos la escoltabaN, todos comenzando el día, todos ajenos a la pesadilla que estaba a punto de terminar.

—¿Quién eres? —preguntó—. ¿Por qué haces esto? ¿Por qué me quieres quitar a mi niña?

—¡Mamá! ¿Qué pasa? —alzó la voz Kiera, en un aullido que solo se escuchó dentro del coche.

—¿Tu niña? Kiera... esta mujer no es tu madre —dijo Miren, alzando la voz.

—¿De qué hablas? Mamá, ¿qué quiere decir?

De pronto Iris pisó el acelerador. No hizo caso a las indicaciones de Miren. No giró hacia el parque. Por dentro estaba a punto de explotar. Tras el acelerón, pegó un volantazo y se incorporó a Belt Parkway esquivando en el último momento un camión que casi arrolla al pequeño Ford.

—¿¡Qué hace!? —chilló Miren—. ¡Vamos a casa de sus verdaderos padres!

Aquella carretera atravesaba Brooklyn en canal, elevándose del suelo. A su lado los edificios de oficinas y naves quedaban a media altura, escoltando la imponente vista creciente de los rascacielos de Manhattan, que se intuían en la lejanía.

—¿Verdaderos padres? —susurró Kiera, confusa.

—No la escuches, Mila. ¡Está mintiendo!

—¿Se lo cuenta usted o se lo cuento yo? —inquirió Miren, con voz amenazante.

—Mamá..., ¿qué quiere decir?

En ese instante Iris ya casi no podía respirar. La presión pudo con ella. No podía aguantar más. Algún día la verdad tenía que explotarle en la cara, pero siempre convivió en su interior la ilusión de que nunca llegase a suceder. Siempre pensó que lo mejor que hacía por su hija, su pequeña, su princesa, su todo-lo-que-había-querido-en-la-vida era ocultarle su origen, protegiéndola de una verdad dolorosa y asfixiante: que su madre era una persona horrible, que la había raptado y separado de sus verdaderos padres, aquellos que le darían una vida mejor que la que ella le había dado ni le daría jamás. Iris había criado a Mila en el temor, en el miedo al exterior, con la única intención egoísta de que nunca nadie le arrebatara a su pequeña. Atrás quedó el miedo a las consecuencias. No temía la cárcel, no temía la cadena perpetua, no temía siquiera la pena de muerte; temía separarse de ella. Y ese miedo había dominado toda su existencia. La educación en casa, la desconexión con el exterior. Mila solo había conocido de verdad a dos personas en su vida: a dos padres impostados que querían más tener un hijo que criarlo bien, y habían convertido, a base de engaños y miedos, a una niña risueña en una adolescente prisionera del mundo exterior. Ese era el mayor error que podía cometer un padre, cortarle las alas a un hijo para que no pudiese volar.

—Se lo cuenta usted o lo hago yo —repitió Miren, esta vez en un tono más amenazante.

Finalmente, Iris exhaló entre sollozos:

—Lo siento... Mila. Lo siento de verdad...

—¿Qué dices, mamá?

—No..., no eres mi hija —admitió con la voz rota en mil pedazos—. No..., no tienes ninguna enfermedad. Puedes..., puedes salir al exterior. Siempre has podido...

—¿De qué hablas, mamá? ¿Por qué dices eso? Sí estoy enferma —refutó Kiera, incrédula.

—No soy tu madre, Mila... —prosiguió—. Will y yo... te llevamos a casa en 1998. Estabas sola, llorando en la calle en la cabalgata de Acción de Gracias y yo te di la mano y dejaste de hacerlo. Me sonreíste, cariño, y yo ya..., me sentí tu madre. Y luego, no sé por qué, aceptaste venir a casa con nosotros. Mientras caminábamos pensé que en algún momento pararíamos, que nos daríamos media vuelta y te llevaríamos con tus padres, pero tu manita..., tus pequeños pasos, tu sonrisa... Fuiste siempre una niña tan risueña... Lo fuiste hasta que llegamos nosotros. Lo siento, Mila.

—¿Mamá? —dijo Kiera, que había comenzado a llorar a mitad de la explicación de Iris, como si fuese una niña que acababa de soltar las manos de sus padres en una cabalgata en 1998.

Pasaron varios segundos hasta que Iris se recompuso lo suficiente como para poder seguir hablando.

—Y un día..., cuando ya no estaba Will..., vi a tus padres en la televisión. Los vi llorando, en las imágenes de un homenaje con velas que habían organizado el día antes de Acción de Gracias en Herald Square, en memoria de tu desaparición. Ese día vi a tus verdaderos padres llorando por ti, mi niña.

Miren no quiso interrumpirla. Kiera estaba desolada, escuchándola con los ojos enrojecidos mientras jadeaba por el llanto.

—Dime que todo esto no es verdad, mamá. Por favor... dime que no es verdad.

—Me dolió tanto... Me sentí tan miserable... que quise decirles de algún modo que estabas bien, que no se preocupasen, que alguien se encargaba de ti y que estabas bien.

—Les envió tres cintas de vídeo en doce años —interrumpió Miren—. ¿Por qué?

—Sí... Usé esa cámara que había instalado Will... Te grabé y la dejé en su casa. Pensé que con aquello el dolor terminaría..., pero cada cierto tiempo... aparecían otra vez y yo necesitaba decirles de nuevo que estabas bien, que me dejasen a mí, que yo te criaría y educaría bien, como te merecías. Que no tenían nada de qué preocuparse. Yo solo quería... que supiesen que..., que no te había pasado nada malo.

—Mamá... —dijo Kiera, que se echó sobre ella y la abrazó, llorando como nunca antes había hecho. Tenía el corazón lleno de contradicciones, como si fuese una lucha interna entre el amor y la tristeza.

—Tu nombre es Kiera Templeton, no Mila —susurró Iris, entre jadeos—. Lo..., lo siento, cariño... Yo..., yo solo quería lo mejor para ti.

Después de unos momentos llorando, Kiera preguntó:

—¿Y qué va a pasar? Yo..., yo te quiero, mamá —dijo, secándole una lágrima a su madre—. Yo quiero estar contigo, por favor.

El vehículo descendió una rampa y se adentró de golpe en las profundidades del túnel Hugh L. Carey, que conectaba Brooklyn con Manhattan, haciendo desaparecer el amanecer de la ciudad, al que sustituyó por una luz fluorescente que se colaba de manera intermitente en el interior del coche.

—Lo sé, cielo..., pero no podemos seguir juntas, ¿lo entiendes? Yo no puedo..., no puedo mirarme al espejo si sabes lo que he hecho. No puedo continuar con esto, Mila.

—Pero yo quiero estar contigo, mamá. Te perdono, de verdad. No me importa lo que hayas hecho. Sé cómo me has cuidado. Sé lo que me quieres, mamá.

—Tiene que entregarse, señora —interrumpió Miren, inquieta—. Si lo hace, quizá le concedan algún beneficio penitenciario y puedan verse. —Miren intentó valorar la situación, para poder rebajar la tensión. Iris temblaba agarrada al volante y Kiera le resultó impredecible. En un principio pensó que encontrarla sería rescatarla, pero ¿cómo hacerlo si la habían criado con cadenas?—. Hay unos padres que necesitan saber dónde está su hija. Esto no es justo para ellos ni para Kiera. Hágalo por ella. Entréguese. Cerca de la salida del túnel se encuentra la oficina del FBI. Entréguese y esto terminará bien. ¿Me oye?

—¿No es usted policía? —exhaló Iris, entre sollozos.

—Soy periodista —respondió—. Y solo quiero lo mejor para Kiera y que sus padres sepan la verdad.

—Yo también quiero lo mejor para mi hija —respondió en un susurro. Luego suspiró, intentando controlar el cúmulo de sentimientos que se agolpaban en su pecho. Kiera se encorvó hacia ella y la abrazó de nuevo, sabiendo que quizá, cuando llegasen a la oficina del FBI, nunca más pudiese hacerlo.

Iris lloró y sintió durante un largo minuto el abrazo de su hija, que jadeaba con ella. En ese tiempo recordó todas las ocasiones en que habían jugado juntas, los momentos que habían reído mientras bailaban sin coordinación canciones antiguas de películas que ella le ponía. Pensó en todas las veces que le había contado un cuento inventado en el que ella hacía de bruja y su hija de princesa. Su memoria viajó a los llantos de Mila cada vez que discutieron y a sus abrazos sinceros tras pedirle perdón. Recordó los nervios que pasaba cuando salía a hacer la compra, y la dejaba sola en casa, y cómo suspiraba aliviada al comprobar que seguía allí, que no se había marchado, que la esperaba con una sonrisa. Con el tiempo fueron cómplices de su cautiverio, en una especie de juego en el que parecían luchar contra un mal exterior. Recordó cómo Mila la abrazaba al llegar a casa cuando Iris salía a hacer un recado y la pequeña le susurraba que todo había pasado. Habían vivido tantos momentos juntas que imaginarse sin ella era más duro que morir. Entonces comprendió a Will y su muerte. Entendió que lo hizo porque se sintió vacío sin el cariño de la pequeña.

—Todo hubiese sido tan fácil... —susurró Iris a Mila.

La luz de la salida del túnel iluminó el rostro de Iris y, justo cuando estaba a punto de cruzar el umbral cegador, Miren se dio cuenta de que Iris había pisado el acelerador. Había sobrestimado su capacidad para hacerla entrar en razón. No quería más disparos inoportunos, no quería un final trágico para esa mujer. Pero los verdaderos héroes, esos de carne y hueso, también se equivocan, y Miren se equivocó al pensar en que tenía la situación controlada. Es imposible controlar a una mente así, es imposible separar por las buenas a una madre de su hija, aunque no fuesen madre ni hija.

—¡Frene! —chilló Miren, encañonando la pistola a la cabeza de Iris.

—Esto acaba aquí, cielo —jadeó Iris a Kiera.

—¡Mamá! —imploró Kiera, separándose de su madre. Tan rápido como pudo puso las manos en el salpicadero, al sentir el volantazo a la izquierda.

—¡No! —gritó Miren, en un último intento de detener la tragedia.

Sonó un disparo que rompió el cristal. La bala había rozado la cabeza de Iris y había roto la luna delantera. En la salida del túnel, con dos carriles para cada sentido, el coche cruzó de golpe hacia el lado contrario a más de sesenta millas por hora. La suerte quiso que evitase una moto en el primer carril por apenas diez centímetros, pero la desgracia, siempre presente en los momentos trascendentales, siempre atenta para cambiarlo todo, hizo que el Ford se empotrase contra el morro de una sólida furgoneta de reparto cargada hasta arriba, actuando como un muro de contención.

Capítulo 61
27 de noviembre de 2010
Doce años después de la desaparición de Kiera
Hospital del Bajo Manhattan

Cuando todo parece el fin, en realidad se trata de un nuevo comienzo.

El profesor Schmoer caminó por el pasillo del hospital con una celeridad impropia de él, pero sentía el corazón a mil por hora y era impensable caminar en aquel momento. Hacía algunos años que no veía a Miren Triggs, aunque no había dejado de leerla en sus artículos en el *Press*. Cada vez que lo hacía una ligera sonrisa de orgullo le invadía el rostro y, durante un tiempo, incluso, pensó en intentar retomar el contacto, pero siempre encontraba la excusa perfecta para no hacerlo.

La quería a su manera, en la distancia del recuerdo de aquella noche, y él sentía que ella quizá también mantenía aquella conexión extraña e improbable entre ambos. Finalmente atravesó varias puertas dobles que bailaron tras él y luego se enfrentó a un nuevo pasillo que parecía más largo que el anterior. Mientras lo recorría, se fijó en los carteles que numeraban las distintas estancias y, cuando por fin llegó a la 3E, la habitación que le había mencionado la recepcionista, se asomó por la ventana sobre la puerta antes de abrir.

Se acercó a su lado y la reconoció al instante, a pesar de estar dormida y llena de magulladuras. Se encontraba monitoreada por varias pantallas que marcaban sus constantes vitales y, a pesar de su evidente cambio físico desde la última vez que la había visto en persona, reconoció en aquellos párpados cerrados y en aquel pelo castaño la misma chica enérgica e inquebrantable de hace tantos años.

Se sentó en la habitación y dejó pasar las horas. De vez en cuando se acercaba algún enfermero a comprobar que todo estuviese bien y se marchaba y, justo antes del anochecer, Miren abrió los ojos con una sonrisa débil.

—Eh..., te has despertado... —susurró el profesor, con tono cálido.

—Y tú... has venido, profesor.

—Si querías volver a verme no tenías que hacer estas cosas... Ya... no eres mi alumna. No tienes por qué llamarme así. Podríamos tener una…, una cita normal.

Miren esbozó una sonrisa, con los ojos entrecerrados.

—Dicen que has tenido mucha suerte —dijo el profesor, intentando animarla—. Sí que eres dura, sí. Según me han contado, ha muerto una persona en el accidente.

—La he encontrado… —dijo ella, en tono serio.

—¿A quién has encontrado, Miren?

—A Kiera.

—¿Kiera? ¿Kiera Templeton?

Miren asintió, con dificultad.

—Pero… ¿dónde está? ¿Quién la tiene? ¿Este accidente tiene algo que ver?

Miren suspiró, cerrando los ojos al mismo tiempo, y luego se recompuso para hablar.

—¿Podrías hacerme un último favor, Jim?

—Claro…, dime, Miren —dijo en un susurro, acercándose con delicadeza a su boca para oírla mejor.

—¿Podrías pedir a los Templeton que vengan? Es muy importante. Tienen que saber lo ocurrido.

Un rato después, el teléfono del agente Miller sonó en su bolsillo justo en el instante en que llegaba a Herald Square y observaba la ciudad iluminarse, casi de golpe, con luces de Navidad. Había estado deambulando sin saber qué hacer ni qué pasos seguir y, al final, había llegado al lugar en el que la historia de Kiera Templeton se había iniciado. En algún lugar de aquella zona la pequeña había desaparecido y un escalofrío le recorrió el cuerpo al pensar que nunca la encontraría. Y quizá si lo hiciese puede que ni se acordase de sus padres. Al fin y al cabo, la desaparición de Kiera sucedió cuando ella tenía tres años, y él sabía que la memoria funcionaba de un modo muy selectivo durante esa etapa temprana de la vida. El agente intentó rememorar el primer recuerdo que guardaba en su mente, y se dio cuenta de que eran simples fogonazos de él siendo un crío tirando de un carro de juguete con cinco o siete años, pero eso era algo imposible de comprobar.

Respondió la llamada sin mirar la pantalla, y una voz masculina que no reconocía lo saludó:

—¿Agente Miller? ¿Es usted el agente Miller?

—Sí. ¿Quién es?

—Me llamo Jim Schmoer, soy profesor en la Universidad de Columbia.

—¿La universidad?

—Verá. He llamado a su oficina y uno de sus compañeros me ha dado su número de teléfono personal. Me ha dicho que ya no está en la oficina.

—Sí..., no debería...

—Escúcheme. Le llamo por Miren Triggs. Me ha pedido que le avise a usted y a los Templeton. El teléfono de Miren está destrozado, ella ha sufrido un accidente, y no tenía otro método para encontrarles.

—¿Miren Triggs? ¿Dónde está? Necesito encontrarla. Sus huellas... están en... —dudó sobre si contarle el descubrimiento de las huellas de Miren y Kiera en el sobre.

—Miren está bien. Solo tiene unos huesos rotos y una leve conmoción.

—¿En qué hospital está? —preguntó, inquieto.

—En el del Bajo Manhattan. Avise usted a los Templeton. Es importante... —Hizo una pausa, para cerciorarse de que el agente lo escuchaba atento—. Ha encontrado a Kiera.

Al llegar al hospital, los Templeton se encontraron con el agente Miller en la puerta del complejo, cuyas hojas se abrieron como dos cuchillas afiladas para dejarles paso a uno de los momentos más dramáticos de sus vidas. Aaron y Grace parecían desolados, pero caminaban con más celeridad de la que su apariencia pudiese dejar intuir. A los dos se les había marcado en la cara el dolor de años de tristeza, aunque en la mirada se observaba una ilusión contenida en forma de lágrimas a punto de saltar al vacío.

Nada más llegar, el agente los saludó con un efusivo abrazo.

—Ben..., ¿sabes algo?

—Aún no. Acabo de llegar. Por lo visto Miren Triggs quiere contarles algo. Y quiere que estemos todos. No he avisado a nadie. No quiero filtraciones de ningún tipo. Parece importante.

Aaron dejó escapar su mano y agarró la de Grace, quien por primera vez en muchos años apretó la de su marido y caminó con él suspirando con fuerza cada pocos pasos.

—No pinta bien —dijo el agente antes de caminar delante de ellos, guiándoles el camino.

Entraron en la habitación y vieron a Miren sentada en la cama, vestida con la ropa del hospital, dando un sorbo a un vaso de agua. Se encontraba algo mejor, aunque aún se sentía débil. Tenía un hematoma en la cara y el brazo derecho cubierto de apósitos.

—Agente Miller —saludó el profesor—, soy Jim Schmoer, he sido yo quien le ha llamado. Señor y señora Templeton, supongo que conocen a Miren Triggs.

—Dios santo, Miren..., ¿qué te ha pasado? —preguntó Aaron—. ¡¿Estás bien?!

Grace se mantuvo junto a su marido, nerviosa, impaciente por aquella llamada tan inesperada. Ambos sabían que Miren seguía buscando a su hija, o al menos, eso les hizo saber en alguna ocasión, cuando los visitaba para preguntarles detalles sobre ella o sobre cómo había desaparecido.

Miren se contuvo unos instantes antes de hablar, buscando las palabras correctas. Llevaba años pensando en ese momento, vislumbrando el instante en que todo cobrase sentido y, de pronto, se levantó. Lo hizo con dificultad, apoyando primero un pie descalzo con delicadeza en el suelo, cerciorándose de que aquel gesto no le dolía, y caminó después tirando del gotero en dirección a los Templeton.

—Miren..., deberías descansar —dijo el profesor, acercándose hacia ella.

—Estoy bien. Es solo que... no encuentro las palabras para explicaros todo lo que ha pasado con Kiera, todo lo que he descubierto sobre ella.

Aaron y Grace se abrazaron y agacharon la cabeza, cerrando los ojos con tal fuerza que les hizo más difícil aguantar el llanto. No estaban preparados para aquello. En realidad, ¿quién lo estaba? Ni siquiera Miren se sentía segura de lo que iba a hacer. En su voz se intuía una ligera nota de desesperanza, pero en realidad era fruto de una vida de búsquedas dolorosas.

—Encontré a Kiera —dijo, finalmente.

Grace se llevó las manos a la boca y no pudo aguantar más. Comenzó a llorar y, entre lágrimas, preguntó con voz desesperada:

—¡¿Dónde está?! —jadeó—. ¿Quién la tiene? Mi niña... —exhaló entre sollozos—. Mi pequeñita...

Miren no respondió. A ella también le costaba mantenerse entera. Al fin y al cabo, para Miren, Kiera

era como ella misma y cada vez que la veía en una de las cintas se imaginaba allí dentro, en aquella habitación rodeada de papel de flores naranja, acariciándose la piel, como si se estuviese buscando a sí misma, como si aún llevase puesto el vestido de aquel color la noche en que cambió para siempre. En aquella niña veía sus miedos, su vulnerabilidad; veía todo lo que se escondía en las profundidades de su corazón: un enigma, un puzle irresoluble, un rompecabezas construido con pedazos de dolor.

Se dio cuenta de que no podía esperar más y, con todos pendientes de una respuesta —los padres derrumbados, el agente Miller inquieto y el profesor sintiendo una especie de admiración hacia aquella mariposa herida de la que él solo conocía la crisálida—, salió de la habitación y dijo, girándose hacia ellos:

—Seguidme, por favor.

Caminó con dificultad, empujando el gotero, cuyas ruedas emitían un leve chirrido por el pasillo solitario. Los padres la observaron caminar con tal mezcla de emociones que no sabían a qué atenerse. Miren se detuvo unos metros más allá, frente a la habitación 3K, y los padres se miraron aturdidos, preguntándose qué pasaba, con los corazones temblando en lugar de latir.

—Grace, Aaron, ahí está vuestra hija —dijo al fin, abriendo la puerta y dejando ver, en su interior, a Kiera Templeton, dormida, con varios monitores marcando unas constantes vitales en valores normales. Tenía una pierna escayolada y una venda le cubría parte de la cabeza, pero sin duda era Kiera.

Grace se llevó una mano a la boca y rompió a llorar en cuanto reconoció el hoyuelo en la barbilla, aquel que seguía clavado en su memoria, aquel que acariciaba a veces cuando la pequeña dormía a su lado hace tantos años. Se acercó con delicadeza, envuelta en lágrimas, y Aaron hizo lo mismo, tras los pasos de su mujer, en silencio, para no perturbar aquella imagen de un reencuentro doloroso y tranquilo que anhelaron toda la vida. Cuando por fin Grace llegó junto a la cama se giró hacia Aaron, lo abrazó con fuerza, llorando, y le susurró algo ininteligible que solo tenía sentido para ellos dos.

Justo tras ese instante Miren cerró la puerta de la habitación, dejándolos allí a los tres, con la intención de que la alegría de aquella familia permaneciese exclusivamente entre aquellas cuatro paredes.

El agente Miller puso una mano sobre Miren y ella le devolvió un ademán con la cabeza.

—¿Dónde ha estado todos estos años? —preguntó—. ¿Quién la tenía?

—Una madre equivocada —respondió—. Pero déjeme contárselo todo en mi habitación, agente. Creo que merecen un poco de tiempo en... familia —sentenció.

El profesor Schmoer le dedicó una mirada de aprobación y luego se acercó a ella en cuanto vio que comenzaba a caminar de vuelta hacia la 3E. Miren emitió un ligero bufido al sentir un pinchazo en la costilla y el profesor la asió por la cintura para ayudarla a caminar.

—¿Estás bien? —preguntó él, con un nudo en la garganta y algo nervioso, al sentirse cerca de Miren.

—Ahora sí —respondió con la voz entrecortada por la emoción y dibujando una suave sonrisa contenida.

Él dejó que ella cargase su peso sobre su hombro y notó el calor de su cuerpo bajo la bata del hospital. Aquel calor lo transportó a un viaje en taxi, al fuego de una noche que nunca dejó de arder en su interior, a comprender que quizá aquel momento juntos nunca se repetiría. Tragó saliva, intentando inundar con ella sus emociones, porque sabía que aquella Miren que tenía a su lado era muy distinta de la que él recordaba, pero idéntica a lo que siempre debió ser:

—¿Cómo la encontraste? —inquirió en voz baja, cuando por fin recuperó sus pensamientos.

—Tan solo seguí tu consejo, Jim —dijo ella, en tono cálido, dando pasos débiles junto a él—. Sin dejar nunca de buscar.

Epílogo
23 de abril de 2011
Unos meses después

—¿Y cómo está Kiera? ¿La ha vuelto a ver? —preguntó una mujer desde el fondo de la librería, sosteniendo entre los brazos un ejemplar de *La chica de nieve*.

—Bueno, sí —respondió Miren, acercándose al micrófono. Su voz, que parecía más rota y delicada al amplificarse con un altavoz, se estampó contra los cantos de los libros que se apilaban en las estanterías. Bajo la mesa Miren se cambiaba el bolígrafo de mano, en un gesto que había comenzado a hacer en las presentaciones cuando estaba nerviosa—. Kiera está bien, pero no puedo contar nada más. Prefiere... no seguir bajo los focos. Intenta recuperar el tiempo perdido, y esto es algo que nadie debería arrebatarle, por más que los medios se empeñen en vigilar su casa con la pretensión de robarle un plano o pillarla haciendo la compra.

La mujer que había lanzado la pregunta asintió feliz. Era de noche, la librería se había quedado abierta hasta tarde, en un compromiso que siempre cumplía cuando organizaba presentaciones. Se trataba de un local pequeño y de barrio en Nueva Jersey, con apenas espacio para una veintena de sillas en su sala más amplia, y por ese motivo casi la mayoría de personas que se agolpaban allí dentro escuchaban de pie, todas con sus ejemplares entre los brazos como si protegiesen a una niña en apuros.

La publicación del libro de Miren fue una bomba mediática que nadie esperaba y que surgió sin pretenderlo. Aprovechó la semana que estuvo ingresada en el hospital para escribir el artículo final publicado en el *Manhattan Press,* y acabó siendo el más trascendente de su carrera. En él relataba cómo había encontrado a Kiera Templeton y cómo había sido el desenlace de aquella historia que traspasaba épocas unida por el dolor de la familia. En ese artículo, que escribió en su portátil en la cama del hospital, Miren Triggs detalló los pormenores de su investigación y cómo una familia con problemas de natalidad había cruzado aquella línea que separa los sueños de las pesadillas. Kiera Templeton había sido encontrada y todo el mundo quería saber qué había sido de ella, dónde había estado y cómo había sido su vida. Aquella portada del *Manhattan Press* fue tan inesperada como siempre y muy distinta a las demás. El titular que abría el diario rezaba: «Cómo encontré a Kiera Templeton», firmado por Miren Triggs. El formato del periódico de aquel día cambió ligeramente, con una portada a todo color, con la foto de Kiera de cuando era una niña de tres años, y con una impresión con papel de alto gramaje para que soportase el paso del tiempo. La tirada de ese día se duplicó hasta los dos millones de ejemplares, previendo una alta demanda, pero incluso así fueron insuficientes. La gente se agolpó en los quioscos y papelerías en cuanto se corrió la voz de que una periodista del *Press* la había encontrado. Todo el mundo quería saber qué había pasado y cómo Miren Triggs había conseguido resolver el mayor enigma de los últimos veinte años.

Aún con Miren en el hospital, que había recibido la visita de sus padres para hacerle compañía durante la larga estancia hasta que le diesen el alta, una mujer trajeada y bien peinada se presentó en su habitación. Según le contó, era Martha Wiley, editora de Stillman Publishing, uno de los mayores grupos editoriales del país, y le ofreció un contrato por un millón de dólares a cambio de una novela que contase los pormenores de la búsqueda de Kiera Templeton.

En aquel entonces Martha Wiley se despidió de Miren dejándole un número de teléfono al que llamar si le apetecía desarrollar más el artículo y aquella historia. El mismo día en que le dieron el alta, Miren llegó dando pasos débiles a su estudio en Harlem, acompañada de sus padres, y comprobó que su vecina, la señora Amber, había aprovechado su ausencia para rellenarle el buzón con su publicidad.

Se rio. No pudo hacer otra cosa.

Al llegar arriba comprobó que habían reventado la cerradura de su piso y que lo habían desvalijado, llevándose casi todo lo que quedaba allí con valor. Un rato después llamó a Martha Wiley y le confirmó su intención de escribir aquella novela, cuyo título ya reverberaba en su cabeza: *La chica de nieve*.

Se trataba de una especie de tributo al artículo que una vez escribió en 2003. En la novela relató sus miedos e inseguridades, su primer contacto con el caso de Kiera y cómo, poco a poco, aquella niña había llegado a formar parte de ella, hasta encontrarla doce años después, al mantener de manera estoica una promesa que se hizo a sí misma: no dejar nunca de buscar. Escribió la novela durante los meses de invierno en un acogedor piso alquilado con el dinero del anticipo en el West Village, una zona menos problemática que en la que había vivido antes, para tranquilidad de su madre. Los únicos peligros de aquel barrio eran las boutiques de diseño que Miren nunca visitaba. Cuando se publicó *La chica de nieve* se convirtió automáticamente en la novela más vendida del país, y Miren, que no disfrutaba hablando en público, tuvo que salir de su cueva, en la que había pasado los anteriores meses mientras escribía, para hacer las doce presentaciones y firmas de ejemplares que había establecido por contrato.

En la primera fila, una chica levantó la mano y, cuando cruzó su mirada con Miren, se atrevió a preguntar:

—¿Has dejado el periodismo? ¿Ya no estás en el *Manhattan Press*?

Miren negó con una sonrisa sincera y luego comenzó a hablar.

—Es algo imposible de dejar. Me apasiona el periodismo, y creo que no sabría hacer otra cosa. Ahora mismo mi jefe, que es muy comprensivo, me ha dado unos meses de excedencia. En cuanto esté preparada volveré a escribir para ellos. Lo llamo cada semana para decirle que no siente a nadie en mi silla —rio, y también lo hizo la sala entera. Junto a la chica que había preguntado, un chico moreno que parecía ser su pareja alzó la voz sin darle tiempo a Miren a ubicar de dónde provenía.

—¿Es verdad que se va a hacer una serie de televisión sobre ti? He leído que una de las grandes productoras ha comprado los derechos audiovisuales.

—Bueno, hay algo en marcha, sí, aunque todavía no puedo decir nada. Pero lo que sí puedo decir es que... no es sobre mí. Es sobre la búsqueda de Kiera. Yo no soy tan..., tan interesante como para algo así. Yo solo soy periodista y busco historias que contar. Y en este caso esa historia era Kiera Templeton.

El chico asintió con tal sonrisa en la cara que Miren entendió que su respuesta le había servido. Estuvo un rato más respondiendo preguntas como si fuese un partido de tenis, devolviendo pelotas y saliendo del paso sin echarla fuera. Luego una mujer que estaba de pie también se lanzó a preguntar a viva voz:

—¿Es verdad que llevas un arma encima?

Su editora, Martha Wiley, que acompañaba a Miren a cada una de las presentaciones, levantó la mano y se disculpó en alto:

—Creo que ya..., que no nos queda tiempo para más preguntas si es que quieren que les firme su ejemplar a todos. La señorita Triggs está encantada de hablar con ustedes, pero debemos coger un vuelo esta noche a Los Ángeles y vamos ya con poco tiempo. Podrán preguntarle lo que quieran mientras les firma.

—No te preocupes, Martha —dijo Miren—. Creo que podemos responder un par más sin problema.

Su editora chasqueó la lengua y los lectores agradecieron aquel gesto; luego señaló a un hombre con barba del fondo.

—¿Entonces lleva arma o no?

—Tiene usted alma de periodista. —Sonrió Miren—. No, no llevo un arma encima. Digamos que eso es una... licencia dramática para la novela.

—¿Y su lío con el profesor? ¿También es una licencia dramática?

Miren rio antes de responder y luego añadió:

—Bueno, no negaré que no fuese algo que no pudiese suceder.

—Venga..., puedes contárnoslo. Nadie se enterará.

Toda la librería, que estaba atestada de gente con un ejemplar de *La chica de nieve,* soltó una carcajada que llamó la atención de quienes paseaban por la calle.

—Digamos que aquel viaje en taxi se me hizo corto —admitió entre líneas Miren, conteniendo la risa.

Un suspiro risueño invadió la librería y Martha Wiley comenzó a dar palmadas para incitar el aplauso de los lectores que abarrotaban la librería, que no tardaron en unirse a él. Miren se había quedado sentada mientras se formaba una fila delante de su mesa. Sacó las manos de debajo y agarró el primer ejemplar de una lectora con cara de ilusión:

—Me ha encantado, de verdad. No dejes de escribir.

—No lo haré —respondió Miren, mientras firmaba.

Uno tras otro, Miren aguantó los halagos con dificultad. Sentía que no merecía tanto cariño y se propuso dedicarle a cada persona el tiempo necesario para que se fuese con una buena sensación a casa. Pensó que quizá estaban allí por Kiera y no por ella, y sentía que, a pesar del éxito del libro, su historia no tenía nada de interesante en cuanto que ella no era Kiera Templeton ni había sufrido un calvario para sobrevivir. Pero conforme hablaba con todo el que pasaba por la mesa con su ejemplar de *La chica de nieve*, comprobó que la gente solo tenía buenas palabras para ella y para lo que había hecho. «Eres una heroína»; «El mundo necesita más gente como tú»; «Gracias por no dejar nunca de buscar». Una niña de ocho años, vestida con un abrigo rojo, y que había acudido a la firma con su madre, le dijo unas palabras que le marcaron más de lo que nunca imaginó: «De mayor quiero ser como tú y encontrar a todos los niños perdidos». Una lágrima se le formó a Miren en el ojo, pero consiguió atraparla antes de que nadie más se diese cuenta.

A un lado de la mesa se habían ido acumulando cartas y regalos de algunos lectores. No eran muchos y, cuando terminó de firmar y el local se había quedado vacío, la librera, una mujer de casi setenta años que llevaba toda la vida mejorando el mundo, se ofreció a guardárselos en una bolsa de tela que solo ofrecía a los mejores clientes, mientras le agradecía con cariño haber elegido su pequeña librería para una de las presentaciones de su libro.

—De verdad, no tiene que dármelas. Al contrario, gracias por hacerme un hueco entre sus libros —rebatió Miren, levantándose y ayudándola a meter los paquetes en la bolsa.

Entre los regalos había una réplica en miniatura de *La chica de nieve*, una rosa blanca que le había dejado un hombre que había sido incapaz de hablar mientras le firmaba su libro e incluso un ejemplar del periódico del *Manhattan Press* de 1998, en el que Miren había escrito su primer artículo que apareció en portada con James Foster en llamas. Le sorprendió verlo de nuevo. La última vez que lo había visto fue en casa de sus padres, enmarcado en el pasillo de casa, donde acumulaba más polvo que miradas.

Las cartas, que usualmente leía cuando llegaba a casa o al hotel si estaba fuera, solían tratarse de largas misivas que pedían ayuda para encontrar a seres queridos desaparecidos hacía años, propuestas románticas que le provocaban la risa o incluso solicitudes de trabajo que ella era incapaz de satisfacer. Intentaba ignorarlas, aunque había algunas con peticiones de ayuda que ella apuntaba en una libreta para revisar su historia por si había alguna laguna inexplicable en sus desapariciones.

Del montón de cartas de esa firma, una llamó su atención. Se trataba de un sobre marrón acolchado con solo dos palabras escritas en el anverso con rotulador: «¿QUIERES JUGAR?».

—¿Has visto quién ha dejado esto? —preguntó en dirección a su editora, que negó con la cabeza.

Miren no recordaba a nadie que le hubiese dejado esa carta durante la firma. En realidad no había estado atenta, ya que alrededor de la mesa había habido gente arremolinada, haciéndose fotos y charlando mientras ella firmaba concentrada y agradecía el apoyo.

—Seguro que es una de esas propuestas eróticas. Ábrelo y nos reímos.

Miren bufó, pero una sensación extraña la inquietaba. La letra era irregular y, aunque estaba realizada en mayúsculas, transmitía un desorden que ya se le había clavado en el alma.

—Tal vez es un fan loco. Dicen que todos los escritores tienen uno —dijo la librera en tono jocoso.

—Tiene letra de estarlo —añadió Miren, seria. Aquello no le gustaba. Una parte de ella le decía que no lo abriese, como hacía de vez en cuando, pero otra deseaba encontrar bondad en aquellos ojos que durante unas horas habían estado mirándola con ilusión. Fuera había comenzado a llover, como si las nubes supiesen que debían hacerlo en ese momento, para crear la atmósfera perfecta para un turbio final. Miren rompió el sobre e introdujo la mano en él. Por el tacto no sintió ningún peligro, tan solo un papel frío y suave. Pero cuando lo sacó a la vista comprobó que era una fotografía Polaroid oscura y mal encuadrada con una imagen que le golpeó el pecho con virulencia: en el centro, una chica rubia y amordazada, mirando a la cámara, dentro de lo que parecía una furgoneta. En el margen inferior se podía leer: «Gina Pebbles, 2002».

Agradecimientos

Esta suele parecer la parte menos interesante del libro, pero en cambio, es la que más valor tiene para el que la escribe. Un libro sin agradecimientos para mí es un libro sin alma, porque es aquí, en estos nombres que mucha gente no conoce, donde suelen estar los cimientos de cada página y cada pequeño pasito que se da para que una historia inventada se convierta en unos folios impresos, después en un libro en una caja que viaja hasta los estantes de una librería, para luego acabar abierto en el regazo de alguien en un trayecto de autobús, en un viaje en metro o avión, o para quizá alzarse durante unas horas entre las manos de un corazón perdido que busca algo, o a sí mismo, sentado tranquilamente en la comodidad de un sofá.

Gracias a Verónica, como siempre, porque sin ella este libro hubiese sido escrito sin emoción. Quien intenta escribir sentimientos necesita conocerlos, y ella me los ha dado todos. Cada palabra de este libro nace gracias a todo lo que me hace sentir.

También gracias a mis pequeños, Gala y Bruno, por todo ese amor que un padre convierte en pánico al imaginar que os pase algo. Me he dado cuenta de que escribo sobre mis miedos y sobre lo que amo, y ellos dos son ambas cosas al mismo tiempo.

Gracias a todo el equipo de Suma de Letras, que ya considero mi casa, y que, a pesar de la distancia, siento como si viviesen a mi lado. En especial, gracias a Gonzalo, que más que editor es amigo, de esos que llegan sin darte cuenta y de repente piensas en comprar cervezas para él y guardarlas en la nevera, aunque a ti no te guste la cerveza ni tengas nevera.

Gracias también a Ana Lozano, por estar a la distancia perfecta para fomentar la creatividad y a la vez exigir, y por ser esos ojos que hacen que todo cobre una nueva dimensión. También a Iñaki, que siempre está, aunque se esfuerce en que no lo parezca.

No me olvido de Rita, tan creativa; Mar, tan tenaz; Núria, tan visionaria; Patxi, tan sensato. Gracias a Marta Martí, por darme alas y voz; y a Leti, por tener siempre la frase perfecta en los momentos más especiales. También a Michelle G. y David G. Escamilla, por abrirme las puertas del otro lado del mundo. Gracias a Conxita y María Reina, por hacer que mis historias ya estén en más idiomas de los que uno imagina que existan, y por hacer que mis palabras viajen a lugares que uno solo sueña con visitar.

Gracias a todos esos libreros que me han recibido con tanto cariño, por tratar mis libros con tanta ilusión y por hacer que cada firma sea una fiesta en sus librerías.

La mejor parte, la del final de los agradecimientos, siempre es para vosotros, lectores. Es difícil expresar en palabras todo lo que vivo con vosotros y lo que significáis para mí, y por eso, en persona, siempre me oiréis daros las gracias por regalar a mis historias lo más valioso de la vida: vuestro tiempo leyéndolas.

Gracias de corazón.

Podría extender las gracias mucho más, en varios capítulos con giros, sorpresas y saltos al abismo justo en la última frase, pero creo que es mejor que hagamos una promesa: yo no dejo de escribir y vosotros, cada vez que os pregunten por un libro, y si os ha gustado, recomendáis *La chica de nieve*, sin contar de qué va (¡por favor!) ni dejar escapar nada de la trama más allá de la sinopsis. Será nuestro pacto, y yo, a cambio, el año que viene estaré otra vez en librerías. Quizá con una nueva historia distinta, o quizá, quién sabe, con *La chica de*...

Atentamente,
Javier Castillo